U0500578

【壹】

雷雷猫 著

中国广播影视出版社

目录

夜行医手扎

YE XING YI SHOU ZHA

第一章　妖堂

民国八年的正月末，临城的天气还很冷，再加上这几日天一直阴着，天色也比平日黑得早，所以，即便是以商铺众多而闻名的五奎巷，也不过是天色刚刚擦黑，大多数铺子就关了门。即便关了门，可这些铺子还是会留下几盏气死风灯挂在店铺门口，这些灯笼或刷着店名，或用来照亮门口的招牌。不过，随着它们在冷风中摇曳，随着夜色渐渐加深，这些微弱的灯光非但没能延续五奎巷白日里的繁华，反而更让这条巷子显得萧瑟阴暗。

铺子都关了门，路上的行人则更少，偶尔有一两个，也是急匆匆的，没有半分停留，只是在青石板上留下一串由远及近，又由近及远的脚步声，然后便消失在了巷子的尽头。

就在这时，只听一阵细碎的脚步声越来越近，一个梳着两条乌黑辫子的女学生沿着小路慢慢地走了过来。

这么冷的天，女学生身上只穿了一件薄薄的羊毛外套，羊毛外

套是青色的,质地应该不错,可就是袖口已经起了球,样式也有些老旧,显然已经穿了多年。女学生的脖子上还围着一条黑色的毛线大围巾,这总算为她增了几分暖意,却也将她的脸颊遮去了大半,只露出一对明亮的眸子。

因为阴天,青石板上布了一层水汽,经两旁的气死风灯一照,古旧的石板反着光,一看就很滑,这让女学生不得不走得小心翼翼。此时你会发现,在这么冷的天里,她竟然没穿棉鞋,只穿了一双黑色粗布面的学生布鞋。布鞋套在一双白色的毛线袜子外面,袜子紧紧裹着她的小腿,再加上露在大衣外的一小截黑色裙摆,更让人肯定了她学生的身份。只是,虽然天冷路滑,女学生的注意力却并没有完全放在脚下,时不时地还抬起头来,向两旁的店铺看去,似乎在找着什么。

终于,在拐过一个弯儿后,一个上面刷着"乐"字的淡黄色灯笼映入她的眼中,再仔细一看,挂灯笼的店铺竟然还亮着灯。这让女学生眼睛一亮,再也顾不得脚下湿滑的地面,快步走了过去。

来到那家店铺门前,她看到的"乐"字灯笼是挂在店铺的右边的,而店铺的左边还挂着另外一只,上面刷着一个"善"字,合起来就是"乐善"两字,再向大门的上方看去,黑色的招牌上清清楚楚地刻着"乐善堂"三个绿色的大字,原来,她要找的是一家药堂。

女学生对书法的造诣只限于字体的甄别,所以除了能认出这招牌上的字体是草书,写字之人很有力道之外,别的什么都看不出来。况且,她现在可不关心字写得好坏,她只知道这是她今天最后的希望了……即便,这家乐善堂看起来比她想象中的要老旧很多。

踌躇了一下,女学生走上药堂的台阶,来到大门前,她正要抬手敲门,却突然听到里面传来一声低吼,这让她即将敲下去的手指顿了顿。可她又等了大概一分钟的样子后,却再也听不到里面的动静了,反而是她身后的街道上,风越吹越大,吹过街道发出的"呜呜"声,听起来有些吓人。

她不由得喃喃自语:"大概听错了吧。"一边嘟囔着,一边她的手毫不迟疑地敲了下去——笃、笃、笃……

女学生用的力气不大，可是这敲门声在静谧的街道上却显得尤为清晰，店门是虚掩的，随着敲击，出现了一道缝隙，她迟疑了一下，便轻轻地把门推开，走进了店中。

一进屋子，一股热气便迎面扑来，熏得她眼睛雾蒙蒙的，须臾之间，她看到柜台后面坐着一个人，当即彬彬有礼地对那人道："请问，这里是乐善堂吗？我是来应聘药工的……"

临城是座大城，也是座古城，这一百多年来，在医药这一行有六大药堂享誉全城，分别是种德堂、陆同泰堂、庆余堂、方承志堂、回春堂和乐善堂。这几间药堂，即便是历代五朝变迁，新型医院在临城开起来一座又一座，也很难撼动其在临城百姓心中的地位。对他们来说，打针输液住院什么的，那都是有钱人能用得起的高级稀罕玩意儿，而他们这些小老百姓，生了病，还是找先生写个方子，抓几服药，心里最踏实。

对于家中曾经开过药堂的夏秋来说，即便她已经在雅济医专学了三年护理，眼看就要从医专毕业，直接进入雅济医院做护士了……可从小的耳濡目染，让她还是对千百年来老祖宗留下的医术情有独钟。由于从小就跟着父亲在自家药堂帮忙，所以夏秋认药是很厉害的，这也是她想到六大药堂应聘药工的原因，只是，她本来以为十拿九稳的事情，却不想困难重重。

这几天她几乎跑遍了全城，将其他五大药堂转了个遍。可明明很缺人手的几大药堂，一看到她是女子，还是个学生，便纷纷摇头，大部分药堂随便说一两句便将她打发了。可有一家药堂的管事居然语出轻佻，也让她当即甩了脸子掉头走了。虽然离开后她还是有些可惜，但是却也不后悔，只是又要继续找其他药堂的活儿干了，而这乐善堂就是她要找的最后一家。

说起这乐善堂，虽然也是六大药堂之一，可却是行事最低调的一家，同其他五大药堂及其家族在临城的根深叶茂不同，这间乐善堂也就只有在人们谈论起其他几大药堂的时候捎带提上一句，就连

位置也是夏秋费了好大的劲儿才打听出来的，可也只打听出它位于临城的东北角——五奎巷上，这也是她今天这么晚才找到这里的原因。

来的路上，夏秋的心中还是很忐忑的，生怕自己再被拒绝，那样的话，她就只能去那些名不见经传的小药堂了，先不论这些小药堂的大夫医术医德怎么样，单是酬劳就没法子同大药堂比。

据她所知，六大药堂的药工，一个月最少给四块钱的工钱，而且还包午饭。而小药堂的话，一个月最多两块钱，甚至还会找各种借口刁难克扣，一个月下来，很可能连饭钱都不够！

她现在缺钱……十分缺钱，她必须在夏天到来之前攒下一大笔钱。所以，若是这六大药堂不要她，那些小药堂她也没必要去了，只能另辟蹊径赚钱。

只是，等她好不容易来到这乐善堂门口后，心中却有些小小的失望，因为，同其他几家比起来，这家药堂的门脸儿实在是太小了，甚至可以说是破旧，真要论起来，只怕还比不上她家以前开的那间。不过，既来之则安之，都已经到了门口，哪有不进去看看的道理，若是真同她的想象出入太多，大不了走就是了。

可等她进入药堂，自我介绍完，真正看清楚坐在柜台后面的那人之后，心中的失望又多加了一分。因为，坐在柜台后面的那人虽然只露了一张脸，却可以看出那只是一个十八九岁的青年，此时他正伏在柜台上写着什么。夏秋猜，那人应该只是个学徒。

夏秋的到来似乎吓了那人一跳，他放下笔抬头看了看她，然后有意无意地又向身后看了一眼，那里有一条蓝色粗布帘子，遮着的应该是通往内宅的门。一般情况下，这种老旧的门脸儿都是前店后宅的。

看过帘子之后，这人才回头看向夏秋，问道："这位小姐，你刚刚说什么？"

正所谓一鼓作气，再而衰，三而竭，夏秋此时已经预感到自己这次大概又要无功而返了，再加上如今铺子里只有一个学徒，又不是做主的人，所以更让她沮丧无比。不过，人家既然问了，出于礼貌，她只得又小声重复了一遍道："我是想问问看，你们药堂需不需要药工，我……我想找个差事！"

"药工？"这下，那人听清楚了，只是嘴角却向上扬了扬，拉长了声音道，"我家从不招工……"那人上扬的嘴角，以及被他拉得长长的尾音，立即被夏秋看作是对自己的嘲讽，因为这几天，她听到的类似语气实在是太多了。

多日的奔波此时化作满腔愤懑，不知怎的，夏秋的声音一下子大了起来，头也在同时抬高了，然后睁大了眼睛看向那人道："你们这里是乐善堂吗？种德堂他们都在招药工，预备着过几日开市，你们难道不需要？"既然被怠慢已经是肯定的了，那倒不如把底气做足，说不定还会被高看一眼。

那人似乎没想到一个来找活做的小丫头片子竟敢这么大声地对他说话，一下子来了兴趣，干脆从柜台后面绕了出来，向夏秋走了过去。

只是，等他离开了柜台的遮挡，走到了烛光下后，夏秋这才发现，她以为的学徒，竟然穿了一身灰格子的西装。只不过，他并没有系领带，只是任由西装里面的衬衫敞着领口，而领子则翻到了西装的外面，就连袖子，也不伦不类地向上挽了一截。

夏秋的脑袋一下子有些发蒙，她记得上次看到有人这么穿衣服，还是年前在雅济医院实习时，那天据说是洋人的圣诞节，自己的实习指导，从国外留洋回来的罗医生要去参加什么"派对"，所以才会打扮得如此摩登。否则的话，平日虽然他也穿西装，但样子、颜色就要保守多了，远不如那会儿那么打眼。但是，不管怎么说，不管这西装是保守还是时髦，都不是一个普普通通的学徒能穿的，更何况，这个男人比罗医生穿得好看太多了。怎么说呢，如果说这衣服穿在此人身上衬得他像是一朵从远处飘来的白云，那么穿在罗医生身上就像是一只被打包带捆好的行李……

夏秋知道这么比喻有些怪异，可看着这个男人就这么向她走来，这是她唯一能想到的。尤其是等他那双眼尾微微上翘的丹凤眼眯起来看向她的时候，她只觉得口舌发干，脑中更是纠结成了一团乱麻，

甚至连思考都不会了……直到，这个男人笑嘻嘻地开了口："我还是没听明白，你的意思是，埋怨我们药堂不招工喽，嗯？"

02

他的声音懒洋洋的，照样拖长了尾音，而随着他渐渐靠近，夏秋只感觉他若有若无扑过来的气息快要将她的脸蛋给烫熟了，更是不知道该说些什么好。就在她不知所措的时候，却见男子本来眯着的眼睛突然睁大了，看向夏秋的眼神中也出现了一丝诧异，紧接着他的眉头蹙了蹙，原本已经向夏秋弯过来的身子也直了起来。

随着他脸上笑容的消失，夏秋的神智也一下子被找了回来，这个时候她才意识到自己刚刚的表现是多么的荒唐，就像是……就像是中了邪一般，仿佛刚才那一瞬间，自己的眼里只有这个男人一样。如今夏秋总算恢复了神智，便连忙后退一步，然后她垂下头，让自己的心情平复下来。

等做过这一切之后，等她再次抬起头看向对面的男人时，却见他也不过就是眼睛长得比一般人好看些、顺眼些罢了，再加上皮肤白一些，眉毛浓一些，打扮摩登一些……大概就是因为这样，才会让她有那么十几秒的失神吧……只有十几秒，绝不会更多！

心情平静下来之后，夏秋说话也有了章法，她看着对面的男人缓缓地道："你好，我叫夏秋，是雅济医专三年级的学生，我家里以前是开药堂的，所以，想来你们药堂找一份药工的工作，不知道贵药堂需不需要人手。"

等她不卑不亢地将自己的来意和身份说完后，却发现对面男人的眉头似乎皱得又紧了些，嘴唇也抿成了一条线。

虽然从一进门夏秋就做好了被拒绝的心理准备，可当她清清楚楚地听到这个男人口中冷冰冰的"我们不需要"这几个字之后，还是难免有些失望，仿佛觉得这个门脸儿破破烂烂的药堂也并不如她刚刚认为的那样糟糕了。

　　如今，她既然被拒绝了，也就该离开了，可不知为何，夏秋却迟迟说不出"告辞"两个字，整个人也有些呆呆的，而这个时候，对面那个原本笑嘻嘻的男人似乎更加不耐烦起来，再次重复道："我们这里不需要药工，你还是去别家看看吧。太晚了，我们要打烊了。"

　　逐客令已下，夏秋知道非走不可了，更知道自己今天迈出这个门之后将会面对的是什么，毕竟，被六大药堂拒之门外后，意味着她满心的希望将化为泡影，她接下来的几个月也会更加难熬。

　　可是，再难熬，也得熬下去呀！

　　她的心中暗暗下了决心，毅然决然地准备离开，可就在这个时候，她却突然听到一声低吼从柜台后面的那条粗布帘子后传了出来。

　　随着这声音，她清清楚楚看到面前的男人愣了一下，然后，便见他再也顾不得她，而是急忙冲到了柜台后面，掀开了帘子。帘子的后面果然有扇门，一眨眼的工夫，他就穿过小门消失了。

　　看他就这么走了，夏秋先是怔了怔，而后竟鬼使神差般地，也绕到柜台后面，紧随那人之后来到了帘子前。不过，等夏秋掀开帘子后，却发现帘子后面的门竟然没有关上，而门的后面，是一个黑漆漆的院子。

　　由于没关门，所以几乎是在她撩开帘子的同时，一股强烈的冷风便猝不及防地吹向了她，让她几乎喘不过气来，更睁不开眼。但似乎是好奇，又似乎是下意识的，她还是穿过了小门，沿着勉强能看清的台阶走了下来，进入了那个院子。

　　她进入院子后，那股不知道从哪里吹过来的冷风便消失了，这也让她终于能睁开眼，只是，还没等她看清眼前的东西，却惊恐地发觉，随着一阵阵什么东西的喷气声，一个身材高大，目测至少有两米高的黑影向她冲了过来，眼看就要撞上她。

　　猝不及防间，夏秋下意识地向后退去，可慌乱之中她却忘了身后还有台阶，于是脚下一绊，她的身体失去了平衡，一屁股摔坐在了台阶上。

　　就在她摔倒的工夫，那东西便冲到了她的近前，黑暗中，虽然

她还无法看清那是什么，却已发觉冲向她的那个黑影竟然有四条腿，也就是说，撞向她的东西，绝不是人！

也对，将近两米高的东西，怎么可能会是人？

非人、四条腿……那就只可能是野兽喽——她有些混乱地想，她到底是会被它咬死，还是会被它踩死呢？

不过，就在夏秋忙着胡思乱想的时候，却突然听到一个低沉的男子声音在后院中响了起来："放肆！"

随着这个声音的响起，那只野兽仿佛撞到了什么东西上，竟然生生停了下来，甚至于还发出一声痛呼。

眼看就要撞上来的东西就这么硬生生地停了下来，这若是在平时，一定会引起夏秋的注意，不过可惜，这个时候夏秋刚刚"死里逃生"，脑子还乱糟糟的，根本就顾不上往别的地方想。而且这个时候，她也终于能看清那头野兽的真正面目了，结果却大大在她意料之外，也让她忘记了考虑这件事的诡异之处，因为，向她冲过来的根本就不是什么猛兽，竟然是一头高大的梅花鹿。

这头梅花鹿应该是一头成年的雄鹿，四肢健硕，看起来十分有力，不但如此，它的头上还长着一对巨大的鹿角，这一对鹿角仿佛树杈一般，即便在夜晚也散发着诱人的光泽，十分漂亮。也正是因为它这对粗壮巨大的鹿角，也才会让它看起来比一般的雄鹿更加高大，也才会让夏秋以为撞向自己的是一头高大凶狠的猛兽。

只是……药堂的后院里怎么会有一头鹿？

电光火石之间，夏秋突然想起来了，以前她就听父亲说过，一些大的药堂有时候会自己养鹿用来割鹿茸，甚至于用来操纵药市的行情，因为鹿的身上可以用来入药的地方非常多，可以说浑身都是宝。

她刚来临城的时候，也听本地的同学提过，说是几十年前，种德堂在临城郊外养了几百头梅花鹿，有一年鹿茸行情暴涨，他们赚了个盆满钵满，也成了六大药堂之首，羡煞旁人。所以，自那以后，很多药堂都学了去，只不过规模都是根据药堂自己的情况，有大有小罢了。不过，在这临城，再大的鹿场，也都大不过种德堂的。

要是这么说的话，这头梅花鹿出现在后院也就不奇怪了，毕竟这乐善堂也是六大药堂之一，肯定也养了鹿。如今，他们将鹿牵到了后院，要做什么也很清楚，除了割鹿茸，夏秋实在想不到还能有别的。

此刻，虽然这头梅花鹿停下来了，但是它却还在不停地喷着气，看起来很暴躁，眼睛里也布满血丝，显然刚才受了不小的惊吓。

夏秋又忍不住向它那对威武的鹿角看了去，显然这头梅花鹿已经成年，凭她对药材的了解，鹿茸是取不了了，因为鹿茸需要的是未成年小鹿的鹿角，但是这头成年鹿的鹿角却可以用来熬制鹿角胶，那也是很贵重的药材之一。

品相如此好的鹿角很难得，熬制出来的鹿角胶也一定是上品，而且，即便不用来制胶，只是整对拿去卖，也一定能卖个好价钱。更何况，除了鹿角，鹿的浑身都是宝，否则的话，那些有财力的药堂又怎么舍得办鹿场。要知道，临城本地是很少见到野生梅花鹿的，那些鹿可都是他们托人不远千里贩过来的呢！

她突然想起自己刚才在门外时听到的那声闷哼，显然，那不是错觉，更不是风声，因为那声音和刚刚在屋子里听到的声音除了大小之外几乎一模一样。也就是说，那声音应该是这头梅花鹿发出来的声音，显然，它是很不甘心被切掉鹿角的。

据她所知，若是自家鹿场里的鹿，绝不可能长出这么长的鹿角来，因为鹿茸比鹿角更好卖，鹿场主人绝不可能将鹿角留到这么长才割，所以，这头鹿只可能是猎人从野外抓回来的。而像这种野生梅花鹿的角被活生生割下后，即便不被杀，估计也活不了多久了，因为那是它的精华所在。

犹豫了一下，夏秋从地上站了起来，向这头梅花鹿小心翼翼地走了过去……

陆天岐根本就没想到，夏秋会跟着自己进后院，所以，等他察觉的时候已经晚了，不过，幸好梅花鹿被及时制止了，这才没有酿

成惨案，不然的话，肯定又要增添很多麻烦。

危机虽然解除了，可他还是被吓出了一身冷汗，如今看到夏秋只是摔了一跤，并没有出什么大事，便忍不住大声呵斥起来："谁让你进来的，还不快点离开，否则，别怪我……咦，你要做什么？！"

看到夏秋向那头差点将她踩死的梅花鹿走了过去，陆天岐又奇怪又吃惊，心道：莫不是这个女人被这头鹿给吓傻了？看到差点踩死自己的"凶手"非但不躲开，反而要靠上去？

虽然心中这么想，虽然刚才在前面大堂的时候，这个丫头片子身上散发出一股让他很不舒服的气息，可他也不能看着她自己上去找死呀，更何况还是在他们自己的地盘上，所以，吃惊之余，他就想上前将夏秋拉开。只是，他的脚刚刚动了动，却被一个人拉住了胳膊，他转头，神色古怪地看向身后那个穿着靛青色缎面长衫的男人道："乐鳌，你拦我做什么？"

03

被称作乐鳌的男子，看起来也就是二十多岁的样子，正是刚才喝住梅花鹿的人，也正是这家药堂的东家。此时，他的眼神完全停留在夏秋的身上，然后看也不看陆天岐地道："你说，她想做什么？"

"做什么？作死！"陆天岐一边愤愤地说着，一边想挣开乐鳌的手，"放开我，我可不想给咱们药堂找麻烦！"

只是，乐鳌的手像是一把铁钳，他怎么也挣脱不开，因此，他只能抽回落在夏秋身上的视线，转头看向乐鳌，只听乐鳌抿抿唇道："难道你找的麻烦还少吗？"

"你拿我同她比？"听到他竟然把自己同这个初次谋面的丫头片子比，陆天岐额上青筋直冒，就连脸颊都被气红了，但是，虽然生气，除了不甘地嚷嚷两声，一时半会儿他竟然也找不到反驳乐鳌的理由。

也就在他们说话的时候，夏秋已经走到了那头梅花鹿的面前。

这头梅花鹿果然高大，不算鹿角，竟然比夏秋还要高两三寸，以至于夏秋看它的时候，还要仰着头才行。不过，虽然刚才它差点撞倒夏秋，此时看起来也很暴躁，但却再也没有半点想要攻击夏秋的样子了，只是用一双布满血丝的眼睛盯着她看。

看到它的样子，夏秋也安心了几分，于是她先试探地抚了抚这头鹿的后背，见它没有抗拒，接着便轻轻地抚向它的脖颈，一下一下地，看样子是试图让它冷静下来。

刚开始的时候，夏秋可以感受到，随着自己的触碰，这头梅花鹿仍在微微颤抖，应该是还没完全从刚才的激动和恐惧中平复下来。渐渐地，颤抖慢慢消失了，鹿眼里的血丝也悄悄消散了，到了最后，它的气息也不像刚才那么粗了，呼吸平缓了下来，情绪自然也慢慢缓和了。

对于夏秋的做法，以及那头鹿的配合，乐鳌暗暗称奇，就连陆天岐也不再去阻止她了，只是眼睛一眨不眨地盯着她和那头渐渐变得安静的鹿。

又过了一会儿，这头梅花鹿总算是彻底平静下来，乐鳌正要走过去，却见夏秋突然用自己的脸颊轻轻地抵住这头鹿的脖子，似乎对它说了什么话。

她的举动让乐鳌的眉毛挑了挑，因为他很清楚地看到，在她说完那句话后，那头鹿的身体又很明显地紧绷了起来。紧接着，让陆天岐和乐鳌大跌眼镜的事情发生了。只见原本已经渐渐安静下来的梅花鹿，突然脖子一甩，四蹄一跃，向前蹿了去。与此同时，离它最近的夏秋也被甩开，然后她跟跟跄跄地向后退了几步，最后"扑通"一声坐在了地上，竟然又摔倒了。更巧的是，这次她摔倒的位置，刚好将门挡了个严严实实。

不过，乐鳌早已发现了不对劲儿，所以，就在鹿蹿出去的那一刻，他便对身旁的陆天岐哼了一声道："把它带回来！"

梅花鹿逃跑，夏秋摔倒以及乐鳌开口几乎是在同时发生的，等

陆天岐反应过来的时候，那头梅花鹿早就蹿过那扇他们进来的小门冲了出去。紧接着，前面传来一阵"乒乒乓乓"的乱响，应该是打碎了什么东西的声音。

只是很快的，就又重新恢复了平静，应该是那头鹿撞倒东西后跑掉了。

前面传来的声音听得陆天岐心中一揪一揪的，心想这次损失绝对小不了，于是他狠狠瞪了眼地上的夏秋，又瞥了瞥身后的乐鳌，幽幽地说了句："记住，以后别老说我找麻烦了！"说完，他绕过夏秋，快速向小门冲了过去，身影闪了闪便消失在门口，却是追鹿去了。

夏秋有心拦住陆天岐，可他身手实在敏捷，于是只能眼睁睁地看着他绕过自己追了出去，而就在她发呆的工夫，却听一个声音缓缓地说道："怎么，还不起来吗？"

夏秋这才回过神来，急忙转回头，快速看了站在自己面前那个穿着靛蓝色缎面长衫的男子一眼，然后又快速低下头，再不敢看他，而是红着脸从地上站了起来，借着拍打沾在衣服上的灰尘来掩饰自己的情绪。只是在拍打的过程中，她却心疼地发现，自己的外套上不知何时破了一个大口子，应该是在刚才摔倒的时候扯破的。

这衣服还是她娘亲给她留下来的，也是她为数不多的能穿出去见人的衣服，平日里只会被她小心地压在箱底，只有天气好的时候才会拿出来晒一晒，这次，若不是为了找差事，她根本就舍不得穿出来。

正在夏秋沮丧的时候，乐鳌已经走到了她的身边，淡淡地道："院子里冷，进屋吧。"说着，他绕过夏秋，头也不回地进了小门，往大堂去了。

夏秋回到大堂的时候，乐鳌已经坐到了旁边专门为大夫看病方便准备的隔间里，隔间同大堂只有一道帘子隔着，正对着大门口，此时，帘子高高地卷起，隔间便同大堂连在了一起，乐鳌就坐在隔间里的诊案后面，静静地看着她，显然是在等她。

其实，刚进入大堂的时候，夏秋本想就这么走的，但此时被这个男人盯着，再加上大堂里一片狼藉，不但柜台上乱作一团，连厅中的一些桌椅都倒在了地上，显然是被刚才那头跑掉的梅花鹿撞翻的，所以，她也实在不好意思一句话不说就走。

她本想帮着收拾下，可心中实在是有鬼，怕太刻意反而会被怀疑，于是便蹭到了大堂同隔间交界的地方，然后舔着唇心虚地道："那个，要不我帮你们收拾下？"

"不必，天岐回来会收拾的。"看着她，乐鳌静静地道。

夏秋心中松了口气，这才不失时机地说："既然如此，天色太晚了，我就先告辞了……"

可还不等她说完，却听乐鳌不紧不慢地再次开口道："急什么，难道你不想等天岐将鹿带回来了吗？"

"带回来？"夏秋的脚一下子像生了根，"你是说，他还能把鹿抓回来？"

怎么可能？

现在是晚上，外面的街道上又没有人拦着，这头梅花鹿好容易跑了，又怎么可能那么容易被追回来呢？

看到夏秋一脸不相信的样子，乐鳌微微一笑道："不信？你觉得你故意将鹿放走，我们就找不回来了？"

"我……我……我没……"被揭了底，夏秋的脸上立即像火烧一般，想要辩解，却也知道这次是自己理亏，毕竟那是人家的鹿，人家的后院，说白了，那是人家的东西，她给人家弄丢了，人家能不找她索赔算账吗？再说了，还有这被鹿弄得乱七八糟的大堂。

一时间，她有些后悔刚刚的冲动，她应该多想想的，也许能找到更好的法子放走那头鹿，最起码，也不会像现在这样被主人家抓个现行。不过，既然事已至此，她索性将心一横，抬头看着乐鳌道："鹿是我放走的，你们想怎样？"

让她赔钱是没有的，大不了欠着，反正她现在背了一身的债，

正所谓"虱子多了不咬，债多了不愁"，也不在乎多欠这一家。

见她一个小姑娘竟耍起了横，乐鳌哼了声："你承认就好。"说着，他从旁边的书架上拿下来一本书，打开看了起来，同时低低地说了一句，"那就等着吧！"说完，他自顾自地看书，却再也不理会夏秋了。

如今这种情况，夏秋也只能等着了，但她却不太相信刚刚那个男人还能把鹿寻回来。

那头鹿的身材比普通鹿高大得多，四肢也健壮得多，跑得也一定比其他鹿快，而且她听说，梅花鹿的速度似乎比狮子还快，所以除非那个男人是飞毛腿，又或者他们家里养着洋人的小轿车，否则的话，别说抓回来了，想要追上它都不容易。只是，车子发动必定会有声音，刚才那个男人追出去的时候，她根本就没听到发动汽车的声音，更没有在任何地方看到有车的踪迹。

这让夏秋又安心又沮丧，安心的是那头梅花鹿总算是得救了，沮丧的是，自己这次只怕真要被这家的主人扣住了，就是不知道他们会不会将她送到警察局去，警察局的人会不会让她赔钱，让她坐班房。

胡思乱想了一阵，夏秋渐渐觉得自己的后背有些潮热，竟是出了汗，这个时候她才意识到，这药铺里面太暖和，她在屋子里穿着外套戴着围巾，似乎有些不太合时宜。既然一时走不了，夏秋索性将自己脖子上围了一圈又一圈的围巾解开了，然后又解开了外套上的纽扣，干脆连外套也脱了。

外套的里面，她穿了一件乳白色带粉色碎花的斜襟小袄，下面自然是那条黑色的学生裙，被屋子里的热气一熏，浅色的袄子衬得她的脸颊红扑扑的，眼睛也越发明亮起来，再加上她继承了娘亲的美貌，从小就是个美人胚子，如今在昏暗的烛光下，更显得眉目如画，活脱脱就是一个从聊斋里走出来的妖精……

只见她犹豫了一下，竟向隔间的乐鳌走了过去。

　　乐鳌看书看得正入神，却觉得眼前人影一晃，于是他将视线从书本上移开，只见夏秋已经站到了他面前，他眉头微微皱了皱道："怎么了？"

　　夏秋快速地扫了乐鳌一眼，然后低下头用极小的声音嘟囔了句什么，声音小到连她自己都听不清。

　　乐鳌撇撇嘴道："你大声点，我听不清。"

　　看到乐鳌一脸不耐烦的样子，夏秋只得提高了些声音，紧紧抱着自己的外套扭捏地说道："那个，我想问，你们这里有没有针线？"

　　"针线？"乐鳌一怔。

　　"嗯，针线。"这次夏秋的声音又加大了几分，"我的衣服划破了，想要补一下。"

　　"衣服破了？"乐鳌上下打量了她一下，发现小姑娘身上的衣服干干净净的，并没有看到破损的地方，然后他将视线扫向她手中抱着的外套，恍然大悟，点点头道，"在柜台旁边的抽屉里，具体哪个我忘记了，反正就是那几个，你自己去找吧。"

　　本来夏秋是想让他帮自己拿的，可看到他将地点告诉她后又重新将视线投回到书本上，她也不好再说什么，只得硬着头皮去了柜台。经过一番找寻，她终于在最下面一个放杂物的抽屉里找到了针线盒。看到这针线盒放置的位置，夏秋就知道这东西很少有人用，再看里面那些还没拆封的线轴，她更肯定了自己的猜测。

　　拿着针线盒回到大厅后，她先是将倒在地上的桌椅家具扶了起来，然后将针线盒放在一个茶几上，接着便坐到旁边的椅子上，将外套在腿上放好，这才开始翻找针线盒里的线轴。她很幸运，很快就找到了匹配的线轴，她大喜，连忙穿针引线，然后找到自己外套上破损的地方，一针一线地缝补起来。

　　线很细却结实，一看就不是本地的粗麻线，应该是从海外舶来的东西，再加上夏秋针线活儿了得，不过是半个小时的工夫，她就

快把破损的地方缝补好了，她的心情也随着渐渐恢复原状的外套一起越发轻松起来，差点就哼起了小时候母亲在给她缝衣服时经常哼起的那首江南小调。

眼看就要大功告成的时候，夏秋却听到店铺的大门一响，有人从外面推门进来了，等看到进来的那人，以及他身后牵着的东西后，夏秋的脸色立即变了，手一颤，手中的针立即狠狠扎在了她的手指头上。她痛呼一声，急忙将手指凑到了嘴边，开始吮吸上面冒出来的血珠，而她的眼神却快速地闪烁起来，看了门口一会儿后，又转头看向了隔间里的乐鳌。

这会儿，乐鳌也已经放下书本，他看着进来那人道："怎么这么慢？"

"慢？你知道吗，这位鹿兄这次像发了疯似的，跑得比豹子还快，就像有鬼在后面追它……咦，她怎么还在？"

来人正是出去追鹿的陆天岐，大门的位置正好能看到隔间里的诊台，所以，刚进来的时候，他还以为屋子里只有乐鳌一个人。所以，直到此时，他才看到了坐在大堂角落里的夏秋，当即眼角闪过一丝诧异，想要说的话自然也戛然而止。

夏秋的眼珠骨碌碌地转着，没有应声，而乐鳌已经走向了陆天岐，他来到那头梅花鹿的身旁，用手轻轻抚了抚它的后背，然后转头对夏秋说道："好了，你可以走了。"说着，他牵起鹿，带着它又向后院走去。

这个时候，陆天岐也不再多说什么，只是斜了夏秋一眼道："听到了吗？你可以走了，而且，我再告诉你一遍，我们这里不招工！明白了吗？"说着，他转过身，将大门大敞开来，摆出一副送客的架势！

事已至此，夏秋知道自己再也做不了什么，可她仍有些不甘心，她看了眼已经绕到柜台后的乐鳌，犹豫片刻后，坚定地说道："我知道你们不信，不过，这头梅花鹿我劝你们最好不要动，它同别的鹿不同，我放了它，不仅仅是为了它，也是为了你们好。那么多的鹿可以取鹿角，你们为何偏偏要取它的呢？"

类似的事情，夏秋从小到大遇到过无数次，很多次她都会像今天这样劝说别人，不过可惜的是，根本没几个人听她的，甚至还把她当作怪人，当作迂腐的滥好人。这次也一样，即便她知道自己说了也没用，仍旧会像以前那样被人说蠢，可她还是要说出来。别人都以为这是因为她心善，见不得生灵受苦，就连她的父母也是如此认为，可又有谁知道，她这么做，可不仅仅为了那些动物，更是为了那些做出这种事情的人——有的时候，大自然的力量可比人们想象得大多了，也可怕多了！

像往常那样说出最后的忠告后，夏秋立即扯断线头，打算穿上外套离开，即使衣服没有完全补好也不要紧了。

只是，她刚穿上一条袖子，却听有人在身后唤她。她转头，却是乐鳌。

此时，乐鳌将已经掀起了一半的帘子放下，似笑非笑地看着她说："你以为，我们是要取它的角？"

"难道不是吗？"夏秋一愣。

"扑哧"一声，站在大门口的陆天岐竟然笑出了声，同时还嘟囔了句"傻瓜"。

这下夏秋有些蒙了，这里是药堂，他们抓了鹿回来，难道不是要杀了它炮制药材吗？

而这时，乐鳌已经牵着鹿又从柜台后面绕了回来，然后来到夏秋面前，指着鹿的后腿说道："你看。"

顺着乐鳌的手指望去，夏秋这才看到，这头梅花鹿的后腿上有一道深深的刀痕，像是被什么东西砍的，不但如此，原本整齐的刀口两旁，此时还隐隐有开裂的迹象。也就是说，这鹿本来就受了不轻的伤，结果经过刚才的一番逃跑，不但旧伤没有得到治疗，反而更重了，甚至还有创口扩大的迹象。

这个时候，夏秋才恍然大悟，看着乐鳌结结巴巴地道："你的意思是，你是要为它治伤，而不是……而不是……"

而不是要杀了它？

夏秋明白了，看来自己这次是真的做了件蠢事！

见她刚刚才明白，陆天岐为了表达自己的鄙视之情，于是用比刚才高几倍的声音再次大声说了句："傻瓜！"然后，他也不再同夏秋啰唆，催促道，"难道你来我家找活的时候没有打听清楚吗？我家不仅能给人治病，还能给动物治病！好了好了，不管怎么样，这都同你没关系了，你还是快点走吧！"

兽医？

虽然经常有大夫兼做兽医的，可夏秋怎么也没想到，身为临城六大药堂之一的乐善堂竟然也兼做兽医！

一般有名的大夫和药堂，不是最避讳这一点吗？怎么到了这里，倒仿佛百无禁忌了呢？而且，她之前打听六大药堂情况的时候，也的确没听说过这个乐善堂还兼做兽医，只知道他们行事很低调、很神秘，但医术却不错。

事情搞清楚之后，陆天岐也不再在大门口守着了，走到了夏秋面前，嗤笑道："怎么，难道你以为多待一会儿，我们就会用你吗？"

"不是！"夏秋沉吟了一下，"我只想知道，你们想怎么给它治疗？"

她的话让陆天岐一怔，眸子闪烁了一下，冷哼道："怎么治就是我们的事情了，你要再赖着不走，可就别怪我动手了啊！"

"它的伤口是刀伤，若是正常情况下，只要金疮药就足够了，不过，经过刚才的剧烈运动，它的伤口又撕裂了，创口已经很不整齐，里面的各皮层创面只怕也会参差不齐，光用金疮药怕是不行了，如果肌腱撕裂，有可能还会落下残疾，腿会瘸掉，再也跑不快，所以，现在这种状况，需要帮它缝合。"

听到夏秋说得头头是道，乐鳌的脸上露出一丝兴味："这么说，你会缝合？"

夏秋点点头道："这件事情，归根结底是我莽撞了，如今害它受累，是我的错，所以我必须亲自弥补。你们放心，只要帮它缝好了，我立即离开，不会赖在你们这里不走的。"

说最后一句的时候，她是看着陆天岐的，结果却换来对方一声更不屑的轻哼。

夏秋当然知道，就算不用她来治疗，这临城六大药堂之一的乐善堂也会将这头梅花鹿治好，可是，既然这件事情是因她而起，她总要负责任才行，不然又怎么能安心。而且，就算他们乐善堂真的兼做兽医，她也没有完全相信他们的话，毕竟，她所知道的兽医，一般都是医治家禽家畜，比如猪、牛、羊，抑或是骡马什么的，还从没听说过有医治野生动物的呢，她总要再观察一番才能放心。

05

"让你帮它缝合没问题。"她心中的想法，乐鳌还是能猜到几分的，但他却不在意，反而笑了笑，然后突然转移了话题，"不过你之前说的为我们好又是什么意思？"比如，他刚才好像记得，她说让他们最好不要动这头鹿……

这一次，夏秋别开了眼，随口说道："没什么意思，我只是怕你们会伤害它才会这么说的，你们就当没听过好了。"说着，她的视线投向了桌子上的针线盒，立即将话题岔开，"我需要用开水给针线消毒，你们去找个炉子过来吧，实在不行，火盆也成！"

看到她竟敢指使他们做事，陆天岐正要发作，却被乐鳌一个眼色制止了，只得吞下一肚子的愤懑，不情不愿地从后面拿来一个火盆和一口砂锅，然后他将火盆往夏秋面前一放，冷冰冰地说道："我家从不开火，这是取暖用的。"

火盆里的炭是上好的银丝炭，一点儿都不熏人，陆天岐甚至还帮她拿来一个炉圈。夏秋在砂锅中注了些水，接着把砂锅放到架在火盆上的炉圈上，然后又把针和一团干净的白色棉线扔了进去，不一会儿工夫，水就沸腾了。

给针和线消好了毒，夏秋就把砂锅里的水倒掉，净了手后再次

穿针引线，而这个时候，乐鳌和陆天岐已经把鹿放倒了，让它侧躺在一块毡子上。

这头鹿出人意料的听话，让夏秋很意外，但是，如今这种情形，听话总比不听话要好，于是她拿着针线走近它，又检查了它的伤口一番，犹豫了一下，说道："缝合我没问题，不过缺少麻醉剂，只怕它会很疼，到时候它若是发了狂，恐怕就不好办了，所以，你们要按紧它……"

她的话还没说完，就见乐鳌不知道从哪里拿出几片叶子，然后在鹿腿上的那道伤口处蹭了几下，这才看向夏秋，低声道："这个你不用担心。"

"那是曼陀罗草？"夏秋眼睛一亮。

这种草据说是以前华佗制作麻沸散的秘药，听说价值不菲，夏秋也只是在《本草纲目》上看过图片，没想到被眼前这个男人用在了一头鹿的身上。直到这个时候，她才真正相信乐鳌之前说的话了，看来他们是真的想救治这头鹿，否则的话，他们又怎么会舍得给鹿用这种药。

伤口既然已经麻醉处理，夏秋也就没什么顾虑了，下手自然也非常利落，不过一刻钟的时间，就将这头鹿撕裂的伤口缝合好了。

这缝合伤力的技术，还是去年实习的时候，她轮到外科时练习的呢，有一次遇到几个混混在街上火拼，其中有一个头目被人砍了好几刀，当时医生刚巧不在，那头目的手下闹腾得厉害，不得已她只得硬着头皮上去缝合。好在那个头目的伤势看着凶险，却并没有伤到什么要害，也好在她缝合技术经过一段时间训练，也算不错，头目的伤口经过她的缝合后，很快就痊愈了，不然的话，那头目若是有什么三长两短，她也要跟着倒大霉了。

在她缝合的过程中，这头鹿果然一动都没动，显然是曼陀罗草起了大作用，似乎比医院的麻醉药还管用，这也让她对这个乐善堂更好奇起来。

所有的事情做完，针线也重新收回到针线盒里，夏秋准备告辞了，临走前，她想再确认下鹿的状况，而这个时候，也不知道乐鳌给那头鹿吃了什么药，它已经安静地睡着了。

夏秋犹豫了一下，又走近已经熟睡的梅花鹿旁，然后蹲下来，轻轻地抚了抚它的额头，低低地说道："冤有头，债有主，谁伤了你，你找谁去就是。还有，日后一定要小心，不要再被人抓到了。"

她说话的时候，乐鳌和陆天岐都不在她身边，她也以为他们听不到，只是，当她重新站起来，要打算走的时候，却被乐鳌叫住了。

"你叫什么名字？"

夏秋回头，犹豫了一下，还是将自己的真名说了出来："夏秋，夏天的夏，秋天的秋。"

"嗯。"乐鳌应了一声，继续问道，"刚才你说，你是来找事做的？"

夏秋神色一黯，扫了旁边一脸不屑的陆天岐一眼，点点头道："是，因为我听说六大药堂在年初开市前会很忙，人手也不够，而我家以前就是开药堂的，对药很熟悉，便想找份药工的事情做，结果没想到……"

"可惜……"不等夏秋说完，便听乐鳌摇着头打断她说，"我们家不缺药工。"

就在刚刚乐鳌叫住她的时候，夏秋心中原本还重新升起了一丝希望，只是没想到，她满心的期待，最终还是化作了泡影。不过，这也没什么，反正她也早就有心理准备了，她顿了顿，点点头说，"我知道，是我打扰了，告辞。"

"等一下！"她刚要转身，却又被叫住了，乐鳌歪着头看着她说，"你缝合的手法很娴熟，应该是专门学过的，你是在哪个医专学的？"

"我是雅济医专三年级的学生。"夏秋说着，扫了眼乐鳌旁边的陆天岐，接着道，"我来的时候都对他说了，你想知道什么，问他好了。"

只是，乐鳌并没有问陆天岐，而是看着夏秋继续问道："据我所知，在医专学习的第三年，你们就已经在医院实习了，而且，学校

也不会再收你们的饭费。而等到明年毕业，你们实习期结束，就会成为雅济医院的正式护士，到时候每个月至少有五块钱的工钱可拿。这个时候，你离开雅济医院，非但日后会失去雅济医院的护士工作，别的医院只怕也不敢用你，甚至还要赔偿一大笔钱给医院。究竟发生了什么事，让你决定离开那里，难道，当护士不好吗？"

乐鳌的话让夏秋的脸色越来越苍白，不过，自己此时尴尬的处境虽然被说破，夏秋却并没有在人前露出心中的情绪，仍旧硬着头皮说道："这是我自己的事情，不用你管，要是没什么事，我就告辞了。"

这一次，她不再迟疑，快步走到了门边。

可她刚要开门，却听乐鳌的声音再次响起："想要被我们药堂聘用，我自然要问清楚你的底细，还有你来这里的原因，不然，用了身份不明的人，我岂不是自己给自己找麻烦？"

他的话一下子让夏秋站住了，她急忙转回头，用难以置信的口气问道："你说什么，你要用我？可你……可你刚刚不是还说，你们不招药工吗？"

此时，不敢相信自己耳朵的岂止是他，陆天岐也一样，他瞪圆了眼睛看向旁边的乐鳌，然后又看了看门口的夏秋，大声问道："乐鳌，你是不是中邪了，咱们……咱们药堂什么时候招过外人！"

乐鳌瞥了他一眼，没有接他的话，而是再次看向夏秋问道："怎么样，即便是这样，你也不肯告诉我发生了什么吗？"

夏秋感觉自己被一个天大的馅饼砸中了，但是她也知道，这世上绝不会有免费的午餐，在没有弄明白眼前这个人的目的时，自己最好还是不要轻易就被哄骗了去。于是她沉静了下心情，慢慢地说道："实在抱歉，这是我的私事，我并不想广而告之，不过，我能保证的是，只要你们能雇用我，我一定不会给你们找麻烦，一定不会连累你们。我能说的也只有这些了，希望你们能理解我的心情。毕竟，这世上的事，并不是都能公之于众的。"

她的话让大堂中沉静了几秒，场面也十分尴尬，最后还是话最多的陆天岐率先打破了沉寂："既然如此，那就没办法了，我们总不能用一个……"

他的话还没说完，却听乐鳌又开口了，他点点头道："你的嘴巴很紧……好吧，我们这还缺一个疡科大夫，你可以在这里坐堂，顺便帮我们看铺子，打打杂，工钱是八块大洋，出诊另算，包午饭，如何？"

"啊！"

乐鳌此话一出，不但是夏秋，连陆天岐都傻了，以为自己听错了，直到乐鳌见夏秋不回答，又不耐烦地重复了一遍，他们这才敢相信自己的耳朵。

而且，乐鳌显然误会了夏秋的沉默，眉头更是又皱了起来，又道："怎么，嫌少？那就……"

这个时候，夏秋终于回过神来，脑袋像磕头虫一样快速地点着，生怕乐鳌会反悔，同时忙不迭地道："不少，不少，我……我什么时候可以上工？"

乐鳌看了看桌上的座钟，发现已经快要晚上九点了，于是抿抿唇说："明天！"

"好，好！"

这个时候，夏秋才相信这世上真有天上掉馅饼的事情，她暗暗掐了掐自己的手心，确认自己没有听错之后，已经不知道该怎么表达此时狂喜的心情了，脸上的笑容更是再也掩藏不住。

06

看到这个讨厌的丫头片子竟然笑得像朵花似的，陆天岐的心中更不爽了，真想出言讽刺几句，却又被乐鳌一个眼神制止了，只好暂时咽下了话头。

紧接着，乐鳌便开始向夏秋介绍道："我是这里的掌柜，也是这里的东家，我姓乐，这是陆天岐，是我的表弟，也是这里的账房。"

23

"东家好，陆少爷好，没什么事我就先回去了，回去准备准备，明天一早来上工！"夏秋已经激动得话音都发颤了。

乐鳌点点头，这次没有再多说什么，眼看着夏秋就这么轻飘飘地出了门。

她一走，陆天岐马上关紧大门，然后双手抱胸，歪头看着乐鳌道："你什么意思？让这么个外人进来，难道你不怕她看破咱们的事情？"

"你放心，我自有原因。"扫了他一眼，乐鳌回道。

然后，他不再理会满脸愤愤的陆天岐，而是来到了地上的那头梅花鹿身旁，蹲下来拍了拍它的头，便见刚才还昏昏欲睡的鹿立即睁开了眼睛。

在乐鳌低声问了它句什么后，陆天岐就看见这头鹿神情紧张了起来，鼻子里也"噗噗"地喷着气，仿佛在回应乐鳌。

等它的情绪渐渐平复下来，乐鳌又像对待老朋友那样轻轻拍了拍它的后背，这才说道："我知道了，你好好休息，一会儿我就让天岐将你送回去。"

梅花鹿又低吼了两声，这才慢慢安静下来，却是再次陷入了沉睡中。

见它又睡着了，乐鳌这才用手心在它的伤口上抚了抚，于是神奇的一幕发生了，这头鹿腿上的伤口竟然消失得无影无踪，瞬间愈合了。

其实，刚才在夏秋进门之前，他就已经要为鹿兄疗伤了，哪想到刚要动手，便听到门口有动静，为了稳妥起见，他这才带着鹿兄去了后院。结果没想到，去了后院也没用，因为在院子里待了没一会儿，鹿兄的情绪就变得越发焦躁起来，甚至最后还冲了出去，让夏秋撞个正着，完全暴露了他们的行踪。再然后就是夏秋冲进后院放走鹿兄，那个时候，相对于鹿兄的突然发狂，更让他百思不得其解的是，它竟然听了夏秋的话，连伤都不治就那么跑了，那副样子现在想起来，就像是它在不知不觉中被蛊惑了一般。

想着想着，鹿兄的伤口就在他的治疗下愈合了，只留下刚才夏秋替鹿兄缝合的棉线还嵌在鹿皮上，乐鳌想了一下，终是忍住了没将这线头取下来。

做好这一切后，今晚的事情也就忙得差不多了，于是乐鳌站了起来，想要收拾一下就回去休息，只是眼睛一扫，却看到袖口上沾了些血迹，应该是刚才替鹿兄疗伤的时候不小心沾上的。他皱了皱眉头，正要将外衣脱下，可随着一股淡淡的味道从鼻前划过，他微微一怔，连忙将袖口又向鼻前凑近了些，仔细闻了闻。

"怎么了，可是有什么不对？"

看到乐鳌的样子，陆天岐也察觉出了不对劲儿，连忙走了过来，路过刚才夏秋放衣服的那张椅子的时候，却看到椅子上搭着一条黑色的大围巾，应该是她走的时候忘记拿了。

此时乐鳌已经脸色大变，顾不得其他，急忙蹲了下来，将右手臂的袖子撸了起来，然后脸色铁青地说道："鹿兄，我也是为你们好，得罪了！"

说着，就见他右手一晃，原本纤长好看的修长手指，眨眼间变成了一只青色的利爪，然后，就连他的手臂也在同时变成了青灰色，紧接着，他的手臂也变得越发的粗壮，青色手臂的外面长出了一层薄薄的鳞片，鳞片的上面还长着细毛。随即，陆天岐只觉得眼前一花，便见乐鳌用长长的指甲在梅花鹿的肚腹上狠狠一划，它的肚皮上便立即出现了一道深深的伤口，血马上就流了出来，再然后，他便把整条手臂深深地插进了它的肚子里……

"对不起，我好像落东西了，我的围巾……"

察觉落了东西重新返回来的夏秋进门时，看到的就是乐鳌将自己的"手"插进梅花鹿肚子的这一幕。于是在愣了三秒之后，夏秋吓得转身就往大门口的方向跑去。可这次，虽然大门离她只有三四步远的距离，却让她终于知道了什么叫作咫尺天涯。

因为，在她眼看就要冲出去的时候，只觉得眼前人影一闪，就被人挡住了去路，此人正是刚才还守在乐鳌身边的陆天岐。

夏秋也不知道他是怎么在眨眼的工夫从乐鳌的身边冲到门口的，可她却能清清楚楚地看到，眼前的这个陆天岐，早已不是她刚进门的时候，那副摩登少年的样子，他的眸子已经缩成了一道竖线，两颗尖尖的獠牙也从嘴角伸了出来。不仅如此，他的指甲已经变成了钩子一般，仿佛一下子划下去，就能将人的五脏六腑全挖出来。

此时，他甚至还在夏秋面前得意地晃了晃自己的指甲，然后笑嘻嘻地道："怎么，围巾不要了？"

夏秋眼珠转了转，立即就想喊"救命"！

可这两个字最终只卡在了喉咙里，因为，还不等她喊出来，大门就在陆天岐身后悄无声息地关上了，不但如此，她也再发不出声来，喉咙就像被什么东西堵住了，她心中只能暗暗道了句糟糕。

这个时候，却见陆天岐又笑了："就算让你喊出来也没什么，只要我不想，谁也不会听到里面的声音……"

可他话音未落，却突然看到眼前的夏秋竟然向他冲了过来，却是要硬闯。

对她的自不量力，陆天岐实在是觉得又吃惊又有趣。吃惊的是，这个丫头片子胆子竟然比他想象的大得多；有趣的是，难道她觉得她能撞开他冲出去？所以，他想也没想就伸手打算推开夏秋，甚至因为怕会伤了她，还暂时将自己的指甲给收回去了，同时一脸揶揄地恐吓道："你放心好了，你身上没有二两肉，还不够我塞牙缝的，只要你老老实实的，等一会儿……"

等一会儿就让乐鳌将她的记忆抹掉了事，反正他们也不是第一次这样做了。可是，这一次他却有些托大了，随着一股奇怪的气息向他迎面扑来，他终于察觉出了不对劲儿。

准确地说，这种感觉之前也出现过一次，就是在夏秋刚来的时候，那个时候，等他走到她面前的时候，莫名其妙的就感到非常烦躁焦虑，所以才会在突然间变脸，恨不得立即赶走她。

这个时候，这种感觉再一次出现了，而且同刚才相比，这次的感觉更强烈，竟让他有些头晕目眩，力气也仿佛一下子被抽离了，他的手脚也突然感到酸软无力。于是，一种危机感油然而生，让他恨不得立即离这个丫头远远的，说难听点，就是想逃跑。

这还是他修行几千年来，头一次有这种感觉——竟然害怕一个普通人！只是，由于两人离得实在是太近，还没等他有机会躲开，夏秋就已经到了他的面前。于是，陆天岐只觉得自己胸口一痛，被夏秋狠狠撞了个正着。

他一声闷哼，紧接着，夏秋就像一条小鱼一样，从他的腋下冲过去了，竟是突破了他的阻挡，动作竟然灵活无比。

一撞开陆天岐，夏秋便头也不回地向大门口冲去，她现在只有一个念头，就是冲出去，离开这家诡异的药堂。而且，她也的确快成功了，眼见着大门离她越来越近，只要她能冲出去，就有一线生机。可偏偏在这个时候，她突然觉得指尖一麻，好像戳到了什么东西上面，而紧接着，她感觉自己似乎被一股力道挡了回来，让她向后退了好几步，她费了好大劲儿才没让自己摔倒在地。

被弹回来的她愣了愣，然后立即不死心地再次冲向大门，结果却又一次被挡了回来，仿佛有一堵无形的墙挡在大门口的方向，让她根本就过不去。夏秋的心立即沉了下来，忍不住又向窗户看去，显然她还不死心，打算破窗而出。

就在这个时候，却听乐鳌的声音幽幽地响起："没用的，我不让你走，你是走不了的。不信的话，你可以试试。"

这个时候，夏秋突然想起，刚才那头快要撞上自己的梅花鹿，也是这么停下来的，只可惜她刚刚才想通，否则的话，也不会回来自投罗网了。只是现在她再想什么也没用了，她沉了沉心，转头看向乐鳌，盯着他的眼睛冷静地问道："你也打算杀了我？"

07

乐鳌这会儿已经站了起来，虽然手臂血淋淋的看起来十分恐怖，

但夏秋却没有瞅到他刚才变成兽爪的手，因为他的手已经重新变回了原来人手的样子。

此时，他沾满鲜血的拇指和食指之间捏着一个圆形的东西，这东西只有拇指大小，完全被血液浸透，让人根本就看不出它的本来面目。

就在夏秋质问他的工夫，就见他的两根手指一使劲，使劲捏了下去。这个时候，夏秋才发现，这东西的外面裹着一层薄薄的壳，被乐鳌一捏，立即碎成一片片的，不但如此，这薄壳的里面竟然还有东西，黑乎乎、圆滚滚的，对她来说并不陌生，倒像是一颗蜜丸。

显然，这就是乐鳌从这头梅花鹿的肚腹里掏出来的东西。

看到这东西，夏秋一下子愣住了，更是忘记了自己此时的处境，就这个时候，却听乐鳌用鼻子不屑地哼了一声："他家还真是无所不用其极，这要是让它回去，可就糟了……"

"那……那是什么？"看着乐鳌手中的蜜丸，夏秋忍不住问道。

乐鳌也没打算隐瞒，抬头瞧了她一眼说："能让人发狂的毒药，对动物效果也一样。"

发狂？可刚才看着，这头梅花鹿还是很温顺的呀！难道说，她刚才走了以后，这头鹿就发了狂，所以这位乐大当家才会把它给杀了，是为了防止它会发狂伤人？不对！很快夏秋就否定了自己的这个想法。想到自己进来的时候看到的那一幕，她忍不住打了个寒颤……不管怎样，这位乐大当家这么做都太血腥了些，做法也很不对劲儿，哪里像是一个正常人能做到的？还有那个陆天岐，他的指甲到底是怎么回事？还有他的眼睛……当时的他，任谁看到，都不会认为他是正常人吧！

于是，她忍不住又向地上倒卧的梅花鹿看了去，却见它果然一动也不动了，这让她的心中闪过一丝难过。可还没等她难过完，再看梅花鹿腹部的时候，却立即瞪圆了眼睛。

原来，刚才乐鳌伸进手的地方，此时已经变得平滑无比，半点伤痕都看不到了，若不是它的皮毛上还沾着血，她甚至都要怀疑自己刚刚看到的一切都是自己的幻觉。不仅如此，梅花鹿的肚腹还在平稳的起伏着，显然还活着，而且睡得正熟，根本没意识到自己刚刚被人从肚子里拿出东西。

等夏秋的视线再往下看，看向自己刚才替它缝合的那处大腿上的伤口时，更是吃了一惊，因为那道伤口此时也消失得无影无踪了。这会儿，梅花鹿棕色的毛皮上，只留下了一条蜈蚣爬似的缝合痕迹，她刚刚为它缝合的棉线，也正孤零零地嵌在了肉里，在平滑的鹿皮上显得无比突兀。

取出了药，乐鳌的心也放下了一半，接下来就是处理夏秋的事情了。不过在这之前，他扫了眼仍旧站在大门口不肯过来、脸色铁青的陆天岐，这才对夏秋道："想必明日你是不会来了，也罢！"说着，他向夏秋慢慢走去，"那我只好先消除你的记忆了。"

"等等！"看到他徐徐靠近，夏秋连忙后退一步，看向他另一只拿着药丸的手，冷静地道，"我觉得，在那之前，你是不是应该告诉我发生这一切的原因。"

"原因？"

乐鳌一愣，脸上却露出一丝冷笑，重新将那粒药丸凑到了眼前，然后使劲一捏，竟然把药捏碎了。只是，等乐鳌捏碎之后，夏秋才发现，原来这药还有一层，被乐鳌捏碎的药丸，也只算得上是一层"药壳"。第二层壳捏碎，里面露出一粒更小的药丸来，这颗药丸，又黑又亮的，看起来很坚硬，

"怎么还有一层！"夏秋吃惊不已。

"'天下熙熙皆为利来，天下攘攘皆为利往'，不过是'利'之一字罢了！"接着，乐鳌一转身，却往隔间的方向走了过去，不过他又边走边继续说道，"没有原因，但你有两个选择，要么当做什么都不知道地离开，要么就被我消除记忆。"

夏秋犹豫了一下，低声道："东家放心，我不会出去乱说的。"说着，她拿起一旁椅子上的围巾，一圈又一圈把自己裹得紧紧的，转身往大门的方向走去。

陆天岐此时还杵在靠近大门的地方，脸色也越发难看，不过，夏秋离开的时候，他却没像刚才那样打算拦住她，就那么一言不发地看着她离开了。

等夏秋走了好久，直到一只手扶住了他的肩膀，陆天岐这才一脸愤懑地转头看向乐鳌说："你做什么？难道就让她这么走了？难道你不怕她把咱们的事情说出去？你为什么不消除她今晚的记忆！你什么时候这么妇人之仁了？"

乐鳌一点儿都不奇怪他会问出这个问题，他淡淡一笑："那你刚才为何没拦住她？"

陆天岐立即语塞。

这个时候，乐鳌终于收回脸上的笑容，定定地看着门口的方向道："我其实已经施过法术了，就在她刚才转身离开的时候。但是，法术虽然用了，我却无法保证能消除她的记忆。她身上的气息很怪，我想你也感受到了吧！究竟有没有成功，还要看明早她会不会来上工……不对，就算她明早来了，其实也说明不了什么！"

"怎么会？！"那气息陆天岐自然感受到了，可听到乐鳌这么说，他仍旧难掩脸上的惊讶，"你的妖力可比我高多了，怎么可能失败？"

"没错，凭我的妖力的确可以杀了她，但消除她记忆的话，却只有一成把握。"

乐鳌向来是有一说一，绝不会夸大什么，所以，听到他这么说，陆天岐没有不信的道理，于是立即沉默了。过了好一会儿，他才郁闷地说道："那她究竟是什么，你知道吗？"

"是人，是妖，还是什么别的东西……不管怎样，这一点总得弄清吧！"

结果，就在他对自己的这个表哥充满希望的时候，却见乐鳌嘴角撇了一下，又摇了摇头道："我刚才想让她来咱们这里，放在咱们眼皮底下，就是想查明她的身份，不过可惜……"说着，他一脸惋惜地看了看地上仍旧熟睡的鹿兄。

话说到这个份儿上，陆天岐今晚的疑问总算是全都解开了，可这也让他更加担心，于是他犹豫了一下道："若她最后还是无法消除记忆，若是将咱们的事情说出去的话……"他有些后悔将自己的爪子亮出来了。

"若是她说出去……"乐鳌的脸上闪过一丝厉色，"那……就只能杀了她！"

杀了她？

陆天岐心中一凛……他已经忘了，他这位"表哥"已经多少年没杀过人了，如果因为这个女人……不行，他绝不能让事情走到那一步！陆天岐开始暗暗祈祷乐鳌的法术见效。

就在这时，却见乐鳌的脸色缓了缓，却微微一笑："不过，我猜，就算无法消除她的记忆，情况也应该没那么严重。"

"你是说就算她还记得今天晚上发生的事情，她也不会说出去？你怎么这么肯定？"陆天岐还是不信。

"难道你忘了她走的时候说的话？"乐鳌的嘴角向上弯起了一个弧度。

"什么？"显然，陆天岐刚才根本就没听夏秋说话。

"明天，你就知道了！"哼了一声，乐鳌转身向后面走去。

陆天岐愣了愣，也急忙追了过去，口中则大喊道："她到底说什么了，表哥，你别卖关子了，快告诉我吧……"

把鹿兄送回去再回到乐善堂后，天已经亮了，正好到了开门时间，乐鳌不知道去了哪里，陆天岐也只好忍着困倦先开了店门，打算过一会儿再趴在柜台上眯上一觉。只是，大门刚刚开了一条缝，他就看到一个纤细的身影正背对着他站在乐善堂门口，好像已经等了很久。一开始他还以为是来抓药的病人，可随着那人转回身来，他却双手一抖，差点把门栓砸在脚面上。

就在这时，一双小巧的手及时帮他接住了门栓，然后一个低低的女子声音缓缓在他面前响起："陆少爷，我来上工了，东家可在？"

对了……东家！

这丫头昨天走的时候称表哥是"东家"来着……陆天岐终于想起

来了。也就是说，不管她是不是忘记了昨晚发生的事情，都会按之前约定的，今天一早来上工。他深恨自己现在才想起来，若是早点想起，他今早说什么都不会来开店门的！

此时太阳已经高高升起，被阳光一照，陆天岐不知怎的，突然觉得自己的头好晕……好晕……

第二章 神鹿

01

夏秋本以为在六大药堂之一的乐善堂做事会非常忙碌,可她没想到,她来到药堂已经整整三天了,竟然一个病人也没有上门,甚至连药也没卖出去一包。不但如此,她的东家也是连着几天都没有露面,整日里,就只有那个表少爷陆天岐在店里。而且,也不知道是不是那天晚上她得罪了他的缘故,自从她来了,他就没有给过她好脸色,不是坐在柜台后面写写画画,就是捧着一本不知道从哪里找来的书看,根本就没主动搭理她。

她实在是不明白,这药堂明明一个病人都没有,他在后面写写画画的是为了什么,难道有那么多账让他算吗?

她来的第一天上午,就把药堂里自己能做的事情全都做了一个遍,好容易挨到了午饭时间,结果这位陆大少爷竟然半点要开饭的意思都没有,在她厚着脸皮地旁敲侧击一番之后,他才终于像是刚明白了一样用下巴指了指厨房的方向,随口哼了句:"想吃什么,自

己去弄。"

这个时候夏秋才知道，敢情她还要承包厨娘的工作，什么疡科大夫顺便打杂，这句话反过来说才对。

不过，有饭吃就不错了，她这一整天就指着中午这顿呢，因此陆天岐的脸色再难看，她也只能当作看不见，连忙去了厨房。可惜，一进厨房却让她更加失望，因为厨房里竟然空空如也，除了锅里剩下的几块糍粑以及一把小葱外，根本什么吃的都没有。不但如此，很多厨具上都布了厚厚的一层灰，看样子应该是很久没用了。可是，夏秋实在是饿得很了，便简单刷了刷盛着糍粑的锅，又把小葱洗了洗，然后就着她好不容易找到的一枚鸡蛋一起炒了。

正当她准备开饭的时候，陆天岐却准时出现在了厨房里，看着她炒出来的糍粑，一脸嫌弃地说道："你就只会做这个？"说着，他便快速地盛了一大碗炒糍粑，去柜台吃了。

看着锅里剩下的为数不多的午饭，夏秋实在是连生气的力气都没有了，只能连忙就着锅将饭吃了，总算是暂时填了填肚子。而且，幸亏她将剩下的饭迅速吃完了，因为，在她正准备拿着炊杵刷锅的时候，已经去了前面的陆天岐却端着空碗又返了回来，那副样子竟然还要盛第二碗，直到看到同他的碗一样干净的锅，他才很不客气地说道："以后多做点，这么点饭，还不够塞牙缝！"

那个时候，夏秋十分想把手里的炊杵扔他脸上，大喊一声姑奶奶不干了！不过最终，她的理智还是战胜了情感，她压下火气心平气和地说了句"巧妇难为无米之炊"，然后做出了一脸为难的样子。

这句话总算说到了陆大少爷的心坎里去了，于是第二天，上午十点刚过，他就给了她一块钱，让她出门买些菜准备做午饭。一块钱呀，这要是在学校里，都能顶夏秋一周的饭钱了，如今这钱落在她手里，叫她怎么能不心花怒放呢，盯着手中的那块大洋，夏秋的眼睛都快直了。

不过，她还是高兴得太早了，因为还没等她高兴完，陆天岐又告诉她，说是这一块大洋是一周的菜钱，她可以一次买一周的，也可以一次买一日的，不过，不管怎么用，每次买菜回来她都必须给他交账。显然，除了把她当厨娘使之外，这分明是还要防止她借机揩油。被人这么小瞧，夏秋实在气得连话都不想同这个吝啬鬼说了。

可生气归生气，这件事情到了最后还是有些好处的，因为在尝了她做的饭后，陆天岐索性让她做了晚饭再离开，而也因为这个原因，夏秋干脆连晚饭都一起在药堂蹭了，反正这饭是她做的，她的饭量又不大，偌大的一个药堂，也不差她这口饭吃。不过，话虽这么讲，可毕竟月俸加一顿午饭是药堂东家定下来的，也总要得到他的首肯夏秋心中才能踏实，怎么也要亲自向他知会一声，过了明路的。但是一连两天，她都没见到乐鳌的面，直到第三天天色将黑，夏秋将做好的晚饭摆上桌之后，乐鳌才带着一阵冷风从外面冲了进来。

虽然这几天无数次设想过东家来的时候她该怎么说话，该说什么话，只是，真等乐鳌来了，夏秋的脑袋里却一片空白，就连手心都见了汗。

还未等她整理好自己的情绪开口，乐鳌已经快步走到她面前，然后一把抓住她的手腕说："你还没走，正好，随我来！"说完，他拉着夏秋，掉头就往门外冲去。

被他就这么突然向外面拽去，夏秋更是脑袋发蒙，而刚出了大门，却见早有一辆黄包车停在了药堂门口，车夫带着深色的毡帽，将帽檐压得低低的，正坐在车把上休息，看到乐鳌带夏秋出来，连忙站起来说："乐大夫，看来不用去这位小姐住的地方了。"

乐鳌回来，是专门来问陆天岐夏秋住址的，就是想去接她，如今她还在药堂，倒是省了他不少的时间和力气。于是听到车夫的话，他一面将夏秋送上车，一面低声道："老黄，你知道地方吧！"

"那哪有不知道的，小姐您坐稳了，咱们要上路喽！"说着，老黄抬起车把，就准备启程。

黄包车很大，足足能坐两个人，被乐鳌送上车后，夏秋这才回过神来，连忙用双手握住一边的扶手，大声喊道："等等……上路？去哪儿？"

她警惕地看向乐鳌说："东家，您不说清楚，我哪儿也不去。"

这时，陆天岐也从屋子里跑了出来，一脸严肃地问道："出事了？"

"嗯！"乐鳌应了一声，然后快速地回答夏秋道："去种德堂。"

"种德堂？"夏秋一愣。

就在她出神的工夫，老黄已经拉着黄包车风驰电掣地冲了出去，猝不及防间，夏秋差点被他从车上甩下去，只得先紧紧抓住车扶手，稳住身体，一动都不敢动了。

随着黄包车越跑越快，夏秋却渐渐察觉出不对劲儿来。她以前也坐过黄包车，可脚程再快的车夫也绝不会像这个老黄一样，将车拉得像风一般，速度快到她甚至都看不清两旁的景色，而只能看到一盏盏气死风灯被拉成了一道道明亮的线，到了最后，连这线都连成了片，就像是街道两旁着了火一样。

夏秋前几天是去过种德堂的，正是在来乐善堂之前，她清清楚楚记得自己中午从种德堂出来，吃过午饭后，走了整整一下午，绕过了大半个临城才来到乐善堂，到了乐善堂，天甚至都黑了。可眼下，不过才走了一刻钟的工夫，黄包车就渐渐停了下来，等夏秋终于能看清周围景色的时候，她吃惊地发现，在她面前的正是种德堂所在的那条巷子，她前几天刚好走过，好像叫作德龄巷。只是，让她更吃惊的还在后面，因为就在巷子口的一盏幽暗的气死风灯旁边，有两个人影并排站着，灯的光线虽弱，却正好照亮了他们的脸，竟是乐鳌和陆天岐。

老黄让夏秋下了车，又将夏秋带到他们面前，然后冲乐鳌咧嘴一笑："乐大夫，人送到了，老黄就告辞了。"

夏秋此时已经彻底被眼前的情形整蒙了，她也不知道自己怎么下的黄包车，只知道等她回过神来的时候，老黄连同他的车早已全都消失了，也不知道是什么时候走的。

夏秋的眼珠子骨碌碌地转个不停，很想让乐鳌向她解释下原因，可乐鳌根本半点向她解释的意思都没有，见她来了，只是淡淡地说了声："走吧。"然后便头也不回地沿着德龄巷的一边向种德堂的方向走去。

这次，夏秋没再被他牵着鼻子走，所以并没有跟上去，而是仍站在巷子口她下车的位置，看着乐鳌的背影道："东家，这到底是怎么回事，你为什么要带我来这里？我哪儿也不去，我要回去了！"

她的话总算让乐鳌停下了脚步，然后转头看向她，微微笑了笑说："你骗得了天岐，却骗不了我，那晚的事情你根本没忘。"

夏秋心中一凛，但马上沉静下来，低声道："那晚？哪晚？我不明白你的意思，天晚了，我也该下工了。"

听到他们两个的谈话，陆天岐一脸震惊，他警惕地看向夏秋，低声对乐鳌道："表哥，你怎么知道的？"

明明这几天乐鳌都不在家，只有他陪着这个丫头在药堂，而他也反复试探过，发现这丫头不但一点儿都不怕他，而且除了午饭，她连晚饭也想留下来吃，就在今天下午，她甚至还问过能不能搬来药堂住，因为这样她还能省下些房租，陆天岐不乐意了，便以不方便为由断然拒绝了她。

试问，正常情况下，若是一个弱女子还记得那晚发生的事情，怎么敢在药堂停留那么久呢？肯定会巴不得越早走越好，更不要说在药堂留宿了。而且，她也一定会同他们保持距离，以防被他们察觉她的记忆根本就没有被消除。可几天接触下来，以上种种疑点，都没在她身上发现，她更没在他面前表现出害怕来，一直把他当作正常人……所以，如果她不是真的忘了，那就只能是演技太好了。而现在看来，这个丫头果然天生就是个戏子。

02

听了陆天岐的话，乐鳌嘴角翘了翘，然后他盯着夏秋低声道："我自己的法术，自然比任何人都更加清楚。"

听到他这么说，夏秋也终于不再装了，犹豫了一下后，垂着眼皮道："你是在我拿了围巾离开的时候才做的手脚吧，不好意思，我的确没有忘。但是，我也的确是需要这份差事、这份工钱，所以干

脆就装作全忘了。而且，我觉得，大家日后抬头不见低头见的，那晚的事情，若是我忘了，彼此相处起来会更舒服一些。"

听到夏秋就这么承认了，陆天岐才知道，敢情三人中最大的那个傻瓜竟然是他，他不由愤愤地看向乐鳌道："表哥该早点回来的。"那样的话，他就不会被这丫头当猴耍了。

只是，让他更没想到的是，等他说完这句话，乐鳌只是转头扫了他一眼，然后撇着嘴道："不好意思，我也是蒙的。"

他的话让其余两个人都愣了愣，然后就叫陆天岐笑出了声，而夏秋则被气得涨红了脸，她这才知道，自己是被乐鳌给诈了。但是，事已至此，她也无法再隐瞒自己的情况，索性说道："不管怎样，还是那句话，我绝不会将你们的事情说出去的，你们若是还不信，我也没办法。"

她的话音刚落，却听乐鳌立即接了话，斩钉截铁地道："我信！"

听到自己一直提防的人口中说出"我信"两个字，夏秋实在不知道自己心里是什么滋味，反而觉得不自在了。但是，好在她还没有因这种莫名的信任而忘记了理智，于是撇撇嘴道："既然如此，我说我不跟你们去种德堂，打算回家，你们也会同意喽？"

这么晚来到这里，夏秋猜测一定不是好事，他们一个比一个有本事，她可不想跟着他们深入险境，她在乐善堂做事，也只是拿自己一份工钱罢了。

似乎早就知道她会这么说，乐鳌又笑道："你不是很关心那头梅花鹿吗？难道你不想救它？"

"鹿？"夏秋一愣，"你是说来这里的目的就是为了救它？它怎么了，难道又被抓了？"

"你猜对了。"乐鳌笑了笑，然后转回头，继续向前走，接着说，"真想救它，就来吧！"

虽然夏秋心中一百个不情愿，可想到那头受伤的梅花鹿，不知怎的，她终究还是跟了上去。

见她到底还是跟上来了，陆天岐故意后退一步，同她并排，咬着牙讽刺道："老黄的车，坐得可稳？"

他实在不知道该用何种态度对待夏秋了，所以只能冷嘲热讽，若不是乐鳌刚才诈得夏秋说了实话，让他出了口气，只怕他这会儿心中仍旧难以平衡，怕是连理都不想理她。

不过，夏秋也不是能吃亏的，听到他的讽刺，夏秋斜了他一眼，也同样没好气地道："问我做什么，难道你自己没坐过？"

"我还真不用坐。"陆天岐继续气死人不偿命地说道。

夏秋脚步顿了顿，突然认真地看向陆天岐说："没错，你们是不用坐。"

从刚才他们比老黄早一步到巷口就可以看出，他们的速度比老黄快多了，就像是飞过来的一样。那个老黄，只怕也不是普通人。

听明白她话中的意思，陆天岐终于收起了脸上的嬉笑，一本正经地道："放心，只要你不说出去，我们这乐善堂同别的药堂也没什么区别，你老老实实待着就是。"

没区别？

夏秋心中冷哼，不由得看向前面的乐鳌——没区别吗？正常药堂的东家难道会在大半夜里，用一刻钟的时间从临城的一头飞到另一头，然后琢磨着从另一家药堂里救一头鹿出来吗？不过，索性她这几日已经考虑得很清楚了，虽然对他们的本事，她如今只是窥了冰山一角，但也清清楚楚地明白，要是硬抗，自己在他们身上绝对占不到便宜，所以跟着他们是最安全的。

这和被土匪绑票的道理是一样的，要是不小心看到土匪的正脸，那么就只有两个选择，要么被撕票，要么就只能入伙儿。夏秋可不想被"撕票"，所以，为今之计，在她被诈出自己记得发生的所有事情之后，除了入伙儿，她已经没有更安全的选择了。她对自己的这条小命还是看得很金贵的，因为她早就明白了一件事，活着肯定比死了强！而且，她对那头鹿的确上心，也想知道乐鳌没有告诉她的那些事情，如果这次真是为了救它，她也不妨跟去看看。

三人各怀心思，不一会儿就到了种德堂的大门口，这里的格局也是前店后宅，只是同乐善堂比起来，种德堂的大门可就气派多了。

不过，这会儿天黑了，种德堂也已经关了门，外面上了一溜儿的门板，要想进去，需要先把门叫开。

陆天岐左右张望了一番，已经准备绕到后宅翻墙了，反正这种事他同乐鳌也没少做，完全可以做到神不知鬼不觉。不过，今天的情形有些不同，他们中间又多了一个夏秋，可就算如此，以他俩的能力，多带一个人进去也应该不是难事。可就在他研究哪处墙头更容易跃过、更不容易被守夜的家仆发现的时候，看见乐鳌竟然走上了种德堂门前的台阶，并且抬起手来，在门板上轻轻敲了几下。

"表哥！"

陆天岐吓了一跳，但想要阻止已经来不及了，因为随着敲门声落下，门板后面传来一阵轻轻地咳嗽声，然后一个声音不悦地响了起来："谁呀？"

既然属于医药这一行，就不可能真正打烊，药堂时不时都会在半夜遇到急诊什么的，所以一般都会留下值守的大夫，门板也不可能全部锁死，总会留下一扇活动的入口。所以，听到有人敲门，里面的人即便再不情愿也只能过来开门，谁让救人如救火呢？

不过，在开门前，里面的人又多问了一句："哪位？抓药还是出诊？"

只听乐鳌在门外不紧不慢地说道："可是徐大夫？我是乐善堂的乐留仙。"

"乐大当家！"里面的人声线一紧，显然吓了一跳。

乐善堂的东家姓乐名鳌字留仙，这是临城医药行里都知道的事情，所以，听到乐鳌在外面自报家门，里面的人开门的速度都变快了。

等将门板打开，看到门口站着的果然是乐鳌后，徐大夫连忙将他让进屋来，还在最短时间内给乐鳌上了杯粗茶，然后他点头哈腰地说道："乐大当家，您怎么这会儿来了，我这就去让人通报我们当家的。"

"天色已晚，想必林老爷子已经休息了，我也就不打扰了，我这次来，实在是有点急事想要求贵药堂帮忙。"

"什么求不求的，乐大当家开口就是。"徐大夫赔笑道。

乐鳌也笑了笑："事情比较急，我也就长话短说了。今日傍晚我接到消息，让我立即去邻镇一位老夫人府上出诊，这位老夫人去年冬天小中风，正是我给救回来的，当时我答应下次复诊的时候要给她搓些苏合香丸带过去，以备不时之需，可巧的是，就在今天上午，店中做好的成丸被一位外地客人全买走了，如今我需要连夜出发，现做肯定来不及，便只好来求助贵堂了。"

苏合香丸为辛香通窍、温中行气、醒脑之剂，只要中风、中寒，又属于寒闭之证，它都有奇效。所以，每年秋冬之际，大些的药堂便会多做些，以备不时之需。不过，由于此丸由多种香料炮制而成，就算想要留着备用，也不宜太多，因为时间久了，香气便会散溢，药效也会大打折扣。药是做了太多没用完就废了。所以，为了保证药效，这些药的存放时间一般都不会超过九个月，要在夏天来临之前就全部处理掉，否则，即便还有余量，却也不敢用了。

乐鳌找这个借口叫开门，可谓恰到好处，徐大夫不疑有他，当即就去后面叫来了药堂的林管事。毕竟，苏合香丸是贵重的丸药，而乐鳌看起来又不是要一丸两丸，现在账房先生已给回了家，他一个小小的值守大夫，实在是做不了主。

林管事一来，自然又是一番寒暄客套，听到乐鳌的来意后，他也没耽搁，便让随身的伙计小六子去后面存放贵重药品的库房取药。

六大药堂虽然平日里竞争激烈，但是却共同主导了临城药市的行情，这么多年来，彼此盘根错节，早就分不开了，因此，该帮忙的时候自然也不含糊，毕竟，医药一行不同其他，谁也不知道下一次是不是就有求于别人了。

只是在等药的工夫，林管事的眼神却频频向乐鳌的身后瞥去，他瞧得不是别人，正是从一进门就老老实实站在乐鳌身后，仿佛丫头一般存在的夏秋。

03

夏秋当然知道林管事为什么这么看她，因为前几日在她满临城

找事做的时候，找到种德堂，正是这个林管事见的她。可这个林管事却不是什么好人，一开始看他笑眯眯的，让夏秋还以为自己的差事有戏，于是，在听到林管事要她跟他单独进后堂的要求后，夏秋以为他是要考教她。结果当她在他面前将一颗槟榔快速切成了四十薄片后，满以为自己药工的差事已经十拿九稳了，却没想到，这个林管事竟然开始对她动手动脚起来，还像骗傻子似的说了很多晦暗不明的话，夏秋这才知道上了当，立即甩脸走人了。而如今，显然林管事已经认出了她。

虽然任谁都能看出她这次是陪着乐鳌来的，而且很明显已经是乐善堂的人了，可这个林管事似乎还很不甘心，眼神闪闪烁烁的，这让夏秋忍不住暗暗冷笑。

乐鳌也是有耐心，仿佛真的只是来拿药的，作为进门找的借口也就罢了，难不成还真要等着拿药丸回去？

夏秋实在想不出这药丸除了作为借口外，同救那头受伤的雄鹿有什么关系，难不成那头鹿没在种德堂里，而且不但腿伤没好，如今又寒闭中风了？

可一头梅花鹿中风？这又怎么可能呢！

夏秋心中的疑惑越来越重，不过此时并没有她说话的机会，她只能像个丫头似的在乐鳌身后站着，但心却越来越焦急了。

大概一刻钟之后，只见前面坐着的乐鳌突然转向她低了低头，小声说道："它应该就在后面。"

在后面？

夏秋终于明白了，敢情那头梅花鹿果然在这种德堂里，也就是说，它真的被种德堂的人给抓了。只是，他对她说这些做什么，难不成是要让她去找鹿？而且还是在别人家的药堂里面？先不论她的东家有没有这个意思，就算他真这么打算的，可他怎么就能肯定，她一定能找到那头鹿？

夏秋正犹豫着该如何回应他，却见乐鳌的脸上突然出现了一丝古怪的笑容，然后他微微抬高了头，用所有人都能听到的声音道：

"这有什么不能说的，女人果然麻烦！"

夏秋一愣，被乐鳌说得一头雾水——他是在说她麻烦吗？像什么？

可还没等她反应过来，陆天岐也一脸不怀好意地凑起了热闹，说道："不就是去如厕嘛，让林管事找个人带你去就是了！"

他这番话说出来的瞬间，夏秋的脸颊立即变得通红，她终于后知后觉地明白这两人的意思了，他们居然在林管事面前明目张胆的演戏，还一起把她给卖了。只是，用这种借口，还是在所有人面前——他们这哪里是让她找鹿，根本是想方设法在让她出糗吧！

如今，他们已经在话语上占了先机，她就算浑身是嘴也说不清了，相反还有越描越黑的危险。事已至此，夏秋就算心中恨得咬牙切齿，脸上却也只能满是羞涩地扭捏道："那就有劳林管事了！"

认出乐鳌身后的夏秋后，林管事早就觉得浑身不自在了，巴不得她立即消失才好，此时见夏秋要去方便，正遂了他的意，于是他扫了眼身边的另一个小伙计说："顺子，你带这位姑娘去吧，顺便再看看，小六子为什么还没有回来。"

顺子接到吩咐当即应了，马上便向夏秋走来，而这时，夏秋却又听乐鳌低声嘱咐道："找到位置即可。"

这回只有夏秋一个人听到，自然是只说给她一个人听的了。

夏秋斜了他一眼，暗骂了声老奸巨猾，便立即随着顺子离开了。只是她不知道，她刚离开大堂，林管事就迫不及待地压低声音对乐鳌说道："乐大当家，敢问这个女子可是姓夏，还是个医专的学生，是去你们药堂应聘药工的？"

"怎么，林管事认识她？"乐鳌故作惊讶地说道。

"认识谈不上。"林管事眼神又闪了闪，"不过，她也曾来我们药堂应聘过药工？可是，一个十几岁的小姑娘，又怎么比得上那些干了一辈子的老药工呢，也实在太自不量力了些。"

"哦？所以我只是让她打打杂。"乐鳌笑了笑，然后等着林管事继续说下去。

"打杂?"以己度人,林管事也以为乐鳌醉翁之意不在酒了,但他还是不甘心地说道,"那乐大当家可要考虑好了,她本来是学护士的,就在洋人开的雅济医专,眼看毕业就能领薪水了,可不知为什么,却想来药堂找活儿做。乐大当家,您应该知道吧,洋人视咱们临城的药堂为眼中钉,恨不得一个个全都给掀了,谁知道她是不是洋人派来故意捣乱的。再说了,就算真的是她自己不想回去的,您觉得洋人能放过她呢?所以,乐大当家,您要是将这个女学生留在身边,只怕是留下了一个大麻烦!"

林管事啰啰唆唆说了一大堆,无非就是要乐鳌慎重考虑他聘用夏秋的事情。不过,自始至终,乐鳌大多是微笑不语,只是在林管事歇气的工夫,有意无意地插一两句嘴,附和一下罢了,却也都是不痛不痒的。

说了一会儿,林管事大概自己也觉得无趣,便不再继续这个话题了,而且,去拿药的伙计和夏秋也离开得太久了,他自然也有些坐不住了,于是忍不住看向后院的方向,一脸奇怪地说道:"怎么这么久?"

算起来,时间已经过去半个小时了,两个来回都够了。而且,一个不回来也就算了,两个三个都不回来,那就有些耐人寻味了。

就在林管事准备再派个人去催催看时,却听后院传来一阵急促的脚步声,而后,一个人影从后面冲了进来,大喊了句:"林管事,不好了……"

04

一被带入后院,夏秋终于明白,乐鳌为什么要她来找鹿的位置了,因为刚刚在大堂里还不觉得,可一到了这里,不过是沿着回廊走了七八步,她便察觉到一股熟悉的气息混在了院子的空气中。

这气息不是气味,也不属于普通人五感中的任何一感,而是除了这些感觉之外的另一种感觉,是一种从夏秋内心油然而生的特殊感受。循着这种感觉，夏秋相信，自己一定能找到那头梅花鹿。所以，几乎是在这种感觉出现的同时，夏秋便不由自主地向一个方向走去。那里有一扇漆黑的大门，不过此时正虚掩着，大门的两旁是雕着花纹的石柱，经红灯笼一照，发出一层淡淡的金光，竟是撒了金，这扇门想必就是分隔药堂和后面宅院的大门。她相信，那头鹿一定就在这扇大门后的某一个地方。

"姐姐，那门是通往后宅的，茅厕这后院就有，不必去那里！"以为夏秋不熟悉院子走错了路，顺子好心提醒道。

他一出声，夏秋也不好为难他，只得暂时止住了脚步，对他笑了笑道："我看那大门怪好看的，灯笼也好看，就忍不住想去看个究竟，竟然是通往后宅的，实在是太唐突了。"

顺子听了笑道："也只是通向后宅的外花园——芍药园罢了，那里有一个小门能进入宅子里，芍药园算不上是正经的后宅，不过是与后面相连罢了。咱们林府的大门是在别的街道上开的。这扇门是因为药库就在芍药园的边上，为了进出那里方便，所以才有了它。小六子就是穿过这道门进去拿药的，等一会儿送了你，我还要去后面寻他，也要通过这里。要是往常，这里一到药堂打烊的时候，就会立即锁上，只有值守的大夫和主管才有钥匙呢。"说着，顺子继续在夏秋前面带路，在他的带领下，他们沿着回廊拐了拐，然后又跨过了一道嵌在墙壁上的小门，便进入了另一个同这后院紧连着的小院。

夏秋这才知道，别看这药堂的后院看起来不大，可实际上竟也不小，比如，他们到的这个院子，据说就是专门为前来诊治拿药的富贵人家的管事婆子们准备的，为此还设了一个茶室。

想必林家知道，这些富贵人家的仆人们也都是怠慢不得的，才会如此布置，果然是做事滴水不漏的大户人家。

将夏秋带到茶室，并为她指了茅厕的位置后，顺子就打算去找小六子了，临走的时候他对夏秋道："晚上风凉，姐姐一会儿在这茶室等着就是，我找了小六子，咱们一起回去。"

夏秋对他笑了笑说："你不用担心我，我记得路，你去办事吧，

一会儿我自己回去就行了。"

"那可不行。"顺子憨厚地笑了笑，"这院子看起来不大，其实别扭得很，回廊拐来拐去的，还有岔路，现在又是晚上，姐姐还是等等我吧，你放心，药库就在芍药园边上，我一会儿就回来。"

顺子说完，便立即跑掉，按照林管事的吩咐去找拿药的小六子了。

顺子去找小六子自然要经过刚才那扇虚掩的大门，只是，他不知道的是，在他刚刚穿过大门之后，夏秋也紧跟着他穿了过去。到了门后夏秋才发现，芍药园同药堂后院竟不是完全相连的，它们中间还隔着一个夹道，还要再穿过一扇更宽大的门。等她最终进入芍药园后，立即便闻到一股特别的香气——应该是药的香气。

这种伴随了她整个童年乃至少年时代的味道让她感到分外亲切，所以，虽然现在天色很暗，她也才刚刚进入这园子，甚至连方位都还辨不清楚，但她都可以肯定，这芍药园里一定有一个药圃。不但如此，随着药香越来越浓，那股引夏秋而来的熟悉气息也越来越浓了，因此，夏秋毫不费力就找到了一个六角门。

跨入六角门，看到里面那一块块药田，夏秋完全肯定了自己之前的猜测，林家果然在这芍药园里开垦出了一块药圃。其实，药堂都有药圃，不仅是林家，之前她在比这里小得多的乐善堂的后院的角落里也看到过一块小小的药圃，应该是他们东家自己种的……不对，眼前的景象，说药圃还有些不太合适，应该说是药园子才对，因为，它可比一般药圃占得地儿大多了。

作为医药世家，林家后宅有这种药园子再正常不过了，他家世世代代同草药针石打交道，这药园子在他们眼里大概也就如普通人眼里的花园一般的存在吧。

不过，夏秋此行可不是为了参观什么药园子，所以，进了六角门后，她的注意力便被院子角落里的一棵高大粗壮的桂花树吸引了。

正值初春，桂花树上的树叶稀稀落落的，树影也很稀疏，不过，在它昏暗的树影里，似乎有什么东西在不停地喷着气，而那"噗噜噗噜"的声音，让夏秋感到异常熟悉。

　　她紧走几步来到桂花树的旁边，然后又向一旁绕了下，藏在树影里的东西便尽收眼底，随着一对仿佛树杈一般粗壮的鹿角轻轻摇晃着，夏秋一眼便认出，被拴在树干上的，是一头高大的梅花鹿。

　　"你果然在这里。"

　　夏秋眼睛一亮，又向前走了几步，而随着她的靠近，梅花鹿却下意识地向后退了退，结果，它离开了树影，却被旁边房檐上的一盏灯笼照了个正着，这下夏秋更可以确定无疑了，此鹿正是他们要找的那头梅花鹿。

　　此时，梅花鹿那双黑葡萄般的眸子里充满了警惕，正一眨不眨地盯着夏秋看。夏秋以为自己吓到了它，马上站住，对着它温和地笑道："是东家让我来找你的，你也真是笨，怎么又被抓了呢？"她的声音虽小，却成功让梅花鹿眼中的戒备少了几分，看起来应该是认出了她，不过，为了不惊到它，夏秋没敢再靠近，而是又小声道，"你放心，我这就去找东家来。"说着，她就转身往回走，打算如乐鳖所说，一找到梅花鹿，就回去告诉他。

　　至于他们怎么救它，她可不担心，他们带她来不就是要救这头梅花鹿的吗？只是，话虽如此，夏秋心中总有个疑问……若是陆天岐不在一旁也就罢了，明明他也跟来了，她现在做的事情陆天岐明明也能做，甚至还要容易许多，乐鳖又为何非让她来找鹿呢？

　　夏秋边走边想，可是走了没几步，身后却又传来了"噗噜噗噜"的声音，她赶忙回头看，却见梅花鹿已经从树后绕到了树前，而与刚才的眼神不同，此时它的眸子里已经不再有戒备，而是充满了乞求和讨好，那副样子，就像是怕夏秋会抛弃它似的。夏秋最受不了这种眼神了，她记得小时候，某人只要一露出这种表情和眼神，她就忍不住心软，就算那人犯了天大的错事，她也会原谅。而如今，在这头梅花鹿的眼睛里，她又看到了这种熟悉的眼神，这让她的心中一下子有些不忍。

　　"怎么，你想让我现在就放了你？"夏秋停下，"难道你想自己离开？"

　　听到她的话，梅花鹿的眸子闪过一道光，然后拼命地点了点头。

"我知道你同别的鹿不同……不过,你真的确定凭自己能脱困?"

她早就察觉了此鹿同其他鹿的不同,不然当初也不会在不知道乐鳌他们本事的时候,对它说那样的话。

自小到大,她时不时就被类似的事、类似的东西所包围,自然知道它们的脾气都不好,所以,她之前除了想要救鹿,也是想要救人。不过,说到底还是想救鹿多一些,因为,就算这些东西占了一时的上风,可最终还是会被它们的所作所为反噬,甚至最后连命都会没了,就像……

就在这时,却听院子外面传来顺子惊疑的声音:"谁在里面?"显然,他已经寻了小六子回来了,刚好经过这里。

夏秋心中暗道不妙,若是让他们发现她在这里,肯定会起疑心,只怕到时候乐鳌再想要救鹿,就会麻烦很多。想到这里,她立即返回梅花鹿的身边,低声道:"你知道夹道在哪里吧?"

听到她的话,梅花鹿立即点了点头,而下一刻,夏秋已经用随身带着的小刀划断了拴着它的绳子。这小刀她这几天一直带在身上,本来是想防着乐善堂里那两人的,却不想现在派上了用场。

若她没猜错,刚才来时经过的那条夹道,肯定有能通往外面街上的小门……

05

等乐鳌他们赶到药圃的时候,药圃里早就一片狼藉了,园子里的鹿也不知道去了哪里,芍药园里更是一团乱,林管事脸色铁青,顺手拽过来一个想要进内院帮忙的伙计,怒道:"怎么回事?"

看到是林管事,伙计一脸焦急地回答:"管事的,芍药园里的东西跑到内院去了。"

"怎么跑到内院去了?"林管事大惊,一把推开这名伙计,"你们是怎么看园子的!快随我过去看看,可别惊到了老爷夫人。"

乐鳌和陆天岐是跟在林管事后面冲进芍药园的,此时看到周围的情形，已经大致猜到了几分，两人对视一眼，就听乐鳌道："林管事，这是怎么了？什么东西竟然跑到内院里去了？"

林管本来嘱咐让乐鳌他们在前厅暂歇，此时才发觉他们竟然跟着自己进入了芍药园，不悦之余，他也知道这件事情怕是要麻烦，想做到完全无声无息是不行了，只得硬着头皮对乐鳌拱手道："实在是对不住，是我家的鹿跑到内院了。今晚，想必是不能招待乐大当家了。"

"鹿？"

还未等乐鳌继续说下去，就听后面传来一个吃惊的声音："林家的鹿场什么时候开在宅子里了？我听说，林家的鹿场不是开在林城外的雾灵山下吗？足足占了半个山坡呢！"

说话的是陆天岐，乐鳌和林管事一起向他看了过去，而这个时候，他们却见陆天岐身后还跟着一个人，竟然是夏秋，此时她正垂眸站在陆天岐身后，俨然一副老老实实的丫头模样。

瞥了她一眼，乐鳌不动声色地重新看向林管事："这鹿，难道有什么特别之处？"

听到乐鳌一问就问到了点子上，林管事心中暗暗吃惊，只得掩饰道："怎么会，不过是一般的鹿罢了。前几日刚刚从鹿场送来，打算入药的，却不想一时疏忽让它跑了。今晚实在是怠慢了乐大当家，改日在下一定禀明老爷，亲自去乐善堂赔罪，看情形，今日只怕这苏合香丸是给不了乐大当家了，只能烦劳您去别的药堂看看了。"

林管事如此说，等于是给乐鳌下了逐客令，虽然他也不想得罪乐善堂的当家，可关于这头鹿的事情，他是万万不能告诉除了林家之外的人的，尤其是临城六大药堂中的任何一家。

这件事情，还要从几日前说起。那天，他们在山上林家鹿场的附近突然捕到了一头野生梅花鹿，正印证了他们林家流传下来的《列宗传》里说的话，这灵雾山上可能藏着一个神秘的鹿群。这本《列宗传》，每代只传给林家的当家，里面不仅记载了林家这百年来发生的大事，更是记载了一些只能当家知道的家族秘密，这灵雾山有鹿的

记载，也出自其中。

　　不过，这件事情是林家全力保守的秘密之一。而如今这鹿不仅出现了，还被他们抓到了，他们又怎么能与外人说，尤其是同他们林家一样在这临城中数得上号的乐善堂！

　　他们当时一抓到这头梅花鹿，自然是欣喜若狂，当家林老爷子尤其高兴。不过乐极生悲，在押送梅花鹿回来的路上，竟让它给跑了，实在可惜。

　　那头鹿刚刚跑掉的时候，林管事沮丧无比，可他们的当家却一脸轻松。到了没人的地方，林老爷子才悄悄告诉他，原来，在抓住这头梅花鹿的时候，林老爷就给它服下了三朱丸——一种可以让人三日后发狂的药物，是多年前一个高人赠送给他们林家的。所以，这头鹿的逃脱反而成了好事。因为，它一定会返回自己藏身之处，到时候，他们只要派人守在山上，用这头"害群之鹿"将其他的鹿引出来，他们就可以找到鹿群栖息的地方，将它们全都抓回去。而到了那时，他们林家鹿场的鹿，便再也不用千里迢迢地运过来了，入药品质也会提升很大一个档次，里里外外，能省下一大笔费用。只是，林老爷子的计划虽然不错，但结果却只能用一句话来形容——人算不如天算……

　　"是我来得不是时候才对。"打断眼神闪烁的林管事，乐鳌笑了笑，"那我就不打扰林管事了，改日我再登门拜见林老爷子。"言下之意，是要立即离开。

　　乐鳌的话让林管事松了一口气，但夏秋却刚紧张了起来，他们东家不是说要来救鹿的吗？若是现在走了，那头梅花鹿怎么办？虽然她没听东家的话私自把鹿放走了，可事急从权，当时的情形，她并不觉得自己有错。而且，这头鹿不是挺机灵的吗？怎么被放开后，非但没有往外跑，反而是往林家的主宅里面去了，难道是因为太惊慌而迷失方向了吗？

　　所以，听到乐鳌的话，她隐晦地提醒道："东家，咱们现在走，真的没关系吗？"

不等乐鳌开口，陆天岐冷哼着反问道："你觉得呢？"

夏秋语塞，知道他这是在埋怨自己擅作主张，一时间也反驳不得。这时，乐鳌打断他们的话说："这是林家的事，咱们还是回避的好。"

本来在后院乱起来的时候，林管事是有些怀疑夏秋的，但看到她是从乐鳌二人后面赶来的，又是一副听到动静才过来的样子，这才没再怀疑她，现在，见乐鳌这么容易就被说动离开，还如此识趣，更是不再怀疑他们同这件事情的关系了，当即拱了拱手道："那在下就不远送了。"

说完，他让一个小伙计送乐鳌他们出去，自己则急匆匆转身，打算赶往内院查看情况。林管事一边往里赶着，一边在脑海中回想这几日发生的事情，结果却越来越察觉出事情的不寻常之处。

虽然林老爷子的打算不错，可有一句话说得好，计划赶不上变化，鹿逃走后，林老爷让他回种德堂，自己则亲自带着几个身强力壮的伙计重新上了灵雾山。可在山上足足等了三日之后，最终他们却只能空手而归，别说梅花鹿了，他们根本连根鹿毛都没看到。

那几日，他们守到的山中野兽是不少，兔子、土狼什么的他们也见到过不下十只，可偏偏不见梅花鹿，也就是说，他们东家的计划失败了。

三日已过，再等下去也不会再有结果，所以，东家只能带着伙计们返城，可他们怎么也没想到，就在他们下山的时候，竟然再次捕到了上次逃掉的那头梅花鹿。那时，它正在林家的鹿场外面独自徘徊，根本像是在自投罗网。

一开始他们东家也想不通，不过在回来见到他以后却同他说，会发生这种事，应该是这三朱丸本是给人用的，给鹿用了效果会大打折扣，只让这鹿被那药迷了心，这才没能达到预期的效果。言下之意，显然仍对那三朱丸的功效深信不疑。

林管事现在还记得，说出这种猜测的时候，他们当家的一脸得意，甚至他还清清楚楚听到他低念了几声祖宗保佑，看样子，这三

朱丸同林家的祖先应该脱不了关系。

经过这次失而复得，他们东家已经下定决心，不再找什么鹿群了，先把这头梅花鹿派上用场再说，也省得忙活半天，到最后又是竹篮打水一场空。要知道，野生鹿的药用品质可比圈养的高多了。不过，由于那日回来得有些晚了，此鹿就被拴在了芍药园，准备明天一早杀鹿制药。

只是，虽然东家对自家祖先和那本《列宗传》里的记载深信不疑，可林管事却觉得这个解释太过牵强，总觉得有哪里不对。所以不出事还好，一出事，他自然而然就往最坏的方面想，生怕他们东家会出事，恨不得立即长双翅膀飞到东家的身边保护他。

此时乐鳌他们在伙计的带领下，已经离大门不远了，只是，与一院子慌慌张张的林家伙计相比，乐鳌的样子实在是太稳了些，竟是端着方步一步步地往外挪。

看他这么气定神闲，夏秋终于按捺不住心中的担忧，确定前面带路的伙计听不到他们的谈话后，这才低声道："东家，那鹿……"

乐鳌脚步顿了顿，斜了夏秋一眼，嘴角微微一撇道："刚才我已经说得很清楚了。"

以为他同陆天岐一样埋怨自己自作主张，夏秋咬了咬唇说："我知道这次莽撞了，可现在不是赌气的时候，东家没办法，兴许表少爷有办法也不一定。"说着，她看向了跟在乐鳌身边的陆天岐，此时，她眼神所表达的意思已经很明确了，就是想让陆天岐施展妖法救鹿。

都是同类，就算他们东家不想管，他总不能不管吧。再说了，这件事情若是一开始就让陆天岐办的话，又哪里会有这么麻烦。

陆天岐听了立即冷笑道："办法？这才几日，就指挥起我来了，小爷凭什么要听你的差遣？"

眼看两人又要吵起来了，乐鳌又出了声，只不过这次，他却说了一句让夏秋莫名其妙的话："如果他有用，又何必让你来！"

"我？"夏秋一怔，有些不明白乐鳌的意思，她正要问个清楚，却觉身后一阵混乱，她急忙转头，只见原本被林管事带往内宅的几个伙计竟然大呼小叫地返了回来，甚至有几个跑得快的，已经越过他们率先冲出了芍药园的大门。

与此同时，只听林管事的声音在这些伙计中间忽大忽小地喊道："都给我站住，拦住……拦住它，拦住这个畜生……哎哟……"

乐鳌他们循声望去，却见不过是眨眼工夫，一个高大的黑影就从人群后面一跃而过，跳到了最前面。

这个黑影有着树杈一样的角，速度也出奇地快，不过是眨眼工夫，它就冲到了乐鳌他们的面前。待夏秋将它看清楚后，不由得惊喜参半，因为，冲到她面前的正是那头梅花鹿。这一次，这头鹿只是用鼻子喷了下气，发出一个"噗"的声音，算是和夏秋打招呼。此时她才发现，原来这头鹿的嘴里含了一样东西，这东西黑漆漆的，看起来倒像是一截一头粗一头细的木棍。

电光火石间，夏秋突然想到，难道这头鹿是为了这东西才闯进林家内宅的？又或者说，这头鹿是专门为了这东西而来？

眼下不是细想的时候，夏秋连忙装作害怕的样子向一旁躲去，看起来是要躲鹿，其实是想给它让出逃跑的通道来。不过她心中只想着给鹿让道了，完全忘了她旁边还站着乐鳌，所以这一躲，刚好撞到了乐鳌身上。

被夏秋这么一撞，乐鳌的身体晃动了一下，同时向后退了一步，顺手扶了下夏秋的腰，好让她站稳，可就在他要将手收回去的时候，却觉得腰间一紧，竟是夏秋反将他给抱住了。

乐鳌极不习惯同人靠这么近，即便是陆天岐也不曾如此靠近过他，所以他皱了皱眉，就想推开夏秋，却见夏秋给他使了一个眼色，然后说了声"抱歉"，随后顺势一扑，竟是想把乐鳌扑倒。

当看到夏秋给他使眼色的时候，乐鳌就明白了，也想起了在乐善堂后院发生的那幕。那时，这丫头也是故意摔倒的，目的就是想要阻止他们追鹿，而这回，她的目的同上次一般无二，就连方法都懒得想新的，唯一不同的是，这次准备带着他。

不过乐鳌是谁，又怎么会让一个轻飘飘的丫头给推倒呢，即便

是故意配合也不可能。所以，他自然纹丝不动，不仅如此，还用手将夏秋牢牢"扶"住，以免她搞别的小动作。

这一耽搁的工夫，林管事已经带着伙计们冲过来了，直奔梅花鹿而去。

"你！"夏秋气结。

乐鳌看向已经冲过去的林管事他们，松开夏秋的腰，心不在焉地说道："不必谢我！"

06

梅花鹿这会儿已经接近芍药园的大门了，眼看就要冲出门去，夏秋也顾不上同乐鳌计较，心早就提到了嗓子眼儿，只盼望它赶紧冲出去。不过可惜，变故就在这一刻发生了，眼看梅花鹿已经跑到了门前，却听芍药园的大门一响，竟然有伙计从外面冲了进来。

原来，刚才那几个吓跑的伙计回药堂报了信，叫醒了睡在偏厢里的其他几个伙计，有几个胆子大爱凑热闹的，听了芍药园的事情，便立即抄家伙冲了进来，时机刚刚好，正好堵住了梅花鹿的去路。

出路被截，一时间梅花鹿急得在地上转起了圈儿，四蹄连连敲击着石子路，发出"嗒嗒"的脆响。

这时，林管事也已追到了门前，这头鹿似乎已经无处可逃。林管事立即怒气冲天地大声嚷嚷道："打死它，打死它！这头畜生，给我打死它！"

虽然这样可能会毁了鹿皮，可谁叫这头鹿惹了这么大的祸事，一张鹿皮又算得了什么呢，他坚信，哪怕是东家在这里，也会这么做的。

"是！"

看到这头野鹿被围困，仗着自己人多，伙计们胆子大了起来，立即重重地应了一声，同时攥紧了手里的家伙事儿，开始向鹿靠近，准备痛下杀手。

怎么办！一心急，夏秋下意识抓住了乐鳌的胳膊，力气大得甚至将乐鳌的袖子攥出了褶子。

乐鳌皱了皱眉，甩开她的手，低低地哼了声："再看！"

再看？

难道现在还会有奇迹发生不成？这鹿难道还能长了翅膀飞出去？

虽然心中这么想，可夏秋还是将视线投向了梅花鹿。只见林家伙计组成的包围圈越来越小了，有的伙计甚至已经高举起自己手中的木棒，对准了梅花鹿的头。

"啊！"

眼看着木棒就要落在梅花鹿的头上，夏秋连忙闭上眼——终究还是来不及了吗？

就在她暗暗懊悔的当口，只听周围"嗡"的一声，接着她眼前便闪过一道光。她下意识睁开眼，眼前所看到的一切却让她目瞪口呆。

原来，除了他们三个，院子里的其他人此时已经声息皆无，竟全都倒在了地上，也不知道是死了，还是晕了。至于刚才那只被围攻的梅花鹿，这会儿也没了踪影，反而在鹿原本所在的位置，出现了一个披着长发、穿着棕色衣衫的青年。

这个青年身材异常高大，肩膀甚至比乐鳌的还要宽，一看就孔武有力。只是，同他的高大身形极不相称的是，他竟然有一双黑葡萄似的清澈眸子。对夏秋来说，这双眸子不但似曾相识，而且可以说异常熟悉。

此时，这个青年的手中正握着什么东西，在漆黑的夜色中，这东西散发着幽幽的光晕，那种光晕，就像是有雾的夜里，包裹在月亮周围的那层光晕，只不过，月亮的光晕是银色的，而这东西却裹在一团金光里。显然，刚才那道闪过的光，就是这东西发出来的了。

过了一会儿，这东西上的光晕逐渐消失，再次恢复了它的本来面目，只是一根很不起眼的木棒，却正是刚才梅花鹿衔在口中的那根。

"那是什么？"夏秋的视线停在那根黑漆漆的短木棒上，怎么也挪不开。

没有回答她，乐鳌却对那青年拱了拱手道："鹿兄如今可得偿所愿？"

看了看手中的短木棒，被称作鹿兄的那名青年对乐鳌皱了皱眉道："这本来就是我族的东西，如今只不过是物归原主罢了。而且，这只是其中一件，远谈不上得偿所愿。"

他边说着，一边眼神扫向站在乐鳌身边的夏秋，对她竟露出一个感激的微笑，然后他才又看向乐鳌，对他拱拱手说："但还是多谢先生，过几日在下只怕还要来叨扰。"说完这些，他立即转身，看似想马上离开芍药园。

这人的身份夏秋猜出了几分，眼下有一肚子的话想问这位鹿兄，看他这就要走了，半个字都不肯多说，实在是很不甘心，但看他一副急匆匆的样子，仿佛有大事要办，贸然挽留，又怕太唐突。就在她纠结的时候，却见已经到了门口的鹿兄自己停了下来，然后"咦"了一声。

与此同时，夏秋突然觉得自己的胳膊被身旁的乐鳌一拽，接着耳边风声响起，等她回过神来的时候，才发觉不知何时他们竟然已经拐入了旁边的一个小院里，站在了一处扇形的上面镂着喜鹊登枝图案的窗子后面，透过这扇窗子，刚好可以将整个芍药园尽收眼底。

夏秋正要发问，就听乐鳌在她耳边小声地说道："嘘，别出声。"

乐鳌的气息喷在她的耳边，一下子让她的脸颊变得火辣辣的，想要离他远点，结果就听他又用更低的声音说道："别动。"

湿漉漉的气息再次扑来，夏秋只觉得更窘，但是却再也不敢动了，只得听乐鳌的话，静静地站在窗子后面，悄悄地注视着芍药园。没过一会儿，她便看到一个老者踏入了芍药园，站在离窗口不远的地方，只见他看向已经回过头来的鹿兄，缓缓地道："你果然不是一头普通的梅花鹿？"

看此人的年龄、气度，夏秋猜测，他应该就是林家的当家——林老爷子。此时，她不得不佩服乐鳌的机智、试想，这一院子的伙计都不省人事了，他们三个人却还好端端地站着，这不是摆明着告诉林家人，他们同这件事情有关系吗？所以，藏起来是必须的。

她正想着，却听鹿兄叹了口气说："林老爷子，我若是普通的野鹿，您会给我服那三朱丸吗？你们林家的心思好歹毒！定是知道我们一族的族规，在人间必须以原形示人，对吗？"

三朱丸？

夏秋立即想到了那被裹了一层又一层的药丸，看来，那药是林老爷子给梅花鹿下的，他想做什么？

芍药园里一下子陷入了死一般的寂静，鹿兄和林老爷子一时间都没开口说话，又过了一会儿之后，却听林老爷子干笑了两声，声音发涩地说道："我还知道，离了灵雾山，你们的妖力也要大打折扣，更不能随便使用。以前，我总以为太祖传下来的那本《列宗传》是假的，看来，太祖诚不欺我。"

随着一阵"咔咔"的金属碰撞声，只见林老爷的手中多了一样黑漆漆的东西，然后就听他阴沉的声音响起："将铁木鱼槌放下！这枪是我儿子上次从东洋带回来的，德国制造，你是躲不开的。"

枪！林老爷子竟然带了枪出来！

夏秋暗暗心惊——看来他这是有备而来呀！

不过可惜，林老爷子此举除了进一步激怒鹿兄以外，似乎没有别的作用。只听鹿兄发出一声轻笑，然后慢慢靠近林老爷冷冷道："本来，我已经要走了，不过……你真以为这东西对我有用？也罢，既然你是这林家的当家，我且问问你，鱼鼓在何处？我本来还想再来一趟，可如今看来，应该是不必了！"

"你……你别过来，再过来，再过来我就开枪了！"看到鹿兄根本不怕，林老爷子的气势立即减了一半，连话都说不利落了，而且，

他手中的枪虽然指着鹿兄，人却一步步向后退去。

此刻鹿兄脸上的怒意却越来越盛，神情也越发的无畏，想到刚才他说的话，夏秋猜，鹿兄这是今日就要讨要"另一件"东西了，那东西应该就是刚才他所说的鱼鼓。

"找死！"

话音刚落，夏秋便听到一声震耳欲聋的枪声响起，接着一股刺鼻的硝烟味在周围弥漫开来，她的心立即揪紧了，洋枪的厉害谁不知道，就算是妖，也是血肉之躯铸成，不一定能讨得了好处。

待硝烟散尽，夏秋才算放了心，因为鹿兄仍旧稳稳地立在原地，而林老爷子的声音则越发颤抖："你……你竟然躲开了？"

"鱼鼓！"鹿兄冷冷地道，"把它给我，我立即离开。"

他们一族性情温顺，与世无争，在灵雾山隐居了数千年，日夜守护着神器铁木鱼，若不是百年前救了一个不该救的小人，让他将铁木鱼偷走，甚至还引来一个厉害的天师，重创他们的老族长，只怕至今他们还过着逍遥自在的日子。

如今，百年一遇的大灾即将来临，他必须找回遗失的神器，才能救自己的族人。因此他不得不重新出世，追查神器的下落。哪想到，这神器的下落虽是给他寻到了，可自己却被林家重创，甚至还服下了三朱丸，差点陷全族于险境。刚才，他无奈之下现了人形又伤了人，已经触犯了族规，回去一定会受罚，既然这个林老爷子步步紧逼，让他忍无可忍，索性就一不做二不休，干脆将神器完整地带回去。至于族中的惩罚，只要他能拿回铁木鱼，救了族人，哪怕关他百年他也无怨无悔。

07

这一次，林老爷子才仿佛真的被鹿兄镇住了，在他的步步威逼下，林老爷子重重叹了口气道："也罢，铁木鱼鼓在我院子的密室里，你随我来取吧！"

鹿兄是从林家宗祠里找到的铁木鱼槌，看来现在林家人竟将这一整套铁木鱼的鱼槌和鱼鼓藏到了两个地方，实在是狡猾，鹿兄心中暗骂了句奸诈，这才开口说："好，我这就随你去取，记住别玩花样。我既然已经破了禁，自然就不在乎再多破几次！"

"是，是，大……大师随我来！"林老爷子连连点头，然后转回身去，在前面带路，看样子是要亲自领鹿兄去取鱼鼓。

夏秋现在还只是一个旁观者的身份，但正因为是旁观者，她才觉得有什么地方不太对劲儿——事情的发展是不是太过顺利了些？

就在她暗中思忖是哪里不对劲儿的时候，就听乐鳌轻哼一声，说了句"蠢货"。

夏秋一怔，下一刻，只听"嗡"的一声响，仿佛有一股波动在芍药园里弥漫开来，紧接着，空中也金光大盛，似乎是有人在空中念起经文来。

夏秋发现林老爷子手中此时竟然多了样东西，看形状应该是个黑漆漆的木鱼，只是这木鱼的鱼眼里并没有鱼槌，发出的也不是木鱼该有的声音。随着林老爷的不停抚摸，再合着他口中念诵出来的咒语，木鱼中竟凭空传出一阵阵梵音。

不过可惜，这梵音并不像寺庙里高僧念诵让人感到高严肃穆、心情平静的经文，这凭空出现的念经声，反而是一根根钢针，一根接一根地刺入围观者的耳膜，刺入他们全身的每个毛孔，夏秋觉得，自己几乎要喘不过气来了。似乎是感觉到了危险，夏秋的心口不由自主地涌出一股熟悉的气息缓缓蔓延至全身，然后又快速向她周围弥散开去……

与此同时，鹿兄已经摔倒在地，然后抱着头满地打滚儿，并对着林老爷大喊道："你竟然随身带着它？你竟然会念咒语？谁……谁教你的？"

显然，作为妖，他受这梵音的影响更大！

"哈哈哈！"看到自己的咒语有了效果，林老爷子立即狂笑起来，"难道你忘了那个天师？太祖留下来的《列宗传》里说，正是因为这

个咒语，当初你们那个快要成仙的族长才会被重创。你以为他这么多年藏得严严实实，让我们林家连根鹿毛也找不到是为什么，就是因为他怕我们，怕我们会发动铁木鱼。如今，你竟然自己送上门来，看来是我家太祖显灵啦！"

鹿兄脸色大变，可此时他连站都站不起来了，就连元神也开始受到波及，若是再过一会儿，只怕他就会被打回原形，到了那时，可就真的只能任人宰割了。

看到鹿兄不能动了，林老爷子更加得意了，当即也不再废话，口中继续念念有词，速度也越来越快，手掌抚摸铁木鱼的频率也越来越高。他每摩挲一下，鹿兄就会大喊一声，看样子极其痛苦，到了最后，鹿兄的喊声越来越弱，也不知道是不是因为太过痛苦晕了过去。

看见他竟然没了声息，林老爷子心中也有些忐忑，怕把他咒死了，就无法从他身上拷问到鹿族隐居地的位置了，只得渐渐停了咒语。但是林老爷子也不敢贸然过去，只是看着地上的鹿兄冷笑道："只要你告诉我你们鹿族村落的入口，我就给你个痛快，否则，这咒语我天天在你耳边念上十遍、百遍，让你求生不得，求死不能！"

仍是一阵静默，鹿兄还是伏在地上一动不动，这让林老爷子更不安了，有心凑过去看个究竟，可又怕他使诈。于是，为了安全起见，他又念了几遍咒语，直到发现鹿兄皆无半点反应，这才着了急，连忙走到鹿兄身旁，用脚使劲踢了踢他，恼火地说道："起来，别装死。"

见鹿兄仍旧纹丝不动，林老爷子赶忙蹲下，想将他翻过来，试探他的鼻息，生怕他真死了，那可得不偿失了。只是，眼看林老爷子就要触到鹿兄肩膀的时候，突然，他的手腕被一只铁钳般的手牢牢抓住了。林老爷子知道上当了，不过他并没有惊慌，而是再次念出咒语，院子里也又一次闪起了金光。可这次，金光在闪了一下之后，便消失了，那梵音也根本再没响起，紧接着，林老爷子只觉得自己手中一空，铁木鱼却是被人夺走了，刹那间，他的脸色仿如死灰。

"你……你竟不怕这咒语？怎么会？怎么会！太祖留下来的《列宗传》上……"

夺回铁木鱼，将鱼槌插入鱼眼中，鹿兄站了起来，他先是向旁边的那扇窗户看了一眼，这才低下头，冷冷地俯瞰林老爷子道："我本该灭了你们林家……"

此时，林老爷子连嘴唇都没了血色，下颌上的花白胡子颤动了半天，最终却一个字都没说出来，但他的眼中，此时却露出了真正的恐惧。

"只可惜……"皱了皱眉，鹿兄一脸厌恶地松开了抓着林老爷子手腕儿的手，"为你这种人再破戒，实在不值。"说着，他一转身，就往通往夹道的大门走去，准备离开。

见他要走，原本害怕得要死的林老爷子不知从哪里得来了勇气，再次拿出了那把手枪，对准鹿兄的后心就想开枪。千钧一发之际，一声女子的惊呼从旁边传来，让林老爷子的手顿了顿，头也往声音发出的地方侧了侧。

就是这一声，保住了鹿兄的命。在枪响之前，他及时察觉了林老爷子的企图，躲开了子弹，而下一刻，林老爷子只觉得自己手腕一痛，手中的枪便被踢飞了，然后只觉喉间一紧，整个人被鹿兄卡着脖子拎了起来。

这次，鹿兄是真的被惹怒了，若不是刚刚有人出声提醒，今日只怕他就算能走，也要身负重伤。虽然他是妖，可也是血肉之躯，真要是被这子弹打中要害，也照样会流血丧命。

"你还真是不死心！"看着已经憋得脸色通红的林老爷子，鹿兄原本黑葡萄一般的眸子中出现了一道金色的竖线，在漆黑的园子里既醒目又妖艳，这次，他是真的生气了。接着，他的手渐渐收紧，林老爷子的脸也由通红变成了青紫，气息也越来越弱，颈骨也随着鹿兄渐渐收紧的手指尖开始发出"咯咯"的摩擦声，仿佛下一刻就会被捏得粉碎……

这个时候，鹿兄已经忘记了为什么而来，又是为什么想要杀了

眼前的这个男人，他所能看到的只有眼前这个男人绝望的眼神，所能听到的只有这个男人几不可闻的呼吸声，活了这么久，做了这么久的妖怪，他头一次发觉，原来亲手终结一个人的生命竟是这么让人兴奋的一件事情，那种主宰一切的感觉，让他隐藏在心底深处的东西不受控制地沸腾起来——这真是一种美妙的感觉！

就在他陷入这种兴奋的感觉中不可自拔的时候，只听一声"住手"，一个声音将他拉了回来，让他骤然清醒。

这声音仍和刚才救了他的声音一样，而这次，这声音再一次救了他，刹那间，鹿兄只觉得自己的后背上出了一层冷汗，手立即松开了，整个人也仿佛虚脱了一般，向后跟跟跄跄地了好几步，一边惊恨交加地看向已经倒在地上不省人事的林老爷子，一边大口大口地喘着气。

片刻之后，鹿兄觉得自己的情绪终于平复了一些，这才看向乐鳌他们躲藏的方向，拱了拱手道："多谢！"说完，他不再耽搁，一转身，头也不回地离开了芍药园，沿着夹道悄无声息地离开了。

他走之后，乐鳌才带着夏秋和陆天岐重新回到芍药园中，三人来到林老爷子身边后，夏秋立即将手凑到了他的颈脉处，发现他果然还没死，只是晕了过去，这才松了口气。她抬头看向乐鳌问："现在咱们怎么办？"

乐鳌正要回答，却听陆天岐指着地上的林老爷子惊讶地说道："咦，他的嘴角怎么溢出了口水，好恶心。"

"口水？"

夏秋一愣，再次看向地上的林老爷子，顿时脸色大变，她刚要开口对乐鳌说什么，却见他对她摆了摆手，仿佛在倾听什么，接着他眉毛皱了皱，低头看向夏秋说："你刚才不是想摔倒吗？"

"咦？"

起初夏秋还有些摸不着头脑，但紧接着，她却听到芍药园的外面传来林家下人们焦急的声音："老爷还不出来，要不，咱们进去瞧瞧……"

第三章　落颜

01

今年的春天，似乎来得特别晚，明明已经到了阳春三月之时，可偌大的一个临城，竟然一朵花都没有开，就连那些树枝上不情不愿爆出来的新芽，也似乎不如往年精神，蔫蔫的，仿佛风一吹便会从树枝上落下来一般。

不过，你若以为百花延期开放的原因是因为天气太冷，那就错了。事实上，刚入三月，夏秋就脱下了厚衣服，中午买菜的时候，若是在太阳地里走一遭，暖和的都能见汗。所以，今年不要说冷，只怕比往年的春天还要暖上几分呢。但是临城周围的几个城镇，二月中的时候，就已经有迎春花开了，野地里金灿灿的，看着就让人欢喜，草地枝头也是绿油油的一片。哪里像这里，刺眼的阳光照耀着冷冷清清的树头花枝，实在是给人一种别样的萧瑟之感。

天气暖了，天也长了，夏秋吃了晚饭离开乐善堂的时候，天还没有黑透，她一出门，就看到等在门口的黄包车夫老黄。

　　看到她出来，老黄立即从坐着的车把上站了起来，对夏秋憨厚地笑了笑："夏小姐，今天真早呀。"

　　夏秋也回报了一个腼腆的笑容道："再早也早不过您，我早就说了，您不用送我的。"

　　"我就是顺路。"老黄笑嘻嘻地拍了拍车座，"最近临城不太平，你一个女孩子，还是有人送的好。"

　　"那多不好意思，岂不耽误您的生意？"

　　"嘿嘿，生意？"老黄眯着眼睛又是一笑，接着说，"别人不清楚，您和乐大夫还不清楚吗？快上车吧，咱们争取天黑前到家。"

　　为了省钱，夏秋租住的地方在靠近临城郊外的一个老旧小巷里，偏僻得很，尤其是冬天的时候，下午五六点钟小巷里就早已黑成一团，老黄偶然知晓后，便主动要求接送她上下工。

　　看着老黄的笑容，夏秋不知怎的联想到了前两天的事情。那天自己走得晚，遇到了一个"病人"。

　　那"病人"本来只是伤了脚，结果见到她却吓得掉头就跑，连脚伤都顾不得了，哪知不小心撞在了门框上，头破血流不说，还曾一度昏迷，最后是被东家扎了好几针才清醒的，哪知醒了之后，"病人"拿了些金创药，就火速逃了。

　　一开始她没多想，可她家东家在那"病人"走了之后说了句"别在意，兔妖向来胆小"，这话反而让她在了意，再加上表少爷陆天岐的一番冷嘲热讽，她才终于明白为什么自己长大之后，周围的那些"东西"往往在出现了几日后，就慢慢消失了。

　　陆天岐当时说，灵力强的厌恶她，灵力弱的惧怕她，所以她是名副其实的神憎鬼厌。只是，如果陆天岐说的是真的，童童为何从小到大都跟在她身边？难道不怕她吗？

　　夏秋若有所思地上了车，一坐好，老黄就动作麻利地启程了，不一会儿就到了巷子口。

　　不过老黄的速度虽快，可归根结底还是不敢太过分，毕竟天还亮着呢，所以他只是脚步比一般人看起来更轻快些，车子自然也是稳稳的。看着前面快速奔跑的老黄，夏秋犹豫了一下，终于问出了这几日盘桓在自己心头的疑问："老黄，你不怕我？"

"怕？"老黄的速度慢了一下，回头看了夏秋一眼，笑道，"夏小姐，我为何要怕你？"

老黄有着一张中年人的脸，脸上也像一般苦力一样有着纵横交错的皱纹，脸色黑中透红，让人看不出半点不对劲儿。不过夏秋知道，这绝对不是他的本来面目，身为千年的妖怪，给自己幻化出一张适宜的脸还不是轻而易举的事情。

夏秋从不介意老黄隐藏自己的真面目，此时反而为他刚才的回答感到很高兴，再联想到了童童，夏秋觉得自己似乎有些矫情了，于是心情愉快地说道："您说得没错，以前也有人这么说过呢。"

人？还是妖？

老黄脑子里转了个弯儿，终究没有问出口，这也不是他该打听的。刚开始的时候虽然这位夏小姐身上的气息让他不舒服，可时间久了，知道她不会怎么样他之后也就没什么了，反而很喜欢她。她同乐大夫在林家的事情他都听说了，知道这位夏小姐还是向着他们的，不然的话，鹿兄非但拿不回他们一族的东西，可能还要犯下大错。当然他也在了解了林家那些龌龊事后，就打定主意，以后拉活儿再也不从林家门口的那条街道过了，他才不屑赚林家那几个臭钱，就算是下人、伙计他也不拉。

因为说着话，所以老黄有些走神，在路过某个路口的时候，差点撞上一个突然从巷子里冲出来的醉汉。这醉汉虽然喝得酩酊大醉，可身上穿的衣服却不错，一看就是富贵人家的纨绔子弟。

遇到这种事情，老黄自然要不停地道歉，免得人家追究。可惜这个醉汉并不是善茬，得了理就想发作，可当他昏黄的小眼珠子转到了坐在车上的夏秋身上之后，一时间竟然顾不得其他了，反而色眯眯说道："哟，撞人的还是个小姑娘，说，你把大爷撞疼了，怎么赔？"

"坐好了！"

一看不妙，老黄的眼神立即变了，夏秋只觉得耳边一阵风声响过，眨眼间就被老黄拉着跑出去几丈远，巷口只剩那个醉汉还在不停地叫骂……夏秋回过神来，只听老黄闷声道："夏小姐，咱们不理他，哼，在那种地方出没的人，早晚要遇到鬼的！"

老黄之所以这么说，是因为最近在临城的确发生过怪事。有几个男人半夜从临城那些有名的脂粉巷里回去的时候，居然被人脱光了衣服绑在了自家门口的大槐树上，据说身上还写了字。有的人说是他们在那种地方得罪了不该得罪的人，还有的人说是他们的岳丈家要帮着自家女儿出气，当然了，还有一种说法就是撞了鬼。

刚才的事情，夏秋在还没反应过来的时候，就被老黄带走了，如今听了他的话，反而觉得有趣，当即笑嘻嘻地问道："老黄，那鬼……你见过？"

"嘿嘿嘿！"听出夏秋语气里的戏谑，老黄不好意思地憨笑了下，"我就是说出来解解气，夏小姐知道的，咱们在这里规矩太多，有的时候，也就只能嘴上说说了。"

此时的老黄让夏秋觉得异常可爱，突然就更好奇他真正的样貌了。陆天岐在闲谈中曾说过老黄原本的样子还不错，只是为了等什么人才故意扮成丑车夫的，如今看来，被他等待的那人，也是个有福气的。

说着说着，车速也渐渐恢复了正常，不一会儿就消失在了路的尽头。不过，他们不知道的是，这次老黄一语成谶，那天晚上，临城还真出了事……

第二天一早，老黄又早早地候在夏秋所租住屋子的巷口，等着拉夏秋去乐善堂。上工被他送，下工被他接，夏秋实在是不好意思，所以，路上的时候，她便坚持让老黄答应她，以后不要再特意接她，若是她有需要自会找他帮忙。

老黄虽然最后勉强同意了，可也坚持说即便可以早上不接，但送还是要送的，怎么也要等过一阵子临城太平了再说，而且最近城里总出怪事，女孩子家，回家还是有人陪的好。

见老黄如此坚持，夏秋也不好再说什么，说话的工夫，他们已经到了富春巷，再拐过两个街口，便会到达乐善堂所在的五奎巷了。

这富春巷比其他巷子宽阔些，有好几座富贵人家的宅子，在巷子的两旁连成一大片，要是在以前，老黄不消十分钟的工夫就能通过，可今日只行了一半，便看到前面一个大宅院的门前聚集了很多人，将路堵了个严严实实，他只好慢了下来。

远远地，他向众人围着的地方看了一眼，却吓了一跳，连忙对身后的夏秋低声道："夏小姐，你别看。"

可他这句话还是说得晚了，夏秋视力好得很，早就看到了"不该看的东西"，人群的中央有一棵老槐树，而在老槐树的树干上，绑着一个"白花花"的男人。

原谅夏秋只能想到这三个字形容眼前所见，因为这个男人不但一丝不挂，身上的肉也被麻绳勒成一截一截的，从绳子的间隙溢了出来，就像是市场上屠夫们用细麻绳捆起来的肥猪肉。猪肉做菜很好吃……

虽然此时想这些很不合时宜，但夏秋已经想好今日的午饭该做什么了。

见自己提醒得晚了，老黄只得加快脚步，低着头闷声拉车，争取以最快的速度从人群中钻出去。

可随着离那棵树越来越近，被绑在树上的那个男人的样貌也越来越清晰了，夏秋先是"咦"了一声，然后等老黄穿过人群之后，才低声说道："老黄，好像是昨天那个醉鬼。"

"嗯。"妖不光眼力比人更好，连嗅觉都比一般人灵敏，所以，老黄早就认出来了，此时听到夏秋的话，他忍不住又道，"夏小姐，您还是让我再接送一阵子吧！"

夏秋语塞，显然，老黄毫不关心这个男人被谁所绑，又为什么被绑，他只在乎自己想在乎的事情。这大概也是一般妖怪在人世间的常态吧，毕竟，他们经历得太多，也见过得太多了。

老黄将夏秋放在乐善堂门口就离开了，谁知陆天岐一看见夏秋，就一脸兴奋地向她走来，并满怀期待地对她说道："听说富春巷那边今天出了点事，孙家三少爷被一丝不挂地绑在了大树上，可有此事？"

看来虽然某人连门都不出，但是对这临城里发生的大大小小的事情还了解不少呢。她也只是路过富春巷的时候碰巧看到，陆天岐在这里就已经知道了，而且，还知道那人是孙家的三少爷。

孙家？他说的孙家，难道是那家在临城开最大钱庄的孙家？看来昨晚的事情可小不了了。

"怎么样，到底是不是？"夏秋慢吞吞的反应让陆天岐甚是着急，急忙又问道。

这个时候夏秋才点点头道："嗯，是不是孙家不知道，可的确是富春巷那边出了事。"

"我就说问你准没错，你天天从那里经过，一定能遇到。"说完，陆天岐挑挑眉又道，"真的是一丝不挂？"

夏秋虽说是医专的学生，对人体的接受度比一般人强些，可接受归接受，被人这么逼问着，到底觉得有些不自在，幸好乐鳌出现替她解了围："是不是，你去看看不就知道了。"

夏秋这才发现，他们似乎正要出门，难不成他们是要去富春巷一探究竟？

陆天岐撇嘴道："就算去了，估计什么也看不到了，还有……"

瞪了他一眼，乐鳌没再说话，陆天岐也只得咽下接下来要说的几个字，紧跟在乐鳌的身后出了门。

看到他们两个就这么出去了，夏秋问了句："你们中午还回来吗？要不要给你们准备饭菜？"

"回来，当然回来，我们一会儿就回来了。"一提到午饭，陆天岐马上回了头紧接着问道，"中午吃什么？"

夏秋想了想说："东坡肉如何？"

"会不会太油腻了？随便了，凑合吃吧！"

凑合？

夏秋默默地翻了个白眼，这个表少爷还真难伺候！

果然不一会儿，乐鳌他们就回来了，他们也再没有谈论关于孙家少爷的事情。夏秋果然做了东坡肉，肥而不腻，陆大少爷吃了满满两大碗饭，就连乐鳌也比平日多吃了些。这日下午，药堂病人不多，大概四点多的时候，乐鳌就让夏秋下工了。

夏秋一出门，果然看到老黄已经等在门口了，看到她来了，笑道："夏小姐，下工了？"

夏秋实在是被老黄的毅力所折服，只得上了他的车，老黄也如以前一样麻利，不过这次，行驶了一会儿之后，夏秋却低声问道："老黄，你可是会算命？"

"嘻嘻，我要是会算命，支个卦摊岂不比拉车舒服？"

夏秋笑了笑说："那你怎么连我提早下工都算得出来？"

老黄一时无言，而夏秋也似乎并没有期待他的回答。接下来的时间，她更是一言不发，也不知在想什么⋯⋯

临城虽是个小城，但是也号称有四大楼，分别位于四条紧紧挨着的巷子，而在这四大楼的周围更是有无数的暗窑、酒楼、赌坊、烟馆、当铺⋯⋯所以，到了晚上，一般好人家的后生或者自诩正派的人，都对这四条巷子敬而远之，更不要说女人了。

昨天夏秋他们经过的只是这四条巷子的外围，竟还是撞到了那个醉汉，还差点惹一身麻烦。

一夜之间，孙家三少爷的事情已经在四大楼传开了。知情人说，这位孙少爷昨晚在四大楼之一的百香楼留宿，结果半夜起夜的时候就失了踪，楼里的老鸨还以为他有急事回了家，便没太在意，直到早上才被告知出了事。白天的时候，孙家的家丁还来闹了一通，老鸨说尽了好话才勉强打发走。据家丁们所说，昨夜孙少爷早早就醒了，在树上喊救命喊了一夜，竟然没有一个人听到他的呼救，到了

早上，他喊累了，又差点被冻死，这才没再闹出动静，只是等他被家人发现，从树上放下来后，命早已经去了半条了，恐怕要在病榻上躺好一阵子，一时半会儿没法子出门了。

其实孙家三少爷出事之前，也发生过几次这样的事情，只是，一来那些受害人身份普通，二来是受害人的家人深以为耻，再加上受害人伤得并不算严重，这些人家便想息事宁人，便没有大张旗鼓地声张，所以当时听到的人也只当是道听途说的八卦罢了。而这次却很不相同，孙家三少爷在临城可算是个人物，谁不知道他一向是四大楼的一条"龙"，几乎天天泡在几大楼里，认识的人多，姑娘也多，所以他这一出事便是大事，更是让那些同道中的纨绔公子们人人自危，要不是几大楼的老鸨们再三表示已经在院子里增加了三倍的守卫，只怕再没人敢去几大楼了。

当然了，也有在花楼里混得不知日月的一些人，比如现在刚出了红粉斋，打算去赌坊碰碰运气的李家小儿子。他已经在红粉斋宿了好几晚了，今天是被老鸨赶出来的。由于走得不痛快，所以在去赌场的路上，他一路都在骂骂咧咧，不誓要赢上一大笔钱再杀回来，也好出出心中的这股怒气。

李家小儿子一边想着，一边加快了脚步。路过一个岔路的时候，他不经意一瞥，发现路口的杂物后面似乎有什么东西动了动，看样子还不小。

一开始，李家小儿子还以为是出来觅食的野狗，可那东西晃了晃之后，他又觉得不太像，便立即钻入了巷子，想要看清楚那究竟是什么东西。结果，随着一张白白净净的小脸出现在眼前。

原来，这是一个十一二岁的小丫头。小丫头模样不错，脸上稚气未脱，只是看到有人靠过来，似乎吓了一跳，站起来就想往巷子里面跑。

李家小儿子愣了愣后，就感到自己被一个大馅饼给砸中了，他觉得自己应该是遇到了大户人家逃出来的奴婢，看这模样，搞不好还是哪个少爷跟前的，这要是能抓住卖给四大楼，他就再也不会被赶出来了。更妙的是，他对这附近很熟，他若没记错，这条小巷应该是死路，根本就跑不出去，两旁更没有住户商家，根本就是他行使自己计划的完美场所。

这个念头只在脑中闪了闪，他便立即追了上去，边追边狞笑着说道："小妹妹，你是不是迷路了，哥哥带你去下馆子如何？嘿嘿，嘿嘿嘿！"

这条小巷果然是死路，小姑娘往里跑了没几步，便到了尽头，小巷尽头的那堵墙很高，足足有两个她的高度，所以，想要翻墙而过是不可能的，于是，她只得转了身，背靠着墙壁，一言不发地盯着一步步向她靠近的那个男人，也不知道是不是被吓傻了。

这个时候，李家小儿子也追到了她的面前。看着这个眉清目秀的小姑娘，李家小儿子更觉得自己捡到了宝，他似乎已经听到了大量金钱相互撞击的声音了。

这丫头虽然身量还未长足，可已经能看出是个不折不扣的美人胚子，长大了肯定不得了。

李家小儿子觉得越靠近她，一股清冽的花香就越清晰，因此他很是贪婪的深深吸了几口气，一时间，他仿佛觉得这个简陋肮脏的巷子都变得与众不同起来。别说这丫头长大，哪怕是现在，被她乌黑明亮的眸子盯着，李家小儿子心中都像是长了草，连声音也不由自主地放缓了："小妹妹，哥哥说的是真的，这么晚了你还在外面，一定是饿了，哥哥带你去吃好吃的如何？"

李家小儿子现在已然利欲熏心，根本没注意到眼前这个年岁不大的小丫头的眼中非但没有半分恐惧，反而充满了嘲讽，嘴角更是挂上了一丝不易被人察觉的冷笑，待他走到她三步之外的距离时，小姑娘终于开了口："你？带我去吃好吃的？"

小姑娘的声音软软糯糯，让李家小儿子的骨头又软了几分，不禁咽了口唾沫道："对，好吃的……好吃的……"说着，他便迫不及待地张开双臂，想要把这个走投无路的小美人给抓住。

　　看到李家小儿子凶神恶煞般地冲过来，小姑娘仍背靠在墙壁上一动不动，这让李家小儿子心中更是得意，以为她被自己的气势吓住了，完全没想到这件事情的诡异之处。结果，就在他离小姑娘一步之遥的时候，随着一股更浓烈的幽香渗入鼻中，他几乎连反应都没有，就"扑通"一声摔倒在地，一动不动了。

　　看到他倒了，小姑娘这才上前一步，用脚踢了踢他，然后皱着眉一脸厌恶地低声唤了句："喜鹊！"

　　紧接着，一个身材纤细的身影凭空出现在了巷子里，却是一个侍女打扮的姑娘。这姑娘看起来十七八岁的样子，身材凹凸有致，面容也精致好看，尤其是那双桃花眼，更是让人过目难忘。

　　喜鹊一出现，就看着地上的男人掩口笑道："我早就说大人太轻看自己了，这几次您都看到了吧，他们哪个不是遇到您就挪不开眼，所以，大人还是想开些，别再钻牛角尖了。"

　　听到她这番话，小姑娘抬头看向她，用糯糯的声音说道："本大人从来没轻看过自己，不过，你这法子我却觉得不太舒服，这些人都臭死了，瞅瞅他们我都嫌脏，我现在要回去沐浴，剩下的事情你去处理吧。"说着，她厌恶地拍了拍身上并不存在的尘土，就往巷子外面走去，她这么做不过就是想让青泽哥哥出现而已，她就不信了，她都把这些人送到青泽哥哥的眼皮底下了，他还能躲着不出来？

　　"是！"

　　喜鹊在她身后应了一声，便立即来到了李家小儿子跟前，先是用脚踢了踢他，确认他的确是晕过去了之后，这才用三根手指捻了个手印，口中念念有词，眨眼间，一股旋风就卷住了李家小儿子的身体。旋风过后，只见李家小儿子身上的衣服已经化为了齑粉，只剩下一副白花花、油腻腻的光身子。

　　小姑娘根本就不屑回头看喜鹊做了什么，只是一门心思地往外走，眼看快到巷口了，却被两个人影挡住了去路，她吓了一跳，急忙向后跃去，而后，她再次大声唤道："喜鹊！"

一旁正忙着的喜鹊也听到了巷口的动静，于是不再理会地上的裸男，快速回到了主人身边，然后一双眼睛闪耀起绿色的光，盯着巷口那两个身影低低的喝道："什么人？"

"你是……落颜？！你怎么在这里？"

听到这两个人这么说，喜鹊大惊，手中结了个手印就要抛出去，可却被小姑娘喝住了："住手，这是青泽哥哥的朋友。"

"朋友？"喜鹊的手顿了顿，再次看向渐行渐近的两人，眼珠子飞快地转了起来。

这个时候，只听两人中的一个缓缓说道："是你？你为何要这样做？"

"我记得你，几百年前我同青泽哥哥定亲的时候，你就在他旁边，你叫……"

"我叫陆天岐！"向前走了几步，看了看她，又看了看她身边站着的婢女，陆天岐皱了皱眉道，"我记得你，你叫落颜，你怎么来了临城，青泽呢？你这样做，他知不知道？"

青泽是陆天岐的好友，两人已经认识了上千年，而这个落颜，的确是青泽的未婚妻，只不过……

"我也想知道青泽哥哥在哪里，可是……可是他不见了！"说着说着，落颜只觉得鼻子一酸，眼泪都快掉下来了，"半年前他去看我，我却惹恼了他，后来就再无他的消息。我来找他，结果他家却大门紧闭，我连进都进不去，难道……难道我就这么讨厌吗？我……我只不过弄坏了他的书而已！"

"正因为如此，这临城的百花才会到现在还未开放？"随着话音，一个穿着靛蓝色绸布长衫的年轻人出现在落颜面前，正是乐鳌，"是不是，花神大人？"

"我不开心，它们又有谁敢开放？"落颜说着，脸上露出了小小的骄傲。

陆天岐自然知道青泽的未婚妻是花神，只是，眼下的情形，似

乎已经不再是百花是否开放的问题了，而是这一阵子临城发生的这些怪事，这个落颜，难道以为将这些男人脱光了挂在树上，青泽就会出现吗？虽然这些人称不上好人，可这么做未免也太任性了些，而且，青泽心地最善，若是知道他的未婚妻这么做，只怕会更加生气。

想到这里，陆天岐轻哼了一声："这件事情先放一旁，先说说这些被你扒光了的男人吧。你以为这样做，青泽就会出来见你？你的脑子里装的都是草吗？"

"我家大人这么做，自然有她这么做的道理。"不等落颜开口，站在她旁边的那名被唤作喜鹊的婢女轻飘飘地说道，"我家大人也是有苦衷的，怪只怪青泽大人太绝情了……"

"闭嘴！"听到她的话，陆天岐怒道，"我同你家大人说话，你一个小小的婢女也敢插嘴，知不知道什么是规矩？"

看到陆天岐生气了，喜鹊"扑通"一下跪了下来，抽抽噎噎地哭道："陆少爷，您是陆少爷吧，我以前也听我家大人提过您，说您是我家姑爷最好的朋友。可是陆少爷，奴婢有一件事情实在是不明白，我家姑爷同我家大人已经定亲几百年了，可直到现在还没有迎娶我家大人的意思，让我家大人受尽花神谷里一众花神的嘲笑。如今她亲自来寻，姑爷还是避而不见，难道是不想承认这桩婚事了？况且，我家大人如今变成这副样子，根本就是拜姑爷所赐，姑爷不能这样呀！这亲到底成不成，总得有个交代！"

"好个伶牙俐齿的丫头！"陆天岐大怒，"你真以为在你主人面前我不敢教训你吗……"

只是，他话音未落，落颜却已经挡在了喜鹊面前，气鼓鼓地说道："陆哥哥，喜鹊是我的婢女，你想做什么？"然后，她神色一黯，"而且，她说得也没错。不管怎样，青泽哥哥总得出来给我个交代，若是要他想退婚，我绝不会再缠着他！"

陆天岐哪里能做得了青泽的主，如今又被这对主仆误会，他只觉得自己反而成了小人，急道："明明是你们不对在前，怎么反倒成了我和青泽的错，果然是有其主必有其仆，难怪青泽不露面，想必也是怕了你们这对胡搅蛮缠的主仆……"

只是刚说完，陆天岐便后悔了，因为他看到落颜的眼睛一下子就蒙上了一层水汽，眼圈也红了，一副马上就要哭出来的样子，他正想，试图安慰，却见落颜忍住将要落下来的眼泪，咬牙说道："你说的没错，我还纳闷，我不过是弄破了青泽哥哥的书，他就拂袖而去，半年都没再去找我，原来是他早就讨厌我了。不然的话，他的心那么软，怎么会任凭那些人被绑在树上喊一整夜都不露面呢，当初，他果然只是可怜我罢了，他心里，终究还是不愿意的……"说着说着，就见落颜的身影渐渐消失在一团雾气中，她竟然就这么走了。

看到主人离开，喜鹊也立即施法跟了上去，不过，临走前，她还不忘对陆天岐说道："陆少爷，你要是想让临城百花盛开，还是快让青泽大人回来吧，回来了，是好是歹，也能给我家大人一个交代……"

"交代？什么交代？喂，你们别走，这里的事情还没了结呢！"

看到她们就要这么走了，陆天岐就想追上去，突然手臂一紧，却是被乐鳌拉住了。

"怎么回事？她真的是青泽的未婚妻？可我怎么从没听青泽提起过？"

乐鳌也认识青泽，只不过虽然身为树灵，青泽却不经常在临城，如今多了一个未婚妻，还是个花神，乐鳌很是吃惊。只是，既然已经在几百年前就定亲了，怎么这个落颜看起来还是一副没长大的样子，难不成定亲的时候，她还在襁褓里不成？

"这件事情说来话长。"陆天岐神色复杂地说道，"简单说，若不是因为青泽，落颜也不会被灵力反噬。总之，他们之间的事情，不是一般人能说清楚的。"

"反噬？"乐鳌眼神微闪，大致明白了落颜长不大的原因，于是沉吟了一下，他又道，"青泽是木灵，她用这种方法让青泽出现，想

法是没错。"

"什么，你说她没错？"听到连乐鳌都这么说，陆天岐只觉得自己心头的火气一下一下地往上蹿，便指着巷子里那个仍旧一动不动的裸男继续说，"这还没错？这是青泽不在，他若是知道落颜跑到这种地方做这种事，只怕会气得吐血。"

乐鳌对他笑道："我的意思是，青泽既然是木灵，府邸也在临城，那么他的灵力在这里应该是最强的，所有的树木都可以是他的眼睛，即便他不在这里，对这里发生的事情也该有所感应。可这件事情已经发生了一月有余，他竟然还没有回来……"

乐鳌的话让陆天岐立即冷静下来，他沉吟了下说："表哥的意思是，青泽他可能……出事了？"

"我只是猜测，你应该知道他的府邸吧，不如咱们去看看。"

陆天岐犹豫了一下，点了点头。

……

04

第二天中午买菜的时候，夏秋听卖菜的大婶说，前几日剥光孙家三少爷衣服，还把他挂起来的犯人被抓住了，是几个烟鬼干的，说是昨天晚上他们把东城李家小儿子骗到僻静处扒了衣服、抢了钱财，只是还未来得及将他挂起来，就被警察局带来巡逻的人抓了个正着。如今犯人已经被抓，看来临城也终于能消停一阵子了。结果等夏秋到了卖肉的大叔那里，却又听到了新的版本，说是警察局的局长大人那天正好在手下的保护下回家，结果经过一处巷子时，听到里面有动静，就派人去查看，这才将犯人抓了个正着。不过，虽然抓住了犯人，可李家小儿子到现在还没有清醒，也不知道还能不能保得住性命。

临城里有关这件事情的说法可以说众说纷纭，夏秋此时想的却是今早她上工的时候，乐善堂里一个人都没有，不要说她家东家，就连那个表少爷陆天岐都不在家，也不知道她今天中午做的饭究竟有没有人吃，要不要少买些菜回去，万一吃不了放到明日就不新鲜了。

不过等她回到乐善堂，却万分庆幸自己买了足够的菜回来，因为乐鳌和陆天岐全都回来了。

他们昨晚到了青泽的府邸，果然发现他的府邸外面被罩了一层结界，除非他们施法将这层结界破掉，否则根本进不去。可这毕竟是青泽的地方，趁他不在家的时候破门而入总不太好，于是他们只得离开，然后又在乐鳌的建议下，上了一趟灵雾山，去了神鹿一族，从长老那里取了乐鳌以前放在那里修补的东西，所以才回来晚了。

其实，陆天岐知道，乐鳌这东西在神鹿一族放了很久，再放一段时间也没什么，他此次去是为了看望鹿兄，毕竟鹿兄在临城违反了他们的族规，回去是要受到惩罚的。结果当看到鹿兄只是被罚在鹿神庙里跪上三个月，便也放了心，看来因为鹿兄拿回了本族的神器，神鹿一族的族长还是法外开恩了。

听说他们去了神鹿一族，还知道鹿兄没事，夏秋也算放了心，毕竟这件事情能有这种结果已经算是不错了，眼下唯一让她觉得有些不安的是林老爷子。

那夜鹿兄走后，林老爷子便中了风，虽说当时有乐鳌在，及时帮他控制住了病情，可命虽然保住了，整个人却瘫在了床上。而且当时林家的下人太多，又有很多人看到了鹿兄，所以，乐鳌也根本无法抹去林老爷子的记忆，否则的话，反而更会让人起疑。

后来听说，林老爷子已经派人去找自己在东洋留学的儿子回来接掌林家的大小事务，看来他自己显然是无力再掌管林家了。

虽说这件事情是因为鹿兄而起，可归根结底还是因为林家有错在先，再说，林老爷子几次杀鹿兄未遂，如今落到如此境地，也算咎由自取。真要怨的话，只能怨百年前，打破神鹿一族平静的那个林家祖先，你说人家好好待在林子里又没怎么样，你把人家家里的

东西偷了还把人家打伤，到了百年后还心心念念地要奴役人家的家人，人家这是招谁惹谁了，充其量，鹿兄也只是找回自家的东西，而且已经手下留情了。

看到夏秋吃着饭还一副若有所思的样子，陆天岐道："鹿兄这次还问起你了，说是谢谢你及时帮他恢复了本性，不然可就不仅仅是被罚跪百日那么简单了。不过说起来……"说着，他又对着一旁的乐鳌问道，"你怎么知道那林老爷子会用那神器的，这东西，难道除了妖还有别人能驱动？我记得鹿长老从没对我说过呀，就连鹿兄也似乎才刚刚知道，所以……你才带上了她？"

"神器丢失的时候，鹿长老眼看就要渡劫升仙，若不是有强大的力量，你觉得他会被一个天师打败？所以我听说了这件事后就怀疑，应该是他们知道了这神器的用法，伤了鹿长老。"

陆天岐点头，再次看向夏秋，笑嘻嘻地道："留你在药堂，果然有些用处。不过，那些小妖怪们要是不怕你，就更好了！"

用处？这是当她是东西吗？

虽然知道这位陆家表少爷向来是言语刻薄，心地不坏，但想到那日，他们一点提示都没有就让她随他们去了林家，夏秋还是有些生气，于是她不声不响地收了空碗，低声说了句："东家，晚饭做大葱烧豆腐如何，今天的豆腐很新鲜。"

还未等乐鳌点头，陆天岐脸色大变，嚷嚷道："不行，难道你不知道我从不吃葱的吗？你是什么意思？"

夏秋对他一笑，然后暗暗翻了个白眼，一言不发地往后院厨房去了。

见她走了，乐鳌也站起来打算离开，陆天岐拦住他问："你干什么去？"

乐鳌犹豫了下说："我是觉得青泽的结界有些奇怪，想再去看看，看看白天又是怎样的一番情形。"

"好，我跟你一起去。"

说着，两人便一起出了门，又往青泽府邸的方向去了。

　　两人查了一天，除了发现青泽府邸外的结界在白天更强了些外，并没什么新收获。回来的时候，一路上乐鳌都若有所思，陆天岐却想去找落颜再好好问一问。毕竟，这丫头应该是最后一个见过青泽的人，也许再问问，能从她的口中得到什么新的消息。

　　晚饭果然有大葱烧豆腐，还有小葱炒鸡蛋、葱烧猪蹄，以及一个凉拌三丝，然后就是一锅白粥。看到晚饭，陆天岐脸都绿了，愤愤地看向乐鳌，却见他已经安之若素地坐在了桌子前开始吃饭，这让陆天岐更加气愤，于是狠狠地瞪了夏秋一眼，饭也不吃了，直接回了后院。

　　四菜一粥两个人吃的确有些多了，到了最后，三人份的粥还剩下一碗，夏秋实在是吃不下了，可又不想浪费，只得看向乐鳌，却见他只是瞥了锅里的粥一眼，低低地说了句："就放在厨房好了，他饿了会自己去吃的。"

　　听乐鳌这么一说，夏秋反而有些不好意思了，开口道："东家，您是天师吗？"

　　"天师？"乐鳌一愣，这才想起，那日夏秋并没有看到自己的手化成妖臂那幕，只看到了自己的手伸进了鹿兄的肚腹中，于是他眼神微闪，"是又如何，不是又如何？"

　　"天师不是应该同妖势不两立吗？你们……不但住在一起，而且还以表兄弟相称？"虽然屋子里没有旁人，夏秋还是压低声音问道。

　　"那你呢？"乐鳌没有正面回答夏秋的问题，而是盯着她道，"你是人，又为何帮妖？"

　　"我不一样，我从小就习惯了。"

　　因为同人比起来，反而那些妖从来没有真正伤害过她；虽然直到现在她才隐隐约约知道原因，但是她从小形成的想法，又岂会轻易改变，更何况，她最好的朋友也不是人，她自然也更能理解他们的想法了。

　　"从小就习惯了？"

　　"嗯，因为我有一个好朋友，她也不是普通人，而且从小陪着

我，只不过……"

"只不过什么？"乐鳌又问。

"只不过……"犹豫了一下，夏秋突然不知道该怎么说，不知道自己该不该告诉乐鳌。

看到她的样子，乐鳌嘴角翘了翘道："不如等你想好了再说吧。"

他这句话让夏秋松了一口气，于是笑道："谢谢东家，等我想好怎么说，就会告诉您关于我那个朋友的事情的。"

乐鳌点头，接着看了看药堂外，低声道："老黄来了。"

说完，他也站起身，往后院去了。

第二天一早，乐鳌出诊去了，陆天岐也不知道是不是因为前一天晚上的事情生气，一大早就没好气，眼睛都快长到脑门上去了，对夏秋说话都是用哼的，语调也阴阳怪气的。

夏秋才不理他，自顾自地做自己的事情，到了时间照样去市场买菜，结果她还没出门，就听到陆天岐在后面大声嚷嚷道："本少爷要出去，中午你不必做饭了，晚饭也不必做，听到了吗？"说完，竟然抢在夏秋前面出了门。

看他的样子，夏秋知道昨晚是真的将他给气到了，心中又好气又好笑，接触久了，夏秋早就清楚这个陆少爷最孩子气不过，但也最好哄。

昨天是他出言不逊在先，自然怪不得夏秋回击，不过今天她就不能再同他赌气了，天天生气哪行。

夏秋已经决定，今天做鱼，这位陆少爷最喜欢吃鱼，不如今晚就做醋鱼哄哄他，当然，这鱼里自然是不能放葱的。

中午陆天岐果然没回来，乐鳌自然也没有回来，夏秋就简单做了些饭菜吃了，不过到了晚上，天都黑了，这两人还是一个都没有回来，这倒让她有些奇怪。鱼她早已经收拾好了，若是放一晚上，明日味道肯定就不新鲜了，怎么办呢？

就在这时，只听院子里一阵铃声传来，却是乐鳌挂在他门口的界铃响了。

　　乐鳌这挂在院子里的界铃一响，就意味着有人进入了乐善堂，据说他的房间里也有一个，就是怕有人来了他不知道。于是，夏秋犹豫了一下，连忙去了前面的大堂中，想看看究竟是什么人来诊病。若是普通人的小病，她大致也能处理，若是大病，就让人送到别的药堂去已晚。不过，既然天色已经黑透，她猜测应该是它们来了。若真是这样应该更简单，也许它们见了她就会掉头跑掉吧。

　　夏秋刚进前厅，便闻到一股奇异的香气，这才看向厅中站着的那人。

　　厅中站着的是一个粉雕玉琢的小姑娘，看起来只有十一二岁，梳着两个抓髻，穿着一身嫩黄色的裙子，煞是可爱。虽然她看起来只是一个长得很漂亮的小女孩，可夏秋一眼便看出，她肯定不是普通人，而且，她见了夏秋竟然也不躲，反而用一双明亮清澈的眼睛一眨不眨地看着夏秋，仿佛对夏秋出现在这里也很好奇。

　　还不等夏秋发问，小姑娘已经率先开口了："你是谁？乐大夫呢？"

　　"东家他出诊了，还没回来。"夏秋笑了笑，心中也恢复了些平静，接着问道，"小妹妹，你哪里不舒服？"

　　来人摇摇头说："我是来找乐大夫看病的，我听说，这临城只有他有办法治我的病，早知道前天晚上遇到的是他，我当时就问了。回去后我睡了两日两夜，醒来后，喜鹊才告诉我他就是乐大夫，我便立即来了，哪想到他竟然不在。"

　　看到她身量还未长足，倒像个大人一样一脸愁绪，夏秋心中越发好奇了，便歪着头上下打量了她一番，不知怎的就想到了童童，于是笑着哄道："你可要等他？我今晚做鱼，要不要一起吃？"

　　话一出口，她才觉得刚见面便邀请人家吃饭有些唐突，正想说些什么转圜下，哪想到来人的眼睛一下子亮了："鱼？青泽哥哥就喜欢吃鱼，我也喜欢。"

看到她的样子，夏秋放心了，于是又笑着问道："那到底要不要一起呢？"

"好呀！"一听说有吃的，小姑娘脸上的愁绪一下子消失得无影无踪，"我叫落颜，有什么可以帮姐姐的？"

"跟我来吧！"夏秋对她招了招手，转身往后院走去……

回乐善堂的路上，乐鳌和陆天岐的脸色都不是很轻松，尤其是陆天岐。眼看快到五奎路了，人也越来越稀少，他再也忍不住，压低声音对乐鳌说："咱们现在回去有什么用，咱们现在应该去找她，好问个明白，也省的她一错再错。"

"现在去找她？"斜了他一眼，乐鳌说，"你已经找了一天了，若是能找到早就找到了，还用等到现在？"

"那我们也不能什么都不做吧！"

"纵然你同她不熟，可青泽同你却相识千年，你总该知道他是什么人！如今的情形，你难道不觉得奇怪吗？我觉得，你该冷静下，好好想想才对。"

陆天岐稍稍压了压火气说："我当然相信青泽的眼光，可万一……万一今晚她再……"

"先回去再说。"看着五奎巷尽头乐善堂的方向，乐鳌缓声道，"老黄刚才告诉我，乐善堂有客到，就算要找她，咱们也得先回去一趟。"

"乐善堂来了病人？"陆天岐微微一怔，立即明白了，"你是说那病人现在还等在那里……不怕那丫头？"

拐过一个弯道，乐善堂门口那两盏气死风灯已经近在咫尺，果然有灯光从屋子里透了出来，乐鳌的脚步微微顿了下，低声道："看样子是这样，她果然还没走。"

说完，他们两人借着夜色，悄无声息地向乐善堂快速行了过去……

"姐姐做的醋鱼真好吃。"一顿饭吃下来，无形间两人的关系亲密了很多。

落颜一边帮夏秋收拾碗筷，一边一脸佩服地说道，"夏秋姐姐是乐大夫家的厨娘吗？"

夏秋一愣，立即哑然，但又觉得落颜没说错，自己一日三餐里给乐善堂的这两位做了两餐，可不是比厨娘还好使吗，也就是落颜这心直口快的丫头才会口无遮拦地说出来。不过，从如此一个漂亮的小姑娘口里说出来的话，非但不让人觉得失礼，反倒让人觉得她天真烂漫。

见夏秋不答，落颜眼珠一转，立即又道："难道不是？"

夏秋深深佩服这个小姑娘察言观色的本事，微微一笑道："你说对了一半，除了厨娘，我还要兼做这里的大夫。"

"大夫？"落颜的眼睛一下子瞪得溜圆，"原来姐姐竟然是个女大夫！我就说嘛，乐善堂怎么会请一个普通人做厨娘呢？我听说，这么多年来，乐善堂向来只有两个人。"

"只有两个人？"这还是夏秋头一次听别人说起乐善堂的事情，心中自然好奇无比，忍不住问道："看来，这乐善堂在你们中间名气很大呢！"

"当然大了，都已经存在上千年了，不过，以前应该不叫这个名字，具体叫过什么，时间太久，名字又换过太多，我都忘记了，但是这一两百年来，一直是叫乐善堂没错。"

夏秋听了吓了一跳，差点摔了手中正在洗刷的碗，不禁看着落颜惊讶地问道："难道我家东家也活了上千年了，那他不也是妖怪了？"

"嘻嘻，那当然不是啦，不过我听青泽哥哥说过，陆大哥倒是一直在这里，他的确是个货真价实的老妖怪。"

陆天岐一直在这里？

夏秋自然知道陆天岐是妖，只是，落颜说他一直在这里是什么意思？

收拾好碗筷，两人又重新回到前厅，此时天色已经很晚了。想到刚才老黄就来催过一回，夏秋便犹豫着要不要让落颜明日再来，

她既然有心情同自己一起吃晚饭，就算真有什么病，只怕也不太重，而且看她刚来时心事重重的样子，夏秋怀疑她只怕是心病，所以应该也不太着急。

正想着，却听落颜又道："夏秋姐姐，你又是女大夫，又能做这么好吃的醋鱼，实在是太厉害了，你能不能教教我？"

"可以呀，改天你再来，我教你就是！"看到她想学，夏秋笑道，"这还是我以前在学校饭堂帮工的时候，从大师傅那里学来的呢，教给你又有何妨？"

"学校？什么学校？"落颜一愣，"学校是干什么的？"

"你问学校？"

夏秋沉吟了一下，便将自己在医专里发生的几件有趣的事情向落颜说了说，落颜这才恍然大悟："原来就是女子学堂呀！怪不得我这几年出门，经常见到穿着青色褂子黑色裙子的女孩子在街上成群结队地走来走去的。那时我就觉得她们的裙子怪好看的，原来都是女学生呢，真没想到，现在女孩子也能上外面的学堂了。"说着，她又一脸崇拜地看向夏秋，"而且还能学医术，做一个女大夫。"

"是呀！"夏秋笑嘻嘻地回应，"岂止能学医，还能学文，若是读女子师范，毕业之后，也许还能做个女先生呢，我以前上的学堂就有女先生，知道的东西不比男先生少呢，现在终归同以前有些不一样了。"

"还能做女先生！"落颜的眼睛一下子瞪得更圆，但很快又黯了黯，"看来，这些年我待在花神谷，错过了很多呢，就连喜鹊也没有给我说过这些。"

"喜鹊？喜鹊是谁？"夏秋好奇地问道。

"她是我的婢女，才刚刚来花神谷几个月，但是她对我很好，还给我讲了很多外面有趣的事情。"

说完这句话，夏秋看到落颜双手托腮，看着眼前的烛火若有所思。

烛光照在落颜的脸上，让她的肌肤仿如透明的一般，一双清澈的眸子也被烛火衬得迷离起来，再加上她微微鼓起的脸颊，肉嘟嘟的嘴唇，以及她那一头乌黑亮丽的如瀑般披散在纤弱后背上的头发……夏秋竟也看得有些呆了。

可以想见，如此精致的一个琉璃小人，有朝一日若是长大了，一定是件不得了的事情。

"落颜，落颜！"夏秋轻轻唤了她两声，想将她从沉思中唤醒。结果又过了几分钟，才见落颜转回头来看着她笑道："夏秋姐姐，认识你真好，要不是你，我竟不知这世界已经变化这么大了，竟然已经有了这么多好玩儿的东西呢……"

06

乐鳌他们刚到乐善堂门口，便看到夏秋刚从里面出来，看见他们终于回来了，夏秋松了口气，笑了笑道："东家，我还以为你们今晚不回来了呢。"

同陆天岐对视了一眼，乐鳌开口道："你这是要回去吗？客人呢？"

"老黄果然通知了您！"夏秋笑了笑，"不过客人已经回去了。你们回来的正好，我正犹豫要不要锁门呢。"

一般亥时之后，乐善堂就会将门板上锁了，反正来得越晚的病人，越不可能是普通人，有没有上锁对他们来说没什么区别。

就在这时，却见陆天岐的鼻子动了动，然后看向乐鳌说："屋子里有花香味。"

乐鳌也闻到了，脸色立即一沉，看着夏秋道："客人可是一个十一二岁的小姑娘，浑身上下散发着花的香气？"

夏秋点头一道："没错，她身上散发着很特殊的香味，我以前从没闻到过这种味道，但是，肯定是花香没错。"

还不等乐鳌继续问下去，她又看向陆天岐说："你应该认识她的

吧，她说她叫落颜，还叫你陆大哥。"

听到这个名字，陆天岐的冷汗落下来了："什么？！果然是她来了！她去哪里了？什么时候走的？"

看到陆天岐的神色除了吃惊外竟然还有隐隐的怒意，夏秋不由问道："怎么了，她刚走没一会儿呀，出什么事了？"

"我去找她！"话音未落，陆天岐已经跑到了几丈之外。

这还是夏秋头一次看到陆天岐在她面前施展法术离开，她立即意识到事情应该不小，连忙看向一旁的乐鳌问："东家，难道你们这么晚回来就是为了找她？落颜怎么了？怎么表少爷这么着急？"

"落颜是花神。"沉吟了一下，乐鳌轻描淡写地说道，"她最近惹上了一些麻烦，这几天，我同天岐一直在找她，没想到……"

"没想到什么？"夏秋问。

没想到，她竟然来了乐善堂。

看了看天色，乐鳌低声道："很晚了，你这是要回去吧，正好我要问你一些事，咱们边走边说吧。"说着，他下了台阶，往夏秋平日回家的方向走去。

他这是要送自己回家吗？

夏秋回头看了看乐善堂的大门，说了句："东家，这门……"

"关上就是了。"

乐鳌走得不快，刚好是夏秋最舒服的速度，一路上他只问了她同落颜相处时的情形，夏秋自然是一一作答了，可心中却越来越没底。

看乐鳌和陆天岐的样子，这次发生的事情应该不小，而且似乎还很棘手。可想到刚才同落颜相处时的情形，夏秋怎么也不相信这个小姑娘会干坏事。

"东家，您刚才说落颜是花神，也就是说，最近咱们临城的花怎么也不开放，是同她有关喽？你们找她，是为了这个？"想了半天，夏秋只想到这一件事情同落颜有关。

"只是其中之一。"乐鳌低头对她笑了笑，"日后你自会知晓。老黄来了，让他送你应该会快些！"

夏秋一转头，就见老黄早已经拉着车到了她身边，正看着她憨厚地笑着："夏小姐，我来晚了，快上车吧！"

看看乐鳌，又看看老黄，夏秋对自己之前的猜测多了几分肯定。她上了车，犹豫了一下又对乐鳌道："东家，无论怎样，我都觉得落颜还只是个孩子。"

"我知道。"乐鳌点头。

乐鳌知道陆天岐这次有点关心则乱了，这件事情处处透着蹊跷，想必并没有表面上看到的那么简单。

此时，老黄已经抬起车把，准备带着夏秋离开了，她却像是想起什么似的，再次转头看向乐鳌说："东家，我有些事情想要请教您，明天您不出诊的吧。"

乐鳌正要点头，突然眉头一皱，低喝了一声"老黄"，老黄立即会意，身形一闪，竟然向前冲出去一大截。与此同时，伴随着一股异香，一个被黑色斗篷紧紧裹着的身影从一旁的巷子里冲了出来，在他们面前闪了闪就不见了。

乐鳌正要追上去，却听到巷子里又传出了动静，似乎有什么人追了出来，于是他不敢贸然抛下老黄和夏秋，只得静待那人出来，只是等那人出来之后，他们全都一脸吃惊，原来，从巷子里追出来的人不是别人，正是陆天岐。此时陆天岐一脸怒色，看到乐鳌，立即问道："她跑哪里去了？"

"她？"想到那个纤细的身影，以及从她身上散发出来的香味，乐鳌脸色微沉，"你是说落颜？"

"就是她！"陆天岐铁青着脸说道，"刚刚，我亲眼看到她吸干了一个男人的精气，我去阻止她，她竟然偷袭我，表哥，刚才我看到她的脸了，我现在可以肯定，昨晚将城西张家独生子吸干了精气挂在树上的就是她！表哥，就算是为了青泽，我也不能不管她，最起码我也得将她关起来，以防她再继续害人！"

"不可能，落颜绝不会这么做的！"此时，老黄已经拉着夏秋返了回来，听到陆天岐这番话，夏秋立即说道，"刚刚她还跟我一起吃了醋鱼，还让我教她，而且，她还对我说她来乐善堂是想来治病的，还说已经睡了两天两夜了，怎么一转眼，就去吸人精气了呢？"

"治病？那她的嫌疑就更大了！也许她是为了让自己快点长大，才想利用这种邪术，这么多年了，谁不知道她最大的愿望就是长大？"

"什么？你是说她想让自己长大？为什么？难道她长不大？"

夏秋还是头一次听说这种事，难怪落颜一提起她的青泽哥哥，就一副愁眉苦脸的样子，连笑容都变得勉强了。可是，即便如此又能怎样，夏秋不信如此玉雪可爱的一个小姑娘会做出这种事情，一定是陆天岐看错了。

"你别被她的样子骗了，她已经有上千岁了，只是身体长不大而已，你在她眼里好糊弄得很。不管怎样，我今晚一定要找到她！"说着，他也不再同乐鳌和夏秋废话，顺着乐鳌刚才所示，继续追落颜去了。夏秋从老黄的车上跳下来，然后急忙走到乐鳌面前说："东家，无论如何，我都不信落颜会杀人。虽然我只见了她一面，可我觉得凶手绝不是她。"

犹豫了一下，乐鳌看向一旁的老黄，问道："老黄，刚才那黑影的速度，比你如何？"

老黄老实地回答道："乐大夫，实不相瞒，若不是您提前出言提醒，我估计会被那人撞个正着。"

"就是说很快、很轻喽？"

"没错。"老黄点头，然后看向陆天岐消失的方向，犹豫了一下又道，"而且，她的速度，只怕比您同陆少爷还要快。"

否则，就算是被偷袭，凭着陆天岐的速度，也应该不会被甩掉的，现在反而还要靠乐鳌的指点才知道她离开的方向。

"我也这么认为！"乐鳌应了一句，然后看向夏秋，却突然问道：

"你怕不怕尸体？"

"尸体？"夏秋一愣……

第二日，虽然乐鳌说夏秋可以晚点去药堂，但她还是早早地就起了床，在巷子口买了两个素包子作早点，便慢慢地踱去乐善堂，也好在路上想些东西。

刚出巷口，夏秋便被墙根处的一小块嫩绿的颜色吸引住了，而绽放在绿色中间的那几朵野花则告诉她，临城的花终于开了，也就是说花神大人终于不再闹别扭了。可这样一件夏秋已经期待了好几周的事情，如今却觉得心中五味杂陈。

昨日，她同乐鳌趁着警察局的人发现之前，一起去巷子里看了那个男人的尸体，本来她以为可以证明落颜的清白，却没想到，等他们勘察过尸体，并且又闻到那股遗落在尸体上的、落颜身上特有的香味之后，反而让这丫头的嫌疑加重了。为今之计，他们只能快点找到落颜，听听她是怎么说的。虽然夏秋仍旧不信那丫头会杀人，可若是能找到人，不管是不是她，夏秋都会放心些。

正想着，只听到身后传来一阵车铃声，夏秋转头，却分外无语，因为老黄竟然从她身后赶来。等他停到她身边之后，便笑道："夏小姐，您今天出来得好早，乐大夫不是说今日您可以晚点到吗？"

再早也没有你早……夏秋心中暗暗腹诽道，而且她记得她告诉过老黄，早上不用他来接了呀，怎么才过了两天，他就忘了？看来这件事情同老黄说没用，应该同东家提，不然，老这么下去，那该有多别扭呀。

07

上了老黄的车，不一会儿就到了乐善堂，只是夏秋前脚才进门，陆天岐后脚也跟了进来，竟然是在外面寻了一夜。他一进来，就奔向诊室里的乐鳌，焦急地说道："花开了，要是再找不到她，只怕就要去花神谷抓人了！"

乐鳌犹豫了一下，看向一旁的夏秋说："你应该可以找到她的吧。"

百花初绽，此时应该是临城受落颜灵力影响最大的时候，她的气息自然也比前一阵子好寻，不然，一旦所有的花都开放了，只要她掩起自己的灵力，有心藏起来，再想找到她就更难了。

"我？"夏秋一愣，但很快便垂下了眼皮，低声道，"我哪里有那个本事。"

"大致位置总能判断出来。"联想昨晚她对落颜的维护，对她的心思，乐鳌还是能猜出几分的，于是又道，"如果真的不是她，你真想让她就这么一直背着杀人吸精的污名？"

虽然乐鳌的话说得没错，可夏秋还是有些犹豫，眼神也不停地闪烁着，时不时地瞟陆天岐一眼。

陆天岐此时恨不得立即找到落颜，可看夏秋还是一副磨磨蹭蹭的样子，瞪着她道："你看我做什么？"

夏秋收回视线，又看向乐鳌道："东家，昨夜虽然在那具尸体上闻到了花香，可也不能证明什么，我到现在仍然不相信落颜会杀人，可表少爷却一副深信不疑的样子，所以，我很担心……"

"原来你是以为我也已经认定落颜是凶手了？"乐鳌听了恍然大悟，然后摇摇头，"你放心好了，我在等一个人，等那个人来了，一切就真相大白了。"

"等一个人？"

乐鳌点点头继续道："不过，经过昨晚的事情，我可以肯定，就算真凶不是落颜，那也一定是十分熟悉她的人，咱们要是不找到她，等今日一过，若是再发生什么事，只怕你想帮她都帮不了了。"

乐鳌的话一下子提醒了夏秋，于是她也不再犹豫，立即向乐鳌请教道："东家，我该怎么做，您说就是。"

"很简单，"乐鳌向后院走去，边走边说道，"跟我来。"

乐鳌的办法果然简单，只需要夏秋对着初绽的花朵探寻落颜的气息，然后寻着这气息，判断气息来源的大致方向就可以了。于是，夏秋抱着一盆银翘花上了老黄的黄包车后，便寻着落颜的气息一路找了下去。就这样，他们沿着五奎巷一路寻着，最后来到了东湖东岸的一个人迹罕至的荒坡前，然后上了坡，进入了临湖的一座六角亭里，果然看到了落颜和喜鹊。

落颜此时整个人趴在亭子中的石桌上，似乎是睡着了，而喜鹊则站在她的身边，似乎在保护她。

看到夏秋他们就这么进来了，喜鹊似乎吃了一惊，然后急忙挡在落颜身前，一脸警惕地说道："你们想做什么？我家大人睡着了，有什么事，等她醒了再说。"

看到自己找了一夜的落颜就在眼前，陆天岐憋了好久的怒气一下子爆发开来，眼下早就将乐鳖之前的叮嘱忘到了脑后，整个人向落颜冲了过去，口中则说道："她还有心情睡觉？本少爷找了她一夜！"

看到陆天岐凶神恶煞的样子，喜鹊似乎被吓到了，连忙向一旁躲闪，边躲边喊道："我家大人最讨厌被人吵醒，你可想好了。"

她不说还好，她这一说，陆天岐心中更加生气了，想到自己一夜没睡，而这丫头竟然还有心在这里睡大觉，是可忍孰不可忍，于是他打定主意定要将这丫头叫醒不可。

"不可！"

眼看陆天岐就这么冲过去了，乐鳖知道不妙，也连忙冲了过去，想要阻止他，只是还不等乐鳖出手，却见陆天岐一下子停住了，他不仅站在原地一动不动，更没有再去吵醒落颜。

趁这个机会，乐鳖冲到了陆天岐身边，一把拉住他，压低声音说道："你忘了我刚才对你说的？你忘了咱们是怎么找到她的？你要真这么冲过去，不是害了她，就是害了你自己！"

虽然在外人看来落颜是睡着了，可他们既然是寻着她的灵气找来的，就说明她此时正在施展灵力让百花开放，这会儿贸然叫醒她，十分危险。

陆天岐也是太着急了，再加上被那个喜鹊一激，刚才忘了这一

点，此时被乐鳌提醒，他只觉得脊背发凉，先是狠狠瞪了一旁的喜鹊一眼，然后又将唇抿得紧紧的，看向一旁垂着头的夏秋，神色异常复杂。

他刚才那一停，可不是自己的意思，而是突然间感到体内的灵力被抽走，这才不得不停下来，至于究竟是谁做的，他又怎么会不知道？

而此时，夏秋也走到了他身边，对他笑了笑道："表少爷，咱们还是等落颜醒了再说吧。"

"哼！"重重地哼了声，陆天岐没理夏秋，而是轻轻甩开乐鳌的手，低声道，"放开吧，我会等她醒来的。"说着，他坐到了六角亭一边的木栏上，不再理会任何人，只是看着东湖的方向发呆。

看到陆天岐终于冷静下来了，乐鳌也松了口气，坐到了他的身边，不过眼睛却看向了亭子中间的落颜。

至于夏秋，则干脆坐在落颜对面的石凳上，双手托腮看着她，却发现"熟睡"中的落颜更好看了，连同为女子的她，都忍不住想在她粉嘟嘟的小脸蛋上亲上一口。

此时，喜鹊也回到了石桌前，上上下下打量了夏秋一番，一脸疑惑地说道："你是谁？你跟我家大人是什么关系？"

夏秋对她一笑："我是她的朋友。"

"朋友？"喜鹊的桃花眼眯了一下，然后笑了两声道，"没想到我家大人还会交朋友了，我真为她开心。不过，你知道她是谁吗？"

夏秋看了凉亭边上的乐鳌和陆天岐一眼，又看着喜鹊一笑道："我是跟他们一起来的，你说呢？你……是喜鹊？"

夏秋云淡风轻的样子让喜鹊心中很不舒服，于是她冷哼一声道："我就是喜鹊。不过，他们可不是我家大人的朋友，他们每次看到我家大人都很凶，你别想骗我，我家大人根本就没朋友，这几百年来，她心中只有青泽大人一个人，每天做的事情就是掰着手指头等青泽大人来看她，又怎么有时间交朋友？"

夏秋又是一笑："落颜跟我说起过你的事情，她说你跟在她身边做婢女才几个月，可你怎么对她这几百年的事情都这么清楚呢？"

喜鹊语塞，沉吟片刻后才道："自然是听我家大人说的。"

说完这句话，她便不想再同夏秋说话了，这个女子明明只是个普通人，可不知为什么，在夏秋面前她浑身不自在，只想远远躲开，于是她坐到了亭子的另一角，再也不肯靠近夏秋，自然也不再靠近落颜。

就这样，一座不大的亭子，却仿佛被分成了几个世界一般，不过，他们每个人的目的都一样，就是等落颜醒来。

大概快要到午时的时候，落颜终于睁开了眼，不过，她睁开眼睛后，第一个看见的却是夏秋，这让她一怔，忍不住嘟囔道："难道我还在做梦？"

看到她迷迷糊糊的样子，倒真像是刚刚睡醒了般，夏秋嘻嘻一笑，用手刮了她的小鼻子一下说："梦里我也是这么刮你的鼻子吗？"

"啊，夏秋姐姐，真的是你，你怎么来了？"

意识到自己不是在做梦，落颜开心得一下子从石凳上跳了起来，脸上的笑容也在瞬间绽放开来，这笑容比世上任何一种花都好看。

"我今早看到百花盛开，就知道一定是你做的，这不，便来找你了。"

"真的吗？"听到夏秋的话，落颜更开心了，一把拉起夏秋的手，开心地道，"我的事情已经做完了，接下来要闲好久，正好可以陪姐姐玩儿了……"

"你终于醒了，昨晚的事情是怎么回事，你是不是可以给我解释下，还是想等青泽回来亲自向他解释？"看到落颜醒了，陆天岐立即走过来问她。

直到这个时候，落颜才发现亭子里还有其他人，她愣了愣道："陆大哥，乐大夫，你们怎么也来了？"

"你先回答我的问题。"见落颜醒了，陆天岐索性开门见山，"昨晚，你为何杀了那个男人，为何要吸干他的精气，你知不知

道，你这样做会遭天罚的，你有没有想过，你这样做，青泽该有多难过。"

"什么杀人，什么吸人精气？"落颜一愣，"你说的我怎么不明白。"

说完，她看向一旁的夏秋道："我昨天离开乐善堂就回去休息了，你说的是我吗？"

"我亲眼看到的还能有错？"若不是乐鳌拦着，陆天岐已经要冲过来抓人了。

08

"你亲眼看到？你确定是亲眼看到的吗？可我怎么不记得昨天见过你？"看陆天岐说得如此肯定，落颜也怒了，"我只见过你几面，可看起来你却对我成见颇深，如今还污蔑我。我明白了，是不是你在青泽哥哥那里说了什么，他才会对我不理不睬的，对，一定是你。你跟青泽哥哥最要好，也只有你的话青泽哥哥才听得进去，眼下看来，果然是你在我和青泽哥哥中间捣鬼，对不对？"

"我在你们中间捣鬼？"陆天岐听了更怒了，"我是吃饱了撑的吗？"说到这里，他深吸一口气，看向旁边的乐鳌接着道，"昨天你去看过尸体了吧，是不是有她身上的花香？你真想让她继续胡作非为下去，惹来不该惹的人，你真想到那一步？"

还不等乐鳌回答，却见喜鹊从一旁冲了过来，竟然是要攻击陆天岐，她边冲边说道："大人快走，他们就是来抓你的，你快走，快走呀！"

陆天岐没想到好端端的喜鹊会突然冲过来，下意识地用手一挡，结果随着他这一挡，喜鹊竟然向后摔了出去，重重地摔到了亭子外面的石子路上，好半天都站不起来。

变故突起，落颜立即冲向了喜鹊，将她从地上扶起，却见她脸色苍白，显然已经受了重伤。

　　落颜大怒，转身看向陆天岐，身周同时卷起一股冷硬的旋风，伴随着这阵风，落颜冷冷地说道："怎么，被说中心事恼羞成怒了吗？也罢，反正你们一个个都不喜欢我，我又何必非要讨你们喜欢，有本事你们就抓住我、杀了我，否则的话，我今日一定要让你们付出代价！"显然，因为喜鹊受伤，落颜被彻底激怒了。

　　夏秋一看不好，连忙走到落颜身边，低声安抚道："落颜，表少爷不是故意的，他只是一时不小心。"

　　落颜看向夏秋，眼睛里已经噙满了泪水："夏秋姐姐，你是带他们找我来兴师问罪的吧，你不是来找我玩儿的对不对？夏秋姐姐，你也相信我杀了人？"

　　"是我带他们来的，不过……"

　　不过她可不是来兴师问罪的，她是来帮落颜找到真凶的，就算她相信那些人不是落颜所杀，可是她绝不能让这件事情糊里糊涂的，也不能让一个如此可爱的小姑娘背负这种罪名呀！

　　"姐姐你不要说了，你毕竟是乐善堂的人，又怎么会真的同我做朋友，你果然还是以为是我杀了人。"不等夏秋说完，落颜就打断了她的话，脸色通红地看向陆天岐，"我同你们无话可说，想要抓我，就来吧！"

　　陆天岐没想到喜鹊竟如此不堪一击，他不过是轻轻一挡，手指都没碰到她，她就已经飞出去了。只是，事已至此，有意也好无意也罢，都已经不重要了，他也懒得辩解，况且，就算是为了青泽，他也绝不能放任落颜再继续错下去了。

　　"好，既然如此，我也无话可说，我今天说什么都要把你带回去，不能让你再在外面闯祸，给青泽丢人！"说着，陆天岐也摆开了架势。

　　看眼下这形势，夏秋也没了办法，可一时间又想不出怎么劝他们，因为这两个人此时都在气头上，这会儿无论她说什么，只怕他们都不会听进去的。

　　就在她暗暗着急的时候，却听乐鳌突然开口道："这件事情，我

看还是由青泽自己来处理比较好。"

青泽？

听到这两个字，落颜和陆天岐全都看向了乐鳌，首先是落颜着急地问道："青泽哥哥？他……他回来了？"

"嗯！"乐鳌点了点头，"我昨晚去了他的府邸，顺道把结界打开了，借着他府邸里的灵镜同他说了话，他已经知道发生了什么事，说是等处理完手里的事情，今晚就会赶回来。"

"青泽真的要回来了？"陆天岐听了也是一愣，"你是怎么将他府邸的结界打开的？"

"我要想开，总有办法。"乐鳌淡淡地道。

对乐鳌的本事，陆天岐自然是心知肚明的，可他从没见过青泽有什么灵镜呀，这灵镜又是怎么回事呢？陆天岐此时仍有疑惑，但落颜却已经深信不疑了，盯着乐鳌道："青泽哥哥真的要回来了？真的要回来了吗？"

乐鳌点头说："没错，只要他回来，谁是真正的凶手也会一清二楚了。别人不知道你还不知道吗？那人学你的样子将尸体挂在大槐树上，就是最大的失策。只怕她也只是依样画葫芦，并不知道你这么做的深意，还以为你只是想将人挂在树上出气呢！"

乐鳌的话立即让落颜的眼睛亮了起来，她点点头说："没错，青泽哥哥说过，这临城里所有的树，尤其是槐树，都是青泽哥哥的眼睛和耳朵，它们不但能给他报信，它们还能指出真正杀人的人。草木有灵，只要青泽哥哥回来，问问它们，就一定知道我不是凶手！"

乐鳌点头道："没错，正是如此，所以，你确定要留下来？你不怕？"

"我怕？我怕什么？"落颜恨恨地说道，"我恨不得立即将那人揪出来，竟敢冒充我去杀人，我一定要亲手杀了他，再把他埋在花圃里做花肥！"

看到她那副恨得咬牙切齿的样子，乐鳌回应道："既然如此，那咱们就晚上见分晓。现在，你应该不会再反对同我们一起回去了吧。"

落颜正要答应下来，一旁的喜鹊却有气无力的提醒道："大人，您别上了他们的当，万一这是个陷阱怎么办，咱们在临城人生地不熟的，到时候，想找人去花神谷报信都没机会。"

喜鹊的话让落颜又犹豫了，而这个时候，却见乐鳌眼神一闪，微微笑了笑道："果然是个忠心的丫头，你担心得很有道理。不过，看你的样子似乎也受了很重的伤，你真的确定不用去我们乐善堂让我给你诊治一下吗？"

"不用你们假好心，为了我家大人，我就算死了又如何，总之不能让你们如愿。"喜鹊咬牙切齿地说道。

这个时候，夏秋却走到了落颜身边，抓着她的手低声道："落颜，你真的觉得我们乐善堂是龙潭虎穴，不值得信任吗？"

夏秋的话让落颜心中一动，她又看了眼倒在地上的喜鹊，似是下定了什么决心般，点头道："夏秋姐姐，我和喜鹊随你们去乐善堂，乐大夫说得没错，喜鹊的伤的确需要诊治，我不能为了自己，让她受苦。"

看落颜已经有了决定，喜鹊有些着急，正想再说些什么，可这次受的伤的确是有些重了，急怒攻心之下，只觉得一股热流涌上头顶，然后眼睛一黑，便晕了过去……

乐善堂果然名不虚传，喜鹊被带入乐善堂不一会儿，就已经醒转了，她连忙试了试自己的灵力，发现运行自如，伤势竟然好了大半。以前她受了伤都是自己疗伤，效果不佳不说，疗伤的时候还要担心被人偷袭，哪里像这次，在短短时间内，灵力就恢复了八成。

就在这时，夏秋端着药从外面走了进来，看到是她，喜鹊连忙从床榻上坐了起来，立即问道："我家大人呢，你们把她怎么了。"

夏秋笑了笑说："她忙得很，看到你没事了，便去厨房准备食材了，打算晚上为青泽接风呢！"

"为姑爷接风？"喜鹊愣了愣，一脸古怪地说道，"你的意思是，姑爷今天真的会回来？！"

"青泽也是我家表少爷的朋友，我们也盼着他早日回来呢。"

"你还没回答我，青泽少爷今日会不会回来。"没被夏秋敷衍过去，喜鹊继续问道。

夏秋嘻嘻一笑："我从没见过那个青泽，不过，既然东家说他晚上能回来，那就一定能回来的吧。就算今天有事情耽搁了回不来，明日总能回来，哪怕他几个月以后回来，只要你家大人在乐善堂，这临城总会太平几个月。至于那棵树，一时半会儿又跑不掉，等青泽回来的那日，自然也就真相大白了。"

"你们果然在骗我们。"喜鹊听了大怒，"我要去告诉我家大人。"说着，她便掀开被子下了床，想要去找落颜。

看她下床，夏秋也没拦她，只是盯着她冷冷地说道："道理我都给你说清楚了，你现在去告诉她，让她离开，难道是想故意增加她的嫌疑吗？让人们都以为她是凶手？你这是为她着想吗？好一个忠心的奴婢。"

夏秋的话让喜鹊立即站住了，她转回头来，脸上一阵红一阵白地说道："我只是不甘心你们这么骗我家大人，难道你们骗人就对吗？"

"我何时说我们骗人了？"夏秋听了又笑了，"我只是说可能。况且，我是相信我家东家的，他的本事，只怕你们都知道吧。而且，现在离夜晚也没几个时辰了，究竟是谁在骗人，究竟谁是凶手，究竟青泽能不能回来，很快就可以见分晓了。你要是真为你家大人好，就老老实实等着，天亮之前，总会有个结果出来。"

话已至此，喜鹊若再去找落颜，反而成了陷她家大人于不义的恶人，于是她终于返了回来，回到床上躺好，然后脸朝里对夏秋说道："我不知道你是谁，不过，你的话我听明白了，你放心，我不会害我家大人的。但是，有一件事情你恐怕错了，若是青泽少爷今晚不出现，我家大人一定不会再信你们，到时候，希望你们别太过分，否则，我就算是死，也绝不会让我家大人伤心难过的！"

"好！"夏秋又是一笑，"一切就等过了今晚再说！"

09

夏秋回到厨房的时候，落颜刚刚亲手做好了一条醋鱼，可是，她尝了尝后，却皱紧了眉头，看到夏秋进来，便撇着嘴道："夏秋姐姐，我都按照你教的方法做了，可为何这鱼还是这么腥呢？难道我的方法不对？"

夏秋走上前闻了闻，又尝了尝鱼肉，笑着道："你是醋放少了，还有米酒也放得不对，你是不是直接浇上去了，那是不行的，一定要溜边下。"

"啊，连怎么倒醋都这么麻烦。"落颜的小脸立即皱成了一团，"我看，我是没有做菜的天赋吧！"

"怎么会，你又不让我手把手教你，只是听我说了说方法步骤，就能做到这种程度，已经很不错了。要我说，你这哪里是没天赋，根本是天赋异禀呢。"

"夏秋姐姐就会哄我，我哪里有那种本事，那我就再做一条。"落颜开心地说道，"我一定要做到让青泽哥哥吃了还想吃才行，那样他就不会赶我走了。"

"这次也不让我在旁边？"夏秋问道。

"你要是在厨房，我心里就更没底了，倒不如让我一个人琢磨琢磨，反正现在喜鹊也没事了，离青泽哥哥回来还有一段时间，我再试试看。夏秋姐姐，你还是去前面吧，听说今天下午乐善堂很忙呢。"

岂止是下午，今天一整天临城的药堂都很忙，只不过上午的时候他们都出去了，不知道罢了。

大概因为一夜之间临城的百花都盛开了，一大早，各大药堂、诊所、医院里都满是病人，很多人的症状都是皮肤瘙痒、喷嚏连天，

严重一些的还会发生哮喘，甚至低热。

若是在往年，本不会有这么多病人，不过今年因为临城的百花开得太晚又太过集中，这才一下子爆发出来，所以，自从他们回来以后，乐鳌午饭都没顾上吃，就急忙开始了诊治，陆天岐都不嬉皮笑脸了，也帮忙抓起药来。

而夏秋既要在一旁打下手，又要照看落颜和喜鹊主仆两人，跑得腿都快断了，落颜做菜要用的鱼都是她拜托老黄买回来的，所以就算落颜想，她也的确顾不上手把手教她。

看到落颜如此体贴，夏秋也不再同她客套，点点头道："那你就慢慢做吧，这些鱼也够你做到傍晚的了，我去前面了，只凭东家一个人，的确是忙不过来。"说着，夏秋也不再多言，立即去了前面药堂，而这一去，直到天色快擦黑了，都没有再回厨房，显然是真的很忙。

经过了五六条鱼的实验，落颜的醋鱼也算是大功告成了，最后一条的味道，正是她想要的那种味道，她现在已经非常期待夜晚的来临了，她同青泽哥哥已经有半年未见了，如今他若是一回来就能吃到她亲手为他做的醋鱼，一定会忘了她撕掉他那本书的事情吧。前几日她说的都是气话，她都等了青泽哥哥几百年了，怎么可能说放弃就放弃呢？

就在她准备趁着还有时间再做几个其他的菜的时候，却听到厨房的门响了，显然是有人进来了，她转头便看到了夏秋，于是笑着道："夏秋姐姐，你们忙完了？你说，我再做个百合如何，正好可以滋阴润肺。"

夏秋只是笑着，却没有说话，等她走到落颜身边的时候，注意力便被刚刚做好的醋鱼吸引过去了，醋鱼的味道鲜香扑鼻，让人食欲大震。不但如此，同夏秋做的醋鱼不同，落颜做的醋鱼，味道里还掺杂了一股好闻的甜香，应该是出自她自己身上的味道。

"果然不错……"夏秋低声说了句，然后看向落颜，又是一笑，"青泽大人若是能吃到，一定会很开心的。"

"我想也是。"落颜信心满满地说道。不过，说完这句话，她的眉头又皱了皱，转头看向夏秋道，"夏姐姐，你身上的味道……咦，你身上怎么穿着斗篷，难道你要出门吗？"

夏秋眯着眼睛一笑，哑着声音道："我这不是……不想打扰你们吗？"

落颜的脸颊一下子变红了，她垂下眼皮，一时间不知道该说什么了。

这个时候，却见夏秋从斗篷里伸出手，将一样东西递到了她的面前，然后笑着道："这是我送你们的礼物，你看看喜不喜欢。"

"礼物？"落颜一愣，这才看到夏秋伸到她眼前的手里放着一个精致的小圆盒，她忍不住打开了盒子，却看到了自己的脸，原来，这竟是一个镜盒。

"这是……"盯着眼前的镜子，以及镜子里那个渐渐变成青泽样貌的倒影，落颜感到自己整个人都被它给吸进去了……

"不好了，不好了！我家大人……我家大人不见了！"

夜幕降临，乐善堂也终于送走了最后一个病人，只是，乐鳌刚想松一口气，就见喜鹊气喘吁吁地从后院冲到了前面，她一脸惊慌，披头散发，脸色也透着一种吓人的惨白。看到她的样子，乐鳌立即沉了脸问："怎么回事？"

因为大病初愈，再加上受惊过度，喜鹊说起话来还气喘吁吁的，她瞪着一旁的陆天岐，愤怒地说道："我家大人是不是被你给抓走了？快把我家大人还给我，不然，等我回到花神谷，定让谷主出来找你们算账。"

听到她的话，陆天岐也怒了，瞪着眼睛回道："我一下午累得像狗一样，哪有时间管她，不会是她趁机逃了吧！"

"不可能，我家大人若是离开，怎么可能不带上我，我家大人绝不会丢下我不管的！"说着说着，喜鹊的脸色越发难看了。

乐鳌一看不妙，连忙拿出一粒药塞到她嘴里，又用手诊了诊她的脉，沉声道："你的伤刚有起色，不宜动气，否则气血逆流，灵力

也会逆流而上，很容易入魔的。”

“可我家大人不见了，你让我怎么能不着急！”喜鹊一边说，一边又向四周看了看，突然道，“那个女人呢？那个姓夏的女人呢？她怎么不在，她去哪里了？对了，那个女人古古怪怪的，身上的气息也极讨厌，定是她带走了我家大人！”

“她只是回去了。”乐鳌淡淡地道，“今日她不用做晚饭，刚才看到不忙了，我就让她回去了。”

“我不信，我不信，一定是你们，一定是你们把我家大人弄丢了！”喜鹊继续不依不饶地叫了起来，“快把我家大人还……还来……”说到这里，却见她突然重重地咳了几下，然后吐出一大口血来，接着身子一软，眼看要向旁边倒去。

离她最近的乐鳌自然不会让她摔倒，立即扶住了她，再次摸了摸她的脉，确认她只是急怒攻心后，这才稍稍放了些心，然后又将她放到了诊室里的一张长榻上，这才对陆天岐道：“我大概知道她去哪里了。”

“我也知道了。”陆天岐咬牙切齿地说道，“我就知道不该信她，我这就去找她。”说着，就要冲出乐善堂。

“你别冲动，我觉得这件事情还是有些奇怪，我随你一起去。”

“现在看来，这件事情显然就是她做的，她大概是去毁掉那棵树了吧，这样等青泽回来，也就死无对证了，我绝不能让她得逞。”

说着说着，就见陆天岐和乐鳌一前一后，一起离开了乐善堂……

张家那个死了的孩子，尸体就挂在他家门口的大槐树上，那日早上，乐鳌出诊的半路上就听到了这个消息，便立即赶到了张家，而很快，陆天岐也赶了过去。也就是从那刻起，他们便决定一定要找到落颜，一定不能让她再害人。如今又过了两日，张家大门口还悬着白布，却是丧事还没有办完。不过眼下，最吸人眼球的并不是张家的丧事，而是那颗挂过张家儿子尸体的大槐树，此时已经燃起了熊熊大火。

这火看起来像是刚刚燃起来的，可大树的周围明明有很多家丁，却偏偏没有人救火，竟然是想眼睁睁地看着这棵树被烧成灰烬。

一开始，乐鳌他们还以为是张家人厌恶了这棵树，想看着它毁掉，可走近一看，却发觉情况不对，因为那些围在大树周围的家丁们，一个个都眼神呆滞，就像是失了魂一般。不但如此，伴随着浓烟，乐鳌还闻到了一股浓烈的香气，这香气即便是他和陆天岐闻到了，也要赶紧念几遍清心咒，以防被迷了心神去。

察觉不妙，乐鳌连忙大喊道："天岐，布界。"

陆天岐会意，立即设了结界将大树和周围的家丁隔离开来，以防他们清醒的时候，看到什么不该看到的东西。结界刚刚布好，就见乐鳌口中念念有词，然后手指一弹，一股灵气便冲向那棵燃着的大树，瞬间便扑灭了火焰的五分之一，然后他又是一弹，火焰又被扑灭了一些。

他正要继续灭火，却见一个人影出现在他的面前，然后一挥手，挡住了他第三次出招。他急忙向后退了几步，定睛向眼前那人看去，只见一张熟悉的脸出现在他的眼前。

10

这张脸的主人飘浮在半空，全身上下被一张黑色的斗篷裹得严严实实的，经后面的火光一照，使她的身影镶上了一圈金色的轮廓，她的脸色则因为背着火光，透出一种诡异的橙红，她的嘴角是微微向上翘着的，看着乐鳌的眼神也充满了讽刺，仿佛在嘲笑他一般。

这个时候，原本在乐鳌身后的陆天岐冲了过来，指着眼前之人怒道："果然是你，落颜！你果然是杀人凶手，这次，看你还有什么话说！"

看着他，落颜冷笑一声，哑着声音道："我既然来了这里，就没打算再隐瞒。这树，我无论如何也要烧掉，你们谁也阻止不了我。"

"你以为烧了树就没事了？你现在现了身，到时候，所有人都会知道人是你杀的，你烧与不烧又有什么区别？"

"哈哈哈哈！"

也许是因为火焰的原因，落颜的声音再没有之前见她时的清灵，反而变得嘶哑，这让她的笑声也随之难听了许多。笑过之后，她看向陆天岐，幽幽地道："这有何难，杀了你们不就行了，到时候，死无对证，青泽少爷自然只会信我一个人的话。"

"杀了我们？凭你？"陆天岐被她给鑫笑了，冷声道，"不要说我们两个，随便我们哪个人同你较量，你都不会占到任何便宜的。你还是快点束手就擒吧，兴许还会少受点罪。"

"束手就擒？"落颜冷笑，"今日，不是你们死，就是我死。只是，若是我死了，若是你们杀了青泽哥哥的未婚妻，你觉得他回来之后会相信你们的话吗？你确信他不会同你们翻脸？呵呵，所以，你们根本就没有选择，你们只能活捉我，而我，却可以同你们拼命。我连死都不怕，你以为你们能奈何得了我？"

没想到这丫头连这点都算计在内了，陆天岐暗骂一声卑鄙，然后立即向她冲了过去，怒道："就算你说得没错，今日你肯定是跑不了了！"

这一次，乐鳌没有阻止陆天岐，只是看着混战起来的两人，暗暗蹙眉，心中不知道在想着什么。而就在这个时候，只听一阵车铃声响起，他转头，却看到老黄载着夏秋进入了结界之中。

夏秋的本事他自然知晓，明白这小小的结界，若是她想闯入应该也不难，所以乐鳌并不吃惊，只是此时夏秋的坐姿甚是怪异。

乐鳌正奇怪着，老黄已经拉着她来到了乐鳌旁边。看了看她，又扫了扫她身旁，乐鳌皱了皱眉道："就你一人？"

夏秋翻了个白眼说："还有老黄呢。"

老黄听到夏秋提起他，立即放下车把，对乐鳌点了点头道："乐大夫，我们来了。"

乐鳌的眼底闪过一道精光，继续道："你知道我说的是什么。"

"我自然知道，"夏秋撇撇嘴，"可我也知道，这种事情，若不让她的狐狸尾巴全都露出来，她是不会死心的！"说着，她大声对陆天岐喊道，"表少爷，你们能不能停一下，我有话想要问她。"

陆天岐此时打得正是憋气，因为落颜说得没错，他的确无法向她施以杀招，无法在不知会青泽一声的情况下就把他的未婚妻给杀了，所以同落颜打起来，根本就是束手束脚的，窝火极了。如今听到夏秋唤他，他索性借机跳出战圈，打算一会儿找乐鳌商量一下对策，看看究竟该拿这个落颜怎么办。

此时，大槐树已经被烧得焦黑，想必是再也活不了了，而落颜看到陆天岐退下，夏秋却慢慢走来，她冷笑着道："你以为凭你，就能让我束手就擒？你是不是太异想天开了？"

沉吟了一下，夏秋抬头看向落颜，大声问道："我想知道，你为什么这样做。"

"为什么这样做？"落颜一愣，然后笑眯了眼，"这还用说吗？我自然是要这棵树闭嘴了。"

"我问的不是这个，"夏秋继续道，"我是想问，你处心积虑地混到了落颜身边，如今不但冒充她杀人，还要冒充她毁灭证据，就是想要落实她的罪名。你这么做，到底是为了什么？"

"什么？你说的是什么？我不明白！""落颜"的眼珠快速地转动起来。

"都到了这会儿了，你还要继续装下去吗？落颜被你弄到哪里去了？你还是快放了她吧！就算你穿了她的衣服，可你身上的味道还是同她身上那种浑然天成的味道不一样，你还是无法完全冒充她。哪怕是你的脸能变得和她一样，可你的身高却完全无法同她一样，你说是不是，喜鹊！"

夏秋的话一下子让周围陷入了沉默，就连陆天岐也目瞪口呆，一句话都说不出来，只是一会儿看看"落颜"，一会儿又看看夏秋，这才发现，虽然被厚厚的斗篷罩着，可眼前这个落颜看起来，似乎真的要更高一些。

看到她不言，夏秋又继续说道："落颜在哪里，你还是快点把她放了吧！她从没将你当成婢女，她向来是把你当朋友的，你就忍心这样对她？"

终于，随着一阵"咯咯咯"的低笑声，半空中的"落颜"落了下来，然后身子一震，身上的斗篷便飞入了身后的大火中，她也恢复了真面目，竟然真的是喜鹊。

而喜鹊一落地，便抬着下巴看向夏秋，慢条斯理地说道："你倒是有点本事，不过，你若是想让她活着，就放了我，否则的话，等我毁了摄魂镜，外面那些人，还有她，都会魂飞魄散，你们真的想那样？"

"原来真的都是你做的，是你嫁祸给落颜，你快放了她，不然我就杀了你！"这下，陆天岐终于明白了，就想去抓喜鹊，顺便夺走那个什么摄魂镜，结果这次，又是乐鳌将他给拦住了。

只听乐鳌低低地说了句："少安毋躁，让夏秋解决。"

"她？"陆天岐一愣，但还是重新站好，咬牙道，"好，那就先让她试试看，不过，若是她敢将这个喜鹊放了……"

"可以！"就在这时，却听夏秋大声说道，"我可以放了你，不过，你能不能告诉我，你为什么要这样做，还有，你以前一定认识青泽的吧，你这么做，是不是为了他！"

"为了他？"听到夏秋的话，喜鹊的脸上闪过一丝幽怨，"我就算为了他，他的眼中又何曾有我？反而是这个长不大的臭丫头，一直占着他的未婚妻之位，死也不肯放过他。我同青泽少爷朝夕相处几百年，我喜欢他，他也喜欢我，可就因为那个女人，我们什么都做不了。所以，我必须让那个臭丫头退婚，只有她退了婚，我们才有未来，他才能有未来！都是那个臭丫头的错，都是那个臭丫头的错！所有的事情，都是从她逼着青泽少爷订婚开始的，所以，我这么做，又有什么错！"

"所以，你才会来到花神谷，接近我、讨好我，然后做了我的婢女，而你的目的就是想毁了我，想毁了我和青泽哥哥的婚约，对不对？"随着这个声音，一个身影慢慢地在夏秋身边显现出来，竟然是落颜。

落颜的出现，不要说是喜鹊，就连陆天岐也吃了一惊，他连忙看向乐鳌道："她竟然就在旁边？她隐了身？可我怎么没察觉到她的气息？"

乐鳌瞥了他一眼道："有人帮她，你自然不会察觉。"

"有人帮她？是你？"陆天岐一愣。

"我要说不是呢？"

"不是你是谁？"这下陆天岐更吃惊了，"难道除了喜鹊，她还带了别的帮手来？"

岂知乐鳌又摇了摇头说："怎么可能？之前我只是猜测，却没想到竟然是真的！"

"不是你，又不是落颜，你的意思难道是……她？……"

这个时候，看到渐渐显露了身形的落颜，喜鹊也大吃一惊，她盯着落颜看了好一会儿，然后抚了抚胸口藏镜子的地方，用一种难以置信的语气说道："怎么可能？我的摄魂镜还在，你……你到底是什么东西！"说着，她从怀中掏出了一只圆形的镜盒，正是她刚才在厨房，化成夏秋的面容，让落颜失魂的东西。只是，等她将它打开之后，却吃惊地发现，亮晶晶的镜面上已经出现了一道长长的裂痕，这让她一下子呆住了。

"原来是摄魂镜！"听到她的话，夏秋笑了笑，"这东西要是想用，需要耗费不少灵气吧，动静自然也小不了，我们东家又怎么会觉察不到呢。所以，既然觉察了，也就不会让你得逞了！"

她的话让喜鹊一愣，立即转头看向乐鳌，瞪圆了眼睛说道："原来，刚才你就知道了，却故意装作不知，就是要引我来烧树。我明白了，青泽少爷他……今天根本就不会回来，我就说嘛，我陪着青泽少爷那么久，从没见过他的府邸里有什么灵镜，都是……都是你骗我的！"

乐鳌并没有立即回答喜鹊的话，而是先看向夏秋，眉头轻蹙

了一下，可夏秋见他看过来，却将脸转向了一旁，根本不肯同他对视，于是他只好再把视线收回，看着喜鹊微微一笑道："青泽今天的确回不来，不过，是你骗人、杀人在前，我就算骗了你，又有什么关系？"

11

乐鳌说得振振有词，喜鹊一时间竟无法反驳，而这个时候，落颜又开口了："喜鹊，你究竟是怎么同青泽哥哥认识的，你知不知道他去了哪里？"

听到了这个时候了，落颜还只想着青泽，陆天岐忍不住说道："丫头，你到底有没有搞清楚状况，如今是这个喜鹊冒充你杀人，这件事情若不解决，对你来说可是个大麻烦，青泽的去处，难道就不能等咱们办完了正事再问吗？"说着，他对一旁的乐鳌说道："表哥，既然已经水落石出，咱们还等什么，快点将她抓住吧，也省得她再在临城闯祸。"

只是，他说了半天，乐鳌没有丝毫动作，于是他打算自己冲上去抓人，没想到反被乐鳌拉住了，只听乐鳌说了一句话："让她问吧，不然，就没机会了！"

"没机会？"陆天岐一怔，立即沉默了，竟然也不再多说什么。

看来，此间事了，他们又要去趟灵雾山了。

喜鹊直到这个时候才明白落颜恢复神智的原因，如今摄魂镜已毁，自己又只有一个人，就连让他们误以为她是落颜都做不到，更不要奢望他们会手下留情。所以，她知道，自己这次已经输了个彻底，正如陆天岐刚才所说，自己根本就没有逃走的希望。于是，她干脆将摄魂镜扔在地上摔了个粉碎，然后看着落颜冷哼道："怎么，你想知道我是怎么同青泽少爷认识的？呵呵，我可以告诉你，不过，就怕你心里会不好受。"

落颜脸色一白，但还是点点头道："你告诉我就是。"

"我呀……"喜鹊故意拉长了声音，"我就住在青泽少爷的府邸里，天天早上都是我叫他起床，晚上也是我催他入睡，他读书的时候，我在一旁静静地陪他，他烦恼的时候，我为他唱歌解闷。他最喜欢我了，他的抚摸也是这世上最温柔、最让我留恋的，我自然也是最喜欢他的。"

喜鹊越说，落颜的脸色越苍白，身子也开始不停地颤抖起来，站在她一旁的夏秋很担心，连忙使劲握了握她的手，低声说道："她是故意要让你难过的。"

夏秋的话让落颜好受了些，她点点头道："我知道，夏秋姐姐，我没事。"

说完，她又抬头看向喜鹊道："那青泽哥哥呢？既然你同他朝夕相处，可知道他去了哪里？"

这次，喜鹊的脸上再没有刚刚那种恶意的笑容，而是神色一变，死死盯着落颜厉声道："你竟然问我他去哪里了？你竟然问我！自从半年前他从花神谷回来，就一副郁郁寡欢的样子，我不知道在花神谷发生了什么，只能卖力地讨好他，可他却越来越不开心，整日里愁眉苦脸的，人也整日盯着外面看，连我唤他都听不到了，一心只想着……结果有一天，我被他赶了出来，想再进去，却怎么也进不去了，他也不见了踪影。我以为他是去花神谷找你去了，便去了花神谷，可他也不在那里。你说，你究竟做了什么，为什么他会将我赶走，为什么他会连家都不回？这么多日子了，我也想找他，可他就是不出现，就是不出现！落颜，你就是个灾星，是你毁了青泽少爷，是你毁了我，如果不是你，我和青泽少爷都会很快乐的，都是因为你，因为你！"

喜鹊说完，就愤怒地向落颜冲了过去。

落颜因为喜鹊的话一时有些失神，她旁边的夏秋却时时刻刻观察着喜鹊的动静，见喜鹊想要对落颜不利，连忙一把将落颜搂在了怀里，把她护了起来，只是这一护，却将自己的后背完全暴露在了喜鹊面前，情况一时万分凶险。

千钧一发之际，夏秋只觉得自己身旁一阵风吹过，却是乐鳌帮她们挡住了喜鹊。随后陆天岐也连忙赶了过来，守在了一旁，然后微微侧了侧头，看着夏秋斥责道："你傻了吗？你以为这样就能挡住她？你的本事哪儿去了？"

夏秋脸上一热，低声道："对不起，表少爷，一着急，我忘了。"

"忘了？人命关天呀！这也能忘？这人果然是可以蠢死的！"难得抓住夏秋的把柄，陆天岐立即大声嚷嚷道。他刚才也着实吓了一跳，因为他怎么也想不到，夏秋竟然会忘记使用自己的能力，这若不是乐鳌行动迅速，她肯定会被喜鹊这全力一击打个正着，到那时，只怕就不仅仅是受重伤那么简单了，可能连命都没了。

陆天岐的话，夏秋还真的反驳不得，她知道这表少爷啰唆的脾气，只怕自己若是解释的话，他的话会更多，便索性沉默不言。就在此时，她突然觉得怀中一动，却是落颜的肩膀开始不停地颤抖起来，随之而来的还有渗入她胸口的那一股股温热。她当即心下一软，轻轻抚着落颜的后背，低声道："好落颜，一会儿回去，你想吃什么，姐姐都做给你吃。"

夏秋此话一出，落颜的肩膀颤抖得更厉害了。

事到如今，两边已经再没有什么好说的了，陆天岐在这边护着夏秋和落颜，而乐鳌则同喜鹊打了起来。虽然喜鹊逃命的速度比乐鳌他们快，那也只是因为她是飞禽，自然会在速度上占些上风，但是，真要论起本事来，她远不是乐鳌的对手。

夏秋心想，最多也就是五分钟左右的时间，她一定会被乐鳌制服。

这个时候，夏秋似乎看到乐鳌对喜鹊说了些什么，喜鹊似乎愣了下，然后愤恨地看了他们这边……也就是落颜一眼之后，才对乐鳌回了句什么。再然后，夏秋便看到乐鳌拿出了一只金色的珠子。

这珠子大概只有拇指大小，捻在乐鳌手中，金光都被他的手挡了一半去，然后她只看到乐鳌的嘴唇动了动，那只金珠上的光芒便突然变得刺眼起来，不过是一眨眼的工夫，这颗珠子便向外分出了无数条璀璨的金光来。金光的璀璨只是一瞬，下一刻，便突然紧缩，这珠子瞬间变成了一团金色的线，紧接着只见乐鳌将珠子往空中一抛，这团金线突然向四面八方延伸开去，不一会儿工夫，一只金色的鸟笼便旋转着出现在喜鹊的头顶。

随着鸟笼越转越快，从鸟笼上散发出来的金光立即将喜鹊笼罩在了里面，接着金光又是一闪，等夏秋再次睁开眼的时候，喜鹊已经消失了踪影，而在那只金色的鸟笼里，此时却多了一样东西，正是一只拖着长长尾巴的花喜鹊。

夏秋一惊，连忙看向乐鳌，却见他已经收回了鸟笼，而人也慢慢地从空中落了下来。

"那是……"夏秋想问，却又不知道自己该不该问，最终说了句，"我以为东家只是个大夫……"

"他的确是个大夫。"听出夏秋话中之意，陆天岐低声回道，"这个喜鹊杀人嫁祸，若是被其他天师发现，怕是早就魂飞魄散了。用如意珠困住她的元神，也是为了让她早日脱胎换骨，日后重新修炼成妖的希望也能更大，这么做等于是救了她。"

"惩前毖后，治病救人。表少爷，你放心，我知道的。"夏秋的眼中渐渐恢复了平静，连带着心也平静了下来。她不是早就知道她家东家是天师吗？既然是天师，又怎么可能只救妖不捉妖呢？之前，是她把事情想得太简单了，而且，东家做的也没错，做错了事，自然是要受到惩罚的，这一点，不要说妖，人不是也一样？

她正想着，乐鳌已经托着鸟笼来到了他们面前，他看了眼手中的鸟笼，对陆天岐说道："我将她送到鹿族去，放在鹿神庙里，希望有朝一日她可以想通吧。"

乐鳌刚才阻止自己的时候，陆天岐便知道他已经做好了决定，当即点头道："表哥放心。"

乐鳌点了点头，然后看向夏秋，犹豫了一下道："今夜你干脆就陪落颜住在乐善堂吧，等我明天回来，正好有话问你。"

夏秋心中一紧，也点了点头。

最后，乐鳌又看了看被夏秋紧紧抱在怀里的落颜，小声对夏秋道："告诉她，喜鹊只是只喜鹊罢了，我去青泽府邸的时候，虽未进去，可透过结界，远远地就看到树杈上有一只很大的喜鹊巢，也许这其中有隐情也不一定。"

夏秋一愣，随即笑了，对他点点头说："东家真是细心，您放心，想必落颜妹妹一定也明白的。"

看到夏秋的笑容，乐鳌的脸上闪过一丝不自在，然后他不再多言，身形一闪就离开了，却是往灵雾山的方向去了。

乐鳌一走，老黄立即拉着车从一边走来，让夏秋和落颜上了车，陆天岐则破开结界，带着他们躲开张家的家丁，从大槐树后面的一条小巷离开了。

走在路上，看着两旁的灯火，夏秋思忖着明日该如何应付乐鳌的问话，不由得有些出了神，不知过了多久，却听一直静静坐在她身旁的落颜突然闷闷地说道："夏秋姐姐对不起，刚刚是我误会你了，可我在那摄魂镜里，看到了青泽哥哥的影子，所以才会被她得了逞。"

夏秋听她终于开了口，连忙对她小声道："谁都有大意的时候，我知道，你的本事肯定比她大。"

"我说的不是这个。"落颜摇了摇头，"我这次是从花神谷偷跑出来的，我兄长本来已经追上了我，那个时候，是喜鹊对我兄长说'欲把相思说似谁，浅情人不知'，我兄长心一软，只骂了我句无药可救，就不管我了。夏秋姐姐，这几百年来，他们都说我傻，喜鹊虽然陪我的日子不多，但我是真心待她的，如果没有青泽哥哥，也许我们真的能成为好朋友也不一定。"

"欲把相思说似谁，浅情人不知……"

心中默念着这两句话，夏秋又有些失神，就在她沉思的时候，却听老黄低声说道："青泽少爷的府邸到了。"

这句话让落颜急忙向一旁看去，老黄也相应放慢了速度。顺着落颜的目光，夏秋果然看到了一棵粗壮高大的老槐树。不过，透过槐树的枝叶，她却看到了老槐树所在的那个土坡对面的另一幢建筑，这让她心中一紧，连忙别开了眼睛。

12

乐鳌脚程很快，第二天不等乐善堂开门，他就回来了。只是他虽然回来了，可乐善堂仍像昨天一样人满为患，他根本没工夫同夏秋说话。不过好在，病人同昨日的情形差不多，都是因为花粉症来就诊的，所以虽然忙，但也不至于手忙脚乱。整整忙了三天，病人才渐渐少了，而在这三天中夏秋也一直住在乐善堂里，一是因为白天实在是太累，再就是落颜一时间还不想回花神谷，需要人陪。就这样，直到第三天的傍晚，夏秋打算下工回家的时候，乐鳌才终于有机会同她说话。

夏秋已经三天没回家了，今天回去，是想拿些换洗的衣裳，结果收拾好碗筷后打算穿过大堂离开的时候，却见乐鳌正坐在诊案后面。见她进来，他问道："回去？"

夏秋点头说："已经三天了，总要回去看看的。"

"你可还记得我那夜临走前对你说的话？"

夏秋立即打起精神，点了点头道："东家想问什么？"

乐鳌笑了笑说："你觉得我不该问？我记得当时你可是眼睛都不眨一下地对喜鹊说，是我察觉了她动用摄魂镜，并且破了她的宝贝，神不知鬼不觉地叫醒了落颜。"

夏秋抿了抿唇道："我没那么说。"

"可你就是这个意思。"乐鳌的脸色一下子沉了下来，"这也就算了，我自是知道你的本事，知道你可以感知甚至影响妖的灵力，那么法宝自然也一样，只是，你究竟是怎么把落颜藏起来的？你还有什么事情是我不知道的？！"

"不是我，是落颜自己……"

夏秋眼神微闪，打算拿出早就准备好的借口应对，可她还没说

完，却听乐鳌又是一声冷哼："我知道落颜会替你隐瞒，可你瞒得了天岐，却瞒不过我。倘若你执意不肯说实话，那我就只好让你离开乐善堂了。"

"东家！"听他为了这件事情要赶自己走，夏秋心中紧了紧，连忙道，"就算我瞒你是我的不对，可是，为了这件事情您就要赶我走？您是不是太小题大做了？"

"我不是为了这件事情赶你走，是因为要对你负责。"乐鳌看着她的眼睛低声道，"我知道你想帮落颜，只是，在那之后，你为何没能阻止喜鹊？难道是因为你将落颜藏起来的缘故？"

没想到乐鳌连这种事情都发现了，夏秋语塞，立即垂下了头，算是默认了。

见她不吱声，乐鳌这才低声说道："你也知道我这乐善堂不是一般的药堂，这么多年来，都只有我同天岐两个人，你来我这乐善堂，不仅仅是因为你能帮上忙，更重要的是晚上来的那些病人伤不到你。可若是你同其他人一样的话，你自己觉得，你适合在我这里吗？这么多年来，我们乐善堂从不招收外人，就是怕有个什么万一，徒增麻烦，可你随随便便就把自己陷入险境，岂不是会成为我们乐善堂的麻烦？我又何必留你在此？"

乐鳌一番话说得夏秋哑口无言，她也知道自己这次的确是有些冒险了，回来之后也曾后怕过，不过，她以为没有人察觉，便不会有事，却没想到惹东家生了这么大的气，一时间也有些后悔。

终于，在沉默了一会儿之后，她才缓缓地说道："东家，这次是我错了。这法子，是我很小的时候一个朋友教给我的，当然了，她也不是普通人，那会儿，她是我唯一的朋友，而且刚来我身边的时候，她十分的弱小。您也知道的，从小我身边便经常会出现那些东西，虽然那些东西最后都会远离我，可对她却是不客气的，所以，她便教了我这个法子，好将她藏起来。不过，虽然用了这个法子之后，我会暂时失去我的能力，可是一旦过了子时，我的能力便又会恢复了。所以，有一段时间，我常常是快到子时的时候将她藏起来，反正我的能力就算是失去，也只是一小会儿的时间，并不会有什么危险。而到了后来，她越来越大，本事也越来越强，我也就用不着帮她了。"

将自己的这段往事和盘托出，夏秋反而觉得心中轻松了不少，乐鳌静静听她说完，沉吟了好一会儿才问道："真的只要过了子时就可以恢复？"

"不信您可以让表少爷来试试。"以为乐鳌不信，夏秋立即说道。

"那倒不必。"又想了想，乐鳌继续问道，"你那位朋友现在何处？这法术你可知道叫什么名字？"

这次，夏秋垂下了头，不再看乐鳌，小声说道："她长大以后就离开了，大概也是不喜欢我身上的气息吧。不过，这法术她当时教给我的时候说叫大隐术，还说，她们一族的法术适合我的很少，也就只有这个，我勉强能学学。"

"勉强学学？"乐鳌哼了声，"这怕是最适合你学的东西了，也只有你的能力，才能将妖的身形和气息掩藏得无影无踪，让人无迹可寻，哪怕是我，这身形和气息也只能二选其一，真要是遇到稍微厉害些的法师，想要两全，怕是也不容易。"

从小夏秋身边便只有童童一个玩伴，自然有关于妖的种种也全是听她说的，如今听说这大隐术竟然这么厉害，夏秋也吃了一惊。

看出她是真不知情，乐鳌的脸色缓和了几分，又道："你是想让落颜察觉喜鹊的真面目才这样做的？难道她自己不能藏起来，还要你帮忙？"

夏秋摇了摇头说："她不肯，若不是我把她藏起来，她只怕要立即冲出来同喜鹊对质，而且，刚开始的时候，她还以为是我用摄魂镜害了她，连我也不相信了。我没办法，只好用这个法子暂时安抚住她，而且，我也怕喜鹊会发现她，反而误事。"

"落颜是花神，比喜鹊的本事大多了，她要是施法，喜鹊根本就不会察觉到她的存在，你是关心则乱。"

看到乐鳌的语气神态都缓和了很多，夏秋松了口气，知道自己

的饭碗这次是保住了，当即笑道："东家放心，日后我一定会三思而后行。"

听到她说"三思而后行"，乐鳌便知自己日后只怕少不了操心了，可偏又说不得什么，毕竟这次落颜的事情，夏秋帮了不少的忙。

"夏秋姐姐，你走了吗？"

就在这时，只听一个清脆的声音从门外响了起来，然后随着门帘一动，落颜从外边跑了进来。看到夏秋还在前厅没走，她立即笑着跑过去挽住她的胳膊，撒娇似的说道："姐姐去哪里我就去哪里，我今晚要随你一起回家。"

刚才夏秋在后面同落颜说得好好的，也没见这丫头说要随她一起回去，怎么眨眼间这丫头就改了主意了呢？

夏秋刚想说些什么，却见落颜又将夏秋的手臂使劲挽了挽，低声说道："姐姐，我刚才在外面听乐大夫声音很大，他可是为难你了。"

原来，这个丫头是因为这个原因才进来的！

夏秋心中一暖，然后轻轻拍了拍她的手背，笑道："你想随我回去倒是没什么，不过我那里可没有乐善堂大，更没有乐善堂住得舒服，咱们今晚只能挤在一张床上睡了。"

"嘻嘻，一张床好，一张床正好可以跟姐姐说话。"落颜也笑道。

说完，落颜转头向乐鳌招呼了一声："乐大夫，明早我和夏秋姐姐一起来上工，早饭你们就别等我们了。"然后，她便拉着夏秋往药堂外面走去。

出了门，老黄早就等在门口了，不过此时他虽然坐在车把上，眼睛却盯着离乐善堂不远处的一个巷子口出神。听到身后有动静，他这才回过神来，转头一看，却见夏秋竟然带着落颜一起出来了，便笑嘻嘻地用布巾将座位拍打了几下，这才让她们两人上了车。

本来落颜是没想真的去夏秋家的，可如今一上车却觉得既欢喜又兴奋，反而觉得这实在是个绝妙的主意，于是挽起夏秋的胳膊便叽叽喳喳地说个不停，像极了一只快活的小鸟，那清脆的声音，就像是在路上撒上了一串儿银铃，哪怕是老黄拉着车走出了几丈远，还隐隐能听到。

随着落颜的声音渐行渐远，陆天岐也从后院进了大厅，看着空空荡荡的门口，他愤愤地对乐鳌道："我全都听到了。真打算就这么算了，不赶她走了？你以前不是最怕惹麻烦吗？"

斜了他一眼，乐鳌才缓缓地道："我知道你不喜欢她的气息。"

陆天岐一愣，然后脸上闪过一丝古怪："表哥，我记得你说过，她身上的气息并不是所有的妖都不喜欢，比如落颜，就总黏着她，对不对？"

"你想说什么？"抬了抬眼皮，乐鳌顺手从身旁的书架上抽出一本医书看了起来。

盯着他手中的医书看了看，陆天岐突然笑道："你知道我想说什么。表哥，难不成你同落颜那丫头一样？"

沉默了一下，乐鳌低声回道："说起落颜，有一件事情我没敢对她说。"

"表哥，你知道我说的不是落颜……"陆天岐眼神微闪，显然，对乐鳌故意岔开话题很不满。

"昨夜我终于将青泽府邸外面的结界打开了。"

"你竟然将结界打开了！"提起青泽，陆天岐立即瞪大了眼睛，本来想要说的话也全都抛到了一旁。

"我们在外面看到的都是幻象，有人在幻术外面又加了结界，所以，青泽他……只怕……"乐鳌的脸上闪过一丝犹豫，"不过，我已经在尽力帮他了。"

"他到底怎么了？"看到乐鳌的表情，陆天岐的心中有种不祥的预感。

"你去看看就知道了，不过他也的确不在里面。我在结界上留了个小门，你应该很容易找到。你要知道，我这么做是为了不打草惊蛇，也是为了安抚落颜，不想让她这么早就知道。不过，咱们临城，日后只怕安生不了了，应该有位大人物早就来了。"

"我去看看！"

听说青泽可能出了事，陆天岐一刻也待不下去了，立即就往门外冲去，不过临出门的时候，他却终究不甘心地提醒了一句："表哥，你的书拿反了。"

乐鳌一怔，这才仔细看了看手中的书，当即自嘲地一笑。他正想将书合上，却听界铃响了，他脸色一肃，立即站了起来，这个时候，只听一个虚弱的声音在门口响了起来："乐……乐大夫，救……救命呀……"

第四章 巫云

01

今年的天气虽然暖得早，夜市也早早地开了起来，可到底清明未过，晚上还是很凉的，所以，一过晚上八点，路上的人也就越来越少了，小贩们也收了摊，只有少数铺子还亮着灯，但是也已经准备打烊了。

当然了，这也只是临城最繁华的街道上的情况，真要到了人迹罕至的小巷，人则更少。不过，不管是寒冷或是炎热，在离临城最繁华的富华大道不远处的一个小巷子深处，一个简陋的面摊几乎每日都开到深夜。

面摊是用毡子搭起来的简陋棚子，在棚子的四个角挂了四盏马灯，面摊的老板老武看起来是一个六十多岁的老头子，已经在这里摆了二十年的摊子了。

这二十年，老武经历了轰轰烈烈的时代变迁，而如今，据说各地又乱了起来，有的忙着抢地盘，有的忙着和谈。

这些都是老武从来吃面的客人们嘴里听来的，他的面摊位置偏僻，又是在晚上才开，所以，那些晚归的客人们，一旦打开了话匣子，便比白天自在许多，忌讳也少了，老武因此听到了很多有趣的事。

老武从小就喜欢听人讲故事，尤其这二十年来发生的故事，简直比以往几百年发生的还让他着迷，让他越听越想知道这世间究竟会变成什么样子。

虽然老武不是普通人，而是一只活了三百年的妖，这人世间的事情他也本可以不理会，可听了那么多，看了那么多，身为妖，即便他有本事，也不能刻意做些什么，改变什么，可他心中总归是有些不甘，也不单单是受了那些吃面的客人们情绪的影响，更重要的是这里又是生他、养他的地方，他也同普通人一样感同身受。

大概是起风的缘故，今晚客人不多，直到晚上十一点，老武也只接待了两三位客人。今晚的几位客人都不是多话的人。

没有烦人的消息，这让他今晚的心情格外好，客人走后，他边收拾碗筷，边忍不住哼起了《白蛇传》里的戏文，同时又将灶台里的柴火减了一些，也省得没客人来白白烧着浪费。

等把碗筷收拾好后一转身，他却吓了一跳，原来一个留着齐刘海、披着厚厚斗篷的女子悄无声息地出现在他的面摊前。

老武是妖，听觉、嗅觉自然比一般人要强很多，但是，这个女子来了，他却一点儿都没有察觉，这可是极少见的情形。因此他猜测此女子应该不是普通人，便小心翼翼地试探了下，结果却没有探到任何熟悉的气息。不过，即便没探到妖气，也不代表此女不是同类，毕竟老武自认道行还浅，若真是来了本领强大的同类，他还真不一定能看出人家的身份。于是他不动声色地招呼道："这位小姐，您来吃面？"

"嗯。"女子在离她最近的一张桌子前坐下，心不在焉地说道，"你先煮着吧，我正好想同你聊聊天，有话问你。"

听出她不是本地口音，老武心中一紧，连忙转回身去，边下着面边说道："小姐要是吃面，老头子我还能招呼，不过，您想问话，是不是找错地方了？"

女子没有回答他的话，这让老武心中犯起了嘀咕，猜测是不是临城里哪个花心的妖在外面惹了桃花，被人找上门来了。于是，煮面的工夫，他就已经把临城里比较出名的几个花心妖怪捋了个遍，猜想是哪个家伙这么厉害，连这么漂亮的女妖怪都给抛弃了。

面不一会儿就煮好了，是最简单的阳春面，老武盛好了面，又多放了几棵青菜，这才端到了女子面前。

放下面碗刚要走，女子却一下子将他的手腕抓住了，漆黑的眸子抬眼看向他，似笑非笑地说道："我不是说过要问你话吗？"

老武一愣，然后赔笑道："这位小姐，可我刚才也说了，我这里面是管够的，可问话您就找错地方了，您若是想找人，不如去警察局，小的还要做生意，实在是没法子帮您。"

"谁说我要找人，"女子一笑，"我要找的是东湖里的东西。"

"东湖里的东西？"这下老武更不明白了，"东湖里能有什么东西？"

"这么说你是不知道喽？"女子眯起了眼睛。

"小的是真不知道小姐的意思。"老武老实地摇摇头，"小姐还是吃面吧，今晚的面小的请了，管够……"

他的话还没说完，就见这个女子突然用手一挥，桌上的阳春面便被她拂到了地上，随着"哗啦"一声响，女子的手腕上多了一串乌青的念珠。

然后，只见她手指边结着奇怪的手印，边冷笑道："你煮的面我怎么敢吃！既然不知道，也就没有留你的必要了……"说着，就见她嘴唇快速地动了起来，仿佛在念着什么奇怪的咒语……

02

自从花神谷的花神落颜住进了乐善堂，老黄就变得很忙很忙，

因为这位花神大人是个活泼的性子，在药堂里待不住，时不时地就想出来逛逛，而乐善堂是要开门营业的，本来最适合陪她的夏秋，除了要兼做疡医，还要负责乐大夫和陆少爷的三餐，根本就没太多时间随她到处跑。所以，一时间，老黄就成了这位花神大人的"全陪"，专门陪着她游山玩水。

老黄很尽责，这一阵子，陪着落颜不但逛遍了临城的大街小巷，而且连东湖都带着她转了三圈，甚至连灵雾山都领着她去了两回了，千禧巷的小吃街更是他们每日的必到之处。在花神大人的使唤下，老黄在短短半个月的时间里就穿破了三双鞋，可他还是无怨无悔，仍然每天风雨无阻地载着花神大人四处乱逛。只是，虽然他不嫌烦，可临城归根结底就这么大点儿，东湖再大，也只是个湖，总有逛完的一日，所以，这日到了千禧巷后，看着眼前的蓑衣饼，落颜却再也提不起兴致，反而更思念起昨天傍晚，夏秋给她做的小馄饨来。

看到她把眼前的蓑衣饼拨弄来拨弄去，老黄笑着道："大人，要不咱们去吃定胜糕，上次您不是说那个最好吃的吗？"

"不要，太甜太腻了。"

将蓑衣饼打包，顺手送给了老黄，落颜决定回去，她决定还是去找夏秋姐姐说话比较好，再不济就晚上跟她回家。

上次她随夏秋回家，两人说了大半夜悄悄话，早上她还随夏秋去街口吃了甜豆腐脑儿。夏秋姐姐说，这家的甜豆腐脑儿是全临城最好吃的一家，不过，下回她倒想尝尝咸的。想到这点，落颜总算是觉得有些期待了，脸上也有了笑容，而老黄自然对她言听计从，待落颜上车后，他便打算带她回去。只是刚要启程，落颜却听到一阵低低的笑声从街道一旁传来，她转头望去，却是一愣，原来有几个穿着青色斜襟上衣、黑色裙子的女学生正在路上结伴走着。

她们清脆的笑声引来周围很多人的注目，这些人看向她们的眼神既有羡慕又有嫉妒，也有很多老家伙在一旁窃窃私语，眼神中全是不赞同。不过，即便这些人认为这些女孩子走在街上太不成体统，可如今能送这些女孩子们上学的人家，都是有些家底的人家，甚至还有权贵之家，比如那位新来临城的旅长大人，据说他的妹妹也要在女子学堂里上学。所以，他们怕自己说得太大声，被有心人听去，会惹来不必要麻烦，因此，他们也就只敢窃窃私语了，让他们大声说，那是死都不敢。

别人怎样落颜没心思理会，可她自己却知道自己是羡慕她们的，她也很想同她们一样，也去学堂上学，也去尝尝当学生的滋味。也许还能像夏秋姐姐说的那样，日后做个女先生什么的。想到这里，落颜眼睛一亮，她连忙问老黄："老黄，这些女学生是哪个学堂的呀。"

老黄对临城最熟，略微想了想，便道："这附近有一家临湘女子师范，据说还是政府办的，这些女学生应该是那里的学生吧！"

"女子师范？这个好！"落颜兴奋地踩了踩车板，一脸的迫不及待，"老黄，咱们快回去，我有事情要同乐大夫和陆大哥商量。"

"好嘞，大人您坐稳了！"老黄听了立即抬起车把向乐善堂行去。

晚膳后，夏秋回去了，落颜去了后面自己的房间，前厅只剩下乐鳌和陆天岐，乐鳌坐在诊案后面，不紧不慢地翻着一本医书。

只是，夏秋和落颜离开没一会儿，陆天岐便冲到乐鳌面前，双手撑住诊案，看着乐鳌怒道："表哥，你是我表哥吧，你是我那个最怕麻烦的表哥吧？"

乐鳌抬头道："说话不要阴阳怪气的，我知道你肯定会反对。"

听了乐鳌这句话，陆天岐更怒了："你知道？你确定你知道？"他立即站直了，用手指着后院的方向，压低声音道，"你明知道我想让她越早离开越好，你竟然还答应她，你到底是怎么想的？"

乐鳌没回答他的话，而是递给他一个信封："你看这个。"

陆天岐一愣，立即接过信封，不过他才刚刚将信封里的信拿出来，一股奇异的花香便立即在空气中蔓延开来，这让他立即回过味

来："这是……花神谷的来信，你已经告诉他们了？"

乐鳌点头说："我本想让他们来接落颜回去，却没想到……"

"什么？！他们要我们暂时收留落颜！"快速看完了信，陆天岐已经不知道自己是该怒还是该气了，总归不会是开心，他边抱怨边抖落着随这封信一起送来的一沓子银票，"难道他们以为咱们乐善堂缺他们这点钱？"

"花神谷遍地都是灵丹妙药，的确财大气粗，这些都是吉盛昌的银票，哪怕拿到京城，都能兑换。"乐鳌轻飘飘地补充了一句。

陆天岐气结，将信和银票在桌子上一拍道："这不是重点吧！你明知道我说的是什么！你真想让她留在临城？那样的话，她早晚都会发现……"

不等他说完，乐鳌对他摆了摆手说："那好，你若是不想让她留下，就亲自将她送回去，不过，你觉得她会听你的话？如今她既然已经出来了，还是专门来找青泽的，怕是不等到青泽回来，她也不会离开。所以，就算你将她送回去了，她也会重新跑回来，到了那时，万一她再遇到像喜鹊那样的人，只怕就不会像这次这么幸运了……而且，你觉得最近有时间亲自送她回花神谷吗？"说着，乐鳌的视线投到了一旁的一只鸟笼上，那鸟笼他刚拿回来没几天，鸟笼的里面有一只巨大的白色鹦鹉，只是此时，这只大鹦鹉正垂着头，一副蔫蔫的样子，半点精神都没有。

看了眼这只鹦鹉，陆天岐不得不承认乐鳌的话在理，因为，他们最近的确很忙，根本没时间离开临城去做别的事情。不过，他总是觉得在这件事情上乐鳌有些太好说话了。

他不禁又向那封信看去，却发现信只有一页，而且还没有落款，于是他一脸疑惑地盯着乐鳌问："第二页信纸呢？他们花神谷是不是还说了别的事情，对了，你刚刚说他们花神谷遍地都是灵丹妙药，难不成，他们还允诺了你别的东西？"

乐鳌眼神一闪，随即轻咳了两声道："也没什么，不过是一株千年聚灵草而已。"

"千年聚灵草？"陆天岐倒吸一口冷气，"那东西离了花神谷还能活？"

"谷主……也就是落颜的兄长说，若是我有朝一日想用，随时可以去他们谷里取。"乐鳌轻描淡写地说道。

这下，陆天岐全都明白了，看着乐鳌咬牙道："表哥，你说了这么多大道理，只怕都抵不上这株千年聚灵草吧。"

乐鳌眉毛挑了挑道："你说得没错，这千年聚灵草可以聚魂修魄、升清祛浊、补元益气，说它起死回生都不为过，实在是难得一见的灵药。"

"表哥！"

"好了！"乐鳌说着，已经从诊案后站了起来，他看着陆天岐道，"这件事情就交给你办了，今天应该是周四，下周一，我希望她就能去学堂上课，也省得天天让老黄拉着她在城里乱逛，别忘了，最近临城可不太平，搞不好什么时候又会惹出祸事来。"

怕她惹祸，赶走不就是了！陆天岐心中暗暗腹诽道。

既然乐鳌主意已定，陆天岐心中纵然还有不忿，却也只能接受，而且，他不得不承认，那个千年聚灵草的确是个好东西，尤其是对妖来说。不过，虽然他惹不起表哥，但是却可以将这件事情算在青泽头上，他想有朝一日定要让青泽连本带利还给他。只是，如今青泽本体虽然在临城，可却成了那副样子，那他的元神又到底在哪里呢？

一想到这点，陆天岐突然觉得落颜这丫头又有些可怜了，于是第二日傍晚，他便带回来了消息，说是已经安排好落颜的入学事宜了。原来，他找了一个军中的朋友去学堂里说了声，说是乐善堂的东家有个堂妹来了临城，是专门来上这里的女子师范的。

有军中人士疏通，速度果然很快，隔日上午，校服便被学校遣人送了来，说是周一就可以去学校了，班级、座位都已经安排好了。只不过，为了方便起见，落颜的名字却要改一改，随着乐鳌的姓，改为乐颜。就这样，乐善堂的乐大当家凭空多了一个上女子

师范的堂妹。

一得知这个消息，夏秋便向落颜道贺，老黄也自然知晓了，于是，虽然他不用再陪着花神大人在临城乱逛了，却又多了另一个任务，那就是每天早上在接了夏秋上工后，便立即送落颜去学堂。

不过晚上他就轻松了，因为落颜一定要自己回家，再加上天越来越长，有的时候夏秋下工早，也不需要他再送夏秋回家了。前一阵子那么忙，如今一下子闲下来，老黄反而有些不习惯了，再加上这几天天气好，他便没有待在黄包车夫们的聚集地，而是拉着车往东湖的方向慢慢行着，准备放松一会儿。

这半个月来，整日带着花神大人游山玩水，让他也突然觉得临城的景色着实不错，尤其是这春天，若是能趁着闲时，好好游览一番也挺好。他都已经忘了，自己有多久没有出门踏青了。而且，这个时候，景色好的地方人也一定不会少，也许空着车过去，还能拉一两个客人回来呢。就这样，连着三四日，老黄送落颜上学之后，便悠哉悠哉地拉着车在临城里转悠，活虽然拉得不多，但是却比以前自在不少。

这一日，将落颜送到临湘女子师范的学堂门口，看着花神大人蹦蹦跳跳地跟着两个在门口遇见的同学一起进了学堂，老黄便离开了，打算去灵雾山附近转转，若是有可能，中午的时候再到神鹿一族讨杯水酒喝。不过，走着走着，他不知怎的就绕到了种德堂所在的那条德龄巷。

自从鹿兄的事情发生以后，老黄已经很久没有往这边走了，今天也是他想老族长的水酒入了神，才不小心拐到了这边。

德龄巷很长，既然已经进来了，他也没必要再返回去，只想着快点离开这条巷子，于是他加快了脚步，闷头往前跑，心中也打定主意，即便碰到叫车的人，他也绝不停留。眼看就要到达林家的大门口了，大概也就剩十丈距离的时候，他却看到不甚宽大的街道上竟然停着一辆墨绿色车身、黑色车篷的小轿车。

小轿车占了多半个巷子，老黄要想从巷子里过去，势必要擦着车身通过，就在这时，却听林家的大门传来一声响动，似乎有什么人从里面走了出来。

老黄见状，立即停了下来。

这种小轿车整个临城大概也就十几辆的样子，不但价格不菲，而且也不是有钱就能买到的，所以，能坐这种车的人绝不是普通人。在这人世间千年，老黄早就学会了趋利避害，更不会故意招惹是非，所以，他打算等这辆小轿车开走了再通过。

他刚刚停下来，大门里的人便走了出来，老黄远远地看着，好像是个穿着黑色马褂、带着黑礼帽的青年。

这个青年出了林家大门便头也不回地走向了门口停着的车子，而在他的旁边，似乎还跟着一个女子。只见此人身材高大，将身旁的那个女子挡了个严严实实，老黄根本看不清那个女子的样貌，只能大致判断出这个女子个头不高，年龄应该也不大，身材也很纤细娇小，不然也不会被遮得这么严实。而从那男人身后隐隐约约露出来的淡黄色宽大裙摆，老黄大概猜出，这个女子应该穿了一件洋装。

等两人到了车边，司机早就从车上下来等候他们了，只是，那男子却没让司机为女子开门，而是亲自将后面的车门打开，送女子上了车，然后他才绕到前面，对前来送行的人们行了个礼，这才进了司机打开的车门。整个过程中，男人虽然看起来彬彬有礼，但处处透着敷衍，那副趾高气扬的样子，一看就不是一般身份的人。

那些送出门来的林家人中，仿佛也有穿着洋装的男女，只是，等老黄看到车中女子露出来的侧脸后，整个人一下子就呆住了，哪里还有心情理会其他的人、其他的事……

03

大概因为老黄太过震惊，当车子启动的那一刻，才意识到他们

这是要走了，于是老黄再也顾不得其他，立即拉着车向那辆小轿车追了上去。因为他要看清楚些，再看清楚些。他等那人已经等了几百年，虽然他坚信那人还会回到这里，可时间越久，他越怀疑自己如此坚持的必要性。

世界如此之大，海的那一边还有更大的天地，他只守在这一个地方，万一错过了该怎么办，难道他还要几百年无休止地等下去吗？

他越想越着急，脚步也一下子加快了，若不是仅存的理智告诉他，此时是白天，只怕他会立即飞到那辆车的前面，拦住它，好将车里的人看个清楚明白。只是，即便如此，他此时的速度，也足够令人咂舌。如果这是在繁荣的大街上，怕是有不少眼尖的人都会发现，此时的老黄，根本连脚尖都没有沾地，就像是话本里描绘的那些一身功夫、身怀绝技的侠士般。但此时，老黄已经顾不得这些了，以至于他在追赶的过程中，隐隐听到有人在叫车，他也没觉出有什么奇怪来，因为他此时所有的心思全放在前面的那辆小轿车上了。

刚刚他还觉得德龄巷很长，可这会儿，他却觉得这条巷子实在是太短了，因为他追了没一会儿，那辆车就拐了弯儿，而等他也紧追几步赶上去之后，却发现车子竟然拐到了富华大道上。

富华大道很宽阔，是临城最繁华的道路之一，道路的两旁全是高大的建筑，还有很多百货商店，在马路牙子上则全是摆摊的摊贩，人来人往很是热闹。拐到这条路上之后，由于道路加宽，小轿车的速度就加快了，而老黄的速度却不能更快了。否则，他就会暴露自己的身份，到时候就算找到了人，只怕也会引来更大的麻烦，他可不想再重蹈几百年前的覆辙。于是，他只能暂时将那辆车的车牌记下来，渐渐放缓速度，而他这一放慢速度，那辆车很快就拐入另一个巷子不见了。

临城就这么大，有车的人家也就这么多，车也就那么几辆，只要她不离开临城，就凭他这些年对临城的了解，用不了几日，他就能将车主找到。况且，就算他找不到，还有乐善堂，他相信，在这临城，没有乐善堂做不到的事情。

可即便如此，就这么将车追丢了，老黄还是觉得很沮丧，一下子什么兴趣都没有了，更不要说回灵雾山看老朋友，于是，他便沿着富华大道心不在焉地溜达了起来，打算今天早点收工，早点去乐善堂向乐大夫求助。

不过，他行了没中一会儿，在富华百货公司门口，一个穿着绿色洋装、留着齐刘海的长发的女孩子就拦住了他。

"师傅，去东湖。"

有人叫车，即便现在老黄不是很想载人，也只能停下来让她上了车，毕竟他现在是个黄包车夫，既然做这一行，就不能随随便便敷衍了事。

待那个女孩子坐稳之后，老黄立即拉着车往东湖的方向行去，边行边问道："这位小姐，您去东湖什么地方，东湖很大的，您总要说个具体的位置吧。"

"东湖很大吗？"女子并不急于告诉老黄确切地点，而是反问道。

这个时候，老黄才察觉她的口音有些怪异，不像是本地人。

临城乃至周围的方圆百里，这几千年来都属于吴地，方言都是软糯柔和的，尤其是从女子的口中说出来，更是好听软和，能让人心都化了。而这个女子虽然声音清亮，可是却生硬平板，让人感觉她的舌头都是直的，倒像是北方人。

老黄在临城做车夫很多年了，对口音最为敏感，尤其是近几十年，临城鱼龙混杂，这让他们这些同人打交道的车夫们更是小心，生怕被什么人套出了什么不该说的话去，抑或是带什么人去了什么不该去的地方，徒惹祸端。于是，老黄心中立即提高了警惕，马上说道："东湖是咱们临城最大的湖了，要是想绕着它跑一圈，至少需要一整天的时间。小姐要是想去看景色，小的倒是可以推荐几处不错的地方。"

"景色好的地方，人也一定很多吧。"听了老黄的话，他身后的女

子突然说道。

"这会儿正是踏青的好时候，景色好的地方，人也肯定少不了。"有些摸不清这个女子的意思了，老黄回答道。

"嗯，那你就带我去一个人少的地方吧。"

"人少的地方？"老黄一愣。

"越少越好，最好除了我，一个人也没有。"女子补充道。

那岂不是荒郊野外最合适？老黄暗自嘀咕了起来，甚至还怀疑这位小姐是不是想不开了想找个没人的地方寻短见，于是心中便又多生了一份警惕。不过他又转念一想，如今临城里乃至全国受苦受难吃不起饭的人多了，他们都不寻短见，这个小姐一看就是富贵人家出来的，又怎么可能千里迢迢的，专门来东湖寻短见呢？

老黄觉得自己想多了，于是不再多话，而是拉着这位小姐往六角亭的方向行去。

要说人少，六角亭自然是东湖边上人迹罕至的地方之一，前一阵子花神大人施法催发百花的地方就是那里。六角亭在东湖边上，却并没有紧邻着东湖，再加上它在一个山坡上，是观东湖远景的最适宜之地，景色自然说得过去。而且，如果是这里的话，哪怕是这位小姐真的想寻短见，也要跑到几里之外的东湖边才能成功，他就算救不了她，也能让她多想想，兴许一想就想通了呢。

六角亭因为偏僻，所以离富华大道很远，因此，快到中午的时候，老黄才载着那个女子来到了山坡下。由于山坡紧挨着大路，所以，即便这里已经处于临城的郊区，但还是时不时地有车马行人从路上走过。

老黄停下，正要请那女子下车，却不想那女子又说道："你说的那个亭子在哪里，我怎么看不到？"

老黄笑呵呵地指着眼前的那条小路，又指了指树木间露出来的一个亭子角道："您看，您沿着这条路上去就到了，一进了亭子，就能看到东湖了。地方到了，谢谢您，三毛钱。"

"你把我送上去，我给你一块。"哪想到女子并不付钱，也不下车，而是笑嘻嘻地看着老黄说道。

看到女人脸上的笑容，老黄直到此时才肯定，此女绝不会寻短见的。她的笑容太过诡异，让他看了浑身都不舒服，那种一下子就把他看透的感觉，让他心中警铃大作。

他又笑了笑："这位小姐，已经不远了，您不如……"

这个时候，女子却嘟了嘟嘴，低头看了看自己镶着亮片的鞋子说："这路上全是土，会把我的鞋子弄脏的。"

女子的鞋子是淡绿色的，一看就是配合她身上的衣服搭配的，老黄只有在路过百货公司橱窗的时候，才见过类似的鞋子，更是知道它们价值不菲，只怕单是她鞋上的亮片，他一天的辛苦钱都买不来。

于是他犹豫了一下，点点头道："好，那我就送您上去，不过，送到了我就走，您下来的时候，就自己想办法吧。"

听到他的话，女子一下子笑眯了眼："放心，你只要上去就足够了，不需要下来。"

女子的话怪怪的，但是老黄既然说了，就要做到，当即他拉起黄包车，沿着土路就往山坡上跑去。

那日他也是这样拉着夏秋上山找落颜的，今日再去六角亭自然是轻车熟路，而且，对于一只拥有千年道行的妖来说，这点坡度根本算不了什么。

看着老黄将车拉得飞快，他身后坐着的那个女子似笑非笑地说道："师傅的速度真是快呢，只怕万国运动会上的冠军也比不上您的速度。"

老黄心中一紧，他自然是听说过万国运动会的名头，那是最有名的运动会。只是此时这个女子这么说，究竟是什么意思。这会儿，老黄是真的有些后悔接下这个活儿了，索性不再说话，只是闷声往前跑，他已经打定主意，到了六角亭，若是这个女人再纠缠，他哪怕不要车费，也绝不再多停留一分钟。

大概七八分钟之后，他终于将车拉到了六角亭外面，他将车再次停好，便立即转头看向身后的女子道："这位小姐，到了……"只是他这一回头，却吃了一惊，原来，他的车上已经空无一人，刚才坐车的女子早就不知了去向，他心中暗道不妙，连车也顾不上要了，转头就往山下跑。

04

老黄还没跑几步，却听一个冷冷的声音在他背后响了起来："这里的妖怪还真是嚣张，大白天就敢在街上四处闲逛。不是说你们的法师很厉害吗？他们一个个全都死了吗？"

随着这个声音，一股巨大的灵气向老黄后心袭了过来。被人背后偷袭，老黄只能奋力躲闪，而在一连躲过了三次攻击后，老黄终于转回身看向攻击他的那人，正是他刚刚拉上山的那位女子。此时，她的手中正结着一个奇怪的手印，手腕上则挂着一串乌黑发亮的念珠。看到老黄转过头来，她口中念念有词，似乎在念诵着什么咒语。

看到她的样子，老黄就明白了。看来从一开始她就已经看破了他的身份，故意将他诳来僻静之处，竟然是想收了他。只是，他一个千年的妖怪，又岂是她一个乳臭未干的小丫头能收得了的。

于是老黄沉了沉心，盯着对面的女子说道："这位小姐，我并没有害过人，你就算想要收我，也得分个青红皂白吧！"

"妖就是妖，今日不害人，改日你一定会害人，我若是今日不收你，就等于是帮你害人。所以，你说什么都没用，我是不会被你蛊惑的！"

说着，只听她念诵咒语的声音越来越大，而随着她的声音加大，老黄只觉得一股嗡嗡的金属撞击声不停地在耳边回荡起来，让他心中涌上阵阵焦躁。不过，好在他道行不低，虽然这声音搅得他心神不宁，可他也没有完全失去神智，他仍想着找寻机会离开。

此时，女子也发现自己没能完全控制老黄，于是冷笑一声："果然比以前的道行高些！"说着，只见这个女子突然咬破自己的食指指尖，然后向上一甩，一团血雾便在空中弥散开来。很快的，这些血雾形成了几十粒血珠，然后在空中抖了抖，便变成了几十柄血剑向老黄刺了过来。

看到这些血剑，老黄大吃一惊，他没想到，这女孩小小年纪，竟然可以用自己的血作为武器攻击别人，他忽然想到了传说中的血咒之术。

据说这血咒之术是上古之时巫族惯用的看家本领之一，只是因为它太过阴邪，在妖神大战之时，由于巫族首鼠两端，结果竟被妖道两派联手灭掉了。从此以后，巫族便成了最见不得光的一族，后来，他们在主脉凋零后，余下的那些旁支在中原再无立足之地，便远避海外了……

"你是巫……"

老黄吃惊地说道，而与此同时，那几十柄血剑，已经飞到了他的面前……

最近天气越来越好，花粉症也逐渐告一段落，最起码在白天，乐善堂又恢复了往日的清闲与平静。只是，虽然白天平静了，可夏秋却仍觉得有些地方很不对劲儿，最让她觉得不寻常的地方就是，这几日乐鳌和陆天岐天天早出晚归，仿佛在调查什么事情，甚至连午饭陆天岐都不回来吃了。不但如此，每次出门，他们都会带着前一阵子带回来的那只雪白的大鹦鹉，行动十分诡异。而等他们回来以后，乐鳌便催着她回去，晚饭也不让她做了。

夏秋很想知道究竟发生了什么，可每每当她问起，总会有人打断她的问题，抑或是用别的事情岔开，总之她是看出来了，这次东家是铁了心要瞒着她。

而今日，落颜一走，乐鳌和陆天岐再次带着鹦鹉出了门，留下来的话仍是午饭不回来吃了，晚饭也不用她做了，让她一过了四点

钟，不用等落颜放学，就可以下工。他们瞒着她、不告诉她，还刻意将她和落颜分开，很明显就是怕她知道什么。越是如此，她越是觉得出事了。因为这几天她早上来乐善堂的时候，好几次都能闻到一股浓重的血气，而这血气绝不会是普通人的，因为若是普通人的血气，绝不会在过了一夜后还能清清楚楚地闻到。

虽然他们中午不回来，可是夏秋还是要吃午饭的，快到午时的时候，她正在后厨忙活着，却听到院子里的界铃响了，当即吓了一跳，连忙赶往大堂。

若是普通人来了，这界铃是绝不会响的，因为它是被灵气催动的，而乐善堂的规矩，全临城的妖都知道，所以，若不是万不得已，他们是绝不会在白天前来。如今界铃在白天响起，显然是有人遇到了万分紧急的事情。

一踏进大堂，夏秋就闻到一股浓重的血腥味，同她这几天来上工的时候闻到的一般无二，而等她看见靠在门边的那人后，更是吓了一跳。

她连忙走到门前，先是将大门紧紧关上，然后才将那人扶到了乐鳌的诊室里，等那人在椅子上坐好之后，她才低声问道："老黄，这是怎么回事，是谁把你伤成这样？"

来人正是老黄，此时，他浑身是血，让夏秋根本分不清有多少伤口，更不知道他身上的血是他自己的多一些，还是别人的多一些，即便是想给他上药，一时间也无从下手。

被夏秋扶到诊室中，老黄略略缓了口气，然后向左右看了看道："乐大夫呢，陆少爷呢，他们不在吗？"

"他们一早就出去了。"说话的工夫，夏秋已经从旁边的小橱里拿出了金创药和绷带，虽然她不知道这些普通人用的东西适不适合老黄，可是，她也总得知道他伤口在什么地方，有多深，才能为他治疗呀。

听到乐鳌和陆天岐不在，老黄脸色一变，顾不上回答夏秋的话，挣扎着就要站起来，同时气喘吁吁地说道："不行，早知道他们不在，我就不会来了，我先走了，等晚上我再来。"

看到他摇摇晃晃的，根本连路都走不了几步，竟然还要挣扎着离开，夏秋一下子将他按回到椅子上，叱道："你这副样子，还能等到晚上？只怕不出一个小时就会休克了，到底发生了什么，你们一个个怎么都不肯跟我说实话？"

说话间就听大门被人敲响了，一个清脆的声音在门外响了起来："有没有人？我可进去了！"

"糟了！"听到这个声音，老黄脸色大变，"原来她一直跟着我，好一个奸诈的女人，这下糟糕了！"

夏秋打开门，果然看到一个穿着绿色洋装的女子。这个女子看起来只有十八九岁的样子，留着齐刘海，她的眼睛不大，眼睑狭长，眼尾却微微向上，是一双标准的丹凤眼。她的眸子黑得发亮，仿佛一下子就能看到人的心里去。再加上她雪白的皮肤、嫣红微厚的嘴唇，像极了夏秋在百货公司的橱窗里看到的洋娃娃。不过，这个女孩子虽然漂亮，可脾气看起来却不太好，夏秋才刚刚将门打开，她就从外面闯了进来，要不是夏秋躲闪及时，只怕就会被她撞个正着。

一进屋子，这个女孩子就旁若无人地往药堂里面走，仿佛根本就没看到开门的夏秋。而等她环顾了大厅一圈儿之后，才看着夏秋道："他呢，我知道他进来了，你把他藏哪里了？"

女子说话声音很高，难免给人一种趾高气扬之感，让人很不舒服，这若是陆天岐在，只怕立即将她赶走都有可能，而今日，夏秋却好脾气的回答她道："这位小姐，您是找人吗？我们这是药堂，您应该是找错地方了吧！"

"找错地方？"女子眼睛微眯，"别跟我说你不知道，虽然他使了障眼法，可在他进入你们药堂之后，你们的大门便立即关上了，这不是心中有鬼是什么？"

夏秋笑了笑："我关门是因为我要到后面做饭，东家不在，我又去了后面，万一有什么人进来偷东西怎么办？再不济，碰到像小姐

这样硬要进来找人的，我岂不是浑身是嘴都说不清楚了？"

"什么做饭，我看你们这个药堂本身就很有问题，你也很有问题，你快点把他交出来，否则，别怪我不客气！"

女子是亲眼看着老黄进了乐善堂的，所以，无论夏秋说什么她都不肯信，只认为夏秋是在骗她。说着，她的手腕一甩，一串青黑色的念珠出现在手上，正是刚才她作法想要降服老黄的法宝。亮出自己的宝贝，她冷哼一声："我的话都已经说到了这个份上，你既然还不把他交出来，那就只能说明一个问题，你与他是同类。所以，我也没什么好客气的了！"

言下之意，若是今日夏秋不交出老黄，她就把夏秋当妖怪一样给收了。

夏秋根本就不知道发生了什么，此时看到女子凶神恶煞的样子，就知道她今日不找到老黄是绝不肯罢休的，而她又不是妖，所以，自己的能力对她应该也不会起作用。

这下夏秋终于明白，为什么听到乐鳖和陆天岐不在，老黄执意要走了！

05

事已至此，着急也没用，于是夏秋略略静了下心，然后看着女子笑道："这位小姐，光天化日之下，您就这么冲进了我家药堂，还口口声声要人，我实在是没办法满足您的要求，给您变出一个大活人来。既然如此，不如我们找警察来解决吧，我们这乐善堂在这临城开了百年，还从没人说过我家药堂有问题呢，怎么偏偏你一个外地人来了，就要听你的？"说着，她立即向大门口走去。

"你做什么？想逃？没门！"

看到夏秋的样子，以为她要逃走，女子又开始结那种奇怪的手印，念珠也被她高高地举了起来，看样子是想要做法。

听到她的话，夏秋只是回头看了看她，然后歪着头冷笑道：

"逃？这是我家药堂，我为何要逃？"

一边说着，一边她已经打开了大门，对街道上的行人和两边的小贩招呼道："各位大哥、大姐、大叔、大婶，我们乐善堂已经在临城开了百年，刚刚这位小姐闯进来，非说有人进了我家，还要我把人交出来，不然就要教训我。各位，我今日就让大家给我们乐善堂做个见证，你们进来帮这个小姐找一找，看看我们乐善堂到底有没有藏人。"

虽然乐善堂门脸陈旧，可是毕竟在临城已经开了百年，再加上乐鳌向来不同大家斤斤计较，义诊赊药的事情做过无数次，甚至有的时候街坊邻居家里的宠物、牲畜病了，让这位乐善堂的当家去帮忙诊治，他也从来没有二话。所以，乐善堂的口碑在这一带还是很好的。此时听到夏秋一招呼，很多街坊和摊贩都围了过来，对着夏秋身后站着的那个女子好一番指指点点。他们的态度很明显，就是全都以为她是来捣乱的。

看见夏秋一下子将这么多人叫了过来，女子心中暗道不妙，看着夏秋怒道："你以为这样，我就不敢出手了吗？"

扫了眼她已经垂下来的手，以及被她有意无意掩藏在衣袖里的念珠，夏秋知道自己赌对了，心中立刻放松了几分，便看着她道："这位小姐，我不知道您是哪里来的，谁派来的，来我们乐善堂捣乱又是为了什么。不过，既然东家将这药堂交给我照看，他不在家，我若是让什么人随便进来捣乱，东家岂不是白养我了？所以今日，这五奎巷所有的大叔、大婶、大哥、大姐，谁都可以来乐善堂找人，偏偏就你不行。让街坊们进来找人，是为了告诉大家，我们乐善堂光明磊落，不怕别人栽赃；不让你找，是因为我们乐善堂虽小，却也不是随便一个什么人，随便找个借口就能欺负的。若是小姐觉得这样做还不满意，出了五奎巷，再拐几道街，就是富华大道，警察局就在富华大道上，咱们可以找警察局来解决，您若是怕麻烦，几条街道外就有巡警，让他们来也一样。"

夏秋的一番话说得在情在理，立即有几个街坊嚷嚷起来："乐

善堂我们又怎么会信不过，定是这个女人趁着乐大当家不在来找事的！"

"是呀是呀，这药堂从外面看一目了然，哪里有什么人在里面，这个女人是想闯人家后院呢，大概是个飞贼，看到药堂就一个小姑娘看着，便想要去人家后院打劫，听说最近咱们临城来了个飞贼，专门杀人越货，连小商小贩都不放过，没准儿飞贼就是她！"

"没错，我刚才在门口摆摊，只看到这个女人闯进去了，除此以外，其余的什么人都没看到，她这是真以为咱们五奎巷的人都是瞎子呢，今日抢了乐善堂，搞不好明日就抢到咱们家里去了……"

人就是这样，说的人越多，越觉得自己找到了真相，于是，那个女子还没来得及说一句话，周围的街坊便已经将她看做了胆敢在白天就入室抢劫的女飞贼，不但给她定了罪名，甚至有人已经去找附近巡逻的巡警去了。

纵然这个女子把握再大，可是当着这么多人的面，也不敢用自己能力。否则的话，只怕她不仅捉不到妖，反而还会被这些人当妖怪给捉了。也正因为如此，刚才的时候，当她察觉从自己眼前飞快跑过去一只活生生的妖的时候，才并没有立即收了他，而是把他诳去荒郊野外后才动的手，结果，她还是低估了这只妖的本事，让他给逃了。

不过，有一件事情她很奇怪，就是她进了这家乐善堂之后，便试图找到那只妖的藏身之处，查寻他的气息，可结果，连她在他身上种下的特有的标记都消失得无影无踪。若不是她可以肯定那只受伤的妖进了这里，只怕她也会怀疑自己找错了地方呢。如今的情形已经不是她能不能找到那只妖的问题了，而是今日她到底能不能从这里离开。因为随着人越聚越多，整个五奎路全都被人给堵死了，到了最后，巡警果然被人叫了来。

来的那些巡警也是五奎路上的邻居，领头的一个姓李，从小就受乐善堂的照顾，比乐鳌他们也小不了几岁。挤过人群，李巡警看到竟然真有人敢找乐善堂的麻烦，脸色立即沉了下来，领着同伴走到女子面前，先是上下打量了她一番，然后阴森森地说道："你不是临城人吧，行了，前因后果我都知道了，你跟我们走一趟吧。"

看到这巡警竟然真的不知死活地想要抓她，女子冷哼一声："你抓我？呵呵，我怕你是好抓不好放，你可想好了！"

巡警见过横的，却没见过一个女子竟然也有这么大的口气，于是冷笑道："老子今天就抓你这个女飞贼了。"说着，就让几个弟兄围了过去。

夏秋自然知道这个女子并不是飞贼，而此时又见她一副天不怕地不怕的样子，心中一动，急忙拦了李巡警，小声道："李大人，虽然这个女人居心叵测，不过，我看她年岁不大，应该是受人唆使，不如您就网开一面，看在我们乐善堂的面子上，饶她这一次吧！"

"看你们乐善堂的面子？"此时李巡警已经被这个女子激怒了，誓要给她点颜色看看，于是冷笑道，"那谁给我面子？这个女人来历不明，偏偏咱们临城最近又闹飞贼，好几处地方也都被人闯了空门，甚至还有人失踪了，所以，她的嫌疑最大。为了临城百姓的安危，我只能带她去警察局走一遭了。"说到这里，他语气缓和了下，对夏秋道，"等你家东家回来后你对他说，最近别老让你一个人看门了，省得再像今天这样。这次还好没让她得逞，若是让她得逞了，你一个小姑娘，岂不是只有吃亏的份儿？"

事已至此，夏秋知道自己再说什么都没用了，便不再阻拦。而且，她也不担心这个女子会吃亏，毕竟，连老黄都能伤成那样，她的本事又岂是几个巡警就能对付的，怕是还到不了警察局，她就已经自己脱身了。

听到夏秋竟然为自己求情，女子只以为夏秋是心中有鬼，更加怀疑起来，于是她冷笑道："不用你假好心，你真以为他们带得走我？"

"老子今日怎么就带不走你了……"听到直到现在这个女子还不知死活，李巡警已经将手铐亮了出来，准备锁人。

可就在这时，却见这个女子突然从随身的包包里拿出了一个小册子，在李巡警面前晃了晃，然后压低声音说道："巡警大人，现在你还认为我是女飞贼吗？"

夏秋不知道她拿出来的是什么册子，也没来得及看到册子的封面，但是却可以看到她那本册子的第一页上，好像贴着一张照片，看起来像是本证件。

看到这本册子，李巡警的脸色立即变了，他刚想拿过来再仔细看看，这本册子却被女子收回去了，然后只听她小声嘀咕了句什么，语气音调同之前大不相同，夏秋也没听明白她在说什么，倒像是什么地方的方言。

只是，听她说了这句话后，李巡警的脸色更难看了，整个人也如同呆掉了一般。这个时候，女子推开他们走到夏秋身边，盯着她的眼睛问道："你叫什么名字？"

"我为什么要告诉你？"夏秋立即警惕起来。

"你不告诉我也没关系，我早晚会知道的。"女子的眼睛已经眯成了一条缝，"我也知道，你绝不是普通人！"

说着，她不再理会夏秋，而是大步走下了乐善堂的台阶，在街坊的怒目而视下，她抬了抬下巴道："让开。"

本来大家都已经等着看李巡警抓这个女人了，可没想到，不过是短短的时间，李巡警竟然又放了她。巡警都不拦着她了，他们这些老百姓还能做什么，于是众街坊相互看了一番，默默让开了一条路，而那个女人也不客气，沿着他们让开的通道，大摇大摆地离开了。

他一走，街坊们立即围向李巡警问道："怎么回事，李大人，您怎么不抓住这个女飞贼？"

这女子一走，李巡警又仿佛活过来了，看到围过来的街坊，一脸不耐烦地嚷嚷道："行啦行啦，她肯定不是飞贼，都散了吧，都散了吧。"

巡警都这么说了，周围的街坊也不好再说什么，便纷纷散开了。等他们都走了，李巡警将夏秋拉到一旁，低声说道："你东家最近是不是得罪什么人了，尤其是富华大道上的那些人？"

"富华大道上的人？"夏秋愣了愣，一时间弄不明白李巡警话中的意思。

看她一脸发蒙的样子，李巡警知道说了也白说，只得又道："算了，这件事情我还是给你家东家说吧。对了，我记得你好像姓夏是吧？"

"嗯，我叫夏秋。"夏秋点点头。

"这乐善堂呀，很少这么热闹过。听说乐大当家的堂妹还来了，现在去女子师范上学去了？"

夏秋又点点头说："李大人，富华大道上的那些人怎么了？"

"唉，你们毕竟是小姑娘。等你家东家来了，让他去找我一趟，刚才闯进你们乐善堂的那个女人……不简单……"话说到这里，李巡警也不再多言，只是颇有深意地看了夏秋一眼，然后便带着人离开了。

等他们都走了，夏秋再次将门关上，这才来到诊室里，然后低声唤道："老黄，你还在吧？"

隔了好久，才听到老黄应了一声："夏小姐，我还好。"

听到他出声了，夏秋松了口气，继续道："对不起老黄，我现在还不能让你现身，因为我不知道那个女人还会不会回来，我得等东家回来了才能让你出来，而且，你现在这样，我也没法帮你疗伤。"

"没事的，谢谢夏小姐，这次多亏您了！"老黄虚弱地道，"您放心，只要没人打扰，我自己也能疗伤，支撑到东家回来没问题的。"

"这样就好。"听老黄这么说，夏秋松了口气，"我这就去找东家，你知道他们去什么地方了吗？"

"界铃一响，东家一定会有感应的，我想现在他们应该就在回来的路上了。"

听他这么说，夏秋更放心了，这才想起后院的厨房里还煮着饭，于是她惊呼一声，就往后院跑去。

不过，她刚动了动，却听老黄的声音再次响起："夏小姐，那个女人的确不简单。"

"嗯？"老黄的话让夏秋一下子站住了，转头看向诊室。

"她不是咱们临城人，她……是东洋人……"

"东洋人！"夏秋一下子愣住了。

富华大道上洋行林立，其中以东洋人的洋行最多……原来，李巡警说的是这个意思。这么说，那个女人拿出来的小册子，就是证明她是东洋人的身份证明了？难怪李巡警的脸色一下子变了……他一个小小的巡警，又怎么惹得起那些人，怕是他们警察局的局长也惹不起呀！只是，一个东洋人，跑到他们临城来抓妖怪，是不是有些太奇怪了？

……

陆天岐去送老黄回家后，夏秋还是没有半点要离开乐善堂的意思，今天乐鳌倒是没有赶她离开，而是边收拾药箱边说道："今夜你就陪落颜吧，子时之前你还是待在乐善堂比较安全。"

"东家，你同表少爷这几日天天早出晚归，是不是同这件事情有关？"说着，夏秋还看了厅中的鹦鹉，却见它仍蔫蔫的没什么精神。

斜了她一眼，乐鳌低声道："没错，不过这件事情你还是少掺和的好，因为实在是太危险了，我们要找的不是妖，所以，你的能力也派不上用场。"

"不是妖？"夏秋眉毛挑了挑，"你们找的就是今天上午来的那个东洋女人，对不对？"

略略思忖了一下，乐鳌道："如今看来，九成应该是她。怪不得我们摸不着头绪，原来竟是东洋人，这倒是有些棘手了。"

"东家，事到如今，您还觉得你们瞒着我就是为我好吗？"盯着他的侧脸，夏秋低声问道。

这一次，乐鳌终于停下了正在收拾药箱的手，看着她皱了皱眉道："是我太想当然了，的确不该把你一个人留在药堂，不过，我本以为白天应该没事的，却没想到，老黄竟然在大白天露了行迹。"

一般妖怪白天的妖力会变弱，所以，很多弱小的妖怪在白天的时候会找个地方藏起来，直到晚上才会活动，只有一些灵力强大的妖怪，才会在白天出现，不过，那也是在他们能够充分隐藏自己身上妖气的情况下。

谁知道老黄大白天为了追人竟然露了气息，而那个东洋女人，竟然也敢在大白天收妖，实在是太过胆大包天了。不过，想到老黄对那个女人的描述，以及这件事情的前因后果，乐鳌却觉得有些地方非常可疑，再加上这一阵子城中的妖怪很多都被突然收了，应该就是这个东洋人干的，因此乐鳌倒觉得，这个女人仿佛是专门来临城捉妖的。

只是，为什么是临城？

而且，老黄刚才还说，当时他本以为自己必死无疑，可是这个女人却给他留了一线生机，说是有话要问他，而他也是趁着这个机会，才逃走的。

这一阵子，乐鳌和陆天岐之所以这么忙，就是因为那些被这个神秘法师攻击过的妖怪几乎全都死了，只有面摊老板老武活了下来，不过，他却也因为伤势过重，被打回了原形，什么消息都无法给他们提供，因此他们只能日日带着老武在街上找寻，希望他发现打伤他那人的踪迹后，能给他们些提示。

如今，老黄是唯一一个活下来，还没被打回原形的，也因此他们才能知道，最近在临城捉妖的神秘法师，竟然是一个年轻女子，而且还是个东洋人。而这个东洋法师，确切地说是东洋巫女，是不是每杀死一个人前还要问他们些话呢，她究竟想问什么？

听到乐鳌竟然将这件事情归咎于白天老黄暴露了痕迹，夏秋很

是恼火，但她还是笑了笑："东家，您是不是到现在还不把我当作乐善堂的人？想着有朝一日要消除我的记忆？"

乐鳌神情一顿，一时间倒不知道该怎么说了。

看到他的样子，夏秋抿了抿唇道："东家，您还记不记得前一阵子我说过，有事情要请您帮忙？"

"你想让我帮你做什么？"听到她突然提起这件事，乐鳌的神情立即严肃了起来。

夏秋抬了抬头道："我也想和您一样，做一个能医治妖怪的大夫，抑或是天师，反正不管怎么称呼都好，我就是想帮他们。"

"做一个像我一样的……人？"喃喃地说出这句话，乐鳌似乎有些出神。

看到自己都将话说到这份儿上了，乐鳌还是无动于衷，甚至连下文都不接了，夏秋这次是真的有些恼了，声音忍不住提高了几分："东家是什么意思？难道您可以我就不可以吗？哪怕是普通大夫，也还会带几个学徒呢，难道我就不能随您学些东西？还是说，您觉得我的能力无法胜任，所以我连试一试的资格都没有？"

这个时候，乐鳌才回过神来，看着已经气得满脸通红的夏秋，解释道："我不是那个意思。"

"那您是什么意思？您倒是说说看，我到底有没有做您学徒的资格？"看着乐鳌，夏秋的眼中充满了期待。

看着她清澈的眸子，乐鳌却不自觉地将自己的眼睛躲闪开来，然后低声道："你看到的，也许并非你所想的那个样子，我能做的事情，也并非人人都适合。因为，我是……"

不等乐鳌说完，夏秋便失望地打断道："东家，归根结底您还是觉得我没那个能力，对不对？"说完这句话，她不等乐鳌再说下去，一转身就往乐善堂的大门口走去。

"你做什么去？我不是说了，今晚你……"

"东家不必说了，我今日实在是不想留在乐善堂，我还是回去吧。"

"难道你忘了，子时之前你半分能力都没有。"

"那又如何？"夏秋转头对他笑了笑，"我要是今晚真出了什么事，也省得东家日日让老黄接送我上下工了，那该省下多少麻烦？这样一来，东家也不会再担心我将乐善堂的事情说出去了。"

她的话让乐鳌的脸色一下子难看起来，他冷哼了一声："就你聪明！"

"不是我聪明，"听到他这句话，夏秋叹了口气，"是东家的心肠太软了。东家放心，我只是今晚不想在乐善堂待着罢了，而且我也想回去想一想。"

沉默了一下，乐鳌不再阻拦："那我送你。"

"不必！"夏秋斩钉截铁地说道，"我不认识东家前，遇到过更凶险的事情，不也活到了现在？我还是一个人回去吧！东家的好意我心领了，日后也不必让老黄送我了，这么多年来，我一个人来来去去，其实也习惯了。"

说完，夏秋头也不回地出了大门，离开乐善堂回家去了。

07

乐鳌不得不承认夏秋说得没错，他留夏秋在乐善堂，一部分是因为她的能力，而另一部分也的确是因为他无法消除她的记忆，只能让她留在这里。只是，如今她竟然要向他学习医治妖怪的本事，这却比无法消除她的记忆还要让他为难，这个丫头，果然还不知道他的身份，他是不是该找个机会告诉她呢？

就在这时，门口的界铃突然响了一下，乐鳌一愣，还以为有病人进来了，可是，这界铃在响了一声后，门口却半个人影都没有出现。乐鳌愣了愣，脸色一变，立即冲出了乐善堂的大门，往夏秋离开的方向追了去。

果然，不过片刻，他便看到一个黑影沿着墙根阴影悄无声息地跟在夏秋后面。而此时，夏秋仍在前面不紧不慢地走着，因为子时

未过，她的能力没有恢复，显然并没有发现有东西正跟着她。

乐鳌明白了，看来平日夏秋能力还在的时候，这东西不敢靠近她，都是远远地躲着她，所以他们才会没有察觉它的存在，而如今，夏秋能力暂失，那股拒妖于千里之外的气息也消失无踪，这东西才敢跟上来。只是，看这东西的样子，似乎只是想跟着她，并没有任何想要对她不利的样子。于是乐鳌沉吟了一下，也悄悄潜到那东西身后，并慢慢靠近，打算将他神不知鬼不觉地抓住。

不过，乐鳌的打算虽然不错，可这东西似乎十分警觉，眼看乐鳌就要将它抓住的时候，这个黑影却突然一闪，躲到了旁边的一棵大树后。而等乐鳌转到大树后面的时候，这东西早就消失得无影无踪了，竟然是被他给逃了。

乐鳌没想到会有妖怪能从自己眼皮底下逃走，心中吃了一惊。不过，此时不是吃惊的时候，他急忙赶上前面的夏秋，悄无声息地跟在她的身后，直到她回到了自己租住的地方。返回去的路上，他却再也没有发现任何异常。

第二日，夏秋仍按时上工，样子也很平和，仿佛昨晚同乐鳌的争执从未存在过一般。乐鳌自然也没有再说什么，只是晚上夏秋回去的时候，他又跟了上去，希望能再次发现那个黑影的踪迹。不过可惜，大概是夏秋的能力重新恢复的缘故，乐鳌连着跟了她三天，都没有再看到那个影子。当然，虽然没抓到那东西，乐鳌却也上了心，思忖着是不是想个办法将那个影子揪出来，也省得总惦记着。

第四日晚上，落颜早早就回来了，而她回来后便跑到乐鳌面前，问他周六晚上她能不能出门。因为前一阵子那个东洋法师的缘故，乐鳌已经好久不让她晚上去逛夜市了，所以，这次她想出去，肯定要征得乐鳌这个她名义上的堂哥的同意。

"出去？你想去哪儿？"乐鳌还没回答，一旁的陆天岐先回话了，"不是说了最近临城很乱，不让你晚上出门吗？"

"我又没问你，陆——表——哥——"落颜故意拉长了声音，然后继续看向乐鳌，"乐大夫，是我的同学邀请我的，她这个周六被邀请出席宴会，听说还是西式的宴会，好像挺好玩儿的样子，我也想跟去瞧瞧。"说到这里，她又想了想，"对了，我想让夏秋姐姐也一起去，我看她这阵子总是闷闷不乐的，正好带她去散散心。"

"你是说西式宴会？"乐鳖愣了愣，却从一旁的书堆里抽出一张烫金的请柬来，递到落颜面前，"是不是林家的宴会？"

看到乐鳖递过来的请柬，落颜也是一愣，从随身的书包里拿出另一张一模一样的，然后恍然大悟道："原来乐大夫也有？不过，我这张是空白的，是菁菁给我的，说是可以随便填写名字。"

陆天岐拿过来一看，果然看到落颜的那张请柬上，被邀请人的地方是空白的，可落款却是林家的落款，时间地点更是一样，的确是同一场宴会。

既然是同一场宴会，落颜拍手笑道："这可真是太巧了，那咱们就一起去吧，等到了宴席上我再同菁菁汇合。"

"你说去就去？表哥还没决定呢。"看到落颜这么开心，陆天岐就觉得不舒服，看向乐鳖道，"表哥，这可是林家的宴会，咱们真的要去？"

落颜来得晚，自然不知道鹿兄的事情，连老黄都很抵触去林家门口拉客，陆天岐更是不想同林家有任何交集，甚至还觉得乐鳖多事，就不该帮着抢救林老爷子，让他中风死掉才好呢。

那日，虽然乐鳖帮林家救了人，林家也只有在他们离开林府的时候道了声谢，再无其他。反而有一次，还隐晦地让人来提醒他们，希望他们不要对外人说太多关于林老爷子的事情，更不要提起那晚他们看到的事情。他们看到的东西自然比他们认为的多得多，而且，他们也根本没打算对外面多说什么。只是，即便如此，林家的态度却让陆天岐很不舒服，感觉他们那副颐指气使的样子很让他不满。因此，一听说这是林家的请柬，他打从心里就不愿意参加。

看着眼前的两张请柬，乐鳖沉吟了一下："林老爷子的事情谁都没想到，这点我们问心无愧，自然也不必在意。不过，听说这次其

余五大药堂都接到了请柬，咱们不去的话，似乎有些太刻意了，反而不好。"

"这有什么不好的，反正现在林家又没人主事，搞不好是请咱们去了之后帮他们那几房主持分家的，这种事情，可不是咱们外人能掺和的。"陆天岐撇撇嘴道。

"那可不一定。"乐鳌笑了笑，"我听说，林家的大儿子从东洋回来了，应该是林老爷子叫回来的，为的就是回来主事。看来，虽然林老爷子中了风，可脑袋还是清楚的，威信也在，林家应该不会那么容易倒。他这次，应该是想给他的儿子铺路吧。"

"哼，这个老家伙。"陆天岐嘟囔了一句，一脸的不忿。

看到他们两个你一言我一语的说了那么多，自己一句也听不懂，落颜有些不耐烦地说道："到底去不去呀？反正我告诉你们，你们不去我也要去，我都答应菁菁了，不然的话，她一个人去多无聊呀。"

看到她的样子，乐鳌笑了笑："你放心，这次我们乐善堂一定会去的。"

"表哥……"

陆天岐还想说些什么，却被乐鳌一个眼神阻止了，随即，他用手摩挲了几下请柬上的金字，有意无意地说道："别忘了，这位林少爷，可是从东洋回来的呢……"

他特别加重了"东洋"两个字，陆天岐立即明白了，果然不再说什么了。

至于落颜，只听到能去就已经很高兴了，正巧这会儿夏秋从后面过来叫他们去吃饭，她一看到她，眼睛一亮，立即冲了过去，一把挽住她的胳膊，兴奋地道："夏秋姐姐，周六晚上咱们一起去参加宴会，明天咱们就去买衣服去。"

"参加宴会？买衣服？"夏秋愣了愣，不由得看向乐鳌，"什么宴会？买什么衣服？"

看到她进来了，陆天岐犹豫了一下道："表哥，让她也去吗？"

这次乐鳌毫不迟疑地点了点头道："她自然是要去的，而且非去不可！"

......

林府的宴会几乎把大半个临城都惊动了，不但临城的其他五大药堂都来了人，就连很多商界政界的人士也来了，显然，林家这次为了给林家大少爷铺路下了血本。

乐鳌带着乐善堂的众人来得不早不晚，就是为了不惹人注意，而等他们来了一会儿之后，其他几家药堂的当家才到。等这五大当家一到齐，自然是聚到了一起，说些他们感兴趣的事情。

作为乐善堂的当家，乐鳌就算再不习惯，有些场面上的事情还是要应付的，便只能让陆天岐看好两个女孩子，自己同其他当家们到一旁寒暄起来。

说是看好两个女孩子，其实陆天岐觉得，只要看好落颜一个就行了。一进入林家后院，看到林家按照西式宴会的风格，露天摆满了一院子好吃的点心、酒水，落颜就什么都忘了，只是一个劲儿地找那些看起来好看又好吃、可爱又味美的东西下手。那恨不得将盘子吞进肚里的样子，让陆天岐很后悔将她带了来。不过，在夏秋看起来，落颜也不过是吃东西的速度快了些，少了些矜持，却远没到失礼的地步，实在是陆天岐有些太大惊小怪了。甚至在她心中，还有些羡慕起落颜满不在乎的样子。比如她就不能像落颜那样放得开，满屋子的食物酒水，她总怕一个不小心会把身上的衣服弄脏，那样的话，只怕卖了她都赔不起这身衣服。

08

她身上这件淡蓝色的洋装是租的，本来落颜想要给她买一件，可是被她拒绝了，因为她基本上没什么机会穿这种衣服，所以租一件最好，但她仍觉得奢侈。本来她也是想拒绝落颜邀请的，可一想到她若不去，这丫头脸上的失望神色，她就觉得有些不忍心。而后来，在她听了乐鳌对她说的那理由后，才勉强同意过来。

原来，这位林少爷是从东洋留学回来的，同东洋人自然有着千丝万缕的关系，乐鳌让她来参加宴会，是想让她在宴会上好好瞧瞧，看看有没有那日见过的东洋女人。毕竟，除了老黄，她如今是唯一能认出那个女人样貌的知情人。于是，这么一说，她反而没有拒绝的理由，自然也是非来不可了。

正因为如此，她用来租衣服的钱乐善堂给她出了，她心里才不会别扭，毕竟，这怎么也算得上是"公事"，东家报销也是在情理之中。可既然东家都给把租金出了，若这衣服被损毁了，她可没自信自己一点责任都不用担，就算他们东家不在乎，可是旁边还有一个碎嘴的陆天岐呢，她可不想让他总是拿这件事情念叨她。所以，夏秋略略吃了些东西后，便找了个人少的地方坐了下来，打算就这么度过整个宴会的时间，而且，坐在一个固定的座位上，反而让她更有机会观察参加宴会的人。

没一会儿工夫，随着人群中一阵喧哗，夏秋隐隐听到有人说道："旅长大人马上到了，看来这林家果然是树大根深，连新任的旅长大人都给他家面子呢。"

"是吗？我听说他家少爷在回国的时候，刚好同旅长的家人同船，对他的家人颇为照顾，所以，前一阵子，旅长还派人去他家看望呢！"

"呵呵，看来林家这是又要起来了呀！"

"什么起来了，看你说的，这种德堂什么时候倒过？只要林家灵雾山的鹿场还在，那些鹿……啧啧啧……果然是祖宗保佑呀，我怎么就没这样一个好祖宗，给我留下这么大一份家业呢！"

"行了行了，别酸了，咱们还是快去门口迎接吧！"

就这样，没一会儿，院子里的人至少少了一半，而且还全都是男人，大概都是去门口迎那位新上任的旅长大人去了。

这些人一走，院子一空下来，夏秋观察起人来就更清楚了，而这个时候，却见对面正拉着陆天岐猛吃一盘巧克力蛋糕的落颜，竟然也放下手中的餐盘，拉着陆天岐就往外面走，边走边说道："菁菁来了，她可算是来了，再不来，这些好吃的就都被人吃光了，我带你去找菁菁。"

"菁菁？"陆天岐一愣，这才恍然大悟道，"你别对我说，这个菁菁是旅长家的亲戚。"

"咦，难道我没说过吗？"落颜歪了歪头，"不过，旅长怎么了，官很大吗？"

陆天岐的脸色此时实在是好看得紧，那副既吃惊又不相信的样子连夏秋看了都觉得有趣。不过，他还是有些不甘心，于是看了一旁的夏秋一眼，给了她个眼色，便随着落颜往前院走去，誓要看个清楚明白。要知道，他也是无意之间才认识了这位新任旅长的副官，搭上了关系，可落颜不过才上了几天的女学，就被旅长的家人邀来参加宴会，也实在是太夸张了些。

他们这一走，夏秋更可以聚精会神地观察院子里的每一个人了，而且，走的大部分都是男人，留下来的基本上都是妇孺，这也让她更好辨认。此时她才发现，根本不是所有的人都穿洋装，也有穿中式服装的，看来是落颜这小丫头片子想要穿洋装过瘾，才会故意这么说的。

夏秋只知道自己在观察别人，却不知道自己也是被人观察的对象，而且已经被看了好一会儿了。如今陆天岐和落颜一离开，大厅中再没人同她做伴之后，一个身影悄无声息地来到了她的身后，然后她轻轻拍了拍她的肩膀。

待她回过头来，这人看着一脸震惊的夏秋皮笑肉不笑地说道："夏小姐，好巧呀！不过，你们乐善堂的东家竟然肯带你来这种宴会，只怕不仅仅是为他打工这么简单吧？他可也知道你的身份？"

刚开始的时候，夏秋自然是被这人吓了一跳，可还不等她说完话，她便已经平静下来，也看着她笑道："原来是你呀，怎么，小姐来这里，也是来找人的？"

"本来不是的，"女子嘻嘻一笑，"可看到你就是了，怎么样夏小姐，今日你还想让巡警来抓我吗？不过听说，今天警察局长也

来了呢。"

这个女子就这么大大方方地出现在林家的宴会上，夏秋猜测，她同林家的关系一定不一般，再联想乐鳌让她今晚做的事情，她心中明白，今天只要见到这个女子，他们的目的便已经达到了。

所以，夏秋不欲与她多做纠缠，而是立即站了起来，彬彬有礼地说道："我不知道您在说什么。"

说完，她就打算去找乐鳌，如今他们几大药堂的东家估计都在前面迎接那位旅长大人，她打算去前院同他们汇合。只是，她刚刚站起来，却见这个女子突然从旁边拿来一杯红酒，然后猛地泼在了她的身上……

红色的葡萄酒一泼到淡蓝色的洋装上，马上渗了进去，夏秋的脸色立即变了。

而这个时候，却见女子一下子紧握住夏秋的胳膊，夸张地大喊道："糟了，实在是对不起，我陪你到后面清理一下吧！"说着，不等夏秋出声反对，硬是拉着她往花园的后面走去。

被她就这么硬生生拽走了，夏秋心中暗道不妙。如果这个女子是妖还好，可她偏偏是人，而且，力气还不小，所以夏秋也没办法，总不能大声喊救命吧。她现在只能赌这个女子不敢在林家明目张胆地杀人灭口了，然后就是赌她家东家赶快发现她。

这个女子将她一路向园林深处拽去，随后又跨入了一个小门，看到自己所在的地方后，夏秋实在不知道自己该哭还是该笑了，因为误打误撞间，她竟然又把她带到了芍药园里。看来，刚才举行宴会的地方，同这芍药园也是通着的。只是到了这里，就很少再看到林家人了，连仆人都很少见，果然是一个"杀人灭口"的好地方！

又往芍药园里走了几步，夏秋一把甩开女子的手，冷冷地道："你到底是谁，你把我带来这里想做什么？"

"做什么？"女子冷笑一声，"当然是让你原形毕露了。"

"原形毕露？"夏秋眉毛向上挑了挑，"难道……你以为我是……"

"难道不是吗？夏小姐？"女子细长的眼睛眯成了一条缝，"据我所知，自从你进入乐善堂之后，这临城中就发生了很多奇怪的事情，而且我听说，林伯父中风那晚，你也在场，还有你日日回家路过的那条路，是不是前一阵子也出了事，一死一伤？还有就是前几天，你拼命要护着的那东西……为他，你甚至不惜找来巡警。你要说这一切都是巧合，是不是也有些太巧了呢？"

"你查我？"夏秋吃了一惊。

虽然这个女人说的一切其实都与夏秋无关，可既然她能在短短几日内将夏秋这几个月的情况查到这个程度，想必信息来源的渠道一定很广。而如今唯一值得庆幸的是，她似乎只怀疑自己，并没有怀疑到乐善堂和东家的身上去，更没有提到她以前在雅济医院的事，那这件事情就还没有到最糟糕的地步。

于是在初起的吃惊之后，夏秋又沉了沉心，低声道："这位小姐，就算你说的是真的又怎么了？这临城这么大，若说巧合，只怕比我遭遇更离奇事情的人多了去了。而且，实不相瞒，我从小命中带煞，周围时常有不幸的事情发生，承蒙东家不弃，这才让我有了自食其力的机会。这位小姐，若是你认为命中带煞都是罪过的话，我也无话可说，你总不能因为我周围发生了几件不幸的事，就要把我杀了吧！"

夏秋说完，不再理会这个女人，转头往来路走去，边走边补充道："我不知道小姐是谁，为什么非要针对我，我真的只是乐善堂一个打杂的，赚钱糊口而已，比不得小姐，上次得罪了您实在是我有眼无珠，您就放过我吧！"

这要是一般人，听到夏秋的这番话，只怕还会想一想，不过可惜，夏秋偏偏早已被人先入为主地认定是妖孽，所以，她说的任何话，都被这个女子认为是蛊惑人心之言，反而更下定了要除掉夏秋的决心。

看到夏秋要走，这个女子再次快速绕到她前面，挡住她的去路，

身法之快，让人咂舌。而此时，女子手腕上的念珠也已经露出来了，即便是在黑夜，也透出乌青的光，让人不寒而栗。

09

被她挡住去路，夏秋只得再次站住，而女子则看着她冷笑："你想撇清自己的嫌疑很好办，只要乖乖站在这里就行了。"

"站在这里？"夏秋心中隐隐地泛起一股不妙的预感，"你想做什么？"

"做什么？"女子咯咯一笑，"你不是想证明你不是妖孽吗……"

说着，就见她已经竖起了挂着念珠的手，手指快速地结起了手印，然后边结着边低声说道："我这法子最简单不过，只要你不化成原形，你就不是妖孽，嘻嘻，你敢不敢让我一试？"

说完，却见这个女子已经咬破自己的指尖，然后在空中一洒，立即有很多颗血珠凝结了起来，眨眼间便在空中形成了数支血剑。

老黄脱险后，将当时的情形都对他们说了，她自然知道接下来会发生什么。她不是妖，自然不怕这个女人的检验，而且，从某种角度来说，这个女子如此难缠，若是让她真的验明正身，对她、对乐善堂还是一件好事。只是，这种想法刚刚在她的心头闪过，她立即觉出了不对劲儿。

这血剑，老黄也提起过，正是因为被这血剑刺中，他才会受了重伤，身上还留下了一股奇怪的血腥气，是落颜费了好大劲儿才将他身上的这种血腥气去掉的。可老黄已经被伤成了那个样子，也没见他化作原形呀！

糟了，这个女人在诈她，她这是要她乖乖在这里受死！而且，若是看到如此诡异的情形无动于衷，还乖乖站在原地被她检验，那不就成了典型的"此地无银三百两了吗"？

电光火石之间，夏秋立即抱着头蹲了下来，同时大声喊道："妖怪，妖怪，来人呀，有妖怪！"

夏秋猜得没错，这个女子就是要诈她，而且，她已经肯定夏秋不是普通人，更是打定了主意要置她于死地。结果，夏秋的反应却大大出乎她的意料，这让她的手不由得一顿，终于有些犹豫起来，有那么一瞬间她还真怕自己的判断出现失误，将普通人给杀了。

就在这千钧一发之际，却听她手腕上挂着的念珠突然发出"嗡"的一声响，这让她在愣了愣后再也没有犹豫，立即驱动血剑，向夏秋刺了过去……

"住手！"只听一个男人的声音在院子里响了起来，而后，一个身影突然插入了夏秋和这个女子的中间。看到这个人，女子大吃一惊，连忙用手一挥，将空中的那几支血剑给拂散了，然后她一脸怒气地看着对面那人："你来做什么？"

夏秋只觉得自己眼前有个黑影闪过，然后那股越来越近的血腥之气便被硬生生地给挡在了外面，虽然还没来得及睁眼，但她知道自己应该是得救了。她以为是东家来了，可等她睁开眼睛，却看到一个穿着西装的身影挡在了自己前面。她清清楚楚地记得，东家来的时候穿得仍是他惯常穿的长衫，而且，他也从没有给自己做过西装，于是夏秋稍稍放松的心再次揪紧了。

这个时候，听到女子的问话，挡在夏秋前面的这个男人低声道："原田，你这是做什么？"

"难道你不知道我在做什么吗？"

原来她叫原田？夏秋心中暗暗记下来了，打算等一会儿见到乐鳌之后告诉他。

"可今日是我们林家最重要的日子，你就非要在这个时候吗？"

"所以我把她带到这里来了，这里又没人。"被称作原田的女子很不以为然地说道。

"可她是我们林家的客人，又有很多人看到她随你过来了，若是她出了事，乐善堂不会罢休的。"男子又劝道。

"嘻嘻，若是他们看到她究竟是个什么东西，只怕还要谢谢我呢！"

听到她的话，夏秋知道自己不能再沉默下去了，于是立即向前冲了几步，一把抱住前面那个男子的腰，然后故意结结巴巴地说道："这位……这位先生，您救救我，救救我呀，她是妖怪，她要吃了我！"

"我是妖怪？你倒是会倒打一耙！我今天，非要看看你是个什么狡猾的东西！"听到夏秋的话，原田怒不可遏，向前迈了几步，看着眼前的人说道，"林生你闪开，你不要被她魅惑了，这些东西最会骗人了！"

"不行，今天绝对不行！"被夏秋一抱，被唤作林生的男子，口气也强硬起来，"这几日你在临城做了什么，我不想知道。可这是我家，我不能让你为所欲为！而且，我刚刚在旁边已经看了许久，她根本连还手之力都没有，又怎么可能是你说的那种东西，别任性了，快让她走吧，你也跟我回去，刚才旅长大人还说要见你呢！"

"他是什么东西，我最烦的就是他了！你闪开，我今日一定要让她原形毕露！你要是再不闪开，别怪我对你也不客气了！"显然，原田根本就没有将男子的话听进去，今日是铁了心要杀了夏秋。

就在这个时候，却听一个声音在女子的身后响了起来："你怎么到这里来了，迷路了吗？让我好找，还不过来！"

这个声音突然在院子里响起，吓了男子一跳，而原田也在听到这个声音后才后知后觉地回过了头，却看到一个穿着靛蓝色长衫的男人正站在芍药园的门口。

月光从这个男人的身后照了过来，让人一时间看不清他的样貌，可皎洁的月光却也在他的身周镶上了一层银边，让他给人的感觉既清冷又神秘。

听到这个声音，夏秋的眼泪都快下来了，她连忙放开那个叫林生的男子的腰，急忙向那人跑去，等到了他面前，她紧紧抓住他的袖子，然后转头看向原田，指着她用一种"害怕到发抖"的声音说道："东……东家，妖……妖怪……妖怪要吃了我……"

说完，她恰到好处地将头一歪，靠在了乐鳌的肩膀上，就这么虚弱地"晕"过去了……

乐鳌顺势将她抱起，然后看了眼她微微颤动的睫毛，又冷笑着看了那个被称作林生的男子一眼，语调平静地说道："好啊，林少爷，没想到您这宴会这么精彩，不过，我们乐善堂的学徒受了惊吓晕倒了，看来我们是无法再为您庆祝了，代我向林老爷子问好，我先告辞了！"说着，他抱着夏秋，也不从后面走了，而是往前面药堂的方向走去，边走边说道，"林少爷，如今这副情形，只怕您也不想让我们从后面离开吧，还是找人打开夹道的大门吧。"

林少爷愣了愣，然后立即点头，低声道："乐大当家，实在是对不住，这其中一定有误会，改日我一定上门给您解释，我现在就为您开门……"

临离开的时候，林家大少爷林鸿升带着那个女人现了身，他们这才知道那个女子的真实名字叫作原田晴子，果然是个东洋人。

那日夏秋回来好久之后，落颜才从林家回来，结果一回来就立即抓住夏秋的手，左看右看，看了好久，见她没有受伤，这才真正松了口气。

原来为了不惹人怀疑，陆天岐是在回来的路上才对落颜说了宴会上发生的事情，结果却让落颜担心了一路，更是自责自己不应该一个人去找菁菁，把夏秋一个人留在宴会上，害她遇险。

如今见夏秋没事，落颜放心之余，却忍不住大骂原田晴子有眼无珠，放着他们这些货真价实的妖不找，却专门找夏秋一个普通人的麻烦，落颜立誓日后见了她，一定给她好看。

看到她义愤填膺的样子，夏秋生怕她一冲动再惹出什么事来，立即安抚道："你放心好了，我本就是人，她那些本事，再厉害也不会把我怎样。倒是你，没事儿你别去招惹她，你们掩藏身上的气息容易，只要你别让她发现，她肯定不会识破你们的身份。"

"可是，难道就让她这么无法无天吗？她这次可是差点杀了你呢！要不是乐大夫及时赶到，谁知道会发生什么事情！"

"正因为发生了今天的事情，日后她对我反而不敢轻举妄动。"夏

秋想了想，"倒是你，你不是很喜欢你的学校和同学吗？今天那个叫菁菁的还邀你去参加宴会，我真的很替你高兴呢。可你若是因为招惹了她，暴露了自己的身份，可能就再也无法上学了，最起码，你可能再也见不到菁菁了，你真舍得？"

"我……"夏秋的话，正好说道落颜的心坎里去了，她在花神谷多年，早些时候，还有几个朋友一起玩儿，后来随着他们逐渐长大，而她的生长太过缓慢，他们就再也玩不到一起去了。所以这几百年来，她在谷中感受最多的就是孤独和寂寞。而如今到了临城，除了夏秋，她还在学堂里认识了那么多的朋友，学到了那么多新鲜的东西，实在是开心极了。因此，她当然不想再过回之前的那种无聊日子了。只是，就算如此，若是因此就不管夏秋的安危，她是说什么都做不到的。

10

沉吟了一会儿之后，落颜对夏秋说道："好，夏秋姐姐，我保证不去故意惹她，可她若是再做出什么对你不利的事情来，我是说什么都不会放过她的，必让她后悔来这世间一遭。"

夏秋自然相信落颜的话是真心的，心中感动无比，于是又刮了刮她的小鼻子笑道："我的花神大人，我知道你是最厉害的，行了吧！"

话说到这里，夏秋也不想再继续这个话题了，而是指着自己衣服上的酒渍一脸无奈地问落颜："我的花神大人，现在你还得帮我一个忙，你有没有什么法术，能将我身上的酒渍去掉，这样还回去，人家必然是不干的。"

夏秋衣服上的酒渍，落颜一时间还真没好办法去掉，便给她出主意，说是还的时候可以用个障眼法，那样肯定不会被人发现。虽然这的确是个办法，可夏秋却觉得太过无赖，不过后来，这件事情让乐鳌知道了，便让陆天岐出面将洋装买了下来，就当是给夏秋的补偿。难得的，这次陆天岐竟没有冷嘲热讽，二话不说就去时装店付了钱，回来还把收据给了夏秋。

平白多了这么一件大礼，虽然这衣服已经脏掉了，可夏秋还是很高兴，于是便专门去洗衣房请教，最后还真的把衣服上的酒渍洗掉了七八分下去。虽然还是没能彻底清除，可月底发了工钱后，夏秋立即去绣房买了几尺丝绦回来，攒成小花缀在污渍上面，反而更添别致，连落颜看了都一个劲儿地说好看，非让夏秋在她新买的洋装上面也缀上几朵小花做点缀。

这一阵子，乐鳌怕原田晴子再找夏秋的麻烦，便让夏秋留在乐善堂住，结果反而便宜了落颜。而这几日的同吃同住下来，落颜索性建议夏秋别在外面租房了，又费钱又不安全，干脆搬到乐善堂同她做伴。

之前夏秋也的确同陆天岐说过，想搬到乐善堂住，不过那是为了打消他们的怀疑，好让他们以为她已经被抹去了记忆，并不是真的想搬过来。而后来她被乐鳌揭穿后，就再没提过这件事，毕竟她一个女孩子，又同乐善堂非亲非故的，就这么住进乐善堂，还是有些不大合适。而如今落颜再次提起，夏秋的确又动了心，因为有落颜在，她陪她的话，也还算说得过去。更何况，之前离开林家的时候，东家不是明明白白地对林少爷说了，说她是学徒，既然是学徒，住在乐善堂也无可厚非。

当然了，这其中最重要的还是落颜之前说的那两个理由，在外面住的确是又费钱又不安全。比如她住的那里，晚上的时候，不但经常可以听到枪声，而且，有的时候半夜还能听到一些人喊打喊杀的从窗户下面跑过，似乎在追杀什么人，而惨叫声自然也是听到过的。往往一听到这种动静，她就一整夜都不敢闭眼，只能瞪着眼睛熬到天亮。

另外，一回到家，四顾无人只有她自己的情形，也让她越发地想念她的朋友，想念那些在医专上学的时候，想念与同学们秉烛夜谈的过往。就这样，往事如烟云般时不时让她沉于其中，常常让她

连睡觉的时候都不安稳，她时常沉浸在过去的梦境中无法自拔，好几次都觉得自己再也出不来了。不过她在寂寞的同时也多了些人生领悟……快乐其实是很单纯的事情，不过是同三五好友一起，度过漫长的日日夜夜罢了。她知道自己不可以这样继续下去，否则早晚都会出事的。

而落颜的提议，刚好说中了她的心事，再加上她只交了三个月房租，眼看再过几日就要续租了，若是真的决定搬来同落颜同住，也正好趁着这几日将房子退了，否则这一交房租，又得再交三个月，那对她来说可是一笔不小的费用。

看到她动心了，落颜便要找乐鳌去谈，却被她阻止了，她决定自己去同东家谈。毕竟，她同乐善堂说到底是雇佣关系，当初说好的是一个月八块钱外加午饭，并没有其他附加条件，而如今她要重新同东家谈条件，自然也只能自己去。假手他人，即便是落颜，她都觉得不合适，哪怕她知道东家九成都会同意，于她却不能失礼。

打定主意，这日一早，夏秋就打算同乐鳌提这件事情，同时还计划着今日早点下工回去收拾东西，她的东西虽然不多，半天就能收拾好，可是房东那边还是要说一声的，结清租金后，押金也需要拿回来，而且，毕竟还有几日的租期，她受周围的那些邻居们照顾了这些日子，也总该去同他们道个别。

只是，早上刚开门，便来了几个病人，待乐鳌诊治处理了之后，夏秋刚要同他谈起，却不想一个人从外面走了进来，看到这个人，夏秋心中警钟大作，想要同乐鳌提的事情，也暂时放到了一旁。

来人一进门，看到站在厅中的她便立即向她走了来，她躲不开，只得对他点点头，唤了一声："林少爷！"

"夏小姐，那晚真是失礼了，我这次来，是特地向乐大当家赔礼的！"

走到夏秋面前，上上下下打量了她一番，林少爷似乎松了口气，然后立即将手中包得极其漂亮的盒子举了举，连忙道："上次弄脏了小姐的衣服，这是我赔给小姐的！”

不待夏秋说话，陆天岐已经走到了她的身边，然后半遮着她笑嘻嘻地看着林鸿升道："林少爷大驾光临，本药堂实在是蓬荜生辉，哪里还敢收您的礼？那晚是哪晚？我怎么不记得您做过失礼的事情呢？还是说，时间太久，我年龄又太大，所以记不得了呢？还望林少爷能提醒一二。"

陆天岐虽然是笑着说的，可言下之意很清楚，就是嫌这位林家大少爷来得太晚了。其实这次也不能怪他小气，从宴会那晚算起，如今已经过了好几日了，这位林少爷现在才来赔礼道歉，也的确是晚了些。

"天岐，"这个时候，乐鳌从诊室走了出来，喝住陆天岐道，"还不快给林少爷看茶。"说着，他又看了眼夏秋，一脸温和地说道："你刚刚不是说要出去吗？"

夏秋听了立即会意，连忙道："是的东家，我正打算出门呢。"然后，她对林少爷说道："林少爷您先坐着，我去忙了。"

说完，她立即出了乐善堂的大门，往菜场去了。

以往这个时候，她都是要去菜场买菜的，也不知道东家是知道她出门的时间，还是故意将她支开才这么说的。总之，有一点她还是很感谢东家的，那就是她的确不想同林家的人碰面，即便这个林鸿升林少爷，当时也算是救了她。后来想起来她却很想知道一件事，就是这个林少爷当时说已经来了一阵子了，见原田晴子出手才出来阻止，那他家东家又是什么时候就藏在一边了呢？总不会比这位林少爷还晚吧？

虽然她一直想问东家这件事，可总是忘记，以至于到现在还没有问出口。

夏秋离开后，陆天岐又被支去倒茶，乐鳌便同林鸿升在诊室中坐了下来，双方寒暄过后，林鸿升再次道歉道："乐大当家，我知道这次的确是我们林家的不对，是我们失礼了。刚才陆少爷说得没错，我应该早点来登门道歉的！"

乐鳌眉毛一挑，然后面无表情地说道："林少爷刚回来，定然很忙，有这个心就够了。"

"那怎么行！"听到乐鳌这么说，林鸿升反而激动起来，"乐大当家，这次的事情您挑理是应该的，若是我，我也不会高兴。我一回来就听说家父的事情了，知道若不是当时您就在旁边，家父只怕连命都保不住了，可后来，我们家发生了一些事情，我的那些亲戚竟然……竟然那样对您说话。您知道吗，听到这件事情，我第一反应是立即找您，感谢您的救命之恩，并为那些亲戚向您道歉，可想了想，却不敢，因为，我生怕会因为我家那些人的所作所为，被您给赶出来，那样的话，我也实在是太没面子了些！"

林鸿升说得这么直白，倒有些出乎乐鳌意料之外，但他还是不动声色地笑了笑："林少爷说笑了，再怎样，我们乐善堂也不会将林家未来的当家赶出去呀！"

听到乐鳌这么说，林少爷似乎如释重负，然后他又摇了摇头苦笑道："没错，我知道您不计较这些，可前几日，我带来的那位原田小姐竟然对夏小姐做出那种事情，我实在是更觉得无颜来见您了，所以，这几日我把几件紧要的事情处理完后，就鼓起勇气向您负荆请罪来了，我们林家的道歉也实在是不能再拖下去了！所以，这次我已经下定决心，无论您怎么罚我，我都毫无怨言，哪怕您让我登报道歉，我也绝无二话！"

11

听到林鸿升连登报道歉这种话都说出来了，似乎是抱着极深的诚意来的，乐鳌反而觉得有些不舒服，再说，这件事情他也不想闹大，毕竟，他这乐善堂都做些什么，没人比他更清楚，他自然是希望乐善堂越低调越好了。

于是，乐鳌笑了笑道："林少爷言重了，我同林老爷子认识很多年了，临城的六大药堂又同气连枝，他有事我无论如何都要帮忙的。

退一万步讲，即便是随便一个路人，若是让我们乐善堂遇上，我们也义不容辞，谁让我是大夫呢，所以，之前的事情林少爷完全不用挂怀。"

听了乐鳌的话，林鸿升的脸色又舒展了几分，只是，他正要开口道谢，却听乐鳌话锋一转，似笑非笑地说道："不过，关于林家同我们乐善堂的事情，我觉得林少爷似乎没有抓到重点。"

"重点？"林鸿升一愣，立即诚恳地道，"还请乐大当家指教！"

乐鳌微微顿了顿，脸上的笑容也收回了些道："我听说随您回来的那位原田小姐在那日宴会之前就来过我们乐善堂，那会儿就同夏秋有什么误会，所以宴会上才会针对她。这次的事情，我虽然不介意林家如何，可那位原田小姐，我却希望她不要再来打扰我们乐善堂了，更不要再针对夏秋，这次是没出什么事，可谁又知道下次会不会出事？总之，你我总不能一直守在她们身边，日后还是小心些的好。"

"乐大当家说得有道理。"林少爷恍然大悟，立即连连点头，但是须臾之后，他脸上却露出了一丝难色，"不过，原田那边，我还一直在劝，在这件事情上，她的确有些钻牛角尖了。实不相瞒，她家在东洋有一间神社，她是那里的巫女，这次我回国，她本是同我一起来散心的，可不知怎的，就认定了夏小姐是……我已经狠狠说过她了，可她刚离家，大概有些习惯还改不了，不过乐大当家放心，在她想通前，我绝不会让夏小姐出事！"

习惯？

乐鳌心中暗暗冷笑……那日他可是听得清清楚楚，他可不认为这个林少爷什么都不知道。不过，他倒是也想看看，他到底有什么法子阻止那个原田晴子！

夏秋回来的时候，乐鳌又出门了，一直到中午都没有回来，午饭只有她和陆天岐两个人吃，陆天岐边吃着饭，边将那个林少爷来的情形大致说了下，顺道还连讽带刺地将这位林家未来的当家好好损贬了一番。

印象中陆天岐时常讽刺的对象一直是她，如今听到他讽刺外人，夏秋听得那叫一个津津有味，还特意给他多添了一碗饭，此举反而让这位表少爷受宠若惊，还问夏秋是不是受刺激了。

夏秋的脸色立即就拉下来了，说了句"我今日回去，晚饭你们自己做吧"就留下一脸震惊的陆天岐转身走了。

夏秋本打算今日要同乐鳌说她搬过来住的事，可等了一下午，乐鳌都没有回来，她也自然没法子同他知会，后来她看时间差不多了，便同脸色臭臭的陆天岐打了声招呼打算先行离开，想先回去收拾东西，顺便找房东谈退租的事情。

反正她昨天就同落颜说好了，这丫头也早就知道了，便说今晚要同好友菁菁去逛千禧巷的夜市，顺道连晚饭一起解决，也不回来吃了。所以，连她最心疼的小落颜都不回来了……至于其他人，她自然也就不挂心了，反正饿一顿也不会死！

她刚要跨出药堂大门，却见乐鳌从外面进来，看到她要走，愣道："做什么去？"

夏秋刚要回答，却见从街的斜对面快速跑来一个人，认出那人，她不由皱了皱眉头，同时给乐鳌使个眼色。

乐鳌转身，眉头也皱了起来："林少爷？"

林鸿升看着夏秋，不好意思地笑道："乐大当家，您忘了我上午对您的保证了吗？"

"上午？"乐鳌的眉皱得更紧了，不禁看林鸿升跑过来的方向，却见那里停着一辆有着乳白色车身、黑色车篷的小轿车。

"对，我说了要保证夏小姐这段时间的安全，所以，在我说服晴子之前，我会接送夏小姐上下工的。"林少爷一脸诚恳地说道。

"接送她……上下工？……"乐鳌的眸子立即闪烁起来。

看着小轿车绝尘而去，乐鳌的脸色在沉了一会儿之后，头也不回地问身后的陆天岐："老黄呢？你不是说他已经没事了，今天会从上海回来吗？"

"他的确已经没事了。"陆天岐听了撇撇嘴，"不过，下午的时候，落颜送了消息回来，说是晚上不回来吃饭了，让咱们不用等她，也不用派人去接她，她已经通知老黄，天黑以后在千禧巷的小吃街街口等她了。"

"你是说，老黄被落颜叫走了？"落颜来了这么久，乐鳌此时才终于意识到这个丫头是个大麻烦。

"是呀。"陆天岐不服气地说道，"她是真把自己当你妹妹了，即便她出了一半的钱，可连我都不敢这么使唤老黄呢！你是不是该好好给这个丫头立个规矩了，不然的话，她早晚将咱们乐善堂的屋顶给掀了。"

"嗯！咱们乐善堂不差她那点钱……"难得的，这次乐鳌竟然附和了陆天岐的话，然后他也不往乐善堂里面走，而是再次出了门，随即轻飘飘地说了句，"的确是该立个规矩了……"

见乐鳌来了又走了，还撂下这么一句话，陆天岐实在是有些不适应，不过等他回过神来后，就立即追到了门口，对着乐鳌的背影大声喊道："表哥，回来的时候别忘了带点吃的，随便什么都行，我可还饿着呢！"

……

千禧巷的巷子口，一个穿着笔挺制服的年轻人正在不停地张望着，似乎在等什么人。这个年轻人看起来只有二十多岁的样子，皮肤白净、身材修长，他眼睛不大，却很有神，眉毛则又黑又粗，让他看起来多了几分英气。他身上的制服是蓝色的，还戴着一顶蓝色的帽子，脚上穿着一双黑色的皮鞋，一看便是司机。而在他的身后，果然停着一亮乌黑发亮的小轿车。

小轿车黑色的车篷同车身浑然一体，车篷上还挂着墨绿色的窗帘，车身几乎能照见人影，连轮胎侧壁上都几乎看不到灰尘，一看就是辆刚入手的新车，即便如今临城这样的小轿车已经有十几辆了，可这人、这车在巷子口一站，仍是会引来不少人敬畏羡慕的眼光，但更多的还是敬而远之。

谁都知道，这种车子并不是有钱就能开的，多是些有权有势有

地位的人家才能开得起，而这些人，往往是大部分逛小吃街的人惹不起的。

年轻人似乎等了有一会儿了，但他的脸上却没有半点不耐烦，终于，他的眼睛一亮，对着小吃街路口的方向招了招手，很快，便有一个穿着学生制服的女孩子向他跑了过来。

"你怎么不在车上等呀，"跑到他面前，穿学生服的女孩子立即嗔怪道，"外面多冷呀。"

"嘻嘻，习惯了，小姐快上车吧。"年轻司机一边说着，一边为女孩打开了后排的车门。

女孩子也不推辞，立即上了车，而年轻司机则上了前面的驾驶席，然后关上了车门。

"小姐，咱们直接回去吗？"他问道。

"嗯。"女孩点点头，"回去吧，没想到这夜市里人这么多，简直比白天人都多。"

"日后天长了，只怕夜市的人更多呢。"司机发动了车子，笑嘻嘻地说道，"等过一阵子到了端午，晚上更热闹，而且，白天的时候东湖里面还要闹龙舟呢。"

"真的？那一定很有趣。"女孩听了一脸期待，"明天我就同菁菁约好，端午那天去看龙舟。"

"不过那会儿人多，也乱，最好有人陪你们去，女孩子自己去，不太安全。"

"我才不怕呢，"女孩撇撇嘴，一脸骄傲地说道，"谁敢找我麻烦，我让他后悔一辈子。"

对自家小姐的本事，司机自然是清楚的，也不再多说什么，只是认真地开着车子，不一会儿工夫，车子就拐出了热闹的小巷，上了大路。

大概是真的玩累了，再加上司机不再说话，车里越发安静，女孩靠在后座上昏昏欲睡，只是，眼看她就要睡着的时候，突然觉得车子一歪一颠，将她摇醒了。女孩一下子精神了，看着前面的年轻司机，奇怪地问道："怎么了？"

同时她向车窗外看去，却见周围非常安静，车也少，并没有什么东西能让小轿车突然晃动起来。

"前面那是……"车此时已经稳了下来，只是年轻司机的声音却有些发颤。

"撞鬼了？"女孩子一下子兴奋起来，这才伸长脖子往前看，结果鬼倒是没看到，而是看到了另一辆小轿车。

"不就是一辆车嘛。"女孩子脸上全是失望，不过，等她看清前面那辆车的车牌，马上又兴高采烈起来，"咦，是菁菁家的车呀，开快点，我去跟她打个招呼！"

不等她说完，车子已经追上了前面的车，而这一段道路很宽阔，路上车又少，完全容得下两辆车并排。此时，女孩子已经凑到了一边的窗前，然后对着旁边的车子大声打招呼道："菁菁！"

旁边车子的车帘立即被人从里面撩了起来，然后一个漂亮的女孩子出现在窗口，却也对着她兴奋地喊了声"乐颜"。

就在这个时候，年轻司机的手一晃，车子又随之颤了下，不过，正处于兴奋状态的落颜却完全没有察觉，而是笑着对菁菁说道："好巧呀，明天见！"

"明天见！"菁菁也对落颜回了一个大大的笑容，而后，她放下车帘，乘坐的车子也拐向了旁边的岔路，两辆车子这才分开了。

"333！"菁菁的车子驶走了，年轻司机却略微失神地说出了它的号牌。

"对呀，菁菁家的车牌就是333，咱们乐善堂的是334，好巧，正好挨着呢！"落颜开心地说道。

"是呀，好巧……好巧……"开着车子，年轻司机却更加失魂落魄了。

总算看出些不对劲儿来，落颜向前欠了欠身子，关心地问道："老黄你怎么了……不对，现在该叫你小黄师傅了，你没事吧！"

小黄师傅总算是回过神来，看着后视镜中一脸担忧的落颜说道：

"小姐放心，我没事的，都已经这么多年了，呵，都已经这么多年了呢，终于……"

"小黄师傅，你到底怎么了？"他的样子，让落颜更担心了。

"小姐，我是开心……开心呢！您坐稳了，我可要加速了！"

随着一声巨大的引擎声，黑色的汽车眨眼间就消失在大路的尽头，消失在夜色之中……

第五章　青泽

01

　　今日是十五，夏秋吃了午饭就走了，只说自己有些私事要去办，下午就不回来了，请半天假。这几日正好前来看病抓药的人不多，连乐鳌都不怎么在药堂，陆天岐也便允了。若是前几天，夏秋这么做，他肯定会刁难一番的，可这两天，那个林鸿升天天接夏秋上下工，不要说他们东家，就连他也烦了，好像谁家没有车似的。

　　要知道，他家的车牌是334，早就买了，比林家的366要早好多天，只可惜这一阵子太忙，忘记去提车了，才让林家的车早一步开到了大门口。要是照他的意思，乐鳌就该将那车子往门口一停，看看那个林鸿升是不是还好意思天天在他们乐善堂门口接送人。

　　不过可惜，也不知道乐鳌怎么想的，明明家里也买了车，可自从林鸿升将车开了来，他就只让老黄……不对，应该说是小黄将车

169

停在旁边一条偏僻的巷子里，连后院都不让停，再加上这几日夏秋晚到早走，没同落颜那丫头说上几句话，所以，直到现在，她还不知道他们乐善堂已经有了自己的小轿车了呢。

而他自己，总不能无缘无故就对夏秋说自家已经买车了吧，再怎么说，乐鳌和落颜这两个出资人还没提呢，他可不想替他们炫耀，反而显得自己太浅薄。

但是他也看出来了，夏秋那丫头也挺烦这位林少爷的，以至于这两天连脾气都大了许多，刚才走的时候，他不过是多问了一句"办什么事"，就被她用眼神给瞪了回来。他尤记得她似乎咬牙切齿说出"烧香"这两个字时的表情，那副样子，让他深为这位自以为是的林少爷捏把汗。

要知道，就连他这样一个大妖怪如今都不敢惹这位姑奶奶了，更何况是一个手无缚鸡之力的公子哥。别看夏秋自己没有灵力，可她却有一肚子的"坏"主意，再不济，让落颜扒光了此君的衣服挂在树上还是能做到的。当然了，这也要看这位林公子能惹恼夏秋到什么地步了。

其实，陆天岐以己度人，实在是想多了，夏秋虽然也烦这位林少爷，可今日也的确是有事，再说了，人家送她也是好意，即便方法有些让人不适应，可她也不至于到想要教训这位林少爷的程度。而且，就算真有什么人惹恼了她，她也只会靠自己，而不会将希望寄托在他人身上。话虽如此，平日也就算了，这几日这位林少爷若是还老跟着她，却是真的有些麻烦。

因为她对陆天岐说的"烧香"也确有其事，至于"咬牙切齿"什么的，其实是这家伙脑补出来的。今日，她要去的地方是灵雾山脚下的灵雾寺，每个月十五左右，她都会去寺里烧香，晚上还会在寺庙里吃过素斋再离开，而且是一连三天。

这件事情乐鳌也知道，是她来乐善堂后第一个月来寺里的时候就对他说过的，而如今，她已经来乐善堂三个月了。以前都是她向乐鳌请假，刚巧两次都没当着陆天岐的面，而这次，乐鳌不在药堂，她还是第一次向陆天岐请假，也难怪他不知道。

其实自从落颜住进乐善堂后，夏秋就觉出乐鳌似乎特别忙，有的时候白天不在，有的时候直到她下工都看不到他。后来有了原田晴子的事情，他自然更忙了，往往是连着几日都见不到他和陆天岐的影子。不过，按说现在他也应该轻松许多了呀。要知道，如今整个临城的妖怪都知道了那个东洋女人的身份，大家行事自然越发小心，往往她还没出现，那些妖怪便闻风而遁，晚上也很少有妖怪出来乱逛。所以，即便没有林鸿升劝阻，那个女人这一阵子已经很少能在临城里发现妖的踪迹了。

可是奇怪的是，他连老武，也就是那只白色的大鹦鹉都已经送去了神鹿一族养伤，可人却一点都不见清闲，仍旧是早出晚归，也不知道在忙些什么，让她连话都没时间同他说。若再这样下去，她也只能让落颜帮她带话了，就是她能不能在乐善堂陪落颜的事情。

夏秋每个月去灵雾寺的三天一般都是下午，有时甚至是傍晚，并不像一般香客那样是午时之前来，所以，这怪异的做法早就引起了灵雾寺里几个知事僧的注意，见她今天果然又来了，岁数最小的僧人了凡便急忙迎了来，对她笑道："夏姑娘又来了？今天早了些。"

夏秋也对他点点头道："来添些香油钱，顺道也看看我的父母。"

夏秋的父母早已离世，当初她来临城上学，为了方便，便将他们的牌位也一并带了来，供奉在灵雾寺里，所以，每个月来寺里的时候，她也会顺便看看他们。

了凡听了立即念了声"阿弥陀佛"，这才道："夏姑娘如此孝顺，月月都来，您父母在天之灵定然能看到姑娘的孝心。"

夏秋笑了笑没有接话，她想这位了凡师父怕是忘了，去年之前，她还只是一年才来几次，何曾月月来过。

见夏秋笑而不语，了凡又道："今日还是吃了素斋再回去？"

夏秋又点点头道："劳烦师父安排。"

……

下午四点的时候，林鸿升准时到了乐善堂，只是左右一看，发现乐善堂里只有陆天岐一个人，不禁问道："夏小姐呢？"

陆天岐已经等他好久了，看到他终于来了，陆天岐这次难得笑着从柜台后面绕了出来，来到林鸿升面前，不紧不慢地说道："走了。"

"走了？"林鸿升一愣，"去哪儿了？"

陆天岐又是一笑："烧香去了。"

"烧香？"林鸿升显然不信，"我早上送她来的时候，她并没有说起呀。"

"她是中午去的。"陆天岐继续不紧不慢地说道。

"中午？"这下林鸿升更不信了，"哪有下午去寺庙烧香的，不都是上午吗？"

"要不，林少爷亲自去问问她？"陆天岐对林鸿升的反应满意急了，又道，"反正林大少爷有车，不如去庙里找找看？"

虽然心中仍旧不信，可陆天岐这么说，林鸿升只得问道："那夏小姐去哪个庙了？"

"这个嘛……"陆天岐故意拉长了声音，然后又是嘿嘿笑了两声，"不知道。"

"不知道？"

"她没告诉我呀！"

"我知道了，谢谢。"知道再也问不出什么，林鸿升只得对陆天岐道了谢，然后重新上了外面的车。

一上车，林家的司机便问道："少爷，夏小姐呢？"

"去庙里了。"

"去庙里了？"林家司机听了立即道，"那咱们回去？"

"不回去。"看了眼站在乐善堂门口，正看着他一脸笑容的陆天岐，林鸿升笑了笑道，"我们也去庙里。"

"也去庙里？"林家司机一愣，"哪个庙？"

这临城内外，少说也有不下十个大大小小的庙宇，随便一句去庙里，只怕要把整座临城跑个遍了。

林鸿升虽然刚刚从东洋回来，但是临城毕竟是他的家乡，对家乡的情况他还是了解几分的，于是沉吟了一下说道："我记得临城有三座很大的庙宇都在城外，另外东湖边上还有一座道观也不小。听说夏小姐中午就走了，那个时间去烧香，不是那里离得比较远，就是要晚上在那里用斋饭的……"

想到这里，林鸿升吩咐道："道观就不必去了，咱们去城外的那三座寺庙里找，由近到远，一家家找起，反正也是绕着外城转，这样最省时间。到了寺庙，只要问门口的僧人就行，毕竟下午上香的香客不多，他们一定知道。"

"是，少爷。"林家司机听了，立即发动了车子。

小轿车缓缓开动，却听林鸿升又自言自语道："我记得，最远的那家应该是灵雾山脚下的灵雾寺吧，不过，离夏小姐的住处，那里似乎是最近的一个……"

在灵雾寺用了素斋，天已经擦黑了，夏秋便慢慢地往城里走去，而等她进了城门，天色已经黑透，不过，此时她却不着急回去，因为今晚她还要顺道去雅济医院一趟。

当初选这个灵雾寺作为她父母牌位的安放地，是因为这座灵雾寺虽然是离临城最远的一座寺庙，可却是离雅济医院最近的一座寺庙，她当时只是想着祭拜父母方便。而如今，她租住的地方，虽然离灵雾寺还算比较近，不用穿过整座临城才能到，可还是有些距离，当然了，离雅济医院也有些距离，所以，她在医院办完事后，必须快点往回赶，否则的话只怕等她回家的时候，都到子夜了。

本来她不必如此，前两个月，她都是下午三点的时候从乐善堂出来，而那个时候，老黄往往已经等到门外了，然后花一两个小时到达寺庙烧了香吃了素斋，再立即去医院办事，办完事之后，老黄也已经在门口等着了，所以，等他载她到家的时候，一般不会超过八点。不过可惜，老黄现在不在，她就只能一个人赶路，所以，今晚看起来要多耗费不少时间了。

夏秋到达雅济医院的时候，大夫早已交了班，只有几个值班的护士在大厅，这些护士里自然也有她认识的。

她走到护士台前，认出今晚的值班护士应该是她上一届的学姐，好像是姓刘，于是小声问道："请问，肖会计下班了吗？"

听到有人咨询，刘护士立即一脸笑容地抬起头，只是一看到是夏秋，脸上的笑容立即消失了，她的头向后仰了仰，人也向后退了一步，然后皱了皱眉道："原来是你呀！"

"刘学姐好！"夏秋笑道。

"肖会计应该下班了，你去看看吧！"刘护士不再看她，而是低下头，敷衍地说道。

"谢谢学姐！"

夏秋说着，立即穿过门诊楼的大厅，快步向后院的一座漂亮的小洋楼走去，那是办公楼，是医院的一些专家和管理人员办公的地方。此时，后面的办公楼已经没几个窗口亮着灯了，会计室在顶楼，夏秋不用上去便知道肖会计已经走了，因为会计室里的灯早就关了，只能看到黑洞洞的窗口。

于是，她微微一笑，便停了脚，然后她一转身，却不是往回走，而是往门诊楼的西楼走了去，西楼的后面有几间平房围成的一个小小的院子，一般很少有人来这里，因为，这里不但有医院的锅炉房、电机房，还有最让人避之不及的停尸房。

用老话讲，这里应该是整间医院阴气最重的地方，而且，因为周围被高大的楼房和围墙包围着，这里即便是白天也很少见到太阳光，而一到了晚上，更是连锅炉房的师父都很少到这后面来。因为锅炉房的大门开在另一边，可以直接拐到前院去，这里只有用来打热水的炉子罢了。

只是别人怕的东西夏秋却不怕，她来到这个小院子后，先是向四周看了一番，确定的确没有人在这里之后，这才走到了停尸房对面的热水炉子旁边站好。她向天上看了看，发现今晚的天气同前两个月一样都不是很好，厚厚的云层积在空中，连月亮的影子都看不到，更不要说会有月光洒进这院子里了。可也正是如此，她才稍稍松了一口气，慢慢地坐到了一旁的台阶上。

坐好后，她先是盯着停尸房那两扇黑漆漆的大门看了一会儿，然后她突然低声说道："我又来看你了。"

她的声音在空荡荡的院子里突兀的响起，若是此时有什么人来到这里，一定会吓得魂飞魄散，但她此时似乎完全没想到这些，而是继续说道："我本以为东家能帮你，不过后来发现，东家也不是谁都帮的，所以我不想冒险，因此，只有咱们自己帮自己了……"然后，她顿了顿，又继续说道，"你再忍耐几个月，我一定会想办法救你的！"说着，她从随身的包包里拿出了一个白瓷小瓶，然后打开上面的塞子，将里面的东西缓缓地倒在了脚下。

借着微弱的反光，可以发现这东西晶莹透亮，仿佛是油，而随着它落入脚下的泥土中，一股檀香的味道迅速在空气中弥漫开来，虽然这味道转瞬即逝，但是也足可以判断出，这瓶子中的东西正是寺庙里的灯油。

灯油渗进泥土中，夏秋也在同时站了起来，与此同时，一股风突然在院子里卷了起来……

林鸿升到达灵雾寺的时候，夏秋走了有一会儿了，于是他立即驱车赶往夏秋的住处，结果等她到了夏秋租住的地方，却发现她根本还没有回来。这会儿他才想起了路上路过的雅济医院，于是便让司机调转车头往医院赶。这次总算是没有扑空，到了医院门口，他刚好看到夏秋从医院里面出来，他急忙让司机停了车，自己从车上跳了下去，追上了夏秋。

看到林鸿升从后面赶了上来，夏秋吓了一跳，而等她又看到了他身后林家的车，更是一句话也说不出来了。

而这个时候，看到她平安无事，林鸿升却如释重负地松了一口气，尽量用平静的语气说道："夏小姐，以后你去哪里能不能同我说

一声，我答应了乐大当家这一阵子要护你周全，万一你出了事，我又如何向乐大当家交代！"

关于他答应乐螯的事情，这两天已经对夏秋说过无数遍了，更是被他奉为了护送夏秋上下工的理由，让夏秋根本推拒不得。而今日，她都已经躲他躲得这么明显了，他竟然还能找到她，也实在是让她吓了一跳。于是沉默了一下后，夏秋笑了笑道："是谁告诉林少爷我来这里的？"

"是陆少爷。"林鸿升如实相告。

"陆少爷？"夏秋歪了歪头，"他应该也不知道我来这里了吧。"

"没错，但他说了，你是去烧香了，所以我找了临城里你有可能去的寺庙、道观，总算知道你是去了灵雾寺，不过后来我以为你回了家，却没想到你来医院了。"

"就凭这两个字，您就找到了我？"夏秋不得不佩服起这位林少爷的本事来。

林鸿升笑了笑："只是运气好罢了，不过夏小姐，你日后还是不要这样的好，毕竟我也找了一段时间，万一这段时间你出了什么事，可如何是好。"

虽然林鸿升说得一脸关切，可在夏秋听来，这却像是威胁，她实在是有些后怕，万一这位林少爷早来半个小时，那岂不是正好撞到她在医院后院的事？突然，她有些明白这个林少爷为什么那么"在乎"自己的安危了。显然，在她同那个原田晴子之间，他应该还是更相信那个东洋女人吧！有可能他这么做，完全是那个女人指使的，毕竟，最近临城中敢冒头的妖越来越少了，大概那个女人也将这件事情算到了自己头上，以为是她给那些妖怪们通风报信的。

虽然只是猜测，但夏秋却一下子豁然开朗，当即心中也有了主意，于是她一脸不好意思地说道："多谢林少爷关心，不过，今天的事情是我自己的事情，我不太想让别人知道，就连东家我也不想让他知道，所以，林少爷能不能别告诉我家东家，我来过这里？"

林鸿升听了心中一动，看了眼雅济医院那几个红色的大字，低声问道："早就听说夏小姐曾在雅济医院学过护士，眼看就要毕业了，可你到这个时候才离开，可是在这里发生过什么不快？"

夏秋听了脸上一黯，低下头道："我是欠了医院的违约金，每个月月中，都要来医院还钱，不然的话，他们会把我送到警察局的。"

"什么？！"林鸿升一惊，"你怎么会欠他们的钱，这到底是怎么回事？"

"林少爷就不要再问了。"夏秋一脸难色，"我如今违了约，要赔违约金，每月五块钱的款项，一共二百四十块，我现在先还给他们利息，日后有钱了再还他们本金，这都是合同上约定好的。所以我现在什么都不想，只想快点还完这笔钱，恢复自由身。"

"二百四十块！"这笔款项林鸿升听了也倒吸一口冷气，他自然知道这对普通人意味着什么，但是，马上他又说道，"这简单，不如我……"

"不行！"还不等他说出口，夏秋已经知道他要说什么了，立即拒绝道，"我要是想借钱，借我们东家的就行了，可那还不是一样，不过是换了个债主罢了，于我又有什么分别。而且我也不想欠人人情，如今东家一个月至少能给我八块钱的工钱，我只要省着些，大概五年左右就能把这笔钱连本带利还清了，毕竟，这是我自己的债务，我还是自己处理比较好……"

听到夏秋如此坚决，林鸿升也不好再说什么，而且她说得没错，她如今在乐善堂打工，乐鳌还没发话，他要是替她还了债，只怕又要惹乐大当家不快了，毕竟，这点钱对乐善堂来说也是小意思。

于是他不再坚持，而是理解地说道："那好，若是你有什么难处不好对乐大当家开口，一定要告诉我，我能帮的一定会帮。"

"不管怎样，还是多谢林少爷了。"夏秋立即对他感激地笑了笑。

此时，林鸿升才看到夏秋的脸色似乎有些苍白，于是关切地

问道："你脸色不好看，是不是着凉了，咱们还是上车吧，我送你回去总行吧，不然的话，你要是用走的，怕是要到半夜才能回家了。"

夏秋的确是累了，所以这次她没有拒绝，只是轻轻点了点头，此时林家司机已经将车开到了他们身边，林鸿升为夏秋打开了后座的车门，让她坐进去，自己则像往常一样，又坐到了司机旁边的副驾驶位置上。

03

一路无话，不一会儿就到了夏秋的住处，下车的时候，夏秋犹豫了一下说道："今天我没遇到肖会计，所以明日还要去医院，而且，每个月我都要连着三天去灵雾寺为我过世的父母祈福。所以，若是林少爷非要送我回家的话，明天晚上八点，不如在雅济医院东边的巷子口等我。您知道的，我毕竟是欠医院的钱，虽然林少爷是好心，可若是被医院的人看到我坐了您的车，怕是会引起误会。"

夏秋的担心是人之常情，要是被医院的人看到她坐车，有可能会改变主意逼她立即还钱了，那样的话的确挺麻烦。于是林鸿升点点头道："我知道。不过，你真的不用我送你去灵雾寺？"

"白天不会有事的。"夏秋笑道，"林少爷要是真担心，不如好好陪着晴子小姐，其实那样反而一劳永逸。"

明白了夏秋的意思，林鸿升脸上一红，叹道："她若是真让我一直跟着她，我又何必出此下策。不过，反正只有几日，我尽量不让她离开我的视线吧！"

看到林鸿升一副头疼的样子，夏秋没再说什么，又笑了笑，便进了自己租住的小巷，往住处去了。

由于是在郊区，所以巷子里的光线很昏暗，虽然间或有住户的灯光从窗口透出来，可以借此照明，但也只是极少的路段才能见到灯光，而且也不甚明亮。不过好在夏秋租住的院子离巷口很近，院子的门口还挂着一盏马灯，这倒给她的夜归提供了不少便利。

到了院门口，随着门旁的马灯一晃，夏秋便进了门，只是就在这时，林鸿升却清清楚楚看到了一个黑影在马灯下面一闪，也闪进了院子里。

这让林鸿升原本平和的面容一下子沉了下来，紧接着，却听他冷笑一声吩咐道："回去吧。"

"是！"林家司机听了，立即发动了车子，往德龄巷的方向驶去。

随着汽车的轰鸣声渐渐消失，一个高大的身影从巷子的阴影处闪了出来，他看了看刚才夏秋进入的那处院子，眉毛轻蹙了下，然后又向周围看了看，找了一棵离那院子最近也是最高的大树跃了上去。

……

林鸿升进入自家后院的时候才刚刚过了九点，他刚刚跨进客房的门槛，原田晴子就迎了上来，连忙问道："怎么样，可有发现？"

看到她一脸急切，林鸿升的脸色缓了缓道："我实在是不明白，那个夏秋为什么对你这么重要？她是什么东西，值得你非要查出来吗？"

"你不懂，"原田晴子冷哼一声，"我祖先说过，这临城在很多年之前就有妖城之说，城里发生过不少事情。而前一阵子我刚来的时候，证明我的祖先说得没错，可这一阵子那些东西突然全都销声匿迹了，你不觉得很奇怪吗？而且，算算时间，就是被那个夏秋跑掉之后的事情，你能说这些东西藏起来同她没有关系？"

说到这里，她又一脸不悦地看着林鸿升说道："都怪你，要不是你，我那日就把她给杀了，哪有现在的麻烦？"

"你要杀了她，麻烦更大。"看到原田晴子一脸的怒气，林鸿升仍不慌不忙地说道，"那日若是在外面也就算了，同我们林家扯不上关系，可偏偏是在我家的宴会上，几乎可以说是在所有客人的眼皮子

底下，你若就这么将她给杀了，乐善堂能罢休？我刚回来，林家的事情尚且一团乱麻，我可不想再内外交困，你不是来帮我的吗？总不能越帮越忙吧！"

原田晴子听了沉默了一下道："我的确是父亲派来帮你们林家的没错，可我来临城也不是单纯要帮你们，还有家族的任务要做！"

"我知道，"林鸿升点点头，"所以我才亲自去乐善堂道歉，就是想查查他们乐善堂有什么见不得人的事情。"

说到这里，他一直以来都平和的脸上闪过一丝凉意，幽幽地说道："我总觉得，我父亲这次中风实在是太奇怪了，乐留仙出现得也太及时了些，也许其中有什么关系也不一定。而且，我家祖传的宝贝也一并丢了，而在那之前，乐留仙来求药，那个夏秋刚好也去了后院。"

"你怎么从没对我说过？"原田晴子愣了愣。

林鸿升冷笑着摇了摇头道："前一阵子你总出去，我便没对你说。那日，被林管事遣去拿苏合香丸的伙计莫名其妙地失踪了，天亮以后才在花园的假山后面找到他。而那晚抓鹿的伙计也全都晕了，也记不起当时发生了什么。林管事告诉我，说那是那个妖物作祟，可他也说了，当时那妖物被结结实实地绑在药圃里，而且之前还被喂了三朱丸，若是没人帮它，它又怎么会非但没有被药物控制为我们所用，反而又窜到内院去，甚至还进了祠堂盗宝？怎么想我都觉得，有人在它的身后帮它！"

听到林鸿升这么说，原田晴子的脸色才好了些，歪着头看向他道："林生，你真这么想的？我还以为你不相信我！"

林鸿升笑了笑说："我又怎么会不信你，我要是不信你，又怎么会答应你父亲带你来临城，其实是你不信我才对吧！"

被林鸿升说中了心中的想法，原田撇撇嘴道："你不说我又怎么知道。我只觉得你回国之后，同留学的时候大不一样，做什么事情都不痛快，以前你可从不会惹我不开心的。"

听到原田的话，林鸿升无奈地说道："我又怎么敢惹你不开心，是你想多了。我若不是信你，这两日又怎么会听你的，跟着那个夏小姐，我不就是想看看她有什么不对的地方吗！"

听他又提到了夏秋，原田连忙道："她果然有不对劲儿的地方吧！"

"要说不对劲儿的地方，还真有。"林鸿升想了想，便将今天夏秋去灵雾寺上香的事情对原田说了，最后，说到夏秋回家时，他的脸上闪过一丝犹豫，"今天晚上送她到家门口的时候，我看到有个黑影跟着她进了院子……"

"有黑影？"原田一愣，立即明白了，"我记起来了，在家的时候，我父亲曾经用牛耳草给你洗过眼睛，你能感觉到它们……"说到这里，她立刻想要往外冲，"我就知道她有问题，那咱们还等什么。"

"原田，你还没听我把话说完。"林鸿升急忙拉住她。

"你都看到了，还有什么好说的！"晴子的眼睛一瞪，原本狭长的眼睛一下子大了一倍，眸子里也仿佛有一簇火亮了起来。

"我要说的是，也许这个夏秋真像她之前所说的那样，不过是命中带煞，容易招惹那些东西罢了，也许你是真的弄错了！"林鸿升连忙说道。

使劲甩了甩林鸿升的胳膊，却没甩掉，原田的脾气一下子上来了："林生，我说你变了你还不承认，你快放开我，否则别怪我不客气，这若是在我家乡……"

"这若是在你家乡，不要说你，你们原田家又能如何？"不等她说完，林鸿升突然松开了拉着她胳膊的手，平静地看着她，"原田家的情况你自己也清楚，本是猿女君的后人，可如今只剩了一间神社，就算是其他几个家族，境况也好不到哪里去，不然，你又怎么会随我来临城？"

原田脸色一变道："你是什么意思？"

"我的意思是……"看她总算不再往外冲了，林鸿升这才缓了缓语气，"我们两家同气连枝，临行前，你父亲也让我好好照看你，尤其是怕你这个脾气会坏事，难道你忘了你父亲临行前对你说的话了吗？"

林鸿升本来也不想戳她痛处，可原田来临城的这段日子，也太过肆无忌惮了，比之前在家的时候还要任性妄为，如今临城形势诡异，若是长此以往，肯定不是好事，他不能让她再任性下去了。

"父亲大人他……"原田的脸上一时间有些阴晴不定，神情也越发复杂，"父亲大人他此生最大的遗憾就是没有儿子继承他的神社。"

斜了她一眼，林鸿升道："你这么说，原田先生会伤心的，在你们家族，什么时候不是女子比男子金贵。"

"你不必说了，我都明白。"这个时候，原田才算真正平静下来，"林生，既然你不让我去，可那个夏秋万一真有问题，我们就放任不管吗？"

"那怎么可能。"安抚好了原田，林鸿升松了一口气，然后低声道，"明日，你同我一起去……"

04

第二天，林鸿升按照夏秋说的，在医院东边的巷子里等她出来，而这一次，因为他留了心，所以，夏秋刚刚出现的时候，他就在她身边的不远处看到了一个黑影。不过，随着夏秋向他走近，那个黑影也突然消失了踪迹，大概是躲在阴影里藏了起来。

看到林鸿升果然在巷子里等着，夏秋立即走向他，很不好意思地说道："林少爷，又麻烦您了。"

"哪里！"林鸿升笑了笑，"这都是我应该做的，本来，这件事情就是因我家而起，夏小姐不必介怀。"

客气过后，两人先后上了车，夏秋这才发现，今日林鸿升竟然没有带司机，而是自己开车，她不由得吃惊道："林少爷竟然会开车？"

　　林鸿升笑了笑："怎么，不相信我的技术？"

　　"怎么会？"夏秋连忙道，"我只是觉得很惊讶罢了！"

　　"放心，我技术很好的，在日本的时候，我都是自己开车的。"林鸿升说着，随即发动了车子。

　　随着汽车缓缓地移动起来，很快他们就离开了小巷，上了大路，待车子开稳之后，林鸿升转头看向夏秋问："夏小姐，今日你的钱可还了？"

　　夏秋摇了摇头道："我还是晚了一步，今天肖会计又下班了，我明日再早些过来。"

　　林鸿升抬头看了看天色，笑道："天都黑透了，那些坐办公室的职员肯定是早就下班了，下次你不如先来医院，再去寺里，那样也能回去早些。"

　　夏秋又何尝不知这样会早回去，可她要的就是肖会计不在这个时机，不然的话，她又如何有借口去后院？只是，这件事情她又怎么会告诉林鸿升，因此笑道："我离开的时候，同医院闹了些不快，所以不想碰到太多的熟人。肖会计人很好的，我去找他还舒服些。"

　　"哦。是这样？"

　　林鸿升自然没有说，他早就跟着夏秋了，知道她在进医院的时候，天刚黑，可她却在医院里待到天黑了才出来。若真像她所说的那样，不想遇到太多熟人，而肖会计又不在，那这半个小时，她究竟去做什么去了？林鸿升心中疑虑重重，不过，虽然怀疑，可他今晚的重点并不在夏秋回医院的时间长短这件事情上，而是在那个黑影身上，于是他也不再多问，而夏秋似乎也很疲惫，同他没说几句话就靠在车座上闭目养神起来。

　　就这样，两人各怀心事，一路上也没再多说什么，不一会儿就到了夏秋租住的那处巷子口。感觉到车停了，夏秋立即睁开眼，看了看窗外，然后对前面的林鸿升笑道："这么快就到了，谢谢林少爷。"

"快回去休息吧！"林鸿升也对她笑了笑。

下了车，夏秋向林鸿升道谢告别后，像往常一样往巷子里走去，她租住的那个院子门前的马灯仍旧亮着，虽然微弱，却也让人很容易就能找到目标。林鸿升也不着急回去，一直看着夏秋缓缓而去的背影，似乎要目送她进门才放心。

到了院子门口，随着"吱呀"一声响，夏秋的身影就消失在了门洞里，也就是在她进入院门的那一刻，林鸿升再次清清楚楚地看到了那个黑影。

这个黑影也就是一米多高的人形影子，被马灯一照，变成了一种透明的灰色阴影。之前在日本的时候，他也见过几次原田做法，知道有的东西是可以随着周围的环境变化而隐藏自己身形的，就像是变色龙一般。而一般情况下，像这种隐了身形的东西，他能看到他们的影子就已经很不错了，毕竟，他只是用牛耳草洗了眼睛，并没有其他特别的能力。不过，这牛耳草也不是对每个普通人都有效，也不知道是幸运还是不幸，却偏偏对他有用。

林鸿升觉得，这大概归功于他家的传家宝。应该是从小被这宝器的灵气日日熏蒸，所以牛耳草才会对他有用的吧。但是，所谓的有用，也只是让他能看见罢了，真要是遇到了本领强大的妖怪，遇到那种可以隐藏自己气息的妖怪，就连原田都没办法察觉，又何况是他。

原田之所以怀疑夏秋，也正是因为这个原因，以为她已经强大到可以隐藏自己身上的气息了，因此非要除之而后快。可如今林鸿升在看到这个影子后，反而觉得夏秋没有问题。试想，如果夏秋真的本领强大，又怎么会让这样一个东西跟着她而没有任何动作呢？即便昨天当着他的面无法动手，可隔了一天了，她可是有无数次机会将这东西赶走或者消灭掉呢，结果今晚他竟然又看到了它。

这个黑影在门口闪了闪，就想同昨天那样，随夏秋进入院门。

不过，昨日事起突然，林鸿升不能做什么，而今日他却是有备而来的。所以，当那个黑影正要进入院子的时候，院门口的马灯却突然亮了一下，紧接着，却见那个黑影就像是撞到了什么东西似的，一下子弹了回来，摔倒在了地上，而这个时候，前面的夏秋已经进了院子并把院门重新关上了。

它这一摔，就被破了法术，再也无法隐藏身形，不一会儿的工夫，就现出了本来面目。而这个时候，林鸿升才吃惊地发现，这东西竟然是一个看起来只有八九岁的小男孩。

小男孩的身上穿了一身绿色的袄裤，头发剪得很整齐，他的嘴唇红扑扑、肉嘟嘟的，脸颊也是圆圆的，看起来就像是从画里走出来的善财童子。

现形之后，他大大的眸子里立即闪过一丝慌张，原本白里透红的脸颊，也一下子没了血色。他应该是察觉了不对，所以立即从地上一跃而起，转身就往一旁的阴影里跑，应该是想逃。不过可惜，小男孩还是晚了一步，他刚刚站起，身体便一动都不能动了，然后便见一个人影从旁边的遮挡处闪了出来。

此人手腕上挂着一串青黑色的念珠，口中正念念有词，应该是在念着什么咒语，来人正是原田。

看到这个小东西一动都不能动了，原田的脸上露出一丝满意的笑容，然后她立即走到小男孩身边，一把拎住他的脖领子，轻蔑地说道："还是个小妖。"

怕她在这里动手，林鸿升连忙在车窗口低声唤道："快上车！"

原田的眼睛里闪过一丝不悦，但还是听了林鸿升的话，拎着小男孩赶到了车子旁，林鸿升立即为她打开门。

待她上了车坐好后，林鸿升马上启动了车子，然后低声道："咱们去西郊，那里有处乱葬岗，应该会比较安静。"

"西郊？"原田回忆了一下，"就是灵雾寺那边？靠近雅济医院的那处郊区？我刚来的时候好像去过一次。"

"嗯，医院无主的尸体基本上都在那里处理。"边说着，他边抬头看了看后视镜里那个沉默且诡异的男孩，又道，"自然，也方便你做事。"

"这临城你最熟，你说去哪里就去哪里吧，反正都差不多。"原田说着，却看向坐在自己身边的男孩，冷笑道，"小东西，你同那个女人到底是什么关系？你又是谁？你对我实话实说，我一会儿可能还会让你舒服点死，不然的话……"

小男孩看了她一眼，却又立即低下了头，一言不发，显然并不想回答原田的问题，原田看了再次冷笑道："总有办法让你开口的。"

汽车绝尘而去，不一会儿就消失在了巷子尽头，不过，他们刚走，夏秋租住的那间院子的院门却被人从里面打开了，却是夏秋又从里面走了出来。刚才她一直待在屋里面，自然也听到了原田在门口说的话。此时她一脸担心，犹豫了一下，就想到巷子口看看情况。可还没走几步，却见一个人影挡在了她的面前。

"做什么去？"

夏秋被吓了一跳，连忙后退两步，不过等她看清楚来人之后，忍不住惊讶地说道："东家，您怎么在这里？"

没理会她，乐鳌看向巷口汽车消失的方向，低低地说道："就算你出去了，你以为你追得上车？"

"可是……可是刚才在门口，好像……好像……"回忆着刚才原田在门口说过的话，夏秋皱了皱眉，"刚才那是原田小姐吧，我听她在门外说……"

"看来你真不知道他的存在。"看到夏秋的样子，乐鳌眉头蹙了蹙，"不过，就算你追上了，又能做什么？在家里好好待着，子时之前不许出门。"

夏秋心中一惊，连忙盯着乐鳌道："东家，您知道了……"

"不然呢？"乐鳌说着已经转了身，"那孩子应该跟你好久了，不过，你能力在的时候他近不了你的身，可你的能力没了，却又感觉不到他，若不是他今日被人逼得现了身，你又听到了动静，怕是你永远都不会知道他的存在吧！"

"东家……"

夏秋还想说什么，却听已经走出去很远的乐鳌再次轻飘飘地说了一句话："今晚，你管好自己就是！"说着，他的背影已经消失在了巷子口……

05

载着原田和那个孩子，林鸿升一路上只走小路，不一会儿工夫就到了临城西郊那片乱葬岗的外面。到了这里，车子就没法子再往前行了，这里自然也人迹罕至。两人先后下了车，带着这个孩子往乱葬岗旁边的一处荒地走去。

这一路上，任凭原田怎么问，这个孩子都一言不发，她早就憋了一肚子的气，而如今到了这里，再也不会有人打搅她，她哪里还有耐心再好言好语地问话，立即将孩子扔在了地上，冷笑道："小东西，你真以为我拿你没办法吗？我再问你一遍，那个夏秋是什么东西，你又是什么东西？"

这一次，小男孩终于不再沉默了，他抬头看着原田道："这位姐姐，你为什么要杀我，难道我做错什么了吗？"

小男孩一出声，声音清脆干净，就像是一汪清泉在山里婉转而过，这倒让原田和林鸿升微微愣了愣。不过，身为巫女，原田又怎么可能被一个孩子的声音所蛊惑，于是微微一笑，缓缓地说道："好孩子，你告诉我我想知道的，我就放过你，如何？"

小男孩抬头看了她一会儿，然后垂下头，淡淡地道："姐姐别骗人了，我知道，你不会放过我的，不管我说不说，你都会杀了我。"

他如此直白，倒出乎原田意料，然后她又笑了笑："是呀，可死和死还不一样呢。"

"对我来说都一样。"小男孩听了，仍不为所动，摇了摇头道。他那副样子，那种语气，根本就不像是一个七八岁的孩子，倒像是个七八十岁已经看透生死的老人家。

看这孩子油盐不进，原田正要发作，却见孩子再次抬头看向她，不紧不慢地说道："姐姐问我是谁，可我都不知道自己是谁，又怎么

告诉你？所以，姐姐若是想杀就杀吧！"

"你以为我会信？"

虽然孩子说得真诚，可原田又怎么肯信，只见她摩挲了一下自己手中的念珠，然后咬破自己的中指，弹了一滴血到男孩的身上。于是，随着这血落在了男孩的左肩膀上，渗入了男孩的衣服里，只听男孩惨叫一声，便捂着肩膀蜷缩在了地上。

紧接着，原田手指快速地动了起来，结了个手印，仿佛在掐算着什么，过了一会儿后，却见她脸色难看地说道："只是一只最低等的精灵？怎么可能？"

精灵，一般都是怪物刚刚化形时的样子，乃是最低等的一类妖物，有的妖物甚至连魂魄都没有修全，就像是一个傻子，而且大部分都由于没有完全修成人形，奇丑无比。当然了，若是人死了以后，有些怨念留在世间，也会化为灵，同精灵如出一辙。等到这些怨念全都消散，这些灵才会逐渐消散，重新聚齐魂魄往生去了。

这个孩子谈吐条理清楚，人也长得漂亮，哪里像是最低等的精灵？要说是怨念而化成的灵，倒是有几分可能。

不过，如果他真的是灵，那么他说的话反而又多了几分可信，因为，样子好看，说话清楚，却偏偏想不起自己是谁，这也是一种魂魄缺失的表现。但是，虽然道理说得通，可原田从小在神社见惯了各种鬼怪精灵，但如此特别的灵还是头一次看到，更何况，之前他用的隐藏身形的法术，也不像是一个低等精灵能用得了的法术呀。再说了，如果是怨念化成的灵，他又怎么会变成小男孩的样子呢？根本就不可能凝神聚体。

所以，如此一来，原田更觉得这个孩子可疑，然后她抬头看了看漆黑的天空，低声道："看来，你是不见棺材不落泪了！"

看到原田的样子，林鸿升就知道她这是要用手段拷问这个孩子了，至于她的手段，他也略知一二，所以，不等原田动手，林鸿升便对她说道："我还是像以前那样去车里等你吧，一会儿你完事了，去车里找我就是。"

原田没回应他，林鸿升就当她是默认了，然后径自向停车的方向走去。并非他不忍心看原田用刑，而是他知道，他不在的话，原田会更自在些，毕竟，有些手段，当着外人的面她也不好用出来。不过，虽然他给她留出了空间，可他却隐隐觉得今晚她怕是又要无功而返了。因为，经过这件事情，他更觉得原田的判断可能出错了。

他猜这个东西也许是从医院里尾随夏秋出来的，不然的话，为何他前几日送夏秋的时候没有察觉？怎么夏秋一去医院就出现了？而医院那种地方，就算他不费心去看，也知道里面有不少脏东西。再说了，夏秋突然从医院离开，肯定是发生了什么让人不快的事情，也许，就同这个小孩子有关。想着想着，林鸿升几乎已经肯定了自己心中的猜测，思忖着哪日应该亲自去那个雅济医院一探究竟。

其实，从昨日他看到那个黑影的时候就已经这样猜测了，但是他却没有将这些猜测告诉原田，因为原田太冲动了，最近更是因此在临城引发了不少的麻烦，所以，他想先将这一切调查清楚了再说。

昨天同原田商议完，他就已经计划进入雅济医院调查夏秋底细了，反正他在日本也是学医的，正好回国后需要找一家医院实习，干脆，就找这家雅济医院好了，刚巧一举两得。听说他有一个以前关系不错的学长也在雅济医院里做医生，等过几日，他正好可以去拜访这位学长。

打定主意，林鸿升的心中也轻松了几分，可这时，却突然从刚才的方向传来一声惨叫。

林鸿升立即听出是那个孩子的声音，他的眉头微微皱了皱，立即拉开车门进入了车子里的驾驶座上。不过可惜，即便如此，仍挡不住那一声接一声的惨叫声。

这已经不是林鸿升第一次陪着原田出来了，以前在日本的时候，

她晚上要是出门办事，他常常就是她的司机。不过在日本的时候，他们这些神社已经没落了，真要是发现了什么东西，那也是不敢明目张胆地办事的，否则，引来警察会很麻烦。而她随他来到临城之后……

林鸿升有些心烦意乱，不觉抬头看向夜空，发现今晚的空中也有着厚厚的密云，就像是快要下雨似的。算算日子，今天是十六，本来应该是月亮最大、最圆、最漂亮的几天，不过可惜，都同昨天一样，全被这些云给毁了，也不知道下个月的十五，月光会不会明亮一些。他想着，如果那天月光好的话，他不如带原田去东湖边赏赏月，她来临城这么久了，他还一次都没带她出去逛过呢……

"你还是不说？"

地面上，有一个巨大的五芒星阵，五芒星的五个角分别滴上了原田的血，与此同时，在五芒星阵的中间，也被她滴上了自己的血。而在她咒语的催动下，五芒星阵已经形成了一个半圆的血红色结界，结界中密布着由她的血化成的血雾，而在五芒星的中间，那个小男孩则紧紧蜷缩成一团，脸上也是极为痛苦的表情。这些血雾不但侵蚀了小男孩的肌肤，甚至他每一次呼吸，喉咙和脏腑像是被刀绞碎了一样，痛苦不堪。

"我这法子不会让你死掉，但是却会让你恨不得立即死掉！"看着里面面容扭曲的男孩，原田冷冷地说道，"我再问你一次，你到底是谁？那个夏秋又是什么东西？你告诉我，我就立即给你一个痛快！"

"我说了……"男孩的脸上充满了痛苦，原本好听的声音也变得嘶哑，"姐姐，我真的连我自己都不知道是谁，又怎么会知道那位姐姐的身份？"

"你不知道她是谁？为何跟着她？"原田才不信他的话，质问道。

"我……我只是想跟着她罢了……觉得她身边很安全，仅此而已。"

"仅此而已？"冷哼一声，原田捻动念珠的速度突然快了起来，"你以为我是傻瓜吗？"

随着她速度的加快，五芒星阵里的血雾也越来越浓重，男孩也更加痛苦，发出一声重似一声的惨叫，不要说回答原田的话，就连他整个人都快要虚脱了。

看到都到这个程度了，男孩还不开口，原田的脸上闪过一丝焦躁，于是她放缓了捻动念珠的速度，再次问道："那好，我问你另一个问题，要是这件事情你老老实实回答了我，我就立即杀了你。"

"姐姐，你的问题怎么这么多？你……你快问吧！"男孩呻吟道。

"我问你，你知不知道东湖湖底藏着的东西？"

"东湖湖底？"男孩愣了愣。

"对！"原田眼睛一亮，"没错，就在东湖湖底，你有没有去过那里？"

男孩的眼神有些涣散了，然后他眼珠动了动，看了眼原田的方向，咧嘴一笑："姐姐，你说的东湖，是城里的那个湖吧，原来……它的名字叫东湖呀……"

06

原田一愣，立即明白被戏弄了，不由得勃然大怒，干脆从地上站了起来，将念珠夹在双掌中，然后冷酷地说道："好，我这就把我的血催进你的身体里，让你从里到外一点点腐烂，我既然继承了祖先猿女君的血液，就绝不能让你们这些东西蛊惑人间，就用天照大神赐予我们家族的力量将你烧成灰烬吧……"

话音刚落，就见她突然舞动起来，念珠也飞快地转起，而随着她身体的快速舞动，只听"嗡"的一声，仿佛有什么东西在空中碰撞在了一起。而后，男孩只听到周围传来一阵又一阵让他头痛欲裂的咒文，几乎要将他扯成碎片，与此同时，就连那些包裹着他的血雾，也骤然缩紧，向他的全身上下压缩过来。此时，他的眼前只有满目

的血红，让他几乎发狂，他觉得身体里似乎有什么东西就要破体而出！

……

今天晚上，落颜回来得很早，只是，等她回到乐善堂的时候，夏秋早就走了，想想自己已经有好几日没有看到夏秋了，她突然有些想自己的夏秋姐姐，想她做的小馄饨的味道了。

等吃了晚饭，她又在前面的大厅里练了一会儿字，已经是晚上九点多了，到了她该睡觉的时候，可直到这个时候，她才发现乐大夫也没有回来，更意识到，他似乎已经连着好几日都没在她睡觉前回家了，这让她忍不住问陆天岐道："陆大哥，怎么乐大夫最近看起来很忙的样子，晚上连药堂都不回了，好多病人都是你帮着处理的，他到底在忙什么呀？"

以前无论他们回来多晚，落颜都从不问他们的行踪，这还是第一次，陆天岐抬头扫了她一眼，又低下头道："怎么，你找他有事？"

"没事就不能问问吗？"落颜翻了个白眼，然后还是实话实说道，"我就是想问问，夏秋姐姐同乐大夫谈得怎么样了，什么时候能搬来跟我一起住呀。我都等了好几日了，本以为以后可以天天同夏秋姐姐在一起了，可没想到，竟然好几日都没看到她了，难不成乐大夫不同意？"

"什么？你是说，夏秋已经答应你要来乐善堂与你同住了？"陆天岐一愣，"她什么时候答应的？"

看到他一脸惊讶的样子，落颜撇嘴道："就是前几日，我本来要帮她同乐大夫说的，可夏秋姐姐偏要自己去谈，我就只好等着了，结果等了这么多日子了，不要说她搬来住，连人都碰不到了。反正我也想好了，乐大夫要是不同意，我就同夏秋姐姐搬出去住，我在学堂里听同学说，她家在临城里有一处别院想要出售，不如我就买下来好了。"

花神谷回信的时候，给乐鳌寄来的那些银票，乐鳌一张都没收，后来全都给了落颜，再加上落颜离开花神谷时带出来的钱财，如今她可是个小富婆，不然的话，也不会那么大方，肯出一半的车钱了，即使乐鳌再三推辞也没用。后来没办法，乐鳌只好先替她将那一半的车钱收起来攒着，好等见到她兄长的时候再还给他。不过，落颜并不知道这些，如今她离开花神谷后，可以说是大开眼界，更是知道了钱财的妙处，出手也大方。

不过，她这副暴发户的样子却是陆天岐极看不惯的，如今听她又口出狂言，忍不住讽刺道："你问过夏秋的意思吗？"落颜脸一红，正要争辩几句，却见陆天岐从柜台后面绕了出来，笑嘻嘻地转了话题道，"好了好了，你怎么知道我表哥不同意，你不知道他这几天有多忙，还有夏秋，这两天也神神秘秘的，过了中午就走了，说是什么烧香去了，据说明天还要请假，大概是没顾上提吧。你真想知道，不如等明日见了她再问问她。明日，是你的休息日吧，你肯定能同她说上话的。"

落颜一听，这次陆天岐的话还是有些道理的，而且，刚才他说得也没错，夏秋姐姐可不是个没主意的人，反正自己肯定是做不了她的主的，倒不如等她开口。

话一说完，陆天岐似乎若有所思，不再吱声了，落颜自然也不再说话，可这大堂中一静下来，落颜却感到有些寂寞了。

这些日子，新学校、新班级、新朋友占据了她所有的精力，对学校生活她是感到新鲜的，对新朋友也是感到欣喜的，对未来的日子也是充满希望的，所以，这短短几周的时间，她比以往几百年都快活，因为她已经不再为一个人而活，而是有了自己的圈子和生活。不过，在经历了新生活的欣喜之后，她却有些迷茫。她在学校的时候，也同其他同学闲聊过，可她发现，她的这些同学里面并不是每个人都胸怀大志。自然有想成为女先生的，也有早已订婚，只不过是在学校度过结婚前这段无所事事的时光、毕业后就打算结婚生子的；还有的是想来新式学堂镀层金，日后方便找一个乘龙快婿。她们在分享自己日后生活的时候，落颜却往往默不作声，因为，不管是思想摩登也好，胸无大志也罢，所有人都对自己的未来有一个规

划，抑或是已经有人给她们做了规划，可偏偏她自己却不知道该说些什么。

她的确喜欢学校里同朋友们在一起的日子，可是，她总不能上一辈子学吧。而且，不要说一辈子，只怕她这个样子，三年后若是样貌还没有改变，只怕就要被人指指点点了，就像在花神谷时一样。唯一不同的是，在花神谷的时候，大家还只是对她嘲笑抑或是同情，可若是在这里，大家恐怕就要怕她了，把她当妖怪，她的那些朋友们，只怕也不会像现在这样对她和颜悦色了，唯恐避之不及了吧！

果然，无论在哪里，她的身体无法长大这个事实，对她来说都是一个魔咒。

就在她胡思乱想的时候，却听陆天岐突然又开口了："落颜，你后悔吗？"

落颜一愣，不过马上明白了陆天岐的意思，若是以往，她一定会想也不想就给他肯定的回答，不过这次，她却认真地想了想，然后才缓缓地说道："以前在花神谷的时候，不管谁问起，我都不会说后悔，因为我就算说了也没用，哪怕是撑面子，我也不能说自己后悔呀！"

听到她的话，陆天岐被逗乐了："这么说，你果然还是后悔的。"

落颜斜了他一眼道："你是不是就想听我说后悔？不过可惜，我还真不后悔。因为已经发生的事情再后悔还有什么用，再说了，当时，我的确是心甘情愿替青泽哥哥挡住那个怪物袭击的。虽然他嫌我烦，可我当时就肯定自己是喜欢他的，日后也一定要嫁给他，所以，就算替他挡了也没什么。我若不帮他，让他受伤死了，只怕我会更后悔，那才是真正的悔恨交加。"

听她这么说，陆天岐却有些羡慕起青泽来，然后又道："有你这样对他，青泽也算是没有遗憾了。"

"遗憾？"落颜眨了眨眼，"陆大哥为何这么说？"

"没事，我只是觉得你对他真的不错！"看到自己差点说漏了嘴，陆天岐连忙打着哈哈掩饰道，"他本就应该对你更好。"

只是听到他这么说，落颜的眸子却一下子黯淡下来，盯着桌上的烛火，幽幽地说道："不过，我对他好又有什么用……"

"你放心好了，青泽是个负责的人，你对他的好，他全都记在心里呢，只不过不肯说出来罢了。"难得的，陆天岐竟然没有像以前那样毒舌，倒是劝起落颜来。

"我知道青泽哥哥是个负责的人。"不过，听了他的话，落颜却轻轻摇了摇头，"可我要的又岂止是他的负责。他失踪以后，我想了很多，这才发现，我有一个地方做错了。"

"做错了？哪里错了？"

落颜整个人都伏在了桌子上，也不看陆天岐，而是闷闷地说道："我只说一定要嫁给青泽哥哥，可却忘了问他是不是想要娶我，也正因为他是个负责的人，所以，我一说了，他才会立即同意的吧。我……应该问问他的……要是当初问了……就好了……我在临城等他回来，就是想问他这句话，他若是……我再也不会纠缠他……"

这一阵子同其他女孩子们在一起，自然也少不了谈这些女孩子们最关心的话题，落颜的心中也一下子豁然开朗，这才知道什么叫作两情相悦。这些女孩子们正是情窦初开的时候，更是把几本舶来的爱情小说奉为经典，落颜又怎么会不受其影响，自然也看了几本，更是深为里面男女主人公的浪漫爱情所感动。然后她又联想到自己这几百年来所过的日子，发现甜蜜极少，反而是孤寂更多一些，连小说里一半的罗曼蒂克都没有，更不要说山盟海誓了。

刚刚定亲的那几年还好，但是随着青泽渐渐长大，他们见面的时间越来越少，以至于到了后来，青泽半年才会抽空去花神谷一次，与其说是去看她，倒不如说是履行义务，哪里有半点未婚夫妻的甜蜜。反倒是那个喜鹊，若是她的话是真的话，他们倒真是般配的一对儿了。

"青泽怎么会不想娶你？"陆天岐听出了她话中的意思，忍不住

说道，"他这几百年来整日不在家，就是为了给你找药呀……"

07

这是乐鳌收服喜鹊的时候，最后得知的消息，他本来是想问喜鹊知不知道青泽哪里去了，可她当时却说，之所以这么恨落颜，正是因为她认为青泽的失踪同落颜脱不了关系的缘故。因为她还记得青泽最后一次去看落颜的时候，看起来十分开心，似乎是落颜的病有了医治的法子，而在那之前，她曾经看到青泽不眠不休地看一本书，整整三日都没有合眼。而后来，青泽回来了，人却失魂落魄的，据说，是有人将他之前看的那本医书毁掉了，而之后发生的事情，喜鹊说的应该全是实话。只是，有一点乐鳌和陆天岐却全都不信，她说她本来还无法化成人形，可后来被赶出来之后，也不知道是不是因为她太担心青泽了，于是一夜之间竟然化成了人形，还在无意间得了摄魂镜，而后来她为了找青泽，便去了花神谷……

正因为这件事情太过奇怪，而且只是听喜鹊所说，并没有得到证实，再加上青泽此时生死未卜，所以乐鳌便只告诉了陆天岐一人，不想让其他人，尤其是落颜知道，免得她多想。

所以，如今话赶话就这么说了出来，陆天岐也并非有意。故而，说到一半后，他立即收住了后面要说的话，眼睛却看向落颜，生怕这丫头会冲过来对他刨根问底。

只是，他这话说完后，落颜却仍旧伏在桌子上一动都没动，根本没有任何反应，这让他心中更忐忑了，于是试探地唤了两句："落颜，落颜？"

这个时候，落颜才终于动了动，然后重新坐了起来，她转头看向陆天岐。从她的眼神里，陆天岐得不到任何信息，因为，她虽然转回了头，却似乎在看着他发呆，这让陆天岐的心中一沉。就在这个时候，随着一阵天摇地动，屋子里的家具摆设突然剧烈地晃动了起来，不一会儿工夫，连蜡烛都因为这阵巨震被晃灭了。

"糟了！"边说着，陆天岐也向落颜冲了过去，然后一把拎起她，将她从屋子里拎了出来，冲到了外面的大街上。

一到了街上，他们这才发现，整条街上的房屋都在晃动着，落颜从小住在花神谷，何时见过这种阵仗，当即吓了一跳，不由得问道："这是怎么了？"

"地震了！"陆天岐皱着眉头说道。

"地震了？这就是地震？"大地的颤动从脚下传来，让落颜整个人都随着地面的颤动而颤抖着，她一下子什么话都说不出来了。

不过，也是因为他们速度快，才会看到街上的情形，等五奎路上的其他住户也从屋子里冲出来的时候，地面的颤动早就结束了，街道上陆陆续续多了很多惊魂未定的街坊。他们一个个看起来应该都是在睡梦中被惊醒的，有的还裹着被子，而又过了一会儿，甚至还有烟火从街边的某一户人家冒了出来，想来是刚才的地震导致的失火。

不过好在这次的地震振幅不大，时间也不长，虽然有人家失火，可还是及时扑灭了，并没有造成太大的损失。可经过这一番折腾，已经没人敢回去睡觉了，全都守在大街上，生怕刚刚的地震只是开始。老人们都有经验，一般若是发生了地震，绝不会震一次就结束，而是会连着几天反复震好多次，有的时候，还会伴随着天象的异常。所以，地震虽然恐怖，可由此带来的恐慌和不安则更恐怖。

在街上躲避的工夫，陆天岐和落颜已经听到有人小声嘀咕起来，说是天降异象，必生妖孽。

听到这些人毫无根据的话，陆天岐默默在心中翻了个白眼，暗自腹诽道：妖孽？妖孽也同你们一样，在街上避难呢！

正想着，却突然听到人群中发出一声惊呼："快看，看天上！"

随着这个声音，所有的人都抬头向天空中看去，却见一

道青光从西郊的方向腾空而起，然后划了一道弧线，又突然消失了。

看到这道青光，陆天岐和落颜的脸色全都变了，而此时，人群中也不知道是谁带得头，已经有人跪了下来，对着那道青光消失的方向使劲地磕起头来。偏偏就在人们跪下的那刻，一道惊雷在空中响起，将剩下那些懵懵懂懂的人们吓得一个激灵，也不由自主地跪了下来。又是一声炸雷，瓢泼大雨从天而降。这让跪在地上的人们再也不敢抬起头来，只是一个劲儿地磕着头，大呼老天保佑，人群顿时乱作一团。

在一团混乱中，谁也没有发现，乐善堂的表少爷和大小姐突然消失不见了。

……

原田本来已经打定主意要那个孩子的命了，只是，眼看着五芒星中的血雾要包裹住那孩子的时候，她突然看到一道青光在五芒星阵中炸裂开来，冲破了血雾，冲破了她的阵法，破空而去。阵法被破，她立即遭到了反噬，吐出了一大口血，人也向后倒退了好几步。原田大怒，刚要追上去，却是一阵天摇地动，让她连站都站不稳了，眼看就要摔倒。

就趁着这个时候，青光早已在她的眼前消失，朝他们来的方向去了，须臾之后，她便眼睁睁地看着这道青光突然向下落去，落到了一座黑漆漆的山头上，然后便消失了踪影。与此同时，一双手及时扶住了她，趁她发呆的工夫，拉着她冲到了一片更空旷的地方，以免她被有可能倒掉的大树给砸到。

之后她转头，却看到是林鸿升，当即着急地说道："林生，让他跑了，他果然不一般！"

"我看到了！"一发觉地震了，林鸿升就赶了过来，刚好也看到了那道青光，此时，他也看向光消失的方向，心中默默想了下位置，低声道，"我知道大概位置，随我来！"说着，他拉着原田上了车，立即顺着来路驶去。

不过此时，由于刚刚的巨震，临城的百姓已经没人敢在屋子里待着了，全都涌到了大街上，再加上天空下起了瓢泼大雨，到处都是乱糟糟的，这让他们开车通过人群，着实花了些时间，所以，等他们的车到达一座桥旁的时候，时间已经过去了一个小时。

而这个时候，看了看右边的建筑，又看了看桥那边的一座小山，原田立即说道："没错，就是那座山，那道光就是在那座山上消失的。"

"我知道。"说着，林鸿升已经停了车，"这桥太窄了，车过不去，咱们只能走过去了，你没问题吧……"

他的话还没说完，原田已经跳下了车，往山的方向冲了去，林鸿升也只得随她一起跳下了车，跟在她的身后追了上去。

这座山不高，若说是个土坡也说得过去，所以它的山坡也很缓。到达山脚下，他们两人连歇都没歇，立即冒着雨沿着山路向山上跑。大概半个小时之后，他们终于上到了山顶，而此时，他们的衣服也全都湿透了。只是到了山顶之后，他们除了看到眼前的那一大片东湖，什么人、什么东西都没有看到。

原田向左右看了看，然后又闭着眼睛感受了一下之后，结果什么气息也察觉不到，可她还是不死心，立即从随身的包里将式盘拿了出来，然后口中念念有词，希望通过式盘找到那孩子的踪迹。

就这样，她冒着大雨在山顶上折腾了好半天，可到最后还是一无所获，这让她更为光火。

这会儿，距那道青光破阵而去，已经过了两个多小时了，时间已经接近子夜，一旁的林鸿升本来只是默默地守着，可看到到了这个时候原田还不死心，只得提醒道："原田，也许他已经跑了。"

"就算跑了，也该能察觉到他残余的能量吧，可我现在怎么什么都看不到，什么气息也觉察不出来？那究竟是个什么东西，究竟是个什么东西！"

此时，原田的眼睛通红，人也几乎要被气疯了，她今年十八岁，

可是却已经有十年做巫女的经验了，但还是头一次遇到这种事情，遇到这种来无影去无踪的怪物，这让她的自尊心大受打击。在她的家族、她的故乡，她可是有第一巫女称号的，而如今，却被一个小妖耍得团团转，她实在是不甘心，不甘心！

随着时间的推移，雨慢慢小了，可原田心中的怒气却越来越大，就在这个时候，她的头突然低了低，然后眼睛一亮，随即她口中念念有词，手指一捻，一朵红色的火焰便出现在她的指尖，随即只见她随手一掷，这团火焰便向东湖方向的半山腰落下去了。

火焰在快要落下的时候突然亮了一下，于是，这让原田清清楚楚地看到了一个亭角，她立即认出来了，说道："六角亭？竟然又是六角亭？"她说着，转头看向一旁的林鸿升，"林生，难道你还觉得夏秋同那日的妖怪没关系吗？那日，那个妖怪也是在这里逃走的，所以他们一定对这里十分熟悉，所以才会藏起来了！"

08

六角亭的事情，林鸿升自然听原田说了，那也是她怀疑夏秋的开始，可直到现在，他还是坚持自己的看法，觉得要想查夏秋，还是要从雅济医院查起。可这个时候，他知道自己说什么原田都是听不进去的，她的固执他一直都知道，更知道她这次是钻了牛角尖。

所以，林鸿升也不立即否定她的话，因为那样只会越弄越糟，而是岔开话题道："原田，事到如今，咱们还是先回去。你刚刚被反噬，现在又是爬山又是耗费灵力驾驭式盘的，一定累了，不如回去休息好了，咱们再好好研究一下该怎么办！"

"怎么，你还是不信我？那我就去那个六角亭好好看看，看看能不能查出什么蛛丝马迹！"说着，原田就去另一边的山坡上。

"原田，今天晚上这么大的雨，就算有什么踪迹也早就被雨冲没了，你听我的，咱们还是快点回去吧。你的情形很不好，不能再在外面淋雨吹风了！"

原田又怎么肯听他的，甚至根本就没注意到他在说什么，她只有一个念头，就是冲下去，冲下去找那个逃走的怪物。可就在这时，她突然觉得后颈一痛，她想转头看看是谁偷袭了她，可终究没有将头转回去，而是向一旁一歪，然后被林鸿升抱在了怀里。林鸿升也是没办法才会出此下策的，看到原田终于安静下来了，他将她抱起，沿着原路下山。

此时虽然已经不下雨了，可是山路泥泞湿滑，他又抱着一个人，下去的速度可比上来的时候慢多了，用了半个小时，他才下到半山腰。

这里有一片平地，他可以暂时休息一下，而在他旁边，有一棵粗壮高大的老槐树。

休息的工夫，他忍不住端详了这棵槐树一番，这才想起，自己小时候来这里玩的时候也有这棵槐树，听家里的大人说起，这棵槐树大概已经活了上千年了。可这次，虽然他认出了这棵槐树，却发现，这棵树早就枯死了，树干焦黑，树枝上也没有半分绿色，树杈也干枯得开裂了。它这副样子，仿佛一阵大风就能将它吹倒似的，也真难为附近的樵夫上山砍柴时没有看中它，将它劈成柴火带回家。

不过，同这棵树比起来，林鸿升的注意力却被正对着这棵树的另一座建筑吸引了过去。这会儿，那座建筑已经重新亮起了灯，应该是发电机重新工作了，那正是林鸿升觉得非常可疑的雅济医院。当看到那道青光落到这座山头的时候，他第一个想到的就是雅济医院。一次可能说是无意，第二次可以说是巧合，可次次都同这个雅济医院有关系，那岂不是太奇怪了？更何况，原田最怀疑的夏秋，也是从这座雅济医院里离开的，这座医院在这次事情中出现的概率是不是也太大了点？

休息过后，重新抱起原田，林鸿升继续往山下走，而此时，他

已经恨不得明天就立即去雅济医院一探究竟了……

　　看到他们终于下山离开，一个人影从大槐树的后面闪了出来，而同他一起闪出来的，还有那个穿着绿色袄裤的小男孩。

　　扫了眼林鸿升的背影，乐鳌低头看了看旁边的男孩道："你怎么会变成这副样子？"

　　小男孩的眼睛此时已经变得异常深邃，眸子里承载的已经不再是懵懂迷茫，而是一种疲惫和无奈，他仰起脸看向乐鳌道："我要说忘记了，你信吗？"

　　"我信！"乐鳌郑重地点点头，"不过，作为千年木灵，你又怎么会那么容易被毒死？不过，你能回来，还要感谢落颜！"

　　"落颜？她来了？"男孩一愣，然后又皱了皱眉，"还有……你刚刚说……毒？"

　　"是呀！"乐鳌转头看向他身后的大槐树，"你的本体都快被毒死了，可却被人用结界困在里面，还布置了幻象，在外面看着生机勃勃的。若不是落颜来找你，让我们发现了不对劲儿，谁会想到破开木灵大人布下的结界，到你的家里一探究竟呢？"

　　"你这么说……我好像记起些什么了，可是……却模模糊糊的……"边说着，男孩子边皱紧了眉头，他那副表情，同他此时的年龄很不相称。

　　看到他的样子，乐鳌撇了撇嘴道："放心，你马上就会好起来的，这一阵子，我几乎天天都来这里一两趟，已经为你的本体净化了快一个月了，如今你回来了，只会事半功倍。"

　　说着，乐鳌的左手突然晃了晃，随着山风，他的手臂立即变成了布满鳞片的妖臂，然后他又将自己的右手抬了起来，同左边的妖臂虚托起了一个圆，而几乎是在同时，在这个圆中，一团金黄和一团银白色的气各占一半充斥其中。随即，他口中念念有词了一会儿，到了最后，只听他轻叱一声，一道交织着金黄和银白的灵气便向大槐树涌了过去。

　　这道灵气很快就将大树包裹起来，与此同时，男孩的身上也笼上了一层镶着金边的白光，然后，他同这棵树就像是起了共鸣一般，随着这道灵气的缠绕、跳跃，也一起闪动起来，就像是一起进入了夜空中璀璨的银河。

　　这异象只是一闪即逝，等到达山脚的林鸿升察觉了些许不对劲儿再看向半山腰的时候，随着又一道闪电从天而降，瓢泼大雨再次下了起来，让他再也没心思探寻那一纵即逝的奇怪气息，一心只想着快些回到车里，带着原田回去，结束这湿冷阴暗又混乱的夜。

　　而这个时候，随着接连两三道闪电在夜空中闪过，一个穿着青色长衫的青年已经出现在乐鳌和老槐树的前面，出现在原本那个男孩子所在的地方……

　　看到这个青年，乐鳌终于淡淡一笑，对他伸出了手道："青泽，欢迎归来。"

　　……

　　乐鳌到达山脚下的时候，遇到了正在上山的陆天岐和落颜，看到他从山上下来，落颜立即上前拉住了他的袖子，焦急地问道："可是青泽哥哥回来了？是不是他回来了？"

　　"你们怎么来了？"看到他们，乐鳌的眼神微闪，他没想到落颜回来这么快。

　　"刚刚地震了，我们在街上躲避的时候，看到了青光和闪电，还以为是哪个妖要渡劫飞升了，便想来看看热闹。"听到乐鳌的问话，陆天岐回答道。

　　"不过，我们先是去了西郊的乱葬岗，找了好一会儿，结果什么都没发现，正打算回去的时候，落颜眼尖，看到了轮胎印儿，我们这才循着印记一直找到了这里。本来我们是要立即上山的，却看到林少爷抱着那个东洋女人从山上下来了，便猜是青泽出了事。"陆天岐说着，却频频看向一旁的落颜。

　　看到林鸿升抱着原田晴子从山上下来的时候，由于这个东洋女人恶名在外，这丫头都快急疯了，差点就冲上去同她拼命，要不是

他察觉不对死命拉着，不定还会惹出什么乱子。而接下来的那几道闪电，他一眼就认出是乐鳌在做法，又怎么肯让落颜上去打扰，硬是连哄带骗地让她在山下等了一会儿，确定乐鳌已经做法完毕了，这才同意她上山。不过没走几步，就遇到了乐鳌，陆天岐才终于松了一口气。

他正说着，落颜却已经等不及了，就要继续往山上冲，结果这次却是被乐鳌给拦住了，"他刚刚回来，你还是让他休息一下吧。这一阵子，发生了不少事，我觉得，他大概也想自己静一静。"

"发生了不少事？"落颜一愣，随即她垂下了眸子，"青泽哥哥他……真的是去给我找药了吗？"

乐鳌一听，立即看向她身旁的陆天岐，却见后者撇了撇嘴，眼神却不由自主地看向了别的地方，一副不自在的样子。

乐鳌立即明白了，犹豫了一下对落颜说道："关于这件事情，刚才他并没有提起，而我们之前也只是听喜鹊说的，可她的话却并不一定能信。所以，我觉得，你还是亲自问他比较好。"

听到他的话，落颜愣了愣，抿了抿唇，垂下头道："好吧，这么久没回来，青泽哥哥一定是累了，今天也的确是太晚了，我明天再来找他好了。嗯，正好给他做糖醋鱼接风。"

乐鳌同陆天岐对视一眼，两人都没再说什么，也不知道该说什么，而这个时候，落颜已经转身离开了。

回去的路上，三人没再借助法术，而是慢慢地往回走，不是他们不想用，而是等走到了大路上才发现，整个临城的百姓们此时全在街上待着，谁都不敢回家，现在路上的人比白天还多。所以，等他们赶回乐善堂的时候，已经是半夜了，而这个时候，很多街坊已经冒险从家里拿了被子出来，在大街上席地而卧，打算就这么将就一宿了。好在现在已经是暮春，天气不是很冷，不然的话，这一夜的露宿后，只怕明日各大药堂、医院又要爆满了。

眼看就要到乐善堂的时候，陆天岐远远地便看到，夏秋竟然站在大门口，看到他们回来了，连忙紧走了几步，一脸担心地说道：

"怎么回事，怎么……突然地震了……"

09

她说着话，眼睛却是看向乐鳌的，很显然是在问他。毕竟，今晚的事情太过诡异，看样子，到现在乐鳌才追原田小姐回来，而老黄……不对，现在应该说是小黄师傅了，在他刚走不久，就来接她了，不过却没想到半路中遇到了地震，被大量涌到街道上的百姓们阻了路，直到子时前后才到达乐善堂。而这个时候，乐善堂早就没人了。

乐鳌没有立即回答她，而是看向她的左右，皱了皱眉道："黄苍呢？不是他去接你的吗？"

"小黄师傅送我到乐善堂门口后就离开了，说是去看一个朋友，走了有一会儿了。"夏秋道。

乐鳌没再说什么，而是径自往乐善堂里面走去，边走边说道："外面不是说话的地方，咱们先回去。"

"回去？"夏秋一愣，不禁看向满大街出来避难的人，但马上她反应过来了，于是跟在乐鳌他们身后也进了乐善堂。

进了大厅，乐鳌没有停留而是直接向后院书房走去，夏秋他们也自然跟他一起进了屋，不过进屋之后，夏秋立即道："今晚不是真正的地震，对不对？"

乐鳌点点头，而这个时候，夏秋只觉得自己的袖子被人轻轻扯了扯，她转头，却看到落颜用既期待又紧张的眼神看着她，低声说道："夏秋姐姐，青泽哥哥回来了。"

"青泽回来了？"夏秋吃了一惊，她再次看向乐鳌，"青泽每次回来都是这个样子吗？"

会引起地震？这是不是也太匪夷所思了些！

"怎么会？！"这个时候，陆天岐插嘴道，"青泽很喜欢安静，每次来去都静悄悄的，否则的话，我们怎么会连他离开了都不知道。"

陆天岐说着，也看向了乐鳌。

之前乐鳌对他说过，青泽的本体被人下了毒，所以只怕他本人也受伤不轻，搞不好早就魂飞魄散了，所以他们才会一直瞒着落颜。乐鳌天天去青泽的府邸给他的本体施行净化之术，只盼着能找回他的一魂半魄，好问清楚到底发生了什么事。可即便是乐鳌，在青泽元神不在的情况下，也没有把握彻底为青泽解毒，更不要说指望他能重新出现了。

而如今，青泽竟然真的回来了，这简直可以称得上是奇迹了。只是，青泽中毒这件事情，如果说之前乐鳌瞒着落颜是为了不让她担心，可如今青泽人都回来了，他竟然还不肯告诉落颜真相，而是让她去问青泽本人，陆天岐知道其中必有缘故，自然也不敢多嘴。

之前他已经多过一回嘴了，如今他可不想再被人说是长舌男。不过这次，落颜竟然也出奇的安静，并没有继续追问下去，反而点头附和道："没错，青泽哥哥最不喜欢给人找麻烦了，若不是万不得已，绝不会如此大张旗鼓地惊动全城。"说到这里，她立即往外走去，却是打算回自己的房间，边走边自言自语，"今晚这种情形，明日肯定是不能上课了，我先去睡一觉，等明天去集市上买鱼，给青泽哥哥做糖醋鱼吃……"这会儿，她已经走到了书房门口，不过又想起什么似的嘟囔了一句，"就是不知道明日集市开不开市，今晚应该不会有人去河边捕鱼了吧……"说着，她的人已经离开了书房，一副失魂落魄的样子，甚至连声招呼都没同夏秋打。

看到她终于离开了，乐鳌也似乎松了口气，这才问夏秋道："你真的没有察觉一直有个男孩跟着你吗？"

夏秋知道乐鳌说的应该就是今日被原田捉去的那个孩子，虽然她在门里没看到什么，听到原田的声音更没敢打开院门，可原田说的话她还是听到了，她记得原田叫了声"小东西"，大概就是乐鳌口中的男孩吧。只是，这些日子她根本就没注意到有东西跟在自己身边，而且，以她的能力，也不该有东西不声不响地跟在她身边的呀，所以那个小男孩是怎么回事，她也不清楚。于是她老老实实地摇摇头道："东家，我真不知道。"

"这么说，你更不知道他是谁了？"乐鳌又问。

"他是谁？"夏秋心中隐隐有了一个答案，但是却觉得根本不可能。

不过，乐鳌接下来的话却把她认为的不可能变成了可能，只听乐鳌道："你应该猜到了，是青泽！"

"什么？"不等夏秋惊讶，陆天岐率先叫出了声，"怎么可能？你是说，青泽一直跟在夏秋的身边，根本就没离开临城？"

乐鳌点头道："没错，他把自己的灵力全部收了起来，只有元神化作了灵，一直跟在夏秋的身边。若不是这次他受到了威胁，而我又一直在给他的本体净化毒素，让他受到的侵害渐渐变弱，只怕他永远都会以小男孩的样子存在，直到他自己身上的毒渐渐消失，他有能力再次驾驭自己灵力的那天！"

"表哥，你的意思是，如果不是我们察觉了青泽的不对劲儿，及时替他的本体解了毒，他可能会不声不响地死掉，而他死掉后，元神则化为灵体，就像是普通人死了以后会变成灵一样？"越说，陆天岐的脸色越难看。

"差不多就是你说的这个意思。"乐鳌肯定了陆天岐的话。

"可是表哥，"陆天岐眼神微闪，"若是妖，本体消亡之后，不是元神也会随之消亡的吗？青泽他虽说是木灵，但毕竟还未渡劫飞升，他怎么可能让自己即将消亡的元神化作一个小男孩出现呢？"

"这一点，我也想不通。"乐鳌沉吟了一下，看了眼旁边听得目瞪口呆的夏秋，"我想，大概是青泽在这临城已经千年，早就同这里的地脉连成一体，所以，他的元神在这里总会更容易找到归处。不过，也许还有另外一个可能……"

"你怀疑什么？"陆天岐连忙问道。

"我怀疑，下毒之人根本就没想杀青泽，只是想让他中毒罢了，不然的话，这世上那么多毒药，他又何必用效果如此缓慢的毒呢？

大概他……"

"怎么？"

"大概，他只想让他发狂罢了。"

"发狂？"陆天岐心中一紧，"你是说发狂？"

乐鳌再次点了点头。

虽然对他们的话不是太懂，可一说到毒和发狂，夏秋立即想到了前一阵子发生的事情，插嘴道："难道是像鹿兄那样，被人喂了三朱丸？"

"三朱丸对草木是没有用的。"乐鳌回答道，"但是他这毒的效果，也应该差不多。"说着，他看向陆天岐又道，"你别忘了，青泽就像是整个临城的眼睛，这里发生了什么，没人比他更清楚了，而如今，这双眼睛若是再也起不到作用的话……"

"这样那个下毒之人就可以为所欲为了！"陆天岐终于想清楚了，声音沉沉地说道，"他……到底想做什么？"

此时，书房里的气氛一片凝重，看到平时最吊儿郎当的陆天岐都这副表情，夏秋也越发意识到事情的严重性了。只是，以前乐鳌他们做什么事情都瞒着她，可这次，他们就在她的面前肆无忌惮地谈论起青泽的事情，倒让她有些不太适应了，总觉得自己应该做些什么才对，但一时间却又不知道到底该做什么，只能细细回想着自己这一阵子都去过哪些地方，碰到过哪些人，又做过些什么。

突然，她想到以前老黄似乎给她指过青泽本体所在的位置，这让她心中一动，不过，那突然冒出来的想法也让她更加忐忑。

而在这个时候，却见乐鳌的神色反而缓了缓，低声道："你不用太担心，其实，他还是小看青泽了。若是其他妖，中了他这毒，只怕一定会走火入魔了，可偏偏是性格恬淡的青泽。"

"表哥，难道是青泽对你说了什么？他现在真的没事了？"

乐鳌摇摇头说："他消失了好几个月，想恢复哪是那么容易的事情。"

"那你的意思是？"

"我的意思是，青泽心地太善，再加上他灵力充沛，又是遍布全城，所以，那人想要困住他根本就不是一件容易的事情。而他，为了不走火入魔伤人、害人，竟然舍得散了自己的灵力，甚至还让元神脱离了本体，此举反而让他的元神没有受到太大影响，这也算是不幸中的万幸了！"

略略思忖了一下，夏秋明白了，于是说道："东家的意思是，他的病入了皮毛却没入经络脏腑，虽然元气大伤却并没有伤到根本，所以还有得治？"

"你要这么理解，也没错。"乐鳌点点头。

这会儿夏秋才恍然大悟："原来这一阵子东家经常出门，是去为青泽治病去了。"

乐鳌还没回答，却听陆天岐没好气地说道："不然还能如何？倒是你，青泽到底是怎么跟上你的，你真的想不起来吗？对了，我想起来了，你以前在雅济医院实习过，青泽的本体就在雅济医院对面的山坡上，同医院遥遥相对，难道你以前没注意到对面的山上有一棵老槐树？"

10

夏秋一愣，随即垂下眸，低声道："我也是去年才去医院实习的，而且，整日都在医院里忙着，怎么会有时间出来？再说了，就算出来，也是去热闹的街市上买些必需品，然后就匆匆回返了，哪里有时间去逛荒山？表少爷，我知道你着急，可现在不是相互埋怨的时候，现在最重要的是治好那位青泽先生吧！"

夏秋说得有理，而陆天岐也只是一时找不到人埋怨才会习惯性地针对她，其实陆天岐话一说出来就后悔了，觉得少了绅士的风度，可如今听到夏秋这么说，更觉得脸上挂不住了，立即看向乐鳌道："表哥，既然她什么都不知道，你也就别问她了，让她该

回哪儿回哪儿吧。"

言下之意是下了逐客令，不想让夏秋再掺和此事了。

夏秋听了心中郁怒，她是有志气的，送上门去讨人嫌，可不符合她的作风。虽然她的确想同东家学本事，可是嗟来之食，不要也罢！

想到这里，夏秋正要告辞，却听乐鳌突然说道："这次，青泽的病，只怕少不了她帮忙。"

"表哥，你说什么？"陆天岐一愣。

此时乐鳌已经看向夏秋，犹豫了一下道："不管如何，青泽的元神肯待在你身边，想必是觉得你身边很安全，我想大概也是因为如此，他才没有受到其他妖怪的欺负，得以完整地保存元神到现在。我想，也许由你为他解毒，会事半功倍。"

"表哥，你是说真的？！"陆天岐此时已经一脸震惊，"你这样做，只怕不合规矩。"

"那你想不想救青泽？"乐鳌皱了皱眉，"你可知，他现在不但身上半点灵力皆无，甚至连他失踪前发生过什么都想不起来。一日不知道是谁害了他，只怕这整个临城的妖都不安生。"

陆天岐自然是想救青泽的，可是教一个普通人净化之术，在这千年里还是头一次。

而这个时候，夏秋已经是一脸欣喜，终于明白，原来东家毫不避讳将青泽的事情在她面前和盘托出，竟然是已经打算教她东西了。这个想法让她连之前对陆天岐的那一点点怨愤都消失得无影无踪了，脑海中只想着即将学到手的本事。于是她立即点点头道："东家放心，我一定帮您治好青泽先生，我也一定会好好学的！"

乐鳌轻轻"嗯"了一声："不急，我要出门一趟，临行前我先教你一些口诀，你先记下，若是有不明白的地方问天岐就是。"

"问我？"

"问他？"

听到乐鳌的话，夏秋和陆天岐几乎是异口同声地说道。

"怎么，有问题吗？"看到他们两个的样子，乐鳌脸色一沉。

一看不妙，夏秋连忙道："东家放心，若是有不明白的地方，我一定会好好请教表少爷的！"

只是，听到她的话，陆天岐远没有夏秋识趣，反而在她服软后，重重地哼了一声。

此时夏秋正开心着，根本没工夫同陆天岐一般见识。似乎没其他事了，夏秋正打算回房，好一个人将这个消息沉淀下，却听乐鳌又叮嘱道："不过，在我离开这几日，你们最好别让落颜去青泽那里，最好……也别让她知道青泽中毒的事情。"

"难道青泽先生连落颜也想不起来了？"夏秋想到乐鳌刚才提起青泽失忆，立即紧张地问道。

"那倒不至于。"乐鳌摇头，犹豫了一下，"这是青泽要求的。"

"是，东家！"虽然不明白青泽为什么这样做，夏秋还是应道。

"另外还有一件事……"说到这里，乐鳌看着夏秋皱了皱眉，然后转回身背对着她道，"我看，这段日子你就留在乐善堂陪落颜吧。你房子的租期不是快到了吗？索性就退了吧。反正乐善堂地方也大，又不会要你租金，有你在，落颜还能安稳些，不会老想着往外面跑了！"

这些日子，夏秋总是找不到机会同乐鳌说起这件事情，正懊恼着，却没想到乐鳌竟然主动提起了，这让她不由得受宠若惊，除了点头，一时间都不知道该说什么好了。所以，直到离开书房之后，她才意识到自己竟然没有道谢，这又让她懊恼了一回。不过，此时再专门回去道谢就有些太刻意、太突兀了些，反而多生了许多尴尬，只得暂时作罢。

就这样，她边想着日后该如何好好学习法术报答东家的信任，边回了落颜的屋子。等她进屋后，却听到了落颜均匀的呼吸声，仿佛早已睡熟了……

夏秋离开了好一会儿，陆天岐都没有离开的打算，眼睛只是盯着乐鳌，一副欲言又止的样子。乐鳌本来在写东西，可看到他

站在旁边一动不动的，不得不放下笔，看着他道："怎么，你有话说？"

陆天岐本在犹豫，此时听到乐鳌主动问了，立即点头道："你觉得我什么都不该问？"

沉吟了一下，乐鳌双手交叉地支着下巴，低声道："难道你不想救青泽了吗？"

"青泽我当然要救，"陆天岐顿了顿，"可我也想提醒你，别忘了你父亲的事情，难道你想步他后尘？"

乐鳌神色一黯："说起我父亲，他在我很小的时候就去世了。"然后他又自嘲地一笑，"其实岂止是我父亲，我们乐家，凡是这乐善堂的继承者，又有哪个不是很早就去世了？"

"你既然这么清楚，为何对这个夏秋……"

不等陆天岐说完，却见乐鳌突然站起，从桌案后绕了出来，笑着摇摇头道："你想多了，我只是想快点救青泽，快点知道那个下毒人的身份。你可知，青泽现在非常虚弱，正所谓虚不受补，我怕我的净化之力太猛反而会伤到他。有夏秋在一旁辅佐，反而可以抵消掉净化之术的刚力，对他的病情大有益处。而且，青泽也必须快点想起忘掉的事情，这样咱们才好早作打算，否则的话，我怕这临城就要发生大事了。"

"你真的只是想救青泽？"听到乐鳌的这番话，本来已经笃定的陆天岐，终于松了一口气。

"不然呢？"乐鳌轻笑了一声，顺手将自己刚刚写好的东西塞到陆天岐手中，"明早，把这个给她，我去花神谷一趟。"

略略扫了一眼手中的纸笺，看见上面写的内容，陆天岐终于又相信了几分，这才问道："花神谷？你说要出门一趟就是要去花神谷？你去那里做什么？"

乐鳌的嘴巴撇了一下道："当然是让谷主履行承诺了。"

"履行承诺？"陆天岐立即想起来，一脸欣喜地说道，"原来那千年聚灵草你是为青泽准备的。"

"其实他也不吃亏，毕竟是他的未来妹夫，就算没有这件事，他也应该会同意我用药的吧。"乐鳌说话的工夫已经到了门口，只是他都顿了顿说道，"不过，你们应该拦得住落颜那丫头的吧……"

"什么意思……"陆天岐心中一惊，而这个时候，乐鳌已经消失在书房门口了。

第二日，临城果然是一团糟，落颜也不用上学，一睁眼就想去集市买鱼，然后再去看青泽。不过有乐鳌叮嘱在先，夏秋和陆天岐费了九牛二虎之力总算是将落颜拦了下来。夏秋本以为没事了，晚上便让小黄师傅陪她去雅济医院还钱，可就在她离开的这一小会儿工夫，陆天岐却被落颜钻了空子。

所以，等夏秋办完事打算回乐善堂的时候，却被脸色凝重的小黄师傅告知，他刚刚收到陆天岐的通知，说是落颜跑出来了，而目的地很明确，正是青泽的府邸，也就是雅济医院对面的那棵老槐树。于是，她同小黄师傅又急忙驱车赶往那处山坡，结果刚到了岔路口的木桥旁，就看到落颜失魂落魄地从桥那边走了过来。

看到终于找到了落颜，夏秋立即下了车，只是等落颜走到了夏秋面前，却仍旧毫无反应，直到夏秋唤了她好几声，她才回过神来。一看到是她的夏秋姐姐，落颜便一下子扑到了夏秋的怀里，然后"哇"的一下哭出了声。

她哭的声音很大，看起来也很伤心，夏秋即便想劝，都不知道该从何劝起，只能任凭她在自己怀里不停地哭着，而夏秋唯一能做的就是不停地抚着她的后背，希望她能好受些。

也不知落颜哭了多久，总之，等夏秋察觉的时候，陆天岐已经站在两人身后好长时间了，只是脸色却难看得紧。待落颜的哭声变小了些，他终于忍不住问道："到底发生什么了？他对你说什么了？"

陆天岐的话说得太快，夏秋来不及阻止，于是眼见着本来哭声小了些的落颜一时间又开始放声大哭了起来。

她瞪了身后的陆天岐一眼，示意他不要再说话，然后又抚了一会儿落颜的后背，待她情绪又平静了些这才劝道："外面太冷了，咱

们还是先回去吧，等回去以后你再告诉我发生了什么。他若是真的欺负了你，我就去把他抓来，让他亲自给你赔礼道歉。"

11

哪到听了夏秋这番话，落颜立即止住了哭声，睁着红通通的眼睛对她使劲摇头道："夏秋姐姐，我只是难过罢了，不关青泽哥哥的事，我其实……我其实还要感谢他！"

"感谢他？"夏秋有些不明白落颜的逻辑了。

"嗯。"落颜点点头，"青泽哥哥对我说了实话，他之前真的只是可怜我，而且这么多年也很累了，如今他想通了，告诉了我实话，说他只是把我当妹妹。他还让我选择，他说他可以继续履行婚约，并且立即去花神谷提亲；也可以立即去花神谷退亲，这样的话，我们两个就都……都……都……自……自……自由了……"说到"自由"两个字的时候，落颜又抽泣起来，显然已经伤心至极。

夏秋不由得揽紧了落颜，压住心中的火气，尽量用平静的语气问道："哦？那我家落颜是怎么回答的？"

"我？"落颜一下子提高了声音，只是紧接着却听她用坚定的声音小声说道，"我说，青泽哥哥，多谢你这么长时间的照顾，我们以后还是好朋友……还有……还有……"

"还有什么？"

"还有，我告诉他，喜鹊如今在鹿神庙里，他可以去那里找他，我还祝福他，祝福他日后找到心爱的人，可以同心爱的人白头偕老！"

"然后你就跑出来了？"夏秋的胸口不停地起伏着，但为了不刺激落颜，说出来的话还是轻飘飘的。

"嗯，然后……然后我就跑出来了……呜呜呜……夏秋姐姐，我是不是很傻？呜呜呜……"

"怎么会，我家落颜是世上最聪明漂亮的花神了，别人才是真的傻！"

说这句话的时候，夏秋瞪了陆天岐一眼，一想到他同那个青泽竟然是好友，她自然也无法给他好脸色了。

而这个时候，却见陆天岐也一脸恼火地说道："这才刚回来，就这么让人不省心，我去看看！"说着，他身形一闪，便往山上冲去。

他几乎是闯进青泽府邸的，如今这里没了人为布置的结界，他想进来，如入无人之境。他刚一冲进青泽府邸的大门，便大声嚷嚷道："青泽，你给我出来，到底是怎么回事，你给我说清楚了！你是疯了吗？"

随着他的话音，一个青衣男子从树屋里面慢慢地走了出来，看到是陆天岐，对他一笑，低声说了句："天岐，好久不见……"

"喂，你是不是傻了，等了这么多年……唉？唉！……"只是他的话还没说完，便见青泽顺着树屋的门框慢慢滑倒在地……

三日后，乐鳌回来了，之后便同陆天岐两人关起门来在书房里说了半天的话，而从书房出来之后，乐鳌便打算去找青泽。

"东家，您这是要去给青泽先生治病吗？"看到乐鳌出来，一直等在院子里的夏秋立即迎了上来。

乐鳌对她点点头道："青泽同落颜的事情天岐都对我说过了。说到这里，他话锋一转，却问道，"给你的口诀你都背过了？"

"口诀不难，"夏秋过来，有一半也是为了对他说青泽的事情，可此时听到他问这个，只得答道，"不明白的地方也问过表少爷了，他也给我解释了，不过……"

虽然陆天岐解释时的态度她不敢恭维，但是也算尽责，并没有故意为难或者误导她，这让夏秋已经很知足了。只是，她背完后，发现口诀只是一些导引行气的东西，便有些不解，所以，想等乐鳌回来后再问个清楚。

"怎么了？有什么问题？"乐鳌问道。

"东家，那我就实话实说了。"夏秋想了想，将自己心中的疑惑向乐鳌和盘托出，然后说道，"东家不是让我帮着治妖吗，可这些好像并没有什么特别的地方。"

她的质疑早就在乐鳌的预料之中，而且，若是他说什么她就信了，那她也就不是他认识的那个夏秋了，于是乐鳌的嘴角向上扬了扬："你先好好练习我给你的口诀，就像你当初练习大隐术的时候一样，等过几日，你再随我去青泽那里。"说到这里，乐鳌似是想到了什么，看着夏秋又问，"落颜可知道青泽中毒的事情？你没告诉她吧？"

夏秋可不像陆天岐那个大嘴巴，虽然心中气愤，可是乐鳌的叮嘱她却从不敢忘，而且，她也觉得其中有蹊跷，暂时也没打算告诉落颜，省得这个丫头再出什么状况。再说了，东家临走前就叮嘱了两件事，一件事是别让落颜去见青泽，另一件就是别让她知道青泽中毒的事情。

结果第一件他们没看住落颜，让这落颜这么伤心，第二件事她又怎么敢不做好。所以看到落颜伤心，好几次她都差点对她说了，终究是没有说出口，打算等见了乐鳌好好问清楚再说。

于是夏秋立即点头道："东家放心，她并不知情。"

"嗯，那就好。"乐鳌说着，继续往门外走去，边走边说道，"你先好好练习吧。"

"好的。"看到他就这么走了，夏秋只得点头应道。

过了大概一周之后，地震的影响已经渐渐消失，临城的百姓基本又恢复了以往那种平静的日子。街道上除了一些因为房屋倒塌受到影响的人外，其余的则该上工的上工，该上学的上学，该做生意的做生意，而这个时候，乐鳌才让夏秋随自己到雅济医院对面的那座荒山上找青泽。

直到到了山脚下，夏秋才想起，她到现在还不知道这座山的名字，不禁向乐鳌问起。

只是她的问题却让乐鳌一愣，然后笑道："我还真不知道这座山叫什么，其实，听天岐说起，这里在千年前还是一片平地，正是因为有了青泽，这里才慢慢隆起，变成了一座孤零零的小山包。后来有人发现这里可以看到东湖的全景，位置很不错，便又在半山腰建了一座六角亭，而这六角亭本来也是没有名字的，只不过它建成了六角的模样，才会被这么称呼。所以，这次还真被你问住了。"

没想到连乐鳌都不知道这座山的名字，夏秋也极惊讶，她还以为她家东家对这临城的事情无所不知呢。于是，她扫了眼满山郁郁葱葱的树木花草，又想到那位青泽先生的本体在此，便打趣道："如今，连个小巷子政府都给起个名字，虽说这里是荒山，可也是很大一片了，又怎么能没有名字，反正那位青泽先生一直住在这里，我看干脆就叫它青山好了。"

"青山？这名字我可不敢恭维。"乐鳌眼神微闪，"留得青山在，不怕没柴烧的青山吗？你起的这个名字同荒山又有什么区别。"

察觉到自己的弦外之音被乐鳌听出来了，夏秋也不生气，反而又向前快走了几步，等转头再看向乐鳌的时候，她继续笑嘻嘻地说道："不过是个名字罢了，反正我觉得挺好听的，实在不行叫六角山也行，反正有座六角亭……"

她本来还想继续说下去，却不想突然瞥到了乐鳌背后的雅济医院，这让她脸上的笑容立即收了回去，然后她转回身，慢慢地朝山上走，不再说话了。

看到夏秋脸色变了，乐鳌也看了看身后，然后他转回头来，看着前面的夏秋，犹豫了一下，终是问道："那医院到底怎么了，竟让你同它决裂至此，宁肯支付巨额赔偿也不肯留下？"

"东家都知道了？"夏秋继续向前走，头也不回地说道。

"从你第一次去上香的时候，我就知道了。"乐鳌回道。

毕竟乐善堂不是一个普通的药堂，又怎么会随便让一个身份不明的人登堂入室呢？雅济医院的事情乐鳌调查过一些，却只知道是夏秋犯了错，这才离开。不仅如此，他甚至连夏秋以前在家乡的事情都查过了，结果除了他家同邻里不是很亲近外，并没有调查出什

么不寻常的事情。而且，夏家也的确曾经开过药堂，只是后来不知道为何，夏家夫妇双双去世，药堂自然也关门了，而那个时候，夏秋只有十二岁。可是，虽然当时她只有十二岁，却也没有被亲戚邻里欺负了去，最后还考上了雅济医专来了临城。她临走前，将家里的东西全部变卖，房子、铺子、土地也全都卖掉了，这才凑齐了路费和生活费，来临城上学。只是，虽然看起来这些年都是她一个人，可知道了她的能力后，乐鳌却坚信，她一个人绝对做不到这些，一定有人在暗中帮忙，或者……不是人。不过，这丫头嘴紧得很，也精明得很，根本不向人轻易提起自己的过去，这让乐鳌也无从查起。

"是呢，不然您也不会每回都让老黄来接我了。"果然，听了他的话，夏秋也只是回头对他笑了笑，并没有多说什么，然后又看了眼雅济医院，再次回过头去，然后轻轻地说道，"是有些事情，不过我现在还不想说，但我也不想骗您，希望东家不要再问了。"

12

看到夏秋的样子，乐鳌不知怎的却想到了以前夏秋对他提起的一件事情。他记得，落颜刚来临城的时候，夏秋似乎说过想让他帮忙，那个时候她好像是说有一个朋友，可后来，等喜鹊被送到鹿神庙之后，她再提出让他帮忙的时候，却只说想要随他学医治妖怪的本事。

既然选择相信她，乐鳌自然也就不会咄咄相逼，而她已经把话说到了这个份上，他也知道，这个话题是继续不下去了，于是笑了笑道："也罢，等你想说的时候再说吧！"

夏秋又回头看向乐鳌，这次眼神中充满了感激："多谢东家体恤。"

说着话，两人已经到了半山腰，来到了那棵大槐树的前面。上次接落颜的时候，夏秋没能上山，并没有看到槐树的真正样子，而此时等她真正看到这棵老槐树后，却吃惊地说道："它……什么时候变成了这副样子？"

此时，她面前的老槐树树枝树干已经干枯得发黄甚至发黑，就像是被大火烧过一样，此外，现在已经是暮春，别的树木都已经郁郁葱葱，而这棵老槐树上只有顶端向阳的地方透出来几片瘦弱的嫩芽，在春日的暖风中不停颤抖着。不过，幸亏有这几片嫩芽，才让人知道这棵树还没有彻底枯死，还是有些生机的，即便这生机也有可能在不久之后彻底消弭。

乐鳌眼神微闪，并没有揭破夏秋话语中透出来的信息，而是解释道："如今它已经好很多了，若是前一阵子，只怕连这几片叶子都不曾有呢。"

这个时候，夏秋才察觉了这件事情的严重性，立即郑重地问道："东家，落颜来的时候，这树也是这副样子？"

"落颜来的时候，想必并不是这副样子吧！也真是难为他了……"乐鳌说着，向前走了几步，然后用手一拂，一道古朴的大门便出现在了他们面前，然后他轻轻敲了敲门，低声唤道，"青泽，我又来了！"

乐鳌叫了半天门，里面都静悄悄的，没有半分动静，就在夏秋以为那位青泽先生可能不在家的时候，却听大门突然发出一声轻响，却是被人从里面打开了。

夏秋吓了一跳，连忙顺着缓缓开启的大门往里看去，却看到一个身材瘦削、脸色苍白的绿衫青年出现在门里。

绿衫青年虽然看起来很虚弱，但是不得不说，长得却十分好看。他的眼睛不大，眼角向上挑起，即便此时由于生病，眼睑微微有些水肿，但是也不影响从他的眼神里面散发出来的特有神韵。他眉毛长长，直插入鬓间，虽然不浓，却很舒展，让人一看就觉得很舒服。再加上他高挺的鼻梁、微厚苍白却饱满的嘴唇、一头齐腰飘逸的长发……

夏秋觉得，若是此时给他穿上女子的衣服，梳上女子的发髻，

就是活脱脱一个"病西施"，即便水中的锦鲤见了，也会觉得自惭形秽，不敢浮上水面，所谓天人，也不过如此。此时，夏秋终于有些明白，为什么落颜对这位青泽先生念念不忘了。

看到夏秋盯着青泽看个不停，乐鳌低低地咳了一声："青泽，这是夏秋。"

"我知道，"青泽微微一笑，"你能带来我这里的，除了她还有谁？你好，夏小姐。"

"哦，啊！"这个时候，夏秋才终于惊觉自己的失态，脸颊立即有些发热，下意识抬头一看，看到这位"大美人"正在对自己笑，便又急忙低下头，不敢再看他，而是低声道："您好，青泽先生。"

"什么先生不先生的，说得老气横秋的，叫我青泽就是。"青泽将大门又打开了一些，做了一个向里面请的手势，"别站在门口说话了，请进吧！"

懵懂间，夏秋跟在乐鳌身后进了大门，往里走了一会儿之后，这才发觉青泽的宅邸竟然大得可怕。

虽然她在外面只看到一棵树，可那只是在外面看到的，真正进了里面后，夏秋才发现别有洞天，这里竟然亭台楼阁一应俱全，绕着院子甚至还有一条清澈的小河，而在前面不远处竟然还有一座假山……这里的屋子几乎全部是用树木拼搭而成的，有的甚至完全是在一棵粗大的树干上直接修成了小楼，造型创意都十分独特，实在是让人想不赞叹都难。

此时，青泽正在前面带路，他们的目的地看起来是对面一座宽大的树屋，夏秋猜那应该是客厅之类的地方，而在他们所走的这条路的两旁，围着很多花草树木，应该是专门修整出来的花圃。不过，虽然这里的花很显眼，草木却看起来没精打采的，让夏秋忍不住想起刚才进来之前，在门口看到的大槐树的惨状。她猜测，若是等这位青泽先生的病彻底好了，这些草木应该也会好起来了吧。

正想着，他们已经进入了客厅的大门。

在厅中坐好后，青泽一脸歉意地说道："实在对不住，我最近身体不好，怠慢夏小姐了，听说这段时间以来，你对落颜十分照顾，在下心中非常感谢。落颜她已经很久都没朋友了，难为你知道她的身份，还对她那么好，我真替她高兴。"

提起落颜，夏秋那因为美色而发胀的头脑才清醒了几分，可是心中却也更加疑惑，按这位青泽先生的所说的话来看，他应该是很关心落颜的，可既然如此，那日又为何让落颜那么伤心？难道真如他所说，他只是可怜落颜，把落颜当自己的妹妹？

想到这些，夏秋有一种冲动，很想当面质问他，但是想到自己此行的来意，还是将即将出口的话生生咽了下去。如此一来，她也更冷静了，对青泽点点头道："青泽先生放心，就算不看在落颜的份上，我同东家也会治好您的病，解了您的毒的。"

她的话让青泽一愣，却一句话也接不上来了，还好有乐鳌在一旁，瞥了眼旁边的夏秋，打破了尴尬："我今日将药炼好了，你一会儿服下，我们一同为你解毒。"

"药？什么药？"青泽一怔。

乐鳌眼神微闪，低声道："可以让你元神聚集的药物，我已经炼了七日了，刚刚才炼好，不然早就给你用了。怎么，难道连我也信不过了？"

青泽听了却自嘲地摇了摇头道："乐大夫我怎么会信不过？我只是怕你浪费罢了，反正我现在……也罢，咱们什么时候开始，在这里可以吗？"

"现在就可以开始，不过，还是去后面的厢房吧，那里安静些。"乐鳌提议。

"那好，你们随我来。"青泽说着，立即站起，往后面走去，夏秋和乐鳌自然也跟了上去。

这一次，没耽搁很长时间，他们穿过了一条很短的过道，就到了后面的厢房里。房间里的摆设不多，但却很雅致，门正对的是一张木头屏风，而绕过屏风则是一张木榻和一座茶台，茶台的周围摆着几张藤椅，同木屋的布置相得益彰，很有几分野趣。

　　乐鳌似乎对这里已经很熟悉了，一进来，就让青泽盘腿坐在了木榻上，然后他先让夏秋在一旁看着，待青泽服下他炼制的那丸淡红色的药丸后，这才施法为他解毒。

　　这一次，乐鳌没有将妖臂显露出来，因为此时同当日不同，当日他是为了求快，而这次是为了求稳，因为青泽所中的毒虽然药效不强，但是却很麻烦。由于这毒是下在青泽的本体上，又经历了很长时间，很多东西已经渗入了树干和附近的土壤，即便他的元神因为远离没有彻底感染，但想要彻底同他的本体分开却十分不容易，尤其青泽现在已经回来了，因此，毒很难从他的体内祛除。

　　而且，直到现在，乐鳌都还没查出他中的是什么毒，根本谈不上炼制解药，只能是硬驱。

　　这法子，是最伤元气的，即便是身体强壮的妖也要脱一层皮去，更不要说青泽现在已经灵力涣散，元神大损了。乐鳌此法，恰如给虚弱病人治病时用了虎狼之药一般，能不能治好，一半看大夫的本事，另一半却也只能听天由命了。

　　不过，青泽也算是运气不错，乐鳌先是替他找来了千年聚灵草，帮他炼制了丹药聚集元神、培元固本，又带来夏秋打算帮他削弱净化之术的刚气，里里外外都给他做了充足的保障，将治愈他的可能提高到了七成。

　　所以，这若是把乐鳌的治疗方法看作是一服药的话，这药方里君臣佐使的配伍运用足以让天下最好的大夫佩服得五体投地了。

　　服下药后，青泽就感到一股热流从全身聚集到胸口，血脉经络也似乎一下子通畅起来了，身体四肢也开始微微发热。这让他心中暗暗称奇，他知道，这是灵力流经身体的表现，也就是说，之前被他散去的元神灵气竟开始重新聚回他的体内了。

　　而这个时候，随着乐鳌施放的那道银黄交杂的灵气将他裹住，这种感觉越演越烈，他只觉得自己原本干瘪冰冷的血脉一下子就饱胀了起来，一种前所未有的充实感也弥漫了他的四肢百骸。于是，不一会儿的工夫，青泽只觉得自己的身体被灵气充满了，仿佛全身都充满了力量，仿佛这世间的一切都在他的掌握之中。但是，他还来不及高兴，心中却突然产生一股恐惧，因为随着这股力量越来越大，他觉得自己马上就会被这股力量撑爆似的，紧接着伴着身体内外一阵阵针扎似的刺痛，他的浑身上下都被汗水浸透了。

看到时机差不多了，乐鳌立即低声唤了句："夏秋。"

13

夏秋立即会意，她闭上眼睛，开始按照之前乐鳌给她写的那些口诀上的话所说，调动自己体内的气息，然后用这气息锁定青泽和乐鳌的气息，尤其是乐鳌那股强大的力量，然后像之前自己运用大隐术时那样，将自己体内的气息推了过去，再将乐鳌的那股力量包裹其中，然后混杂在一起，重新导入青泽体内。

在夏秋掺进自己气息后，青泽立即感到自己周身的那股刺痛感在慢慢减弱，就连那种身体几乎要被撑爆了的感觉也一并缓解下来，这感觉就像在自己沸腾的血液里泼了一碗温水般，既可以让自己平静下来，又不似被泼入冷水般那样凛冽，让他实在是舒服之极。

于是，在这两股力量的交织下，青泽只觉得自己体内有什么东西再也无所遁形，随着汗液流淌而出。最后，当他的体内终于出现了一股属于自己的微弱灵气的时候，那股外来的灵气便渐渐地减弱，为他这股气息腾出了足够的地方，让它有机会渐渐壮大。

随着时间的推移，那股外来的灵气逐渐加速撤离，直到最后，终于全部从青泽的体内离开，重新还给了青泽一个清净……他竟然睡着了……

随着乐鳌将自己的灵气收回，夏秋也在同时收回了自己的气息，而这个时候，她的额头上也见了汗。等她睁开了眼，站在她对面的乐鳌问道："如何？"

看到乐鳌一脸关切的样子，夏秋笑了笑说："没什么，就是第一次帮东家，有些紧张。"

见她没事，乐鳌微微一笑："以后你就会习惯的。"

乐鳌说完，立即走向了青泽，将他轻轻地放倒在床榻上，然后为他盖好了榻上的云被。不过在这个过程中，触到青泽身上已经湿透的衣衫，乐鳌则暗暗运功，帮他把衣服烘干了。

安置好青泽，乐鳌走向夏秋，低声道："让他休息一下，咱们去前面等吧。"

夏秋点头，她也正有此意。

乐鳌还没什么，可她一个女孩子，在一个男人睡觉的时候守在他的身边，怎么都觉得别扭，更何况这个男人长得不错，还是自己最要好的朋友的未婚夫。纵然现在男女间的大防已经好多了，但那也不意味着她就可以不讲礼貌。

到了客厅，乐鳌同夏秋分别找了两张椅子坐下，夏秋这才看了眼厢房的方向，问道："东家，青泽先生大概多久能醒？"

"毒素已除去大半，但是他太虚弱了，即便有你的能力辅佐，他估计也要休息一会儿才能醒过来。"略略思忖了一下，乐鳌估计道，"大概得两个小时吧。"

"那醒来后他会如何？会立即痊愈吗？"夏秋又问。毕竟这位青泽先生是她的第一个"病人"，她自然比较上心。

"这毒讨厌也就讨厌在这里，虽然不强，但是却难以根除。"乐鳌皱了皱眉，"没有解药的情况下，我们能做到这种程度已经不易，接下来就要看青泽自己了。"

"自己？"夏秋怔了怔。

"嗯。"乐鳌犹豫了一下，"一会儿我还有些事情要叮嘱他。"

话说到这里，乐鳌便闭目养神起来，显然，刚才也耗费了他不少灵气，看到他的样子，夏秋也不敢再打扰，只能坐在大厅里发呆，等着青泽醒来。

两个小时说多也不多，说少也不少，但也足够让人等到无聊了，再加上从这大厅里，可以清清楚楚看到院子里美丽的景色，所以在这两个小时里，夏秋已经无数次琢磨，要不要到院子里转一圈，好让时间过得快一些。不过最终，为了防止自己在这个大宅子迷路，再劳烦东家去找她，她还是忍住了无聊，等到了青泽从后面的厢房里重新出来。

结果，等青泽再次出现的时候，夏秋惊讶地发现这位青泽先生就像是换了一个人一般。

此时的青泽脸上已经有了血色，就连眼睛看起来都比之前看到他的时候有神了，再配上他身上已经被换成了深绿色的长衫，如今衬着他的肤色，让他整个人都似乎鲜明了不少。

而等他一开口，明显声音也比刚才大了几分，只见他对着夏秋和乐鳌的方向深深鞠了一躬，一脸感激地道："乐大夫，夏小姐，你们的再造之恩，在下感激不尽！"

他本以为自己已经没救了，可这次一醒来，却发现自己身上的毒素不但消失了九成，就连灵力也恢复了一半，实在是大大出乎他的意料，所以，一醒来，他就立即换了衣服前来道谢了。

他一行礼，夏秋自然受宠若惊，连忙站起摆着手道："是我家东家，你谢他就是！"

"夏小姐不必客气，乐大夫绝不会平白带你来的。"青泽一笑。

到这个时候，乐鳌才不紧不慢地说道："你别高兴得太早，找不到解药，我也无法为你彻底清除余毒的，剩下的毒素，只能你自己想办法了。而且，因为这毒素，你日后想要修回另外一半的灵气，也要比以前难上数倍，到时候你别埋怨我就是。"

虽说如此，可这也大大让青泽惊喜莫名了，因为在这之前，他真以为自己已经是强弩之末，快要灰飞烟灭了呢。

于是他又要再次道谢，可这次乐鳌却摆摆手，再次阻止了他，然后只见乐鳌眉毛一挑道："这次，多亏得了千年聚灵草，才会让你散掉的灵气重新聚回。不然的话，纵然有夏秋在一旁辅佐，我也是不敢为你用这么大的力气驱毒的，就怕等这毒驱走了，你仅剩的元神，也随着这毒一块烟消云散了。"

"千年聚灵草？"青泽一愣，突然有些失神，"可是花神谷的千年

聚灵草？"

"没错，正是花神谷的千年聚灵草。"乐鳌点头，"你可有想说的？"

听了他的话，却见青泽苦笑一下道："你应该早些告诉我的。"

乐鳌抬了抬下巴说："早些告诉你，你就不用了吗？我怕早点告诉你，效果就没这么好了。反正这药我用也用了，你的命也保住了，剩下的我就管不着了。我治得了你的病，却治不了你的心，你先想清楚了再说吧。如今落颜在临城上学，要在我那里住一阵子，你随时都可以来看她。"说着，他站起了身，对青泽拱了拱手道，"时候不早了，我们就先回去了，以后你别再不声不响地消失了，也省得别人担心。"

说到这里，乐鳌立即叫了夏秋，两人离开的时候，青泽本来想送他们，却仍被乐鳌拒绝了。

离开青泽府邸的大门，没走几步，夏秋再回头看，却发现大门已经消失不见了，而等他们快到山脚的时候，她才忍不住问道："东家，青泽先生真的要把喜鹊带回来吗？"

乐鳌看了她一眼说："从我再见到他那刻，他就不曾提过喜鹊的事情。"

夏秋愣了愣道："可落颜已经告诉他了呀。"

乐鳌撇了撇嘴道："那个时候，他以为自己没救了。所以我去花神谷取药之前，让你们看住落颜，不让他们见面。"

"你的意思是……"夏秋立即明白了，只是却不敢肯定。

"那是他们自己的事，"乐鳌打断她的话，"我们能做的事情只是治好他，至于其他……"他顿了顿，"他们拖了几百年，也该有个结果了。"说着，他又瞥了夏秋一眼，"怎么，你想告诉落颜？"

夏秋想了想，却摇了摇头说："落颜好容易不难过了，这几天才有些精神，我觉得还是再等等吧。也许，等冷静下来后，落颜会发现，自己只是被表象所迷呢？你们都说她几百岁了，可我看她还天真得很，也许等一等，她会找到更合适的也不一定。而且，青泽的想法，我们也只是猜测，万一不是我想的那样，岂不是让落颜再伤心一回？"

夏秋这番话倒让乐鳌对她刮目相看了，于是他眼睛眯了眯道："没想到，你小小年纪，在这方面还颇有心得。"

听出乐鳌话外之音，夏秋立即道："东家，没吃过猪肉还没见过猪跑吗？您可别小瞧人。"说着，她不再等乐鳌，而是快步往山下走去，不一会儿就到了山脚，往那座石桥去了。

看着她的背影，乐鳌若有所思，眼神却飘到了前方不远处的雅济医院的外墙上……

两人一路无话，被小黄师父载着回了乐善堂，不过，眼看快到家的时候，却见五奎路上突然热闹起来，而且，越往乐善堂的方向走，人越多，这让乐鳌和夏秋都有些不安，以为发生了什么事情。

在离乐善堂还有几百米的时候，汽车却再也开不过去了，他们只能下车。只是，等他们挤过人群，来到乐善堂门口的时候，却目瞪口呆。

原来，在乐善堂门口，有人支起了一口大锅，此时，大锅里热气腾腾的，看样子像粥。而在大锅的一旁，放着一张桌子，桌子后面坐着落颜，陆天岐则站在大锅同桌子中间的地方，拿着一个大马勺，正在给排队的人们盛粥。

而在大锅的后面，一个穿着黄色洋装的女孩正指挥着几个穿着军装的士兵送馒头的送馒头，煮粥的煮粥，添柴的添柴。

这些士兵中有一个穿着军官服饰的男人，此时正站在女孩的身边，密切注视着周围那些领粥百姓的动静，显然是在保护这个女孩。

这个军官和那个女孩乐鳌都在宴会上见过，一个是旅长大人的副官，应该是姓张，落颜上学的事情，就是陆天岐拜托他帮的忙。而另一个则是旅长大人的妹妹菁菁，也就是落颜在学校里的好友。

他们早就听说，这几日旅长为了安抚震后无家可归的灾民，在临城设立了好几个施粥地点，而眼下看来，今日他们乐善堂也成了施粥点之一了。只不过，如今看来，围观的人似乎比领粥的人还要多出去不少。

虽然乐鳌他们早就知道这次根本就不是地震，而且临城的百姓也无一人伤亡，可眼下的情形正是旅长大人显示自己仁政爱民的大好机会，再由他妹妹和副官出面，更是妥当无比，他们自然说不得什么。可他们竟然把粥棚摆到了乐善堂门口……

两人扫了眼脸色铁青的陆天岐，然后相互使了个眼色，便悄悄退出了围观的人群……

第六章　诡事

01

一回到林家，原田就生了场大病，林家的大夫说是伤寒，足足为她诊治了好几日，才将症状压下，脱离了危险。

她一清醒，就看到了坐在屋子里的林鸿升，想起在那座荒山上发生的事情，她怒不可遏。即便林鸿升不眠不休地守了她好几夜，也被她愤怒地赶走了，还扬言再也不想见到他。

怕她情绪激动再让病情严重，林鸿升只得离开，不过离开的时候，他却再三叮嘱照顾她的丫头，让她们好好看着她，千万不要让她出门，最好连床都不要下，开窗都要小心，绝不可以再受风寒。不过，正所谓病来如山倒，病去如抽丝，原田现在根本连下地的力气都没有，更不要说出门了，入口的东西除了药就是粥，半点滋味都没有，搞得她浑身都软绵绵的，说话的声音语调甚至都比以前弱了不少。

这种状态让原田晴子很不痛快，没过几日就嚷嚷着让林家人送

她去临城的医院，想去那里输液打针，好让自己的病快些好。

显然，相对于林家大夫的医术，她更相信医院，而且在她的家乡，医院诊所早就大行其道，很少有人再喝草药了，她也很久都没闻到草药的味道了。只是可惜，在林家如今除了林老爷子，就是林鸿升的话管用了，而林少爷既然说了不让她下床出门，要她好好在家养病，别人又怎么可能送她去医院呢？医院大夫的医术如何暂且放在一旁不说，单是这送去的路上，万一再次受了风寒，让病情加重，这个责任就没人负得起。所以，无论这位东洋大小姐怎么折腾，周围侍候的丫头们全都充耳不闻，照样该送药的送药，该送粥的送粥，一切还是按照林鸿升吩咐的步骤来。

这让原田更加怒不可遏，故而也无数次打翻了丫头们端来的药碗、粥碗。不过可惜，即便她拒绝治疗，却并没有难住林家的大夫，等她烧得昏昏沉沉的时候，那大夫便立即进屋替她施针，却是用针灸控制她的病情。

醒了之后，感到自己浑身都痛，原田这回是彻底服了，也醒悟了，终于开始问丫头林鸿升的去处。她算是看出来了，如今她在林家，只要林鸿升不开口，谁说话都没用。

不管怎样，林鸿升留学时也是学的西医，也曾经因为生病住过医院，一定能理解她的话，她实在是不想再受这种罪了。不过可惜，等她想起林鸿升的时候，却被丫头告知，少爷出门了，要一个月后才能回来。

原田好奇林鸿升去哪里了，丫头也不瞒她，告诉她说她家少爷据说去医院实习了，再问是哪个医院，丫头却说不知道。这个时候，原田实在是无语了，她想要住院不成，这个林鸿升倒好，主动跑到医院实习去了，让别人打针输液不说，反而把她一个人扔在林家喝苦药，实在是让她有一种想哭的感觉。

不过话匣子打开后，照顾她的丫头又向她说出了林鸿升临走前留给原田的话，他让丫头转告她，她的病已经无碍，正是需要固本的时候，所以这个阶段还是食补调理对她身体最好，他还让她好好养病，等他回来后再向她负荆请罪。

听了这句话，原田便知道，自己的病若是无法彻底痊愈，只怕永远出不了林家大门了，原田心中虽然愤愤，可是却也充满了无奈，而后，她果然不再折腾了，吃药喝粥也全都听大夫的，比之前乖顺了数倍。只是，大夫庆幸之余，却不知道，原田外表看似平静，其实在心中已经恨死了林鸿升，并且打定主意，等自己病好之后，就立即搬离林家，去富华大道上的会馆里去住，再也不受他钳制，在那里，他们原田家有自己的联络人。

这一次不是她不想去找，而是她如今根本就没有能力，之前她想召唤式神帮她传递消息，可此时她实在是太虚弱了，剪好的纸人即便沾了她的血，也飞不出去，还没飞出房间便摔了下来，她是真没了办法才不得不老老实实待在这里……

此时的林鸿升自然不知道原田心中所想，这会儿他已经在学长的帮助下，化名林洪进入了雅济医院做实习大夫。

原本实习大夫是要一个科室一个科室轮科的，每个科室或一个月或几个月，好让实习生的能力得到全面提升。不过，林鸿升可不是专门来实习的，他另有目的，而且他也没工夫花太多时间实习，林家还有一大堆的事情等他去处理，所以，他这次，就打算在儿科实习，并准备在一个月之后就离开。

之所以选择儿科，是因为这个科室可以更好地隐藏他的身份。虽然他刚刚才回来，可经过前几日的宴会，这临城稍微有些头脸的人家都见过他，他只有在儿科才能尽可能避免遇到熟人。毕竟，来这里看病的多是一些小孩子和妇孺，这样一来，他被认出来的概率就要小很多很多了。另外还有一个原因，就是雅济医院的儿科比较靠后，从这里的窗户可以直接看到后面办公楼里院长和财务室的窗户。既然知道了夏秋每个月都来还钱，还大赞这里的肖会计人很好后，他自然要先从肖会计入手了。

林鸿升的学长姓段，也是刚到临城不久，其实本来他是想直接问段学长的，不过可惜，段学长新年后才来，那个时候，夏秋早就离开医院了。

至于自己如何来的这里，段学长说，当时他本来在别的医院，不过，却被这家医院的院长高薪挖了过来，而且一来就是做这里的外科主任。当时因为太急，他觉得心里不踏实也打听了两句，后来才知道，原来这家医院校董的儿子也是从国外回来的外科大夫，是这里的外科主任，结果年前出了意外，可这个职位又不能一直空着，这才在年后紧急招人，让他有了这个机会。至于出了什么意外，怎么出的，他却一概不知，来医院这么久，也不曾听到有人说起，只说是因为私事出了事。

学长知道的也就这么多，再问就有些太刻意了，但是校董儿子的事情也引起了林鸿升的注意，他决定有机会也要好好打听一番。不过，事情总要一件件地办，为今之计，就是先要去探探那个肖会计的底细。

实习医生是没有薪水可拿的，但是医院却管饭；雅济医院的后面有一座食堂，就是专门供应医生护士们吃饭的，有的时候也供应病人的餐饮。只不过，医生护士凭着餐牌就可以吃饭，病人却要花高价才能用餐。于是，这便成了他接近肖会计的机会，因为林鸿升需要从会计那里领取用餐的餐牌。故而，他拒绝了段学长为他代领餐牌的好意，在午休之后，特意去找了肖会计一趟。

会计室在三楼，同院长室很近，门口挂了白底黑字的木牌，很容易找到。林鸿升到达会计室门口的时候，门是虚掩的，他本想敲门来着，可手指即将碰到房门的那刻，他突然改了主意，而是将门轻轻地推开了，尽量放轻脚步走进了屋子里。

会计室里有两张对着放置的桌子，不过此时靠房门的那张桌子是空的，里面那张桌子的后面则坐着一个秃了半个头顶的中年人。

在来之前林鸿升就打听过会计室的情形，知道里面除了肖会计还有一个年轻的出纳，据说是另一个校董的亲戚，但是这几日出纳请了假，会计室里只有肖会计，正是这个秃顶男人。

林鸿升进来的时候，肖会计似乎在低头翻看着什么东西，手也不停地拨弄着算盘珠子，似乎在算账。不过他账算得太入迷，再加上林鸿升故意放轻了脚步，所以，直到林鸿升都到他桌前了，这个肖会计也没有察觉。

而这个时候，林鸿升快速地看了他翻看的那东西一眼，发现上面竟然写的是外文，而且，看那单子的制式，倒像是一张汇款单。不过可惜，凭他此时同桌子的距离，无法看清楚单子上的数额。林鸿升正想走近些再看看清楚，肖会计这边也算完了账，终于发觉了不对劲儿，他抬起头来，结果发现竟然有人，立即被吓了一跳。

不过他却下意识地用旁边的一张报纸将那张汇款单遮住了，随后瞪着林鸿升怒道："你是谁？来做什么？这会计室是能随随便便进来的吗？"

看到被发现了，林鸿升立即赔笑道："您是肖主任吧，我是新来的实习大夫，我们主任说，要来您这里领食堂的餐牌。"

"实习大夫？"肖会计脸色一沉，看向房门的方向，"你是怎么进来的？"

"我看到门没关，就进来了，不过，您似乎太认真了，我也不好打搅您，所以……所以……"

"难道你的家教没教你进来要敲门的吗？"刚才实在是被吓倒了，肖会计叱道。

"对不起，对不起，是我疏忽了！"林鸿升连忙赔礼。结果过了好一会儿，肖会计才不同他计较了，然后用钥匙打开旁边的一个木柜，拿出一个小木盒来，随即问道："名字。"

"哦，林洪，我是新来的实习大夫林洪，现在在儿科实习。"

02

听了他的名字，肖会计在盒子里翻找了半天，终于拿出了一块原木色的小木牌，小木牌的上面写着一个"食"字，下面还编着号码。他先将牌子上的号码抄在了一个本子上，然后又写上了林洪的名字，之后才拿出一个薄薄的纸卡，用毛笔再在上面写了"林洪"两个字，然后他在这张纸卡后面刷了糨糊，贴在了木牌后面。

随后他将木牌递给林鸿升，冷冰冰地说道："记住凭牌吃饭，每次你去食堂的时候，都要把这牌子出示给食堂的经理，他会按照号码查你的名字，无误了才会放你进去。若是这牌子丢了，你要赶快过来我这里报失，我好给你换个新牌子、新号码，食堂经理那里也会一起换成新的。咱们医院早中晚加夜宵，一天可以在食堂吃四次，一个月就是一百二十次。食堂经理那里会给你划次数，要是超了，没办法了，剩下的日子你就只能自己想办法解决吃饭问题了。"

"好的好的。"林鸿升听得连连点头，暗叹这雅济医院的管理就是精细妥帖，心中则思忖着回去以后也要在种德堂好好推广一番。

不过，就在肖会计要收回盒子那刻，林鸿升心中一动，突然问道："肖主任，若是我实习完后离开了呢？这牌子还用不用交回来？"

肖会计已经有些不耐烦了，今天他的事情还很多，哪有那么多时间浪费在一个小小的实习生身上，况且，还没有几个大夫在医院实习完后就走的呢，最起码也要干个一两年稳定一下再考虑跳槽的事情。于是他没好气地说道："当然要交回来了。不过，就算不交回来也没用，人都走了，食堂经理那份单子上也就被除了名，号码也会作废，到时候就算厚着脸皮来吃霸王餐，经理也不会放人进去的。再说了，医院的医生护士就这些人，哪怕没这张单子，也不好混进食堂。"说到这里，他耐心用尽，对林鸿升摆了摆手，"行了，还有什么不明白的，你去问你们主任，还有那些护士们，我这里很忙，你出去吧！"

"好，谢谢肖主任。"林鸿升应着，人也退了出去。

不过离开会计室后，他却并没有立即离开办公楼，而是藏在了办公楼一处凹陷处，这是他在上楼的时候就已经看好的。

这里有一张欧式的落地窗，上面还配了天鹅绒的窗帘，因为这会儿是白天，窗帘被拉到了两旁，正好可以遮住这处凹陷，无意间竟然给这里隔出了一个有着巨大落地窗的露台。大概是这个露台引发了医院里某人的妙想，竟然在这里安置了一张欧式的圆桌和两张圆椅，虽然地方不大，但是却很有雅趣。所以，与其说是藏，不如说林鸿升是坐在了圆椅上，透过窗帘暗暗观察外面的动静。

他等了不到十分钟，便听见会计室的大门一响，然后肖会计从里面走出来，手里则拿着那张汇款单。等他过了楼梯口，林鸿升急忙再次上了三楼，然后他站在拐角偷偷地盯着肖会计看，却见他果然敲响了院长室的门，然后走了进去。

显然，肖会计这是要去给院长报账。

刚才在等候的工夫，林鸿升已经细细回想过那汇款单上的文字，终于想起那应该是德文或法文，肯定不是英文。

虽然如今国内的医院多数都是由外国人开的，也经常受到外国研究所的资助，可是他记得这个雅济医院应该是惯用英文的呀，怎么会出现德文呢？

想着想着，林鸿升有些出神，就在这个时候，却听一个女人的声音蓦地响了起来："这位先生，您找谁？"

林鸿升吓了一跳，他急忙转头，却看到一个四十多岁的女人正站在他身后，而她的手中拿着簸箕和扫帚，看样子像是清洁工。

林鸿升急忙平复了下自己的心情，镇静地道："我……我是来拿饭牌的。"说着，他连忙晃了晃手中刚刚拿到的木牌。

看到他手中的木牌，那女人笑了笑："原来是新来的大夫呀，您好。"

林鸿升脸上一热："我只是实习大夫。"

"来这里的实习大夫最后都成了正式大夫了，您真是太谦虚了。"女人笑道，"我姓朱，是这里的清洁工。"

看到女人不像是起疑心的样子，林鸿升也连忙笑道："您好，朱阿姨。"

"嘿嘿，先生好！"朱阿姨笑了笑，"这楼很好看吧，刚来的时候我也看花了眼呢，尤其是这些灯，竟然不用火，是不是吓了一跳？"

"是不错，是不错。"林鸿升连忙道，"我们主任还在等我，我先

回去了。"

"好的,先生您去忙!"朱阿姨连忙道。

逃也似的离开了办公楼,林鸿升才察觉自己的里衣都湿透了,院子里的风一吹,浑身上下都凉飕飕的,让他立即清醒了几分,而也是这个时候,他才觉出不对劲儿来。

这个时间,怎么会有清洁工去办公楼打扫卫生呢?办公楼又不是门诊楼,经常有杂物、垃圾产生,也应该像其他的普通公司一样,早上打扫、晚上清理就行了呀。不过,即便心中有疑问,林鸿升却不敢再去办公楼了,而是转身回了科室。见他拿个饭牌花了这么长时间,带他的王主任颇有些不满,于是接下来林鸿升不敢再有其他动作,认认真真工作了一下午。

直到快下班,王主任去了病房,段学长不放心他第一天上班,来探望的时候,他才有机会打听消息。于是立即问段学长知不知道都有哪些国外的研究所援助了雅济医院。

段学长知道的不多,听到他发问,略略说了几个著名的,便再也想不起来了。不过,正如林鸿升所料,这些资助医院的研究所,大多都是使用英文的国家。

所以,如果那汇款单上的文字是德文……

果然,当林鸿升隐晦地提起时,师兄的脸色却微微一变,低声道:"这怎么可能?就算以后有,前几年也不会有,不然的话,其他几个研究所还肯资助这里?"

林鸿升自然知道师兄的意思是什么,这也正是他担心的。怕师兄起疑,他立即将这个话题用其他不相关的盖了过去,但是到了最后,他心念一动,突然问道:"咱们医院有没有一个姓朱的清洁工,是个四十多岁的女人,个子不高,长得却很干净?"

"你说的是朱阿姨呀,"听了他的话,学长一脸了然,"她同我差不多时间来的,人很好,话不多,却很勤快。说着,他看向走廊尽头,用下巴指了指、你说的就是她吧!"

走廊尽头,有一个穿着白色褂子、戴着蓝套袖的女人刚好从一旁的拐角处走出来，正拿着扫帚扫着地，在她的身旁放着一个盛满垃圾的木桶，看样子应该是在下班前最后一次清理垃圾。本来她在埋头干着活儿，不过，大概是被人盯着看有了感应，趁着直腰的机会往林鸿升他们这边看了一眼。看到是林鸿升后，立即对他摆了摆手，笑道："先生，原来您在这个科室呀！"

"是呀，我在儿科实习。"看了看身后的科室牌子，林鸿升笑了笑，与此同时，他心中的怀疑也立即烟消云散了。

为了不惹人怀疑，林鸿升也在医院后边的两层小楼里申请了一间宿舍，这是座筒子楼，是医院特意为单身职员准备的，原本是旧病房。不过，一般情况下，医生住的少，多是在外面租住条件更好的，护士却住的多，毕竟她们薪水有限。而且，医生因为多是男性，所以安排在一楼，基本上都是单间，护士们则因为都是女孩子，又全是从雅济医专毕业的，住惯了集体宿舍，所以安排在楼上，一间屋子能住下四人左右。

不过，住进去的第一晚，林鸿升就后悔了，因为这座筒子楼里几乎全是女孩，而且多数是护士经常要倒班，所以从早到晚，他都不得消停。

筒子楼隔音很差，这让他几乎日夜都能听到上下班的护士们从自己的门口经过，而且，她们往往不是一个人，而是成群结队，时不时地还说笑几句，让他往往刚刚睡着，就被交班的护士们惊醒了。

就在某夜他再次被交班护士惊醒，思忖着自己这么做的必要性时，他却突然听到两个从他门前路过护士的交谈内容，一下子来了精神，这几日少眠的辛苦也立即烟消云散了……

03

这两个护士比其他护士回来得要晚不少，而其中一个似乎边走还边安慰另外一个，听起来，另外一个护士应该是被吓到了。

当她们经过林鸿升房门口的时候，林鸿升听到其中一个护士低

声说道："你明知道那里有停尸房，还非要晚上去，这不是自己找不自在吗？"

"我……我只是天黑前忘记打水了，锅炉房在那里，我想着，才八点多，天刚黑，哪想到……哪想到……怎么办，我这几天总是做噩梦，夜班都不敢一个人值，这样下去，会被扣薪水的！"这时候，另一个护士的声音里已经带着哭腔了。

"都过去这么多天了，你的胆子也太小了。"第一个护士说了这句话后顿了顿，"我记得你说过，应该是地震的第二天吧！"

"徐大夫的事情还过去好几个月了呢，现在还不是没人敢提起，也不能怪我胆小吧，这医院，本来就邪门……"

"行了行了，你快别说了，大半夜的，说得我汗毛都竖起来了，自从徐大夫在楼顶上……那院子就没什么人敢去了，这次只能怪你自己……"

两人说着，声音渐渐消失在楼梯口，应该是上了楼，只是，她们走了，林鸿升却如获至宝。

那个徐大夫他也听过，正是他学长代替的那位外科主任，也就是校董的儿子，而据刚才那两个小护士所说，想必那位徐大夫就是在锅炉房附近出的事。

这几日，他只知道那里靠近停尸房，所以才会被人忌讳，却没想到还有这一桩事，怪只怪他太想当然了，差点错过了最重要的线索。

虽然他来雅济医院是为了调查夏秋，只是，也不知道是不是她一个小护士太不起眼，这几天任何消息都探不到。而这个徐大夫就不同了，身为校董的儿子，看起来发生了不小的事，可大家对他的事情却全都是闭口不言，这肯定不正常。而且，从他的学长顶替这位徐大夫工作的时间算起，似乎他出事的时候同夏秋离开医院应该是差不多的时间，所以，林鸿升猜测，夏秋的离职很有可能同这个徐大夫有关。

于是乎，这两件事情就变成了一件事，既然查不到夏秋，那他自然就要好好查查这个徐大夫了，也许能有收获。

今晚得的消息，让他心中一下子有了底，所以这一夜他睡得很好，他已经打定主意，今晚养精蓄锐，明日他一定要好好探探那个据说是徐大夫出事的院子。

隔日，林鸿升的工作效率出奇的高，同前几日的无精打采判若两人，这让带他的儿科主任王主任总算刷新了些对他的看法。而吃过晚饭后，林鸿升的表现更是让人刮目相看，因为他竟然自告奋勇要求在医院住院部值晚班。

本来，实习医生是不用值晚班的，林鸿升如此自觉主动，王主任自然不能打消他的积极性，立即欣然应允，自己则乐呵呵地回家去了。

最近住院部本来就没什么病情严重的病人住院，如今既然有人替他值班，他自然要早些回家休息。而且他的住处离医院也不远，就算真有什么事，立即去他家里叫他也来得及。

林鸿升的目的当然不是要好好表现，所以，等他查过最后一次房后，并没有在医生值班处守着，而是拿了一个暖水瓶佯装打水去了后院。

去后院的这一路上，他也的确碰到过几个值班护士和医生，只是，他们看到他手中拿着的水瓶，猜到他要去哪里做什么之后，人人都是一种难以言喻的表情。他们显然是想警告林鸿升的，可是又似乎碍于某种原因每人都欲言又止，可正因为如此，林鸿升才更觉得可疑。因为这反而证明了另一件事，他之前的猜测没错，徐大夫的事情，一定是被医院的某位大人物下了禁口令，所以他们才会一个个如此表情，这也更加强了他今晚一探究竟的决心！

地方非常好找，医院里的医生护士，哪个不知道锅炉房和停尸房的位置，所以，林鸿升很顺利地到达了那个四面不见光的小院子。

而他一到达这个地方，便立即感到有一股阴森森的凉气向他迎面扑来，他之前那因为找到了线索而兴奋雀跃的心也在这一刻冷静下来。他沉下心，定了定神，拎着暖瓶，向锅炉房的方向走去。

这会儿，他终于明白为什么很多人在晚上不敢来这个院子了，因为此时，在这个院子里，他看到了无数黑影。这些黑影或在院子里徘徊，或出现在屋顶上，甚至还出现在树梢上。不过，这附近所有的地方只有一个地方黑影最多，正是停尸房的门口。而他若是想要去锅炉房打水，势必要穿过这些黑影，甚至要同他们擦肩而过。

这种事，要是放在一般人的身上，可能就是觉得冷飕飕的，不舒服罢了，而林鸿升因为被牛耳草洗了眼睛，那种能看见的感觉可就同不能看见的感觉大不相同了。因此，别人或许只要壮着胆子就行，因为他们看不到，而他不但要装作看不到，还要克制住自己心中的恐惧和厌恶。

即便只是影子，他也看到了几个体型很不正常的，比如，白天的时候，他似乎听说有个男人被汽车碾了过去，送来了医院；还有一个人因为欠债被人砍了胳膊扔进了东湖里，也被警察局暂时送来了这里……而显然，它们此时都在……

不过，林鸿升以前也随原田出去过很多次，比这更恐怖的情况都见过，只是没有这次的数量多罢了，所以，现在这些都不是问题，问题是，那个徐大夫究竟在哪里？若是昨天那两个小护士说的是真的，那个徐大夫只怕还没有离开，所以，他应该可以在这里找到徐大夫。

从院子口到锅炉房的这一段路，林鸿升故意走得很慢很慢，他今天特意找了医院去年的旧院刊，果然在上面找到了徐大夫的照片，所以，他自认若是徐大夫能出现的话，他肯定可以认出他。不过可惜，眼看他已经打好了热水，却还是没有看到徐大夫的踪影。

就在林鸿升盘算着是不是往这些黑影最多的地方，也就是停尸房门口再查看一番的时候，突然一个身材高大的黑影慢慢向他飘了过来。

林鸿升心中先是一惊，然后却又是一喜。他有种感觉，这个黑影搞不好就是他要找的徐大夫。于是，他屏住呼吸拎着暖瓶开始慢慢往院门口走，而他的另一只手则伸到了衣袋里……

随着这个黑影的靠近，林鸿升明显感到一股彻骨的寒向他袭来，甚至在他同那个黑影的中间，刮起了一股小小的旋风。旋风卷着院子里的泥土向他袭来，他急忙闭了下眼，这才没让眼睛被尘土迷住。可也就在他闭眼的工夫，就在离他不远处的地方，有一块拳头大小的石头突然被这股风卷着滚了过来，然后悄无声息地滚到了他的脚边。也就是在这个时候，他眼睁睁地看到那个向他慢慢走近的身影突然间变细拉长，然后竟然整个匍匐在地上，延伸到了他脚下，随后，一双黑黢黢的手，向他的脚踝抓去。

林鸿升立即明白了，黑影这是想让他被这块石头"绊倒"，原来，这东西向他靠近，只是想戏弄他，他伸进衣袋里的手不由得紧了紧……

这个时候，随着这个黑影的靠近，林鸿升也终于能看清"他"的样子了，虽然"他"五官模糊，可林鸿升也一眼认出，"他"绝不会是徐大夫，因为这个影子竟然长着络腮胡子，而且，看样子是个老人。

林鸿升心中有些恼火，立即向前迈了一步，躲过了那双想要恶作剧的黑手，跨过了那块石头，而等那个黑影不死心地再次缠来的时候，他伸进衣袋里的手突然拿了出来。然后只见他的手指突然一弹，一粒珠子正中这黑影的额心，紧接着他只看到这个黑影张了张嘴，便一下子像雾气一样烟消云散了。

珠子是桃木的，而且被原田的血浸泡过，本来他是想用来降服徐大夫的，可眼下，这个黑影实在是讨厌透顶，他的耐心也消耗殆尽，便立即出手了。此时他有些沮丧，因为他突然想到一件事……即便那位徐大夫真的是在这里出的事，可戏弄那些护士的却可能并不是徐大夫。看看这些黑影的数量就知道了，就像刚刚戏弄他的那个一样。

而人们疑心生暗鬼，一旦发生某件蹊跷事，便会不自觉地把这些事情安在了那个倒霉的徐大夫身上，只会认为是"他"搞鬼。

黑影消失后，珠子却并没有在原地停下来，林鸿升心中烦乱也没管它，任凭这珠子一路滚去。

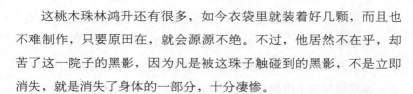

这桃木珠林鸿升还有很多，如今衣袋里就装着好几颗，而且也不难制作，只要原田在，就会源源不绝。不过，他居然不在乎，却苦了这一院子的黑影，因为凡是被这珠子触碰到的黑影，不是立即消失，就是消失了身体的一部分，十分凄惨。

但林鸿升此时哪里还顾得了这些，这会儿他已经安全到达院子门口，也意识到自己今晚又要徒劳无功了。他正沮丧着，那颗桃木珠子已经滚到了墙角处，黑影们也知道了这珠子的厉害，不敢再靠过去。可偏偏在这时，突然有一个个子小小的黑影从其他那些东西中跳了出来，向林鸿升……不对，应该是院子口快速冲了过去。

林鸿升大惊，一开始还以为这东西要对自己不利，立即又捻了一颗桃木珠子出来，随时准备出手，可眼看这黑影冲到他眼前，而他手中捻着的珠子也即将出手的时候，一个声音却突然在林鸿升前面不远处响起："咦，林大夫，这么晚了，您怎么还在这里？"

这个声音把林鸿升吓了一跳，手中捻着的珠子自然也没有掷出去，而也就是这个时候，那个冲向他的黑影突然在到了院子口之后向旁边一拐，躲到了大楼的阴影里去了。

扫了眼那黑影藏身的地方，林鸿升立即对说话的那人笑了笑："原来是朱阿姨啊，吓了我一跳，这么晚了你怎么也在这里？"

"我刚才吃饭的时候才想起，这后院还有一袋垃圾没有扔，便连忙赶了过来。"朱阿姨的手中拎着一个大袋子，正是医院用来装垃圾的袋子，然后她不好意思地笑了笑，"您可千万别告诉其他人，不然院长就该罚我工钱了。"

林鸿升心不在焉地点点头，眼睛再次瞥向墙角的阴影处口中却道："您放心，我不告诉别人。"

"嘿嘿，我就知道林大夫是个好人。"朱阿姨似乎没看出林鸿升脸上的敷衍，偷偷瞥了眼他身后的院子，继续碎碎念道，"林大夫呀，没人告诉你，这后院晚上不能来吗？"

　　这个时候，林鸿升才终于有了些兴趣，看着她道："怎么，朱阿姨知道这后院曾经发生过什么？"

　　朱阿姨的眼神闪烁了一下，含含糊糊地说道："我怎么知道，我也是刚来的。那个……总之，林大夫晚上别再来这里就是了！"说着，她似乎不愿意再多说什么，而是连忙道，"那个，没事我就去扔垃圾了，林大夫您也赶快回去吧，这晚上挺冷的，可别着了凉。"说完，她便急忙拎着垃圾往后门的方向走了。

　　那里是医院的后门，是员工常走的地方，而且还能拐到那栋筒子楼，林鸿升这几日也经常走那里。

　　朱阿姨虽然急急忙忙走了，可林鸿升却没觉得有什么奇怪，相反，她若是同其他医院员工不一样，才会让他觉得可疑。不过，他心中有些可惜却是真的，因为刚才那个黑影突然向他冲过来，也许能让他发现些线索，可这个朱阿姨一出现，那个黑影一定早就跑了，他今晚看来注定要无功而返。于是，他很不甘心地再次向那个黑影刚刚藏身的方向看去。

　　可这个时候，他却眼睛一亮，因为，就在此刻，那个黑影竟然从阴影里再次跑了出来，然后蹦蹦跳跳地就往一个方向跑去，正是后门的方向。

　　这会儿，林鸿升已经顾不得思考其他，而是立即跟了上去，他可不想再一次失去线索了。而这次，并没有人再打搅他，他很快跟着那个小小的黑影来到了后门处。

　　不过到了这里后，这个黑影并没有出去，而是拐向了相反的方向，那里有一条窄窄的过道，是医院的围墙和大楼挤出来的过道，大概只能容一个人通过。

　　每天下班的时候，林鸿升都会路过这里，不过他却从没在意过，只是觉得医院没有用大楼的外墙做围墙有些奇怪。而这次，等他跟着这个影子钻进这条过道后，才发现，在大楼的外墙上竟然还有一扇小小的铁门，平日这铁门被围墙遮着，又是很靠里面，这才没有被人注意到。

而到了这扇铁门外，那个黑影便一下子钻进铁门里消失了踪影。

林鸿升急忙跟了过去，却发现这门上竟然锁了暗锁，即便他早有准备，也不好打开。就在他思忖对策的时候，他突然听到里面传来什么人的谈话声，而紧接着，铁门一响，仿佛有人要从里面出来。林鸿升大惊，急忙向过道的里面躲去，然后站在了最里面的一处阴影里。

从铁门里出来的是两个人，他们一出来，铁门就在他们身后自己关上了，显然是在上面装了弹簧。

大概是没想到会有人找到这里，他们出来之后，也并没有往林鸿升这边看，而是立即停止了交谈，然后沉默地向过道外面走去。

在林鸿升藏身的位置，可以很清楚地看到他们的背影，而等他们走出过道，走到后门处有了亮光，林鸿升一眼就认出，其中一个，正是他之前见过的肖会计。这两个人在后门处闪了闪就不见了，林鸿升这才重新走到了小门处，他本以为铁门已经再次锁上了，可等他拉了拉铁门上的铜把手后却欣喜若狂，原本应该自动锁上的铁门，竟然被他一下子拉开了。

不过，虽然兴奋，他却没有贸然进去，而是仔细检查了一番，发现不知怎么回事，门缝里竟然卡了一块拇指大的小石头，所以这门才没有自己锁上。这让他大叹自己运气不错，立即打开铁门走了进去。

等他进入铁门后，发现这里竟然有一条向下的阶梯，原来，这处铁门是通向地下室的。

犹豫了一下后，他检查了下铁门上的暗锁，发现是自己留洋时用过的某一款，打开的时候只要转动旁边一个银白色的椭圆形大钮就可以了，而想要反锁，则横过它旁边的椭圆形小钮即可，那样的话，外面的人即便有钥匙都进不来。于是他立即放心地将门关上，不过，他自然也不敢反锁惹人怀疑，然后他便沿着台阶向下走去。

台阶的两旁隔几步就有一盏小灯，虽然不是很亮，不过照亮脚下的路却足够了。几分钟后，林鸿升终于下到了台阶底部，而这个时候，一左一右两条昏暗悠长的过道出现在他的面前。

他粗略估算了下位置，大致判断出他此时所在的方向应该是医院门诊楼的下面，而他左手边的这条过道，则应该是医院的走廊，右边那条，他要是没推断错，应该是通往他刚才所在的那个小院子，也就是停尸房的方向。

略微熟悉的格局让他心中的紧张感稍微缓和了一下，可还不等他决定该选哪条路时，却觉得左边走廊的尽头似乎有什么东西一晃。他愣了愣后立即认出来了，那正是那个带他来到此地的黑影，此时这个黑影再度现身，很显然，黑影是故意带他到这里的，那么也就是说，有东西让他看。

按捺住一颗激动的心，林鸿升立即毫不犹豫地沿着左边的走廊走去，虽然他不知道这个黑影是不是他找的那个徐大夫，不过，很显然，这个医院果然有一个不为人知的大秘密。

走廊不长，他的速度也不慢，可他还是觉得时间过得有些久，漆黑的走廊中只有属于他一个人的脚步声，所以，每走一步都像是踩到了他的心脏上。

终于，他到达了刚才那个黑影出现的地方，而这里同上面的门诊楼一样，也有一个拐角，他要是没记错，应该是通往前院的过道。果然，等他拐到另一条路后，便发现了那条过道。

不过，这条过道却明显比上面的宽且长，而且也比刚才他来的那条过道昏暗，看上去阴森森的。只是，既然已经到了这里，林鸿升哪里还有回去的道理，而也正是这个时候，那个黑影在这条过道的尽头又是一闪。

这一次，使劲攥了攥自己插进衣袋里的拳，林鸿升继续大步向前走去，这一次，他已经大致猜到这条过道通往的方向了，他若是判断无误，这里应该通往筒子楼的下面。他边走，边估算着距离，果然在大致筒子楼下方的位置上，到达了过道的尽头。不过这次，尽头再没有岔路，而是出现了另一道门，是一道铁栅栏门。

既然是铁栅栏门，自然就不能用暗锁了，上面挂了一个大个儿

的铜锁。而透过铁栅栏，林鸿升又看到了一个走廊。

不过，这条走廊看起来很短，在它的两旁全是一个个的小门，门后应该是房间，而每一道门上都挂着门锁，门是木头的，看起来就像是普通办公室的门，不过，虽然这些门上都挂着锁，但显然，它们同之前这两道大门的严密程度是不能比的。

到了这里之后，林鸿升再没看到那个黑影，不过他却知道自己应该已经离秘密越来越近了，而越是这个时候，他就越不能着急。

05

林鸿升不紧不慢地拿出一把留洋时，从一名士兵手里高价买来的工具包，从里面找出一把细细长长的小刀，然后在挂在栅栏门上的那只大黄铜锁的锁孔里捅了几下……

随着"咔嗒"一声，那把巨大的铜锁应声而开，他立即取下铜锁，打开了栅栏门。他以前经常随着原田晚上行动，自然也会遇到这样那样的铁将军把门，这个本事也就练出来了。其实，就算刚才没有那粒小石子卡住铁门，他也是有办法将门打开的，只不过要多费些时间罢了。

推开栅栏门，走进走廊，林鸿升发觉这里的光线不但更昏暗，而且一进入这里，一股难闻的消毒水味便迎面扑来。甚至不仅仅是消毒水味，在这种味道里还掺杂着一股潮湿发霉的味道，两种味道混在一起，让人连呼吸都不那么自在了。

忍住心中的恶心，林鸿升向左右看了看，却发现他身体左边的走廊里，似乎有一扇双开的木门，凭着感觉，他觉得那里应该是这个密室的关键所在，于是他立即走了过去。

挂在那扇双开木门门口的锁头自然被林鸿升不费吹灰之力打开了，然后他立即推开门，轻手轻脚地走了进去。只是，这一进去后，他却发现这里似乎只是一个档案室，有很多档案盒子被整齐地码在旁边的架子上。

犹豫了一下，林鸿升顺手从架子上拿下一盒档案，然后打开桌上的台灯翻阅起来……没错，这个地下室竟然通了电，同筒子楼一样，显然是医院的发电机发出来的电。

翻了这盒子里放着的几张表格后，林鸿升发现这些表格像是什么人的身体检查报告，很多表格不但在每一项检查后面画了不同的符号，在最底下甚至还写了健康或者不健康等评价，以及过往的主要病史。不过，这些身体检查报告上却没有人名，只有编号。比如，他翻的这几张表格，就是从八十号到一百号的报告。

翻了几盒档案后，林鸿升没有发觉什么特别的地方，便索性将这些档案放回了原处，然后他离开了档案室，往旁边的一个房间走去。看样子，要想弄明白那些档案的来历，他只能一间间打开这些房间看了。

很快，他就打开了另一个房间的锁头，不过，等门一推开，一股更浓烈的消毒水味便迎面扑来，确切地说是福尔马林的味道。屋子里黑得伸手不见五指，林鸿升凭着这几日在筒子楼居住的经验，摸索着将房间的电灯打开了。可这一开灯，等他看到屋子里摆放的东西后，却目瞪口呆……

等他察觉的时候，已经到了一个冰冷的水泥台前面，这台子虽然是水泥的，可是在林鸿升的眼里却并不陌生，他求学的时候，经常可以看到这种台子，自然也知道这是做什么用的。

他又看向周围，围着这张台子有很多的木头架子。此时，在每一个木头架子上都放着很多玻璃容器，福尔马林的味道就是从这些容器里散发出来的，而每一个容器里都浸泡着某种器官，这些器官大小不一，有的甚至只是一部分……显然，这些器官原本的主人，年龄跨度很大。

林鸿升是学医的，自然知道这些器官绝不可能是动物的，而他再仔细一看，却见每一个容器的容器口处都用细线挂着一个标签，他立即走到近前辨认了一番，结果却发现这标签上记录的内容很简单，只有一个号码，而他眼前的这个则标着阿拉伯数字 89。这让他

一下子明白了，明白了自己刚才翻阅的那些表格的来历。

林鸿升的脸一下子沉了下来，他现在已经完全明白这里曾经发生过什么了。虽然他早就听说国外有人专门用人体器官做实验、做教研，可他却没想到，这些实验的标本竟然是这么来的。而想到那些表格上最后写的健康或者不健康的评语，他更深深地怀疑，这些器官从这些人的身上取下来的时候，这些人是否还活着。

想到自己此行的来意，虽然他不确定那位徐大夫出的意外同这里有没有关系，不过却可以肯定，如果那位徐大夫发现这里的一切后，是完全有可能出"意外"的。此时，他一刻都不想在这里多待了，决定立即离开，不然的话，若是被人发现，只怕他这个实习生也要出"意外"了。

这么想着，他也立即这么做了，马上向门口走去。不过，他刚刚踏出房门口，突然感到一股凛冽的风迎面向自己扑来，他大惊，连忙向旁边躲去，总算是躲过了这充满杀气的一击。

而趁着躲闪的工夫，他也顺势来到了门外的走廊上，这才发现，一个秃顶男人，正拿着一把铁锹向自己挥来。而就是这工夫，他又向自己挥来了第二锹。

在求学的时候，整日跟着原田出去，林鸿升自然没有少锻炼，而且，他小的时候甚至还跟着一位在临城当地有名的师父学过一阵子拳脚，所以身手自然比一般人灵活。因此，当此人向他挥来了第二锹、第三锹的时候，他都灵活地躲闪过去了，而且，他边闪边退已经退到了铁栅栏门处，只要一转身，就可以沿着原路逃回去。

可看到这种情形，那人的铁锹挥舞得更疯狂了，看样子是誓要留下林鸿升在这里。

林鸿升打从心眼里不想同他缠斗，一心只想离开，所以后来眼看能逃离的时候，便没怎么还手。不过，就当他瞅到机会打算转身离开的时候，耳后突然凉了一下，仿佛有一股凉风从他的后颈吹了过去。他先是一怔，然后立即会意，在躲闪对面那人的铁锹时，突然身子一矮，然后他的腿就地向后一扫……结果，随着"哎哟"一声惊呼，立即有人重重地摔倒在了地上，他手中的木棒也被重重地扔在了地上。

这个人摔倒在地上后很久都没起来，对面用铁锹攻击他的那人也似乎一下子被眼前的情形吓呆了，竟然暂时停了手。

而趁这个机会，却见林鸿升已经灵巧地转到了倒在地上那人的身后，然后，只见他拿出一把乌黑的东西抵在了这个人的太阳穴上，冷笑着对对面那人说道："肖主任，我觉得咱们是该坐下来好好谈谈了……"

第二天，林鸿升被王主任狠狠地骂了一顿，原因是本来应该昨晚值班的他突然间不见了，后来病房里有一个孩子高烧不退，值班护士没办法，便连夜将他请了回来。本来开心地回家休息，没想到是这个结果，被人从热腾腾的被窝里揪出来，还不如不回来，王主任还能不生气吗？所以，今早一来，他就让林鸿升收拾东西走人，最后是段学长苦口婆心替他说了很多好话，林鸿升又再三保证下不为例之后，才算是将这件事情压了下来。

事情解决后，林鸿升请学长吃饭，当然不是在食堂，而是在离医院最近的一座酒楼里，这个时候，段学长才想起来问林鸿升昨晚离岗的原因。

林鸿升只告诉他，自己打热水的时候不小心摔了暖瓶，弄湿了身上的衣服，这才回去换，哪想到，换好衣服后本想休息一下，却一觉睡到了大天亮。

听到他竟然晚上去打热水，段学长也吓了一跳，连忙叮嘱他，后院晚上很邪门，让他千万不要再去了。

原来，他刚来的时候不信邪也晚上到后院去过，结果还真遇到一些怪事。只不过林鸿升既然没打算在这里长留，实习医生又不用值晚班，他怕林鸿升害怕，就没对林鸿升提起。

林鸿升立即向段学长道谢，并保证日后绝对不会再去后院，连白天都不去了，段学长这才放了心。

出酒楼的时候，林鸿升遇到了正要进来的肖会计，他立即笑嘻

嘻地对肖会计打了招呼，不过肖会计见了他却像见了鬼一般，低着头就往楼上去了，这让段学长大为奇怪，结果却被林鸿升一句"肖主任脾气大"给遮掩过去。

出了酒楼，林鸿升无意间往酒楼的二楼看了一眼，却看到一个秃了一半的脑袋狼狈地从窗口缩了回去，这让他又是冷冷一笑。他在雅济医院的实习这才过了计划中不到三分之一的时间，离一个月之期还有很长，所以他不急，有些事情，他可以慢慢来……

林鸿升一脸轻松地离去，可却不知，此时在酒楼楼顶上，一个人看着他离开的背影，却笑得意味深长。

此时夜幕降临，天色已经全黑了，此人先是抬头看了看天空，然后拍了拍蜷在自己脚边的一个黑影的头，满脸称赞地道："做得不错。"

那个黑影晃了晃，却并没有因为这句话显得有多开心，而是看起来非常害怕。紧接着，却见此人又笑了笑，低声道："作为奖励，你往生去吧！"听到这句话，这个黑影仿佛想要逃，却终归一动都不能动了，而后却听此人冷哼道，"怎么？不愿意？呵呵，你要知道，人妖殊途，这是你们最好的选择……"

随着话音落下，此人也不知道用了什么法子，随手一拂，这个黑影一下子就像是雾气般烟消云散了，而后，随着一股冷风卷过，这个楼顶上的身影也消失得无影无踪……

第七章　今夕

01

旅长大人的粥足足施了快半个月才终于结束了，而这十几天来，乐善堂也没法子开门营业，只是一天到晚不停地煮粥、施粥。而在临城，向来不缺少饥肠辘辘的贫民，所以，随着乐善堂门口有粥喝的消息传遍全城，前来领粥的人也越来越多，五奎巷里也终于排起了长队。

至于乐鳌同夏秋，他们也是躲得了初一躲不了十五，终于被落颜拉来一起做善事，总算是让一开始就被"抓丁"的陆天岐心理平衡了些。至于那位菁菁小姐，却只在第一日待了一天，隔日便转到其他的粥棚去了，乐善堂这里，由落颜全权负责。

当然了，这施粥自然不会没完没了的，待菁菁募集来的米用完后，乐善堂的粥棚自然也就撤了，而这个时候，临城也重新焕发了生机，这让累了这么多天的几人总算是松了口气。

夏秋已经正式搬到了乐善堂，她的房间就在落颜房间的旁边，

毕竟是长住，自然不能再像以前那样两人共用一个房间了。不过，就算两人不能住在一起，但睡觉前她们总是能说说话的，总比以前要方便多了。而且，这么一折腾，落颜的情绪也好了很多，毕竟有事做，有朋友聊天，总比整日里胡思乱想的好。

这几日他们实在是累到了，包括陆天岐，所以，中午粥棚一撤，夏秋他们全都回房去补觉了，等醒来以后，已经是傍晚了。

此时乐鳌不知道去了哪里，不过夏秋猜他应该是去看青泽了，毕竟自从上次给青泽解毒之后，他还不曾去看过他，也不知道青泽现在恢复的如何了。但是这种猜测夏秋却不敢同落颜说，生怕她再想起不开心的事情，于是趁着落颜睡饱后来找自己，便捡她感兴趣的话题问道："怎么样，忙了这些日子，晚上你想吃什么，姐姐给你做？"

凭着夏秋的经验，只要一提吃的，落颜的心情便会立即多云转晴，这招可以说屡试不爽。而且，最近他们忙得哪里有工夫好好做饭，往往是就着粥随便炒几个简单的菜，再配上干粮，快速吃完后就继续干活儿了，所以，也该好好补一补了，尤其是落颜。

果然，听到夏秋的问话，落颜眼睛一亮，只是她正要开口回答的时候，却见陆天岐从门外跨了进来，一进来就不客气地说道："饿了，晚上吃醋鱼吧，主食白米饭，我都好久没吃鱼了。"

听到陆天岐的话，夏秋暗道不妙，下意识地看向了落颜，却见她果然脸色一黯，不过马上，她的脸色却恢复了平静，也笑嘻嘻地道："是呢，我也想吃了呢，哪怕现在只是听到，就想流口水了呢。夏秋姐姐，不如咱们晚上就吃醋鱼吧！"

看到落颜的样子，夏秋不知怎的觉得有些心疼。但是既然她不想让人窥得她的心思，夏秋又怎么好点破，只得也笑道："你们说得倒简单，现在都是傍晚了，哪里还能找到新鲜的鱼，我总不能给你们现捞去吧。"

听到她的话，落颜想了想却笑嘻嘻地指向陆天岐："怎么不成，这不有个现成的人手让你使唤吗？我就不信，凭着陆大哥的本事，会捉不到一条新鲜的鱼回来。怕是他在东湖的湖边转一圈儿，就会有无数的鱼自己从湖里跳出来吧。你说我说的对不对，陆大哥？"

落颜的意思很明确，就是让陆天岐亲自去抓鱼，反正都有法术，抓条鱼还不是手到擒来的事情。

不过可惜，某妖已经懒到了极点，听到落颜的提议，立即哼哼唧唧地转了话题，撇着嘴道："本少爷还没歇够呢，要不是你那个好朋友菁菁在咱们乐善堂门口设粥棚，咱们这几日至于忙到脚不沾地吗？反正我不去，今天我是说什么都不会出门了。"说着，他笑嘻嘻地看着夏秋又道，"不行醋鱼就改天吧，今儿个你就炒几个好菜得了，要不，就包小馄饨，那个不是落颜妹子最爱吃的吗？"

瞪了他一眼，夏秋讽道："你真以为我同你们一样，想变什么就变什么？难道包馄饨的肉菜就不用买吗？馅料就不用调吗？面粉就不用和吗？你还真以为吃的都是从天上掉下来的？"

陆天岐听了缩了缩脖子，不得不承认夏秋说得有理，他同乐鳌，甚至再往前追溯若干年，即便他们灵力再大，也不曾在做饭上强过谁。可是，即便他承认夏秋说得没错，但今日让他去捉鱼买菜那也是万万不愿意的，但干笑了两声道："那就随便吧，反正你做的饭都好吃。我去前面看看，看看有没有病人。"说完，竟然转身回了前厅，却是就这么溜了。

见陆天岐就这么厚脸皮地溜了，落颜也看不下去了，哼了一声道："这人怎么这么懒呢，夏秋姐姐，他不陪你我陪你，我去帮你抓鱼。"说着，立即起身，就要陪夏秋出去。

夏秋连忙拉住她笑道："行了，你就别同他一般见识了，你真要为这种事情同他生气，那还不气死了。今晚这鱼肯定是吃不了了，我还是出去买些猪肉，回来给你们包馄饨吧，家里还有些菜头，应该够做馅料了。你在家帮我把面和好了，回来咱们就包馄饨，这样还能节省些时间。"

"可这个点了，还有肉铺开门吗？而且，再过一会儿天就黑了吧！"看着已经微微发暗的天色，落颜一脸担心地说道，"还是让我陪你去吧！小黄师傅去送菁菁了，到现在还没回来，让你一个人去，

我总不放心。"

"这有什么不放心的，肉铺又不远，等天黑之前，我就回来了。"说着，夏秋已经走到了门口，然后转头对落颜笑道，"累了这几日，咱们也该好好吃点东西了。"

见夏秋如此坚持，落颜也就没有再执意陪她出去，而且，夏秋说得也对，自己要是在家里和面，的确可以更节省时间。

交代完后，夏秋便出了乐善堂，向最近的一家肉铺走去。那家肉铺的屠夫就住在铺子的后院，也是五奎巷上关门最晚的一家，她要是现在赶去，一个小时之内肯定能返回乐善堂，那个时候天应该还没有黑。

不过，计划永远赶不上变化，等夏秋到了那间肉铺后，却发现门板锁得死死的，一问旁边的邻居才得知，原来他家已经关门好一阵子了，只说是老家出了些事，回家去了。

这一周，夏秋只忙活着帮落颜施粥，根本没时间买肉，当然也不知道有这件事。不过眼下肉总不能不买，她记得几条街过去也有一间肉铺，于是她看天色还没有完全黑，便抱着试试看的想法打算去那里瞧瞧，要是真没有也就算了。

这么想着，夏秋脚下也不敢耽搁，连忙赶去了另一家，虽然她这次肯定不能在一个小时内回乐善堂了，但是总得在天黑前赶到目的地吧。这次，夏秋的运气还算不错，总算在另一家肉铺关门前赶到了，不过可惜，因为都已经要关门了，肉铺里的肉已经没有五花肉了，只剩下了一块精肉少肥肉多的肥猪肉了。虽然这肉用来耗油非常好，可做馄饨未免太肥腻了些，而且也要比五花肉贵一些。不过犹豫了片刻后，夏秋还是将它买了下来。想着反正也晚了，实在不行回去就不包馄饨了，改作肉臊面好了，她记得家里还有些青瓜和萝卜。

边想着晚饭怎么做，夏秋边往回走，这次没走一会儿，天色就暗了下来，而等她拐到五奎巷之后，天色已经全黑了。

虽然此时已经到了暮春，可天黑以后，路上的行人还是很少见的，但这条路夏秋已经走过了无数次，哪怕是闭着眼睛她也能找到乐善堂，所以就有些走神。就在她想着是不是要再加个汤的时候，从她即将路过的一条小巷子里，突然冲出来一个人影。

这个人影着实将夏秋吓了一跳，等夏秋意识到不妙的时候，这个人影已经冲到了她的面前，重重地撞到了她的身上，差点将她撞倒。而且随着这一撞，这个人手中拎着的一个盒子应声而落。只是，眼看这盒子就要落到地上的时候，一股强大的灵力便在夏秋身周卷了起来，让她有些措手不及，也更让她震惊。

从小到大，夏秋还不曾让这种灵力离自己如此近过，往往在它们还离自己有一段距离的时候，她的能力便会自发产生回应，将这种灵力消解于无形。所以，此时的夏秋如临大敌，立即就要发动自己的能力让这股灵力消散。不过，就在这个时候，让她更奇怪的事情发生了。就在她的能力刚想对抗那灵力的时候，她只觉得自己施放出来的气息仿若石沉大海，一下子失去了依托，也就是说，激发她产生能力的那股灵气竟然自己消失了！

02

所有的一切都是在电光火石间发生的，还不等夏秋从震惊中回过神来，她便听到一个女人的惊呼："啊呀，糟了，我的定胜糕！"

然后，夏秋只看到一个女人在她眼前蹲了下来，对着地上已经散架的盒子不停地念叨着"坏了"，而她的手也不停地捡拾着地上那些从散架的盒子里摔出来的一块块糕饼，一副想要挽救的样子。

原来，她刚才提在手里的是点心盒子！

就在这个女人蹲下来的工夫，夏秋已经向后退了几步，全身上下都戒备起来，如临大敌，就等着她继续出招。不过可惜，这个女人似乎只关心已经碎了一地的糕饼，再没有任何后招。

这让夏秋的心中有了一丝动摇——难不成她刚才的感觉错了，这个女人只是普通人而已？！想到这些，夏秋再次悄悄驱动起自己

体内的气息，向眼前这个女人探去，而这一探，非但没有解除她的疑惑，反而让她更加肯定，这个女人一定不是普通人。只不过，女人身上非人的气息少之又少，同刚才那股汹涌强大的力量极不相称，但即便如此，夏秋却可以肯定，刚才那股强大的灵力，肯定是属于这个女人的，而不是属于什么其他藏在暗处的东西。

妖同人一样，都有属于自己特有的气息，而且不会轻易改变，这也是为什么有的妖即便幻化成了别人的模样，也照样会被熟悉的人认出来一样。而夏秋，也正好有这种力量。

有一件事情她一直犹豫着要不要对东家和表少爷他们说。自从学了东家教给她的导引之术后，她分辨起妖同普通人来，比以前要敏感多了。如今，除非她不想，抑或是对方太过强大，否则的话，这世上几乎没有什么妖气能逃过她的眼睛。而且，即便对方强大，她只要动用自己更多的力量，她仍旧能够感觉得到，比如陆天岐，经过最近的一次探查，她知道了他的道行绝不止他说的千年。

所以，眼前这个女人的突然出现，在夏秋看来只能用四个字来形容：居心叵测！试想，一个看似柔弱的"女人"突然接近她，还要隐藏自己的真正身份，又怎么可能抱着善意呢？

这让夏秋立即想到了一个人，就是那个原田晴子，大概这临城里，只有原田晴子才会三番两次的找她麻烦、试探她，而这次，这是想派个人到她身边监视她，好拆穿她的"真面目"吗？

不过，听说原田晴子自从地震之后就病了，一直待在林府没有出门，甚至听说她连床都下不了了，所以，林鸿升这一阵子才没工夫来找夏秋，而是在府里陪着原田晴子养病。可若原田晴子真的病成了那样，还有工夫让人来试探夏秋，甚至这个试探的人还是一只妖……那么，这个女人的执念也实在是太可怕了，被她缠上，也的确是挺头痛的。

想通这点，夏秋知道，自己唯一能做的就是同这个女人周旋，让指使她的那人打消怀疑。

其实夏秋想想也挺可笑的，自己明明是货真价实的人，竟然为了要打消别人的误会极力证明自己是个人。而证明自己是人的办法也很简单，就是继续做自己……自己何苦，那个原田晴子又是何苦？

于是，夏秋沉了沉心，也蹲了下来，帮着眼前的女人捡拾着地上的糕饼，并一脸歉意地说道："实在对不起，我没看到您……"

不等她说完，却见眼前的女子抬起了头，反而对夏秋一脸抱歉地说道："对不起，是我太着急了，没看路，错在我，是我撞了您才对。"

直到这个时候，夏秋才看清楚这个女子的样子，却见她上身穿着一件藕色的斜襟大褂，下面穿着一条蛋青色百褶裙，梳着妇人的发髻。虽然她的样貌不是最漂亮的，可五官却很素雅，小巧的鼻子小巧的嘴唇配着巴掌大的小脸，实在是让人感到一种说不出的舒服。她有一双微微上斜的狭长眼睛，很容易让夏秋想起戏台上看到的花旦的眼，只不过，花旦的眼睛是用油彩特意夸张画出来的，而这个女人的眼睛虽然比不上戏台上的妆容夸张，却十分传神。确切地说，她的眼，就是戏台上戏子在真实世界中的模板，那种勾魂夺魄的感觉，即便是夏秋见了，也有些出神。

不过很快，这个女人便将眼睛重新垂了下去，再次将注意力集中到一地的点心上，看起来应该是被夏秋盯得有些不自在。而这个时候夏秋也回过神来，有些尴尬地说道："姐姐，您没事吧，我扶您起来！"

女人有些腼腆，听到夏秋的话，继续垂着头讷讷地道："我没事，姑娘快回家吧，这次真的不关你的事。"说着，她站了起来，显然是已经放弃了地上碎掉的糕饼，而后，她一转身，却是要重新返回她刚刚出来的巷子。

夏秋一愣，不禁问道："姐姐，您做什么去？"

她不是应该趁机缠上她，然后想方设法随她回乐善堂，好调查她的身份吗？

夏秋的话让女人回了下头，但她又立即垂下，小声说道："我要

去再买一份，去得晚了，糕饼店就关门了。"

"糕饼店？"夏秋皱了皱眉，"姐姐说的不会是千禧巷的那家得意斋吧？"

在临城，得意斋的定胜糕做得最好吃，还常常被人当作特产送给远来的亲朋好友。而她刚才略略扫了眼盒子上的字，也的确写着"得意斋"三个字。不过，千禧巷离五奎巷还有很长一段距离，就算如今开了夜市，可这个女人若是再回去，里面的糕饼肯定已经卖完了，搞不好夜市都要收市了，肯定是要白跑一趟的。

不过……

夏秋转念又一想，若是这个女人使用法术，那倒是可以很快地赶到那里，只是，她难道不是来抓她把柄的吗？夏秋觉得有些地方似乎同自己设想的不一样，不过，即便如此，她也只以为是这个女人的花招，也许，这个女人是想让自己"送"她一程？那样的话倒是有可能，而且，也只有这样，才能让自己暴露"妖"的身份。

果然，听到夏秋的话，女人顿了顿，然后她可怜兮兮地看了夏秋一眼，点了点头道："姑娘说得没错，好像的确有些晚了。"

从她的眸子里透出来的可怜，让夏秋的心也不由得软了软，不过可惜，夏秋只是普通人，也早看透了她的把戏，又怎么会上当。

只是在这个时候，却听这个女人继续说道："可我先生今天难得早回来，他最喜欢那家店里的定胜糕了，是我笨，才会将糕饼打翻了，所以我若是不去一趟，岂不是对不起他。多谢姑娘提醒，天晚了，你还是快回家吧！"

说完这句话，这个女人一转头，竟然就这么走了。而这个时候，夏秋才看出，她的身材十分单薄，仿佛一阵风就能将她吹倒似的，而不一会儿工夫，她的身影就消失在了黑漆漆的巷子里。

她的背影消失了好一会儿，夏秋才回过神来，这才意识到，自己只怕是真的弄错了，这个女人有可能真的只是不小心撞上的。可是，虽然她走了，她最后说话时的眼神却让夏秋好久都忘不了。从她那双眸子里透出来的忧郁、哀伤的感觉让夏秋觉得似曾相识，心里很不舒服。

就在这个时候，在夏秋身后不远的地方，突然响起一个低沉的声音："怎么，不放心她？"

这个声音把夏秋吓了一跳，她连忙回头，却见有一个人正站在她身后五步远的地方，虽然光线昏暗，夏秋也一眼认出了他，莞尔一笑："东家，您怎么来了？"

见她看到了他，乐鳌才慢慢向她走来，边走边不紧不慢地说道："我去了肉铺，知道那里关门了，便猜着你去了另一家。"

夏秋不好意思地笑了笑："我也没想到他家这几日没开张，是不是落颜他们饿了，咱们这就回去吧。"

此时，乐鳌已经走到了夏秋的身边，却继续看着那个女人消失的小巷，而后只听他低低地说了句："我也不放心，去看看吧！"说着，他握住夏秋的胳膊，微微笑了笑，"可能会有些晕，不过一会儿就好了。"

"啊！"立即明白了乐鳌的意思，夏秋吃惊地道，"我们跟踪她？"

"我知道你担心什么。"乐鳌说着，已经开始结起了手印。

"可是东家……"夏秋看了看手里拎着的肉，"落颜他们还等着我回去做饭呢……"

不过，她只来得及说这句话，而后便听到乐鳌慢悠悠地说了句"饿一顿又死不了"，然后她果然感到一阵眩晕，于是立即紧闭上了眼，紧接着，随着耳边一阵呼呼的风声刮过，等夏秋再睁眼的时候，已经到了千禧巷旁边一条僻静的小巷子里，竟是已经到了。

这个时候，只听她旁边的乐鳌淡淡地说道："只能到这里了，咱们走过去。"

03

"咦，咱们不是要跟踪她吗？"夏秋愣了愣。

乐鳌此时已经向千禧巷的方向踱了去，边走边缓缓地道："她若

是不用法术，肯定比咱们到得晚，就算用了法术，也不一定比咱们早，咱们去那得意斋门口守株待兔好了。"

夏秋不得不承认，这的确是一个最省力、最稳妥的法子，于是她紧走几步跟上乐鳌，问道："可她若是不来呢？"

若她真的是原田派来的，也许刚才只是为了做做样子，肯定不会到这里，不过若是她临时改变了主意……突然想到那个女人临走的时候露出来的表情，夏秋却觉得，这个女人就算明知铺子会关门，大概也一定会到这里看个究竟的吧。而她若真的不来，那就是演技太好太逼真了，反而可以印证夏秋刚开始的猜测。若真是那样，夏秋相信自己一定会很沮丧的，因为她的确被她给骗到了。

这个时候，却听乐鳌又开了口："她若不来……这临城还没有我乐善堂找不到的妖！"还有一句话乐鳌没有说——这临城也没有敢同他们乐善堂作对的妖！

正想着，得意斋近在眼前……

得意斋位于千禧巷第一个十字路口的北边，位置最是好找，乐鳌他们到达的时候，得意斋虽然还开着门，可是老板已经在收拾东西，准备收摊了。

这里说是夜市，可毕竟还没到夏天，一般过了晚上八点，人就走得差不多了，毕竟这会儿的人们睡觉都早，所以八点已经算是很晚了。而且，糕饼店也不比其他店铺，越晚，来光顾的人自然也就越少，毕竟到了晚上，再好吃的糕饼也不新鲜了。更何况，这个得意斋的定胜糕，向来是当天做好了当天卖完，绝不会卖隔日的，自然做出来的数量也有限。

大概七点刚过，得意斋的老板就关门走了，这个时候夏秋向来路看了一眼，果然还没看到刚才那个女人的身影。算了算时间，从东家带她来这里，已经快一个小时了，正常情况下，那个女人走得再慢也该到了，可现在还没有出现，那就只有一个可能……

看到夏秋闷闷不乐的样子，乐鳌撇了撇嘴："可是饿了？不如吃些东西再回去吧！"

"啊！"夏秋一愣，抬头看向一旁的乐鳌，"吃了东西再回去？"边说着，她又看了眼仍在手里提着的肥猪肉，"落颜他们……"

不等她说完，却见乐鳌已经向一旁的面摊走去，然后招呼了声："伙计，两碗猫耳朵。"说完，他又回头看了眼夏秋："听说你晚上想包馄饨？他这里好像还剩了些馄饨，不如尝尝看。"结果，这次仍旧不等夏秋说话，乐鳌便自己做了主，对伙计又挥了挥手："再加一份蒸小馄饨，快些。"

叫好东西后，他这才找了张空桌子坐下，再次看向夏秋，脸上的表情透着一种"你怎么还不过来的样子"。

看到伙计吆喝着去了，夏秋自然再也没有选择的余地，只得硬着头皮坐到了乐鳌对面的座位上，之后她将肥猪肉放到了桌子上，又瞅了最后一眼，心中暗道"这可怪不得我"，之后笑着看向乐鳌道："谢谢东家。"

乐鳌点了点头，却没再说话，只是看着灯火通明的巷子，不知道在想着什么。

他不说话，夏秋也不敢吱声，心中却觉得别扭无比。这还是她第一次在外面同人吃饭，还是个男子，又是她的东家，多少还是有些不自在的。不过好在伙计很快就把猫耳朵和小馄饨端上来了，这才让夏秋轻松了些，最起码她有事做了，不必再搜肠刮肚地想着要不要找个话题说话。

而等她吃了口热腾腾的猫耳朵，又沾着辣和醋咬了一口馄饨后，随着薄薄馄饨皮里鲜香的汤汁流入口中，她之前的不自在立即一扫而空，对乐鳌笑道："这千禧巷的小吃果然名不虚传，比我以前在医院饭堂吃的好多了。"

以前她哪舍得出来吃东西，而她上学时饭堂的大师傅即便手艺了得，可毕竟对各种小吃没什么研究，包子她是吃过的，哪想到馄饨也能用来蒸着吃，以前纵然听过，也没机会尝试，如今这一尝，味道还真的不错。

"临城的小吃还很多，"只吃了寥寥数口猫耳朵，乐鳌就将筷子

放下了，然后眼神瞥向一旁，"日后得闲了，我可以带你在临城多逛逛。"他的话让夏秋一愣，立即目不转睛地看向他，而此时，乐鳌也察觉了自己话似乎容易让人会错意，然后皱了皱眉，"我的意思是，你不要总是待在药堂不出来，论对这临城的熟悉程度，你现在只怕连落颜都不如，日后让你跑个腿儿都不方便。"

夏秋听了不好意思地笑了笑："是呢，我现在可是乐善堂的学徒呢，日后少不了为东家跑腿儿办事，东家放心，您说的我记住了。"不过说完，夏秋不再说其他，而是小口而快速地吃起了碗里的猫耳朵。她倒是很想逛街，可囊中羞涩，又有什么办法？

乐鳌的眼神虽然看向旁边，可却时不时地回头瞥她一眼，却见她虽然吃了猫耳朵，可馄饨只在刚才吃了一个之后就没再吃了，不由得皱了皱眉问："怎么，这馄饨不好吃？"

"怎么会，"夏秋笑了笑，"我是想打包回去给落颜吃，那丫头可还没吃晚饭呢。"至于那个表少爷陆天岐，她可没想着管他，东家不是说了，饿一顿也不会死吗？

见她仍旧惦记那两个让她大晚上一个人跑腿儿的家伙，乐鳌不悦地撇撇嘴，但还是对伙计招呼了一声道："再来两份小馄饨。"说完，他看向夏秋："吃吧，他们两个饿不到。"

见东家果然还是没舍得让那两个家伙挨饿，夏秋笑了笑："我是真的吃不下了，不如等咱们回去以后，同他们一起吃好了。"

这次乐鳌没再强求，正好伙计送了另外两笼馄饨来，他就让他连同剩下的馄饨一起打了包。这次，紧随伙计之后，馄饨店的老板也来了，向乐鳌打招呼道："乐大夫，您可好久不光顾我们这里了。"

乐鳌看了旁边的夏秋一眼，对他笑道："嗯，最近比较忙，都在家里吃了。"

馄饨店的老板是一个四十多岁的男人，伙计是他的小儿子，看样子已经同乐鳌认识好久了。鉴于今晚发生的事情，待老板一出现，夏秋不由自主地就开始探查他的气息，结果却发现他就是个普通人。

　　夏秋的小动作乐鳌又怎么会觉不出来，于是似笑非笑地看了她一眼。

　　这让夏秋感到有些尴尬，不得不别开了眼，投向了他们来时的方向，而自己心中也觉得有些好笑，知道今晚自己的确是太敏感了些。不过，如今看来，她的确是被那个女妖给骗了，看来以后她要更小心才行了。现在她只想着赶紧回去，也省得落颜那丫头饿到了，想必有了这几屉馄饨，那丫头也不会生她气了吧。

　　只是，她正想着，随着一个纤瘦的身影出现在她前面不远的方向，她的眼睛一下子瞪得溜圆，不禁唤道："东家，东家……"

　　乐鳌正在同老板寒暄，一开始并没有听到夏秋的声音，等她喊了几声之后，他才注意到，他先是看向她，然后又顺着她的眼神看向了他们来时的方向。结果这时，那个纤细的身影已经来到了他们对面的那间得意斋前面，然后对着已经关得严严实实的门发了会儿呆后，便失魂落魄地转回身，再次离开了。

　　"是她，她竟然来了！"看到乐鳌也发现了，夏秋低声说道。

　　"嗯，我知道了。"乐鳌点点头，然后立即同老板告别，拎着馄饨同夏秋离开了馄饨铺。

　　出了馄饨铺，夏秋低声道："东家，她……好像出了什么事……"

　　此时的她同刚才夏秋见到的时候有些不同，那时虽然她撞到了夏秋，可身上的衣服还很整齐，只有发髻大概是因为走得着急有些碎发落了下来，她离开的时候自然也是如此。而这次这个女人再出现，身上的衣服虽然没有破掉，但却沾满了灰尘，发髻也变了，只是随便在后脑绾了一下，再没有之前的精致。

　　夏秋心中有些后悔，她只想着她不是普通人，却没意识到她还是一个女子，一个女人在天黑以后还在街上独自行走，那可是一件很危险的事情。只是……只是她不是妖吗？她的灵力不是也很强大吗？怎么会变成这副样子？难道说欺负她的也是一只妖，她在路上碰到仇家了？

　　正胡思乱想着，却听乐鳌在她身旁低声道："也许只是天黑赶路，

摔了一跤。别忘了，她可不是普通人，你不用太过替她担心，咱们跟过去看看就是。"

乐鳌的话让夏秋心中好受了些，也点了点头，便同乐鳌两个人一起跟上了那个女人，想要看看她到底想要去何处，要见什么人，是不是真的要去见她的先生。

04

夏秋他们同这个女人保持了大概十几步的距离，尽量不让她察觉到他们，更不让她再离开他们的视线。这次，这一路上再没有出现过什么意外，但这个女人也没有按照原路穿小巷前往五奎巷，而是绕了一条很远的路，所以大概一个小时之后，才到达了当初同夏秋撞到的地方。

而这时，原本散落在地上的定胜糕早就被巷子里的野猫野狗叼走了大半，就连盒子也不见了，只余下了一些碎的捡都捡不起来的渣子。

女人到了这里，再次哀怨地看了地上的点心渣子一眼，这才转了方向，穿过五奎巷，往富春巷的方向走去。

乐鳌和夏秋就这么默默地在她身后跟着，结果越走他们两人越奇怪，因为女人前往的方向的确是富春巷没错。

这富春巷是近十几年才刚刚繁荣起来，基本上住的都是临城里的新晋，听说还有几个刚到临城的军界人物也在那里置了宅子。看这个女人的装扮不像是四大楼里的人，也不像是丫头奴婢，难不成是富春巷里哪户人家的姨娘？只是，住在富春巷里的那些人家，家里的姨娘上街，又怎么可能不派人陪着？肯让她大晚上的一个人在外面停留？

不过，以前夏秋上下工也经常经过富春巷，也有可能是这个女人只是路过这里，想要往城郊去。但是，不一会儿工夫，他们就否定了这个想法，因为这个女人来到了一个黑漆的大门外后，就停住了。

她先是推了推，发现大门从里面被闩住了，然后她只得敲了敲大门，低低地唤了声："娘，我回来了。"

这个漆黑大门只有中等大小，看起来住在这里的人家应该不是种德堂那般的高门大户。可就算不是高门大户，但富春巷上又怎么会有贫民。

乐鳌略略推断了下，猜测这门的后面最起码是个两进的院子。也就是说这院子的主人，最起码是个小康之家，而且既然能在富春巷置下宅子，肯定还是有些后台的小康之家。可这样一来，这个女人的身份就更加难以捉摸了，这样的人家怎么也要有几个仆人丫头的吧，怎么可能让主人一个人跑那么远买东西？可是，也总不可能是这个女人连自己家住在哪里都忘了吧！

结果，乐鳌同夏秋在墙角处等了好久，都没见有人给这个女人开门，直到这个女人又敲了两三次门，叫"娘"的声音也一次比一次低声下气之后，黑色的大门才从里面被人打开。只是，还不等这个女人进门，却听"哗啦""哐当"两声，一盆水就被人从门里泼了出来，然后大门又重新重重地关上了。随即，一个沙哑刻薄的声音在大门里面响了起来："你这个破烂货，这么晚了又到哪里勾搭男人去了，我们张家怎么会有你这种媳妇，给我滚，我们张家容不下你！"

女人听了，不顾身上被水淋了个湿透，立即跪了下来，边磕着头边发抖地哭道："娘，娘！是媳妇不对，是媳妇笨，子文这些日子很辛苦，今日好容易回家，媳妇就去给子文买他最爱吃的定胜糕去了，结果走到半路却摔坏了，本想再去给他买一份，可路上……可路上……却……却不小心摔到了旁边的沟里。而等媳妇再次到了得意斋，他们也关了门，这才回来晚了。娘，娘，是媳妇的错，是媳妇的错，您这次就饶了媳妇吧！"

可显然，里面的女人并不想就这么容易放过她，听过她的解释后，反而继续骂骂咧咧的，说出来的话也越发污秽不堪，简直无法入耳。只是，无论她说得多恶毒难听，门外的女人只是一个劲儿地

求饶、磕头，半点反驳都不敢有。就这样，门外的女人足足求了半个小时，声音都变得嘶哑了，门里才传出一个男人低低的声音，仿佛是在劝说门里面的女人。

结果这次，又隔了好一会儿，里面的女人才冷冷地说道："你就给我跪在这里，天亮之前不许起来，若是敢起来，我们张家立即把你给休了！子文，这种女人值得你为他求情？跟娘回去！"

说完，却听门里传来一阵脚步声，应该是里面的女人和那个叫子文的男人离开了，而这个时候，门外的女子也不再大声求饶哭闹，而是规规矩矩地跪在大门口，继续小声啜泣起来……

躲在一旁的夏秋早就看不下去了，她愤怒地看向乐鳌问："东家，她都已经被欺负到这个地步了，为何还要如此听话？她……她为何不一走了之？"

她可是妖呀，而且，很可能还是一个灵力强大的妖，竟然就这么任人摆布，还是被一个恶女人摆布，她的"妖"脸难道不要了吗？

此时，乐鳌也不得其解，不由得问夏秋："你真的确定她是妖？"

"东家……"听到乐鳌质疑自己的判断，夏秋正要争辩，却被乐鳌摆了摆手阻止了，然后他低声道："不管怎样，咱们先回去。"

"回去？"夏秋一怔，"难道不管了吗？"

"怎么管？"乐鳌摇了摇头，"很明显，门里的是她的婆婆和先生，这是他们家的家务事，你觉得咱们该怎么管？"

"可是……可是……"夏秋眨了眨，然后愤愤不平地说道，"可是东家，她是妖呀，难道……难道咱们乐善堂不该帮她吗？"

等乐鳌他们回到乐善堂的时候，已经是晚上十点了，落颜早就等急了，看到夏秋回来，第一时间就冲了上去，拉着她左看右看，看了好一会儿，然后眼睛通红道："夏秋姐姐，你没出事真是太好了。"

本来夏秋正若有所思，看到落颜的样子，不由得怔了怔："出事？我能出什么事？你这丫头怎么了？"

此时落颜的眼睛不但红通通的，眼眶里的泪水还打着转儿，看到她更是一副劫后余生的样子，反而夏秋给吓到了。用手背擦掉眼角将落未落的泪水，落颜露出一个大大的微笑，然后又偷偷瞧了旁边的乐鳌一眼，干脆一头扎在了夏秋的怀里，然后闷闷地说道："夏秋姐姐，你去哪儿了。怎么到这会儿才回来，我都快急死了。我以为……我以为……"

她犹记得天刚擦黑那会儿，乐大夫回来后，发现夏秋不在，而是一个人出门买东西去了，那副阴沉下来的脸色。虽然他当时并没有多说什么，而是转身就离开了，可他的表情已经说明了一切。

直到那时落颜才想到曾经听陆天岐说过，自从那个叫原田的东洋女人出现以后，尤其是林家的宴会之后，好像东家就没再让夏秋一个人在晚上出过门。本来大部分时间是老黄陪着，可后来老黄受了伤，有几日即便是那个林少爷送夏秋回去，但乐大夫还是会悄悄跟上去。而到了最后，不等夏秋开口，乐大夫就主动让她住在乐善堂，还收她做了学徒。也正因为如此，夏秋偶尔不在的时候，陆天岐没少在她面前絮叨，一心认为夏秋是个大麻烦。

那段时间，落颜正好刚刚去上学，一切正新鲜着，后来又出了青泽的事情，所以乐善堂这边的事情便少了些注意，结果后来听陆天岐这么一说，好像还真是这么一回事。也是那个时候落颜才知道，虽然她想的是让夏秋陪自己，同自己做伴，可东家让夏秋留在乐善堂，更多的却是为她的安全考虑。

而今日，看到乐大夫的样子，落颜才意识到自己似乎是有些大意了，夏秋姐姐总为她着想，可她又何曾为夏秋姐姐想过，这一阵子因为青泽的事情，她没少自怨自艾，总以为自己是天下最可怜的人，做什么事情都心不在焉的，她若是能为夏秋姐姐多想一些，今天也肯定不会让她一个人出门的。

即便那个原田目前正在养病，可那个女人做事不顾后果，非常危险。万一哪天夏秋姐姐再同她碰上，他们又不在身边，那是一定会吃亏的。所以，乐鳌走后，她就一心期盼他快点带着夏秋回来，千万别出什么事才好，至于夏秋说的回来给她包小馄饨的事情，早就被她忘到脑后了，只有陆天岐时不时地酸两句，说什么快饿死了

云云，全都被她给瞪了回去。

结果乐大夫这一走，这么久都没回来，让落颜也越发忐忑不安，几乎认定夏秋已经出了事，心中的沮丧更是无以复加，所以一看到夏秋终于回来了，随着心中的一块大石落了地，人也放松下来，情绪自然也显露了出来，这才会露出一副快要哭出来的样子。

只是，夏秋并不知道她走后发生的事情，更不知道乐鳌是专门来追她的，看到落颜的样子，心都快化了，有关那个女人的事情也暂时被她抛到了脑后。

她连忙拿出打包回来的馄饨，小声哄道："好落颜，是姐姐不对，不该回来这么晚的，你一定等急了吧，是不是饿了，东家给你们带了馄饨，你等几分钟，我给你热一下。"

"馄饨？"还不等落颜回话，却见一旁的陆天岐已经走了过来，看着夏秋手中拿着的袋子，两眼放光地说道："可是千禧巷的那家？表哥，你竟然去那里了，竟然不叫上我？我都快饿死了！不过也真是难得，表哥你这是第一次给我带东西吧！"

以前，就算他要求了，表哥都不理他，他记得有一次他向表哥抗议过，却被表哥一句"饿一顿你又死不了"，给轻飘飘地顶了回去，让他很是伤心。因此，很长一段时间，他们都是各吃各的。

这几个月是因为夏秋每天都在乐善堂做饭，他们这才在一起吃了几次饭。而且，即便这段时间他们因为有事经常出去，在家里吃得少了些，可他们在家里一起吃饭的次数，已经比以前好多年加起来都多了。

只是，说者无心听者有意，落颜立即想到这是夏秋专门为自己带回来的，于是刚刚擦掉的眼泪又涌出来了，再次紧紧抱住夏秋，像是下定什么决心似的说道："夏秋姐姐，都是我不好，我这一阵子太任性了，这世上对我好的人那么多，我已经很幸福啦，从今以后，我绝不会再胡思乱想了，我也要对你们好。"

夏秋没想到自己不过是晚回来了一会儿，这个丫头竟然说了这么多感性的话，一时间有些摸不着头脑，她小声哄着落颜，先是看向对面的陆天岐，只见他撇了撇嘴，将头扭向了一旁，而等她一脸疑问地看向乐鳌的时候，后者已经不紧不慢地向自己的房间走去，边走边轻描淡写地说道："吃完了早点睡。"

05

即便关于那个女人的事情，夏秋还有很多话想对乐鳌说，想向他请教，可她此时也知道不是时候，眼下这个情绪莫名激动起来的落颜，已经不够她应付了，只能暂时作罢。

不过，等她安抚好落颜，吃了东西睡了一觉起来再去找乐鳌的时候，却被陆天岐告知，乐鳌出门了，至于去了哪里、什么时候回来，陆天岐也不知道。

而且，不仅仅是她有话问陆天岐，陆天岐更是有一肚子的话还想问夏秋呢。所以，不等夏秋继续问下去，陆天岐却已经忍不住开口道："昨晚到底发生了什么？你们怎么那么晚才回来？难道真是我表哥带着你去逛街去了？"

回来之后乐鳌就回了自己的房间，一大早又走了，他还没来得及问他，自然也不知道他们昨晚遇到的事情，而他们竟然带回了千禧巷的馄饨，所以，陆天岐能想到的只有这一种可能，这也是他最担心的事情。

这件事情自然没什么好隐瞒的，昨晚的时候夏秋就同落颜说过了，结果小丫头一听，也是一样的义愤填膺，恨不得立即就去把那个女人救出来。不过正当落颜想要告诉陆天岐昨晚发生的事时，却见陆天岐突然一脸古怪地看着她道："我告诉你，你可别对我表哥抱什么幻想。"

幻想？

夏秋一愣，嘴唇立即抿了起来，说道："表少爷是什么意思？"

看到她脸色变了，还以为自己猜中了她的心事，陆天岐犹豫了一下又道："我就明说了吧，我表哥是不可能看上你的。他去找你，

是怕你出了什么事会给我们乐善堂惹来麻烦。别以为他跟你去了一趟千禧巷就能代表什么，他不过是想带你见见世面。毕竟你是乐善堂的人，不能太小气丢我们的人。你若是动了什么不该有的心思，只会害人害己！"

这些话他早想说了，不过表哥那里他往往只开了个头，就被乐鳌随便几句话给打发了，而夏秋这里他一时间又找不到合适的机会。如今好容易让他逮着机会，还能不好好利用起来？别看他平时看起来玩世不恭的，可他毕竟有千年的阅历，完全知道有些东西必须在它刚刚露出端倪的时候就给它掐掉，否则的话，只会后患无穷。所以，昨晚的事情，虽然他并不知道到底发生了什么，可乐鳌担心夏秋出事追出去是真，带着夏秋去了千禧巷吃东西是真，破天荒的头一次帮他们打包带吃的回来也是真。所以，他不必知道更详细的经过，只要知道这几点就足够了，足够他借机敲打夏秋的了。而且，平心而论，他这么对夏秋说，也是为了她好，虽然这丫头平日心眼多些，本事诡异些，脾气大些，比较滑头些，可人还是不错的，再加上她的厨艺也是着实的好，他可不想真到了无法收拾的地步再做坏人，这种教训，以前他又不是没有过。

只是，他的阅历虽然足够，可是在某一方面却又是先天的不足，因为他永远都不了解女人。所以，他这番话除了触怒夏秋外，根本就没有起到任何有益的作用，甚至还让夏秋认为，他这么说这么做是乐鳌授意的，平白多了一种被侮辱的感觉。

于是夏秋冷笑一声："那我是不是要谢谢表少爷的提醒了？"

"那倒不用。"陆天岐仍未察觉某人已经到了愤怒的边缘，好死不死地回道。

重重哼了一声，夏秋转身往外走。

"你做什么去？"陆天岐微微怔了下。

还不等夏秋回答，却听身后传来落颜的声音："夏秋姐姐，你要出门吗？我也去。"

说着，她已经来到了大堂中，然后狠狠瞪了一眼柜台后面的陆天岐，没好气地低讽了句："这世上只怕再没有比你更多事的男人了，也没有比你更多事的妖了！"

"臭丫头，你再说一遍！"被落颜如此鄙视，陆天岐怒道，"我哪里多事了！"

不过这会儿落颜早就不理他了，而是到了夏秋的身边，一把挽住夏秋的胳膊，笑嘻嘻地道："今天是周日，姐姐去哪里我就去哪里。"

夏秋心中的愤怒在看到落颜那张笑脸的同时就减轻了几分，她先是对落颜勉强笑了笑，然后转头一脸冷静地看向陆天岐说："我只能说，表少爷，你想多了。而且表少爷，从我十二岁起，我就自己拿主意了。所以，不要说如今我同东家之间没什么，就算是有什么，也轮不到你来管。"说着，她不再理会陆天岐，而是看着落颜眯了眯眼，露出了一个浅浅的笑容："我去买菜，你要想跟着就跟着吧，你说，咱们中午吃葱烧猪蹄如何？实在不行就再买点大葱回来包猪肉大葱馅儿的包子，昨天吃的馄饨里面的汤汁不错，我觉得应该能调出差不多的味道来，正好昨天买了肥猪肉，做汤包最合适不过了，再不行我就给你做葱油饼，拌个三丝，配着猪蹄和汤来吃，看起来也不错。"

夏秋说的每一样，落颜都觉得很好吃，恨不得一顿饭将这三种饭菜都吃遍，所以，连连点头说好，不过，夏秋的话却让陆天岐的脸色越来越难看，到最后都隐隐发绿了。他焉能不知夏秋是故意这么说的，而且，只怕今天一天他都别想摆脱"葱"这种让他深恶痛绝的东西了。可以前他能说出抗议的话，今日不知为何，除了生闷气却一句话都说不出来。

直到夏秋同落颜离开，他才看着门口的方向重重地哼了一声："臭丫头，本少爷是为你好，你早晚就知道了。真是狗咬吕洞宾，不识好人心。"

······

自从搬到临城来，丽娘就一直光顾离自己家最近的那家集市，

而且已经基本上同集市的各位摊主熟悉了。所以一看到她来了，对这位性情随和、为人和蔼的张太太，摊主们都很热情，纷纷同她打起了招呼。

对于摊主们的热情，丽娘自然也报以礼貌的笑容，不过，她却不敢同他们多说什么，因为今天她要买的东西还很多，要办的事情也不少，根本没有时间同别人说闲话，而且，她也没有同别人聊天的心情。

虽然早上天一亮，她就被子文偷偷放进了院子，可昨晚她毕竟犯了大错，子文也不能替她遮掩，而是让她做好早餐后立即去娘那里磕头认错。她去的时候娘还没起床，她足足在门外站了一个小时，娘才让她进去帮忙梳洗打扮。

好在，今早没出什么大纰漏，总算是让娘满意了，竟然也没再骂她。不过，眼看昨天的事情就要揭过去了，娘却终于向她宣布了她最害怕的事情，娘要给子文纳妾了。她不怕娘骂她，也不怕娘打她，她就怕娘说起这件事情，不过可惜，拖了这么多年，她终究还是没躲过去。怪只怪她同子文圆房十年都没有为子文生下一男半女，"不孝有三，无后为大"，娘只是让她多做些事情，不赶她走已经很大度了，她还能要求什么？

娘说七日后就要抬那个女人进门，据说是临城本地人，是她爹去军营办事的时候，亲自提出来的，更是早就派人同娘说过了，要不是子文一直没点头，这人只怕早就进了门。

只可惜，拖来拖去，最终还是拖不过。

06

事到如今，她除了点头答应，已经没有别的办法了，就算是有泪也要往肚子里吞。她什么都不怨，只怨自己命太苦。而且，当初若不是子文一家救了她，她只怕早就死在山里被野兽吞到肚子里了。

当初张家捡了她让她做了童养媳，不得不说，开始的几年，不管是娘还是子文，对她都是很好的。直到后来他们圆了房，子文从了军……

今日出来，娘特意允许她晚点回去，午饭竟然也不用她做了，只让她将新人入门的一应东西采办齐全。

虽然只是纳妾，那女人的家里也不是什么大富大贵的人家，到时候只要一顶小轿将她抬进门里来就是。可娘的意思是，重内不重外。也就是说，对外虽然可以不动声色，可对内一定要重视，毕竟是他们张家传宗接代的大事。所以，娘说了，新房里的红烛花灯一概不能少，床铺也要用大红，一应摆设也都要换新的。甚至于娘还对她提起，以后要雇两个人来伺候这位新的如夫人，也省得婚后受了累，拖延了她孙子的到来。

别的也就算了，一听到娘让她给这位如夫人的房间里置办大红的被褥，丽娘就觉得心中一揪一揪地痛。这大红色可是正房的颜色，别人家若是纳妾，一般用粉红或者桃红就很不错了，可这次，娘竟然让让她用大红！

"咦，姐姐？原来是你！好巧呀！"

就在她出神的时候，突然一个声音在她的身旁响起，丽娘应声转头，却愣了愣，然后露出一个勉强的笑容，看着眼前这人手里挎着的菜篮说："原来是姑娘？你也来这里买菜？"

"是呀，原来姐姐就住在附近，以前我怎么都没遇到过姐姐？昨晚姐姐急匆匆就走了，没摔伤吧！"

出现在丽娘身边的正是夏秋，她同落颜一出门，就直奔富春巷，刚巧看到丽娘去集市，便一路跟了过来，却看到丽娘竟然进了喜铺买东西，所以，她一出来，夏秋同落颜就急忙上前去打招呼。

"姑娘有心了，我没事。"丽娘说着，就想离开。

只是，丽娘想离开，夏秋却是特意为她来的，又怎么可能让她这么轻易就走，于是夏秋连忙带着落颜紧跟着她走了两步，继续笑着问道："昨晚，姐姐可买到了定胜糕？"

她的话让丽娘脸色一黯，脚步也慢了几分，然后低着头摇了摇

头道："不曾，我去的时候，得意斋早就关门了。"

"那可真是太可惜了。"夏秋故意露出一脸的惋惜，"得意斋的定胜糕很好吃呢，我们一会儿也想去千禧巷，不如姐姐随我们一起去逛逛吧！对了，忘了向姐姐介绍了，我叫夏秋，这是我妹妹乐颜。"夏秋说着，将落颜推到了丽娘面前。

落颜眼珠一转，立即对丽娘说道："姐姐好，我叫乐颜，姐姐是我表姐的朋友吗？姐姐好漂亮呀！"

落颜的声音甜甜糯糯的，人又长得玉雪可爱，被她黑葡萄一般的眼睛盯着看，丽娘的心都快化了。再想到自己若是同子文刚圆房就能生下孩子的话，只怕也这么大了，丽娘的心便又软了几分，于是她彻底停住了，对落颜温柔一笑："好一个漂亮的小姑娘，可惜我身上什么都没带，不如这红玛瑙串子你先带着玩儿吧。"

这玛瑙串子是她刚才在喜铺买的，本是为那位如夫人准备的首饰之一。虽然不值什么钱，可样子却很时兴，其中一颗还雕了颗羊头，取"祥"字的彩头，作为礼物倒也合适。

可是刚刚才见面，她就送落颜这东西，也算是很重的礼了，落颜又怎么敢收，连忙将手背在身后退了两步，然后笑嘻嘻地道："姐姐又不是我们的长辈，这礼我可不敢收。你没带礼，我又何曾带了，哪有你给我我却不还礼的道理，不如改日，咱们全都把东西带全了，再交换礼物如何？我看姐姐很是喜欢，我哥哥是乐善堂的乐大夫，姐姐家住在哪里，改日我们上门拜访呀！"

"原来是乐善堂的乐大夫！"落颜的话说得有理，丽娘一时冲动，此时也知道自己无缘无故送人礼物有些唐突，便顺势将东西收了，不好意思地笑道，"我听我先生提过乐大夫，你就是乐大夫的堂妹吧，可是在临湘女子师范读书？我先生姓张，如今在政府的曹旅长手下做副官。"

关于这位张副官，落颜又怎么会不知道，前几日她帮着菁菁施粥的时候，这位张副官还在一旁帮忙呢，而且，这位张副官也正是陆天岐认识的那位军界人士，落颜能进女子师范读书也多亏了他帮忙。

于是落颜同夏秋交换了个眼神，夏秋笑道："我当是谁，原来姐姐就是张太太呀，说起来，我妹妹能去女子师范读书，还要多亏张副官帮忙呢。也难怪姐姐同乐颜一见如故，连我在旁边都忘了呢。"

丽娘脸上一红，连忙道："对不起，是我失礼了，还请姑娘不要怪罪。什么张太太，你们叫我丽娘好了。"

"原来是丽娘姐姐！"夏秋嘻嘻一笑，"昨天晚上遇到姐姐，今天竟然又遇到了，您家又早就帮了我们大忙，看来咱们真是有缘分呢！"

夏秋不提昨晚还好，一提到昨晚，丽娘立即想到了自己此时的处境，脸上的笑容也变得勉强了，然后点点头，轻轻地叹了口气："是呢，的确有缘分呢。"

看到她说着说着，眉间又涌上了愁绪，夏秋眼神微闪，低头看着她篮子里的红烛喜字说道："姐姐家里这是要办喜事了吗？"

夏秋这句话，立即让丽娘脸上原本就勉强的笑容变成了苦笑，然后她盯着篮子里的红烛出了会儿神，幽幽地说道："是呀，要办喜事了，我先生隔几日就要抬如夫人进门了，我……是来给他们置办东西的！"

如夫人进门，却要原配的夫人亲自置办婚礼用品，即便夏秋昨晚见识了门里那位婆婆的彪悍，可还是觉得太过分了。于是，她强压了压心中的怒气，淡淡地道："是张副官让姐姐来置办的吗？其实这种事情，让个丫头来办不就行了，又何必姐姐亲自来。"

结果却见丽娘又苦笑了一下，摇了摇头说："子文俸禄有限，娘又勤俭，所以我家没有下人。"

偌大一个旅长副官竟然没有下人？这种事情不要说夏秋，就连落颜都不信，于是她也忍不住问道："姐姐家那么大，就凭姐姐一个人操持，那岂不是都要累死了。"

落颜刚刚才去看过张副官家，虽然只是在门外，可猜也能大概猜到张副官宅子的规模，因此一急就说漏了嘴。这让夏秋提心吊胆了一番，生怕丽娘会察觉出不对，对她们起了怀疑。

不过好在，丽娘似乎并没有察觉出不对劲儿来，反而笑道："那

有什么，以前没来临城前也是我操持的，不过是两进的院子，我们也只有三人，没什么难的。"只是，说到这里她的眼神又是一黯，因为，很快她的家里就不是三个人了，不但要多一个如夫人，还要增添很多下人，娘果然很心疼这个快要进门的如夫人呢。

想到这些，原本遇到夏秋她们后的些许喜悦的心情立即消失得无影无踪，然后丽娘扯了一个笑容，对夏秋她们说道："我还要去前面的绸缎铺子，先告辞了，等以后不忙了再去拜访你们。"说完，也不再同夏秋她们多说，就匆匆地往前面去了。

娘说要找人做四床缎面的被褥，图案则要龙凤呈祥、百鸟朝凤、花开富贵和百子图，而且，也全部要大红的。丽娘觉得，只怕七日后她会被里里外外的红色晃瞎了，即便是现在，她只要听到"红色"这个词，就觉得浑身都不舒服，胃里也一阵阵地泛呕。

正想着，不知怎的，突然一股怪风卷着灰尘迎面向她吹了过来，她不由得闭了下眼，而等她睁开眼后，却看到了满地的桃花瓣。原来刚才那阵风把她头顶上的几朵桃花也吹落了。

丽娘看着地上碎掉的花瓣愣了愣，然后再次加快了脚步，不一会儿就拐到另一个巷子里，往绸缎铺去了。

看到丽娘逃也似的走了，落颜正要说话，却见夏秋突然对她摆了摆手，然后看向一旁的桃树。不过可惜，桃树上花团锦簇，集市上也人来人往乱糟糟的，极大地影响了她的感觉。所以她只得道："咱们先回去吧，边走边说。"

虽然不知道夏秋发现了什么，可落颜知道，她绝不会无缘无故如此，自然点头同意。直到两人走到了一个没人的地方，夏秋这才停下来，又感受了一下周围的气息后，这才道："好了，没事了，你可以说了。"

"夏秋姐姐，怎么了？"落颜不急着说丽娘的事，而是先好奇地问道。

夏秋笑了笑："我好像感到些陌生的气息，不过现在没有了。"

"你感到的是我的气息吧，刚才那些花瓣是我吹落的。"落颜立即道。

"你的气息我怎么会不熟悉？"夏秋摇摇头，"不过，也有可能是哪个过路的妖怪吧，总之先不用管了，你刚刚想对我说什么？"

07

夏秋说的话倒是也有些可能，于是落颜也不再想这件事，而是开口道："夏秋姐姐，你看得没错，她的气息虽然很弱，可我也察觉了。不过，你若是不说，我肯定不会看出来的，只是……你刚刚也看到了吧！"

夏秋点点头："我看到了，那些桃花瓣躲开了她。"

落颜应道："那些花瓣我施了些法力上去，若是普通人，怕是要受些皮外之伤的，可是你也发现了，那些花瓣根本近不了她的身，眼看就要挨到她的时候，就自己掉在了地上。"

"这么说，她果然是故意隐藏自己的身份了？"夏秋皱了皱眉，"可是，那个张副官对她好也就算了，但很明显，张家不但将她当丫头使，那个张副官也要娶如夫人了，根本就没把她放在心上，她又何必留在那里，自取其辱呢？"说到这里，夏秋看着落颜又道，"如果是你，他们这么对你，你会如何？"

落颜听了，立即攥紧了拳，冷哼道："若是他们敢这么对我，我立即将他们埋在花圃里做花肥！"不过，说到这里，她又犹豫了下，"只是，这位丽娘姐姐，也许是真的爱她的先生，你说她婆婆那个样子，大概，她只是不舍得让她先生为难呢！"

"爱到可以眼睁睁看着他娶别人？甚至还要给他们亲自置办新房里的东西？"夏秋说着冷笑了一声，然后看着落颜道，"若青泽是个普通人，他这么做的话，你只怕早就离开他了吧！若是爱他爱到低若尘埃，连自尊都没有了，就算日日跟在他身边，又有什么意思？"

没想到夏秋会在这个时候提到青泽，落颜一愣，随即敛了眼皮看向自己的脚尖，小声道："夏秋姐姐，你忘了，我根本就没这个机

会，青泽哥哥不过是把我当妹妹罢了，甚至，还把我当麻烦。"

看到落颜的样子，夏秋知道自己一时失言了，于是连忙摇了摇头，握住了落颜的手腕，低声道："那可不一样，也是我用错了对象，我的意思是，你们都不是普通人，所以是体会不到这种滋味的。一只妖放弃了一切要同一个普通人在一起，结果却落了这样一个下场，可不仅仅是伤心两个字就能形容的，况且……"夏秋说着，眼神突然放空，看向了空中的一个方向，淡淡地说道，"况且，人和妖在一起本来就不会有好结果的……"

"夏秋姐姐！"看到夏秋的样子，落颜有些奇怪，不禁问道："你……在说谁？"

夏秋回过神来，看着她笑道："反正不是在说你。总之，这种感觉你是体会不到的，而且，青泽他……"

"他怎么了？"看到夏秋似乎有话要说，落颜的心思一下子全都扑到了青泽身上，连之前感受到的那一点点的不对劲儿都忘到脑后了。

察觉失言，夏秋眼珠转了转，笑嘻嘻地道："他同你一样，都钻了牛角尖，也许过些日子，你们就都想通了。"

一听夏秋就是在敷衍她，落颜撇了撇嘴道："我知道你怕我伤心。不过，夏秋姐姐你放心好了，我现在已经想通了，这世界这么大，如今又有了这么多好玩儿有趣的事情，我不会再只想着嫁给青泽哥哥这一件事情了。听菁菁说，外面的世界很大，有很多有趣的东西，如今知道了世界这么大，我也想出去看看呢。"

看到落颜的样子，夏秋觉得就像是自己的孩子一下子长大了一般，于是她使劲搂了搂落颜的肩膀，肯定地说道："我家落颜就是不一般，我觉得日后你真的能成为一个女先生呢。要是丽娘也如你一般胸襟广阔就好了呢。"说到这里，夏秋突然若有所思起来……落颜以前也因为青泽的事情伤心欲绝，可后来不是也想通了？若是有人能开导开导丽娘的话，也许她也能想通也不一定呢？

不过，这个时候，落颜却像是想到了什么似的突然说道："夏秋姐姐，如果丽娘不是因为喜欢张副官，而是因为别的目的才留在张副官身边的呢？或许……或许她想……"

若是丽娘目的不良的话，那她在张家忍气吞声地待着，仿佛就更容易解释通了。

夏秋摇了摇头道："这点我早就想过了，不过，我觉得她不是，而且，如果真的如你所说，咱们更该让她离开张家了，也省得她日后害人害己。"

喜鹊就是最好的例子，若是这个丽娘真的想要加害张家人，乐鳌一定不会袖手旁观，她更该阻止她，不可让她一错再错。

"也许，我应该再同她谈谈。"想了想，夏秋自言自语道。

她们边走边说，不知不觉已经到了五奎巷，而随着一阵汽车的汽笛声响起，一辆黑色的小轿车停在了他们身旁。车停好后，一个人透过车窗对她们打招呼道："你们出去了？上车吧，咱们一起回去。"

车里的人正是乐鳌，原来他今天出门是坐车出去的，这倒是同他往日独来独往的风格不同。

上了车，还不等夏秋她们开口，却听乐鳌低低地说道："昨晚那个女人，是曹旅长手下张副官的太太，叫丽娘。她嫁给张副官已经十年了，是童养媳。"说到这里，他顿了顿，回头看向夏秋，"据说，张副官七日后要娶如夫人了。"

原来，他今日一大早出去，竟然是去打听丽娘的身份去了！

夏秋虽然吃惊，但心中却十分感动，知道东家果然还是不肯放任不管，当即点点头道："谢谢东家，我们刚才在集市上遇到了丽娘，已经知道她的身份了。"

"你们刚才……自己去调查丽娘了？"乐鳌眉头皱了皱，"你知不知道，这很危险，若是那个丽娘居心叵测，只怕……"

"这么说，东家也清楚丽娘姐姐没有害人之心喽？"夏秋眼睛一亮，快速说道，"这么说，东家肯帮她了？"

只是，看到夏秋满脸的期待，乐鳌却转回头去，看着前方的路

低声道："我还是那句话，这件事情毕竟还没弄清楚，而且，这是别人的家事，我们乐善堂从不插手别人家事，只有他们来求助的时候，才会出手。"

夏秋立即明白了乐鳌的意思，这次她是真的有些生气了："东家，这么说，您还是不肯出手了？"

这次，乐鳌既不肯定也不否定，只是默默地看着前方，也不知道在想什么。

"那好，东家的决定自然有东家的道理！"夏秋深深吸了一口气，低声说道。然后她整个人重重地靠在车椅背上，眼神则看向窗外，不再吱声了。

"我的意思是，一定要调查清楚。"乐鳌终于开了口，不过，随着汽车拐弯时，小黄师傅按喇叭的汽笛声，夏秋却似乎没有听到……

婚礼的用品果然不是那么容易采办齐全的，即便前一天丽娘跑了整整一天，可终究还是忘了定新人用的鸳鸯帐子，被张老太太好一顿数落。所以第二天一大早，她连早饭都没顾上吃就出了门，再次赶往集市的方向。

不过刚刚走出富春巷，她却听到一阵汽笛声响起，却是身后有车驶了过来，她连忙躲到了一旁，想给车子让路，却不想，身后驶来的车子却在她的身边停住了。她转头一看，却看到一张熟悉的脸出现在车子的后车窗里，正在对她笑，竟是昨天在集市上遇到的夏秋。

"夏小姐？"夏秋已经从车里将车门打开了，笑嘻嘻地道："丽娘姐姐，咱们还真是有缘分呢，今天是端午，姐姐可是要去东湖边上看龙舟？我送你呀！"

看到是夏秋，丽娘笑了笑："今天是端午吗？我都忘了。谢谢夏小姐，我不是去湖边，我是去集市。"

"昨天的集市吗？正好顺路，上来吧，我送你过去。"

丽娘一愣，本来想拒绝，可一想到集市的确还有一段距离，夏秋又盛情难却，于是点了点头："那就多谢夏小姐了。"

上了车，将车门关好，夏秋笑嘻嘻地对前面开车的小黄师傅道："走吧！"

小黄师傅应了一声，便再次发动了车子，而这个时候，夏秋则伸手帮丽娘放下了她旁边车窗上的车帘，并低声道："风凉，别把姐姐吹到了。"

"谢谢夏小姐。"

夏秋如此贴心，丽娘立即表示了感谢，而夏秋只是对她笑了笑，紧接着放下了自己这边的车帘，这才重新坐好。

不过之后，只见她沉吟了一下，却突然问道："丽娘姐姐，我同你一见如故，也很喜欢你，咱们都住在临城，日后你若是有什么不开心的事情，都可以来乐善堂找我。"

夏秋这句话一下子就说到丽娘的心里去了，在张家这么多年，她的生活里除了娘就是子文，要不就是怎么做也做不完的家事，根本就没有年龄相近的姐妹，也没有机会去交朋友，自然有了委屈也找不到人来诉说。如今听到夏秋的话，要说不想向她倾诉那是假的，可这个念头不过在心里转了一圈，她却立即恢复了理智，对夏秋笑了笑道："多谢夏小姐，娘和子文对我很好，我又能有什么不开心的事情？"

夏秋歪头看了看她，却笑了："丽娘姐姐，我何曾说张老太太和你先生对你不好了？"

丽娘一愣，脸颊当即有些发热，这才意识到自己无意间暴露了心事，于是马上垂下了头，小声说道："我……我的意思是……是我过得很开心，我先生很体贴我，娘……娘对我就像……就像亲生……亲生……"说到这里，丽娘是真的说不下去了。

有些事情，若是一直埋在心中还好，或许故意装作不在乎，就可以骗自己无所谓，可若是一旦被人说破，就像是将窗纸捅破了一般，也就再也无法继续骗自己了，就如揭了伤疤后血淋淋的伤口，只有彻骨的疼痛。

而这个时候，夏秋又轻轻地叹了口气，缓缓地说道："丽娘姐姐，

其实有些话若是能说出来，心里也许能好受些。"

夏秋这句话说出，下一刻，丽娘的眼泪像断了线的珠子，扑簌簌地落了下来。

08

丽娘知道，自己这会儿不应该掉泪的，这样只会让自己的脆弱更多地暴露出来，不过可惜，她心里很清楚，但就是控制不住自己的眼泪，毕竟她已经忍了很久很久，久到她的心都已经麻木了，而如今这颗麻木的心又如何能控制住她剩余的情感，她只觉得自己的心灵和身体已经随着泪水的涌出彻底分离开来，再也合不到一起了。

也不知道哭了多久，丽娘知道自己不能再在这里待下去了，否则的话，她只怕会哭上三天三夜，于是她试图擦干眼角的泪水，可终究是擦不干净，只能连忙把头转向一旁，狼狈地看着车窗上的车帘，哑着声音说道："集市应该快到了吧？我该下车了。"

"丽娘姐姐，你这又是何苦？"夏秋幽幽地道，"那夜我都看到了，张老太太让你在门外跪了一夜，张副官过几日也要娶如夫人了，他们一家把你当丫头使……"

"你……你怎么知道？"丽娘吃了一惊，满脸泪痕地转回头来，看向夏秋，"你跟踪我？"

"丽娘姐姐，我只是担心你罢了。"夏秋低下头，慢慢地说道，"你同他本就不是一个世界的人，又何必如此执着呢？我以前有个朋友，也同你一样，爱上了一个……"

"不对！你为什么要跟踪我？"这个时候，丽娘的伤心已经完全被警惕和震惊压下去了，也终于意识到了不对劲儿。她就算再伤心，也不可能在一个只见过三次面的新朋友面前哭得不能自已呀，就像是她不知不觉就被人带入了那种绝望的情绪中去一样。所以，警惕心一起，她已经根本不想听夏秋说话了，也听不进去，而是尽量同夏秋保持最远的距离，一脸戒备地看向她："你是谁？你为什么要跟踪我？你想做什么？"

"丽娘姐姐，我知道你不是普通人，我家东家也看出来了，你不必再装下去了！"以为她只是生气，夏秋连忙说道。

"装？装什么装？我不是普通人？你的话是什么意思？什么叫不是普通人？我要下车，停车，把门打开！"丽娘说着，就要打开车门，不过可惜，她是头一次坐车，根本就不知道门锁怎么开，到了最后，她一着急，干脆不想着打开车门了，而是一把将车帘扯开，竟然想从车窗跳出去。

不过，等她打开车帘，却发现车子根本就没有开向集市，周围也空无一人，她竟是已经被带到了临城的郊外，这让她一下子愣住了。

丽娘的反应的确出乎夏秋意料之外，按说她都已经开诚布公了，这位丽娘姐姐哪怕再不愿意离开，也不该再想着隐瞒自己身份了，最不济也该摆出谈判的架势才对。

虽然夏秋想帮她，可她若是说自己心甘情愿，夏秋自然也不会再打扰她，正如东家所说，这是她的家事，外人除了提醒，还真的什么都做不了，他们唯一能做的，就是告诉她，日后若是真的忍不下去了，乐善堂可以帮她的忙。可眼下看来，她如此一副惊慌失措的样子，分明就是一个普通人的反应，哪里像是一个本领强大的妖了？

难道说，这个丽娘根本就不是妖，真的只是一个普通人？

这一下，夏秋心中忐忑起来。这次她是瞒着东家出来的，若是这个丽娘真的不是妖，而她又知道了不该知道的事情，她可没有东家消除别人记忆的本事。

想到这里，夏秋决定再试一回，于是她立即屏息凝神，暗暗发动自己体内的力量，向丽娘身周探去。而此时，丽娘已经回过神来，转头看着夏秋惊恐地道："你把我带到这里来想做什么？你别想要挟我先生，子文他不会为我付赎金的。"显然，她竟把夏秋当作了绑人勒索的女匪。

夏秋心中哭笑不得，但还是凝下心神向丽娘的体内探去，找寻着她血脉中同普通人那种极不相同的气息。

这正是她学了乐鳌教她的导引之术后琢磨到的新本事，只不过上次用的时候，她怕暴露自己的身份一触即撤，而这次她则是全力以赴。

如果她没有估算错，她这个新本事若是用到了极致，可以在对方不发动能力的情况下先发制人，提前控制住对方，而不是像以前那样被动抵挡。不过，之前她只是练习，连最简单的应用都很少，本是想给东家一个惊喜的，所以这次她全力以赴地使用这种新本事，还是头一次。可显然，虽然是第一次，效果却还是不错的，因为丽娘眼看不妙想要冲向夏秋的时候，却发现自己竟然一动都不能动了！

丽娘的脸色一下子变得苍白，盯着夏秋一脸震惊地说道："你……你到底是什么东西？妖怪，妖怪，你是妖怪！"

夏秋此时可没工夫同她解释，这会儿只想趁着丽娘被控制住的时候探明她的真正身份。虽然丽娘能被她的能力影响，已经从一个方面证明她的猜测了。可事情如此诡异，她总要彻底搞清楚才行。而且，这种本事她第一次用，也不知道能控制丽娘多长时间，她自然半刻都不肯耽搁。

夏秋闭上了眼，任凭自己的气息在丽娘的身体里移动，而她此时也似乎随着这股气息进入了丽娘的血脉之中，看到了丽娘血脉中的变化，甚至感受到了丽娘心脏和血脉的搏动。而渐渐的，她似乎看到了一股白色的气，不停地在丽娘的血脉中流动着，只是这白气似乎很虚弱，若隐若现的，就连夏秋也不能时刻感受到它的踪迹。

不过好在，在夏秋的紧追不舍下，这股白气终于带着她来到了一扇金色的大门前，只是一到了这道金色的大门前面，那股白气便立即被这金色的大门吸了进去，消失得无影无踪了。

夏秋也停在了大门前，她用手触了触这门，结果发现这门坚硬无比，而且还热得烫手，不仅如此，大门的上面还挂着一个巨大的金色锁头。夏秋不知道这是什么东西，但她可以肯定，若是普通人，体内是绝不会有这种东西的，就像是要把什么东西锁在里面，让它永远都出不来一般。

看来，要想知道丽娘的秘密，她势必要打开这扇大门了。

夏秋在门前权衡了一下，最终还是决定打开这把锁头，只是就在她把自己体内的气息注入这把锁头的时候，却突然觉得一道金光从这把锁头上反射回来，紧接着，她只觉得自己的胸口一痛，一股辣辣的感觉立即涌上了喉咙。这种感觉让她不由得闷哼一声，而与此同时，她却听到对面传来一声痛呼，她连忙睁开眼看向丽娘，却见她的头一歪，竟然向后倒了去，然后靠在车后背上一动不动了。

夏秋吓了一跳，哪里还顾得上自己胸口的疼痛，连忙将丽娘扶起来，这才发现她全身都软绵绵的，双目紧闭，脸色也白的瘆人。夏秋唤了她几声，她半点反应都没有，于是，迟疑了一下，夏秋将自己的手指伸向了她的鼻前，结果夏秋的脸色一下子变得比丽娘还难看……因为丽娘已经气息皆无。

"丽娘姐姐，丽娘姐姐！"夏秋连忙将她放平，回忆起之前在雅济医院学过的急救知识，先是重捶了她的胸口几下，然后开始替她按压胸部，想要帮她做人工呼吸。而这个时候，小黄师傅早就把车子停到了路旁，然后回头看向满头大汗的夏秋，也是一脸的慌乱："夏小姐，她怎么了？难道……难道死了？您不是说，要帮她吗？"

"她不会死的，不会的！"夏秋现在只有一个心思，就是救活丽娘，决不能让她就这么死掉，只是，虽然她很想用自己的能力救她，可一来她还真不知道怎么救她，二来她体内的气息此时已经所剩无几，她就算知道怎么救，只怕也根本起不了什么作用。

就在这时，突然车外卷过一阵疾风，将车帘也高高地卷了起来，车帘飘散开来，露出窗外的情形，一个人出现在窗外，出现在夏秋的背后。

然后，车门被这个人一把拉开，紧接着只听他低声喝道："出来！"

夏秋回头，却是一脸的欣喜若狂，她唤了声"东家"，而人也从车里迅速地退了出来，站在了乐鳌身后。

夏秋下车后，乐鳌也不上车，而是站在车外问她道："发生了什么？"

夏秋立即快速地回答道："我以为我的判断错了，想要再次确认她的身份，可没想到，却在她体内看到了一股奇怪的气，还有另一股气化成的一把奇怪的锁，我想把锁打开，可那锁我只是碰了碰，就被弹了出来，然后，就变成了这样！丽娘姐姐她……她没呼吸了……"

"锁？"她的话让乐鳌脸色一沉，"那锁，是什么颜色的？"

"金色的！"夏秋立即说道，"丽娘体内的气，却是白色的！"

"金色？白色！"乐鳌背对着夏秋，所以夏秋没有看到，听到这两个词，乐鳌的脸色变得难看无比。

"东家，丽娘姐姐她……她不会真的死了吧！"虽然没看到乐鳌的脸色，可夏秋还是能从他的语气中感受到事情的严重性，在他身后低声问道。

"死？哪那么容易？"夏秋的话换来乐鳌一声冷哼，夏秋发誓，她从来没听到东家用这种语气说过话。

她印象中的东家，向来是温文尔雅的，情绪更是很少有大起大落的时候。而这次，他的语气中不但充满了嘲讽，甚至还很愤怒。难不成，东家以前也遇到过类似的情况？不过，既然东家这么说，是不是也意味着丽娘姐姐这次不会真的有事？现在夏秋心中只有丽娘的安危，至于其他的事情，即便她注意到了，也立即被她抛到脑后了。

她正想着，却听乐鳌的语气又恢复了往日的那种恬淡，他低声嘱咐道："你先同黄苍到一边休息。"

夏秋正要应下，却突然捕捉到一股既熟悉又陌生的气息，她立即警惕起来，先是向周围看了看，然后提醒道："东家，先等等！"

　　乐鳌一愣，可还不等他回过头来，却见夏秋用手一指，两张白花花的东西从一旁的树杈上打着旋儿地落了下来，不过，这也耗尽了她仅剩的灵气和全身的力气，然后，她一下子瘫倒在地上，一时间竟没力气站起，然后弱弱地唤了声："小黄师傅。"

　　黄苍此时也已经下了车，听到夏秋的声音，立即会意，几乎是在她说话的同时冲了过去，将那两张东西一下子踩在了脚下，然后他俯下身，将它们从地上捡了起来，却发现竟然是两个用符纸剪成的小人，他当即脸色一变，看向乐鳌："乐大夫，竟然有人跟踪咱们？"

　　"我看到了，也大概知道是谁了？"乐鳌脸色也不好看。

　　想这临城，一心同夏秋作对，想要查明夏秋身份的还能有谁？看样子，她的伤应该是好得差不多了。

　　乐鳌表情凝重，看向夏秋，本想问她情况如何，可还不等他开口，却见夏秋对他点点头："东家，这次没事了。"

　　乐鳌皱了皱眉，"嗯"了一声，又看了看夏秋的嘴角，这才重新转回身去，然后低低地吩咐了一句："黄苍，设界！"

　　小黄师傅怔了怔，立刻会意，知道这次东家是要全力以赴救治车里的那个女人了。而他连结界都让自己帮着设，那很显然，这次的救治只怕要耗费不少力气，乐大夫这是要他给他护法。

　　黄苍很少有帮得上乐善堂的机会，这次被委以重任，又怎么敢耽搁，马上施法，在他们周围布了一个小小的结界。而这个时候，乐鳌已经将体内那一金一银两股气聚在了身前，然后用手轻轻一推，将它们同时注入到了丽娘的体内……

　　不知道过了多久，随着丽娘体外交织的两股气息越来越耀眼，她的脸色也似乎比刚才好转许多，不过，紧接着，夏秋只觉得自己的眼前一闪，这两股气息便立即消失得无影无踪。

　　于是，还在夏秋发呆的工夫，却见乐鳌已经将自己的双手放了下来，然后低声道："好了，她已经没事了……"

　　此时，夏秋的身体状况已经缓和了不少，也早就站了起来，所

以不待他说完，她已经走到了车门前，上了车。

她上车后，第一件事是将自己的手指凑到丽娘的鼻前，发现她果然恢复了呼吸，这才转头看向乐鳌，一脸的感激："东家，太好了，她又活过来了，终于活过来了！"

说着说着，她突然觉得自己的脸上有些潮，不由得用手一摸，原来，不知何时，她已经泪流满面。

看到她竟然哭了，乐鳌又皱了皱眉："活是活过来了，不过，她元灵上的封印，我却暂时解不开。"

"封印，您说封印？"夏秋一愣，"您的意思是，有人封印了她的元灵，所以……所以她才会不知道自己的身份？"

"如今看来，的确是这样。"乐鳌点了点头，"她只怕……根本不知道自己是妖。"

"您的意思是，她作为妖的记忆被封印了？连妖力也一起被封印了？"夏秋的脸色立即难看起来，"是谁？难道是那个张副官？他想留住她？"

就像牛郎织女的故事，牛郎拿了织女的天衣，所以织女才回不去天上，做了他的妻子，替她生儿育女？而丽娘的"天衣"就是她的记忆？

"不可能是他！"没想到，这次乐鳌连想都不想，就斩钉截铁地否定了夏秋的猜测，然后低低地哼了声，"你不必猜了，绝对不是张副官。而且，她的妖力只被封印了一部分，自保能力还是有的。"

"东家难道知道那个人是谁？"夏秋忍不住又问道。

这次，乐鳌却没有回答她，而是递给她一块手帕，缓缓地道："你的嘴角……擦擦吧！"

夏秋一怔，忍不住用手抹了下自己的嘴角，却发现竟然有干涸的血渍，她立即想到了刚才自己的气被那把锁弹回来的时候，喉咙里那股辣辣的感觉，显然，她应该就是那会儿受的伤。

她脸颊一热，立即接过乐鳌的帕子，快速地擦干净嘴角的血，可正当她想将帕子还给乐鳌的时候，却见他已经转身向大路的方向走去，边走边说道："把结界撤了吧，她还要过一会儿才能醒，我刚才顺便抹去了她的记忆，你们把她送回遇到她的地方再回去。至于今天的事情，等你回去了我还有话说！"

回去了还有话说？

夏秋心中暗道不妙，本想对东家表示的感谢也被她抛到了脑后。

她知道自己这次擅自行动不对，暗中让小黄师傅帮她也不对，更何况这次她还差点害死丽娘。不管怎样，错就是错了，东家不管怎么罚她，她都毫无怨言，只要他不赶她走，让她做什么她都心甘情愿。

就这样，抱着这种想法，晚饭之后，夏秋端着一盘肉粽子，硬着头皮走进了乐鳌的书房，可粽子放下后她刚要认错，却见乐鳌用眼皮扫了扫旁边桌子上放着的大盒子，又重新挪回到眼前的书上，然后不紧不慢地道："里面是件衣服，明日穿上它，随我一起去趟张副官家。"

"啊？什么？"夏秋以为自己听错了，忍不住问道。

乐鳌的视线依旧停留在手中拿着的书上，听到夏秋的疑问，眼皮抬也不抬地说道："张副官要娶如夫人，曹旅长是大媒人，本来想让他大办，却被张副官以于礼不合推了。不过，这婚礼虽然没有，礼却是不能不到的。"

"东家的意思是，明日咱们乐善堂要去给张副官送礼去？"夏秋恍然大悟。

乐鳌点头道："张副官是曹旅长的亲信，以前，这种事情都是天岐去做的。不过这次，我觉得应该带你去看看，毕竟，张太太是女子，有些话还是你来问比较合适。"

"东家早就决定了？"夏秋的脸上有些发热。

"嗯，前两日吧，"乐鳌不紧不慢地说道，"等衣服花了些时间。"

犹豫了一下，夏秋心悦诚服地说道："东家，我错了。"

难怪东家那日说要调查清楚才行，看来他早有打算了，不然的话，这种事情又何必他亲自出面，正如他所说，让陆天岐去也

就是了。

"你错了？"这个时候，乐鳌终于将视线从书本上移了开来，"你以为我不会管那个丽娘？"

夏秋低下头小声说："对不起东家，是我太心急了，应该相信东家才对。"

"你不是心急，你是关心则乱。"乐鳌看向夏秋，"落颜那次你就很冷静，可这次，你的反应却同上次判若两人。难不成，这个丽娘让你想起了什么人？"

夏秋的眼神慌乱了一下，连忙移向窗外的一堵墙上，心虚地说道："我只是觉得丽娘太可怜了，一个妖，却被普通人摧残成了那副样子，我实在是看不下去……"说到这里，她又抬高了声音，"总之，这次多谢东家，不然的话，我这次就要犯下大错了！"

"你不用谢我……"乐鳌说到一半，却听旁边的界铃响了一下，显然是有病人来了，于是他立即站起身，往书房外走去，边走边说道，"虽然现在证明丽娘的确是被人所害，可你私自行动，还是要罚的。"

罚！

夏秋的神经一下子紧绷起来。

此时，乐鳌已经走到了书房门口，然后夏秋只听他轻飘飘地说了句："就扣一个月的工钱吧！"

夏秋一听，脸色立即垮了下来——这下，她辛辛苦苦省下来的房钱可全泡汤了！

此时，在临城的另一处宅子里，原田晴子正眼巴巴地看着窗口，从天黑以后，她就望眼欲穿了，不过可惜，一直等到子夜，她今天放出去的几个式神却一个都没回来。

终于，在零点的钟声敲过之后，她放弃了，眼中则充满了阴郁，显然，她的式神们只怕已经凶多吉少了。只是，不一会儿工夫，也不知道她是不是想通了什么，竟然"咯咯"的独自笑出了声，然后只听她小声自言自语道："夏秋呀夏秋，普通人可毁不了我的式神，那个女人——应该叫丽娘吧，嘻嘻，我就不信，她同你一样狡猾。"

10

　　张子文张副官的家果然是个两进的院子，为了让张副官能够安心地娶如夫人，曹旅长特意给他提前放了几天的婚假，所以乐鳌他们去的时候，张副官也正好在家。

　　乐善堂的当家亲自来了，张副官自然也不敢怠慢，立即将他迎进了客厅里。

　　这一次，夏秋才真正注意这个男人，却见他虽然个头不高，肤色却很白皙，一看就是一副弱不禁风的书生样子。他的眼睛不大，但是却还算有神，但也不知道是眼睛的问题还是后天养成的习惯，他的眼睛时不时地会眯上一眯，让人觉得很不舒服。不过，他面对他们时的笑容却很有杀伤力，很容易让人有种如沐春风的感觉，若不是他们早就知道了丽娘的事情，怕是很容易会对他产生好感。

　　可是有一点，夏秋想到后却觉得这个人绝不简单。因为他们之前也算是见过几面，可哪次这个张副官都没有给她留下太深的印象，也就是说，这个人很容易隐藏自己。

　　夏秋不知道这是不是官场中的老油条必备的技能之一，可对她来说，这点却很难做到。引人注意谁都会做，可若是能做到不动声色，让一个人见到他几次后对他还是毫无印象，那这人应该算是很可怕了。

　　试想，一直有人站在暗处观察你，而你却连他的样子都记不住，那该是一件多危险的事情？

　　宾主落座后，乐鳌只对张副官介绍，夏秋是他们乐善堂的大夫。夏秋观察张副官，张副官也没闲着，也在观察他们，所以，对于乐鳌的话他也只是听听罢了，心中却有着另外的一番计较。

　　今日夏秋穿了一件冰蓝色的旗袍，旗袍的斜襟上还缀着白色丝线盘成的纽襻，就像是海上绽放了一朵朵洁白的浪花。只是，这旗

袍颜色虽然素气，用料却绝对不一般。尽管厅中光线不好看不出来，可夏秋进屋前，她穿着这衣服还在外面阳光里的时候，张副官就已经注意到了，因为这衣服竟然会变换颜色。

虽然张副官对女人的衣服没研究，可是由于长期替曹旅长打点内务外务，对衣服的料子却很有研究，知道最近有一款从国外进口的料子，只有上海才有的卖，好像就有这种特点。而且，今年开春的时候，在他们换防到临城前，旅长的几位太太就在上海很是采购了一番，里面就有这种料子，简直爱不释手。当然了，价格自然也是好得很，所以，只有大太太和旅长大人最得宠的五姨太才一人领了一匹回去。

大太太那匹索性就压了箱底，说是要给曹小姐做嫁妆，而五姨太虽然不喜欢这种素净的颜色，可也只舍得做一件短袖的旗袍，剩下的则小心翼翼地藏了起来，连看都不让别的姨太太看。

所以，心中有了计较之后，张副官立即让新来的小丫头上茶，给乐鳌上了一杯龙井，而夏秋这边则上了一杯当下在上海的夫人太太圈子里最喜欢的花茶，还加了蜜。不过显然，张副官想的虽然周到，无奈这个新来的小丫头干活却不太利落，送茶上来的时候，不但洒了乐鳌的龙井，泡茶的水竟然还是温的。至于夏秋那杯，虽然没出什么大的纰漏，可却忘了给她拿用来搅拌的勺子，是他提醒了之后，小丫头才急匆匆地又送了上来，让他不悦地瞥了小丫头一眼。

看到张副官的眼神，乐鳌笑了笑，将茶放到了旁边的茶几上，对他说道："张大人，这就是曹旅长送您的丫头吧。"

张副官的脸上闪过一丝尴尬："没想到连乐大当家都知道了，没错，正是她们，昨晚才来的，还有一个在我母亲身边伺候，没让她到前面来。"

曹旅长对这位张副官的器重满城皆知，曹旅长虽然草莽出身，大字不识几个，但是却很喜欢有文化的人，这个张副官据说就是他无意间遇到后带在了身边的，结果一留就是十年。一些同当地文人士绅打交道的事情曹旅长全是交给这位张副官在办，如今张副官已经成了他的左膀右臂，是他不可缺少的帮手。

所以，曹旅长越想把这位张副官留在身边，就免不了要更深入"关心"他一下。这不，听说张副官一直无子，就送了他如夫人，听说他勤俭持家，家中竟然没有下人，索性连丫头都一起送了，还说要让张副官在家里好好休息，不让他为家中琐事分心。只是，他送也就送了，还想将这件事树为榜样，免不了在手下面前炫耀一番，无外是只要好好跟着老子干；女子、票子、宅子应有尽有之类的励志之言。

于是，说给一人听，人得百人耳，所以，昨天这两个小丫头一进张家，陆天岐便立即跑来告诉乐鳌了。而在几日前，全城的士绅们便已经都知道这位曹旅长面前的红人过几日要娶如夫人过门了，因此，这些日子，张家的门槛只怕都要被送礼的人踏破了。

不过，送礼也就罢了，管教丫头这种事毕竟是人家的家事，若是平时，乐鳌是不会提起的，也省得不知道主人的脾气，惹人难堪。可他这次来，就是来探查张家虚实的，怕的就是张子文没有反应。而如今看来，如此老城的张副官都把表情挂在脸上了，显然是真的不太喜欢那位曹旅长的做法，再加上他脸上也没有露出什么开心的表情，也就是说，那位如夫人的事情，兴许还真不是他的真实意思。

关于这件事情，夏秋也听说了，可更是觉得丽娘命苦。想她辛辛苦苦操劳了那么多年，都没有人伺候，如今这位如夫人一进门，就有了丫头，夏秋实在是为她不值。

不过，经过了昨天的事情，她已经明白，冲动和同情解决不了问题，为今之计就是要像东家所说的那样，快点调查出这件事情的来龙去脉，那样的话，他们才好帮助丽娘。所以，她今天来张家的最主要目的，就是来见丽娘。

想到这里，夏秋接过张副官的话笑了笑："不过如此一来，丽娘姐姐也能轻松许多了，不必再像以前那样事事亲力亲为了。"

听到夏秋的话，张副官一愣："夏小姐认识我太太？"

夏秋立即露出一副不好意思的表情说道："说起来，我实在是对

不起丽娘姐姐，第一次我见她的时候，不小心将她手里的点心撞翻了，结果丽娘姐姐也没说什么，还一个劲儿地让我快回家。"

"你把她的点心撞翻了？"张副官眼睛眯了眯，"什么时候的事情？"

"就在前几天。"夏秋道，"那天天色已经很晚了，结果她让我回去也就算了，自己却要返回千禧巷重新买一份，想来她是极喜欢吃那点心的，这让我心中更过意不去。而前几日我和乐颜妹妹又在集市上见到她，她仍旧急匆匆的，没说几句话便又分别了，我都没机会向她道歉，所以这次我特地带了两盒定胜糕来，专门送给丽娘姐姐，算是赔礼。"

夏秋的话让张副官有些失神，隔了好一会儿才回过些神来，却垂下了眼皮道："原来是这样。"说着，他对一旁站着的小丫头道："你去把太太请来，就说她朋友来看她。就是后院左手第二个房间，记住了？"

"是！"小丫头怯怯地应了，立即跑到后面叫自家太太去了，而不一会儿工夫，后门一闪，一个纤细的身影进了大厅，正是丽娘。

看到厅中的夏秋，丽娘先是一愣，然后脸上露出欢喜的神色，快步走向她："夏小姐，你怎么来了？"说着，她又看了看夏秋的身后问道，"乐颜呢？她可是同你一起来了？"

"姐姐只记得乐颜，我可要吃醋了呢。"

丽娘脸上一红，对夏秋行了个礼算是赔不是，然后道："是我的错，只是你来了她没来，难免我会多挂念些。"

夏秋笑了笑："乐颜今天要上课，自然是来不了的，不过她托我帮她捎了礼物来，说要让我亲自给你呢。"

11

看到丽娘果然认识夏秋，而且两人还一副很开心很熟络的样子，张副官的嘴角向上扬了扬，因为他已经很久没见到丽娘如此欢欣的表情了，想来是同乐善堂的两位女孩极为投缘。

其实一听到乐善堂的东家亲自来送礼，张副官心中就有些奇怪，因为这位东家向来深居简出，送礼走关系的事情也都是拜托他表弟来做，他最熟的也是这位表弟。可今日乐大当家竟然亲自送礼来，他还以为乐大当家要拜托他帮忙办什么难办的事情呢。而眼下看来，则很清楚了，看来这位乐大当家是为了这位夏小姐才亲自来的，只是为了亲自陪她来看好友。所以，虽然他们说话不多，可张副官对两人的关系已经自认为非常了解了。

于是他笑着看着丽娘，体贴地道："既然如此，你带夏小姐到后面转转吧，我同乐大当家也正好谈些事情。"

有个陌生男人在这里，丽娘即便心中高兴，也觉得拘束，此时张子文让她们到后面去，她正求之不得，于是立即笑着拉住夏秋的手："子文说得对，我们还是不要打搅他们谈正事了，我们到后面去，正好也看看乐颜送我什么礼物，上次我没送出去的礼物，这次你们也该收了吧！"

"这次，自然是客随主便啦！"夏秋俏皮地眨了眨眼。

张家的宅子虽然只有两进，可是却被丽娘打理得很利落，甚至还在后院的及一个角落用扶苏木和木槿花辟出来一个小花园，无形中就让院子看起来宽敞很多。感慨于丽娘的心灵手巧之余，夏秋也被丽娘带到了这个花园里，却发现园里已经姹紫嫣红，花香扑鼻了。不但如此，更别出心裁的是，在花园正中偏右的位置，竟然还有一个用鹅卵石镶成的八尺见方的小池塘。

池塘里引了活水，里面还有两尾红色的锦鲤，阳光罩在水面上，射在锦鲤的身上，让红色的锦鲤变得金光闪闪的，一下子就吸引了夏秋的目光。

她快步走上池塘上架起的拱形小木桥，先是低头看了看池中的锦鲤，然后抬头看着丽娘笑道："丽娘姐姐，这若是给你一个更大的大宅子，你是不是还能变出一座皇城来？你到底是从哪里来的这番妙想呀！小妹真是佩服呢！"

这还是丽娘头一次受到如此巨大的夸奖，眉角也少有的飞扬起来，但她还是谦虚地说道："看你说的，还皇城，这若是在以前，只怕立即就一个越矩，被官府抓去砍头了，也就现在了，才没有人同你一般计较。"

"可不就是现在了，我才敢说的嘛！"夏秋吐了吐舌头，"我还不是被丽娘姐姐的奇思妙想给震撼了吗？真不知道张副官是怎么娶到姐姐的，想必当初一定花了不少工夫吧。"

听到她突然提起张副官，丽娘愣了愣，然后露出了一个腼腆笑容："我其实是张家的童养媳。"

夏秋眼神微闪，然后从木桥上走下来，来到丽娘面前，轻轻握住她的手道："丽娘姐姐，对不起，我不该问这些的。其实，童养媳又怎么了，只要张家人对你好也是一样的，最起码也是个家呀。不像我，父母很早就去世了，如今一个亲人都没有。家，也早散了！"

听到夏秋说自己无亲无故，丽娘很是吃了一惊，不禁问道："怎么会，乐颜小姐不是您的表妹吗？"

夏秋苦笑了一下"那是乐颜小姐心肠好，其实姐姐只要打听下就知道了，我其实是乐善堂的学徒，不过同乐颜小姐比较投缘，才被她认作姐姐，真要算起来，我们其实是主仆，不是姐妹呢。而我们东家也不计较这些，见乐颜小姐开心，也就由着我们这么称呼了。说实在的，每次乐颜小姐在人前这么叫我，我都觉得很不好意思，可若是解释的话，不但显得有些太在意了，也有些对不起乐颜小姐，索性便由着去了。"

听夏秋说出自己真正的身份，丽娘非但没有瞧不起她，反而觉得更心疼她了，而且还多生出一种惺惺相惜的感觉，当即也说道："那是夏小姐有福气，遇到了乐小姐和乐大夫，以后也一定会越来越好的，不像我……"说到这里，丽娘语气一顿，意识到自己仿佛不该自怨自艾，马上改口道，"不像我，很早时家里就横遭意外，甚至连家在哪里都不记得了，要不是子文一家发现并救了我，只怕我早就死在山里喂狼了。"

"横遭意外？"夏秋故意装作吃了一惊的样子，"姐姐家里出了什么事情，你父母他们也……"

丽娘点点头，脸上闪过悲伤："已经十几年了，具体的情形我已经不记得了，我只记得我醒来的时候，是在山里，周围全是尸体，而且，很多尸体都已经不完整了。后来我从尸堆里爬出来，恰好遇到了子文，是他把我带回家，让我在他家养好了伤，让我不至于被饿死、冻死。子文后来告诉我，这些人全部是被山匪所杀，他从里面找到了一对中年夫妇的尸体，应该是我的父母，问我要不要去看一看，只是……"

"只是什么？"夏秋连忙问道。

丽娘苦笑着摇摇头："只是我当时什么都不记得了，更不敢去看那对夫妇的尸体，就像是生怕会想起来什么似的……你说，我是不是很不孝？"

夏秋使劲握了下丽娘的手，小声道："这怪不得姐姐，要怪也要怪那些山匪心狠手辣，而且，姐姐全都忘了，一定是受过很大的刺激，姐姐不敢去看尸体，也是正常的，毕竟姐姐那会儿还小。我看姐姐现在也就二十岁出头的样子，想必当时也就不到十岁吧，那么小，又亲眼看到父母被杀，任谁也受不了。"

这个时候，丽娘却不好意思地笑了笑："其实，我当时虽然记不得自己的年龄，可在外人看来已经十八九岁了，那时候子文才十三岁，不然我也不会做张家的童养媳了，子文十八岁的时候，我们圆的房，如今我们已经成亲十年了。"

"什么？！"夏秋装作吃了一惊的样子，"这么说姐姐如今都已经三十多岁了，可我怎么一点儿都看不出来呢？姐姐，你究竟是怎么保养的呀，能不能教教我！"

听到夏秋的夸奖，丽娘的脸上却并没有露出开心的神色，而是用手抚了抚自己的脸，轻轻叹了口气："还是老了呀。"不然，子文也不会对她越来越冷淡，如今还同意娶如夫人了。

妖怪自然是可以长久保持青春的，即便她忘记了自己的身份，

妖力也被封了，可是这种特质却仍旧是存在的。因此，虽然丽娘觉得自己比张副官大，可是，若是不说他们的岁数，其实看着现在的丽娘还要比张副官小一些。不过，夏秋也知道，这种情况对于丽娘恢复记忆是没有太大帮助的，索性也不再同她强调，而是继续打听她刚到张家的事情。

"丽娘姐姐，说起来已经有十五年了，难道你就没想过去找自己的家人和家乡吗？"

丽娘眼神一黯，又叹了口气："刚开始的时候，子文的确是问过我可否记得家乡在哪里，在我们圆房前，他甚至还帮我找过，不过，我什么都不记得了，甚至连自己姓什么都忘得一干二净，名字都是他们张家后来给我取的，又能找到什么？而且事情过了那么久，都没有人来出事的地方找过我，我猜家里也应该是没人了吧。张家救了我，又养了我五年，我报答他们也是应该的，后来也便绝了心思，安安心心跟着子文过日子。而且，你也知道的，十多年前，正是兵荒马乱的时候，就算有线索，怕是也早就毁于战火了。再说了，子文家那一带匪患严重，他又怎么敢留下我和娘两个女人长期离家外出。至于后来，他跟了曹旅长，我们一家搬到了城里，日子才好过了些。但是即便如此，他却要跟着军队四处打仗。而且，军队打了胜仗还好，若是打败了，我和娘在家里整日提心吊胆还不够，又哪有工夫去找我的家人？所以，如今已经过了十几年，我就算想找只怕也不得不死心了。"

"这么说，姐姐关于遇到张副官以前的事情，已经完全不记得了？"

丽娘想了一下，然后落寞地点点头："只怕这一辈子都不会想起来了。"

夏秋一下明白了，看来在丽娘体内看到的那把金色的大锁，不但锁住了丽娘的灵力，还锁住了她以前的记忆，她这才会想不起自己真正的身份。不过，也正如东家所说，丽娘还是保留了一些自保能力的，否则的话，那日她在点心盒子落地的一刹那，就不会在情急之下驱动出自己体内的灵力了，也更不会让夏秋察觉。不过，她留下的灵力毕竟有限，仍旧没有阻止那点心盒子的落地，因此还让夏秋察觉了她的身份。

12

现在，夏秋已经大致清楚了整件事情的来龙去脉。想必丽娘应该是遇到了对头，被对方重伤，然后她逃命的时候，刚好遇到山匪劫道，就被误认为是那家被山匪劫杀的人家的女儿。所以，张家只以为她是孤女，她也认为自己父母双亡，这才会心甘情愿地做一个普通人的妻子，成了他家的童养媳。

只是，事情像这样发展下去也就算了，问题是，机缘巧合下，这位张副官的官儿越做越大，张家也越来越不把她这个童养媳放在眼里，甚至开始嫌弃她了。尤其是张家老太太，只怕还在以恩人自居，以为她的命是他们家救的，所以，他们怎么虐待她都不过分，这才会毫不顾忌丽娘的想法，给张副官娶如夫人。加之丽娘忘记了自己的身份，灵力也被对头所封，以为张家是自己的救命恩人，才一再容忍张家越来越过分的做法……只是，若是有朝一日，她突然想起自己的真实身份了呢？

这种想法，让夏秋一下子又恢复了信心。原本她以为丽娘是爱张副官的，所以才会逆来顺受，而如今看来，只怕在她心里，张家的恩情才是最大的。也就是说，只要她能想起自己的过往，就不难让她离开张副官。而且，夏秋总觉得丽娘的这种情形似乎同青泽的情形有些相同，都是因为重伤失去了记忆，只不过她在青泽恢复记忆之前，从没进过青泽的体内，并不知道他的身体里有没有类似的锁头，她也不知道如今丽娘的样貌是不是她本来的样子。可东家既然能治好青泽，那么在夏秋看来，丽娘也应该差不多，最起码并不会像东家之前所说的那样完全没有希望就是了。

这让她恨不得立即就把这个好消息告诉东家，更恨不得明天丽

娘就恢复记忆，帮她回到本该回到的地方。不过，纵然心情激动，有了上次的教训，她却又很快冷静下来，决定打听得更清楚一些，然后想了想，继续问道："姐姐可还记得你家出事的地方？"

丽娘悲伤地说道："我怎么会忘，是一个叫作老狼牙的地方。子文说，那里是个易守难攻的隘口，路也很窄，所以山匪很喜欢在那里出没，我家……大概就是被他们给盯上了吧！"

看到丽娘的眼圈儿又变红了，夏秋连忙安慰道："姐姐别伤心了，都是过去的事情了。不过，你说你们家以前是山里的？我还真看不出来。我们表少爷说，张副官才华横溢，很受曹旅长器重。那个时候，我还以为他是临城附近的学子呢。看来我真是太想当然了。"

说到张副官的才华，丽娘的脸上总算是少了些悲伤，多了些骄傲的神色，笑道："不怪妹妹猜错，很多人都这么说呢。不过，子文虽然是从山里出来的，可那个时候，他是乡里有名的神童，我遇到他那年，他刚刚中了秀才，是他们那里最小的秀才呢。而且，他十五岁上就在县衙里做书吏了。只可惜，县衙门变成了县政府，曹大人带着人占了我们县。幸好子文在曹大人来了以后在政府里帮了他不少忙，所以他们开拔的时候，曹大人就让子文做他的副官，我们一家人才搬到了大一些的城镇里。"

"姐姐家以前是哪里的？这么说，应该离临城很远啦？"夏秋不动声色地问道。

"我只知道子文做书吏的那个县衙叫作陵水县。"

陵水县，老狼牙！

夏秋将这两个地名暗暗记在心里。看来要想查出丽娘的过去，只有从这里开始了。

两人又聊了一会儿天，夏秋向丽娘请教了一些打理园子的心得，前边便遣小丫头来叫了，却是乐鳌要回去了，来问夏秋是要一起回去，还是一会儿再让小黄师傅来接。夏秋自然明白，这是在问她，该问的问题问完了没有，于是立即说要同乐鳌一起离开。

知道夏秋这是要回去了，丽娘心中很是不舍，却也知道，夏秋也是寄人篱下，不能太过自由，便同她约定了回访的日子之后，带着夏秋离开花园，想要亲自送她离开，夏秋自然欣然应允。

不过，路过偏厢的时候，丽娘似乎想到了什么，让夏秋在原地稍等，自己进了屋子里。后来经旁边的小丫头解释，夏秋才知道，这屋子就是丽娘的屋子。只是，身为正房，却住在偏厢，则更可以看出丽娘在张家的地位和待遇了。

现在夏秋已经没心思生气了，她现在只想着快点同东家交换消息，让丽娘快点恢复记忆，好尽快把丽娘从"火坑"里解救出来。

没一会儿，丽娘就从屋子里出来了，而在她的手中，拿着两个锦盒。锦盒一红一绿，用红绿两色的缎子包成，看起来很精致。将这两个锦盒递到夏秋面前，丽娘笑道："刚才只顾说话，倒是把这件事情忘记了。你们的礼和人都到了，我不回礼怎么行，这是两个玛瑙串子，就是上次想要送给乐颜的，我后来又去买了条一模一样，就是想着日后再见了你们给你们见面礼呢，你们可别嫌寒酸。"

打开颜色不同的两个锦盒，夏秋果然看到了两条一模一样的玛瑙串子，每一个的上面都串着一颗羊头，同上次丽娘要送乐颜的几乎一模一样。唯一不同的是，这次的玛瑙串子比上次的颜色要深很多，红得像血。

丽娘都说了是回礼，夏秋也不是矫情的人，正要道谢收下，却不想在这个时候，突然听到一个冷冷的声音在一旁响了起来："丽娘，你在做什么，这不是你给子文过几日成亲置办的东西吗？我说怎么同单子对不上，原来你是自己留下了？这是……要送人？"

随着这个声音，夏秋眼见着丽娘的脸色变了，之前的笑容和恬淡立即消失得无影无踪，取而代之的是紧张和不知所措。然后她垂下头，对来人行了一个蹲礼，唯唯诺诺地请安道："娘！"

夏秋转头看去，却看到一个满头银发的太太被一个小丫头扶着，出现在院子里，想必就是张家的老太太了。

上一次因为天黑，再加上这位张老太太在大门里面，夏秋只闻其声不见其人，而这次真正看清了她的样貌后，不得不说果然是相

由心生，因为这位老太太颧骨高耸，下巴尖尖，眉毛都是三角的，生了一副标准的刻薄相。

老太太的眼睛同张副官几乎是一个模子刻出来的，此时正眯着眼睛，一脸不悦地看着丽娘，而她的嘴唇却几乎薄成一条线了，一看就是个不好惹的主。这会儿，她正抬着尖尖的下巴看着丽娘，对于夏秋这边却一眼都没有瞅，显然根本就没把她放在眼里。

丽娘行了大礼，夏秋自然不会像她一样，可就这么站在她的旁边不说话，也似乎有些尴尬，而隔了好一会儿，这位张老太太大概是觉得自己的架势已经把场面控制住了，这才慢吞吞地再次开口道："我问你话呢，难道你以为不说话，就可以蒙混过去了吗？"

"娘……这个……这个不是给玉兰的，是我，是我自己出的钱……"丽娘结结巴巴地解释道。

只是，不等她说完，却听张老太太一脸不耐烦地打断了她的话："你的钱就不是我们张家的钱吗？我倒是不知道，你什么时候自己有钱了？别说钱了，就连你这条命，都是我们张家给的，你还真以为这家里你能做主吗？"

"娘，是媳妇错了，应该……应该先禀告您一声的……"丽娘的脸色此时都已经吓白了，小心翼翼地说道，"您……您就饶过媳妇这一回吧！"

夏秋本以为，在客人和下人面前，这位张老太太会给丽娘一些面子，不会太过分，可现在，她算是看出来了，这位张老太太，无时无刻不在摆着婆婆的谱，搞不好在下人和客人面前变本加厉，就是想要向外人宣告，她才是这个家的女主人。

夏秋实在是看不下去了，也不想丽娘为难，于是她向张老夫人走了几步，将手里红绿两个锦盒递到了搀着她的小丫头手里，然后转头对丽娘笑了笑："丽娘姐姐，我先告辞了，等哪日你有空了，再去找我们玩儿。"说着，她对丽娘摆摆手，也没理会正摆着婆婆谱的张老夫人，转身就往客厅的方向去了。

张老太太本以为夏秋会向她请个安什么的再走，哪想到竟然直接被夏秋给忽略了，所以，在夏秋向前走了好一段距离之后，就听到身后的张老太太怒气冲冲地对丽娘吼道："她是谁，怎么这么不知礼数？什么东西……什么，是你的朋友？哼哼，果然是一路货色，一路货色……"

夏秋一路往外面走，一路听着张老太太在后面骂骂咧咧的，而丽娘解释的声音则越来越小。听着自家老太太说的话越发的不堪入耳，连陪着夏秋回前厅的小丫头也觉得过分了，忍不住对夏秋小声说道："夏小姐，您见谅，我家老夫人不知道您是先生的客人。"

"这有什么不同吗？"夏秋转头对她微微一笑，"你叫什么名字。"

"奴婢小云。"

"小云，日后对你家太太好些，与人为善，总不会吃亏的。"

"嗯，奴婢记下了。"小云点点头。

说着，两人已经进了客厅的后门，又拐了一个弯儿，夏秋重新进入了客厅中，而一进入大厅里，刚才院子里吵吵嚷嚷的声音立即听不到了，显然，张家的客厅，隔音做得很好。

看到夏秋一个人从后面回来了，却没有自己太太跟随，张副官的脸上露出一丝不悦，问小云道："太太呢？为何不亲自送出来？"

小云面露难色，夏秋笑了笑道："在院子里遇到了老太太，老太太有事情同丽娘姐姐说，我就先随小云回来了。"

"娘同丽娘说事情？"张副官的眉头蹙了蹙，然后眯了下眼，对厅中的乐鳌抱拳笑道："实在是怠慢乐大当家和夏小姐了，这几日家里事情太多，招待不周，还望乐大当家不要介意。"

"怎么会。"此时乐鳌已经站了起来，同样对张副官抱了抱拳，"是我们打扰了，不过，还是提前恭喜张大人了。"

"不敢不敢。"

出去的时候，张副官将乐鳌和夏秋一直送到了门口，直到站在门外的台阶上看着他们上车离开，这才重新返回大门里。不过漆黑的大门一关上，他便匆匆向后院走去……

13

夏秋和乐鳌回到乐善堂没多久，夏秋正对刚刚放学归来的落颜说着自己在张家后院遇到、听到的那些事儿，却不想张家再次派人来了，来的正是刚才送夏秋去大厅的小云，说是夏秋落了东西在张家，她家先生特意让她送过来。

夏秋一看她"落下"的东西，除了那两个她还给张老太太的红绿锦盒，张副官还特意托张太太的名义，送了夏秋两匹缎子，送了乐鳌和陆天岐一人一套三不斋的砚台。

看着张副官送来的四样礼物，夏秋有些好奇地问道："东家，那两串玛瑙串子也就算了，可张副官又多加了这么多礼，难不成他们当兵的还有求于咱们乐善堂？"

夏秋记得，上次曹旅长去参加林家家宴的时候，林家那可叫一个受宠若惊，连带这位张副官也被他们奉为上宾，很是讨好。而且，这还是有曹旅长的小妹妹从国外回来的时候，同林鸿升和原田晴子坐一艘船的面子。可这一趟去了张家回来，夏秋却发现，张副官对东家真的很客气，同对林家的态度完全不同。

这次，还不等乐鳌说话，陆天岐洋洋得意地开口道："这你就不明白了吧。虽然他们林家家大业大，可论起这资历来，我表哥的威望在临城商界可是仅次于他们林家林老爷子的。如今林老爷子病重，林少爷又刚刚回来，论人脉、论资历和论对这临城的熟悉程度又怎么同我表哥比。他们这些当兵的初来乍到，要兵饷没兵饷，要人情没人情，可不全指着咱们帮忙。别说别的了，哪怕是前一阵子的募捐，若不是乐颜顶着乐善堂大小姐的名头出面帮忙，那个曹菁菁只怕也没这么轻松。大概也是因为如此，这位张副官才会逐渐把注意力从林家转移到咱们乐善堂来吧。你以为我是怎么搭上这位张副官的，其实说起来当初我们在戏园子遇到的时候，是他先同我说的话呢。"

陆天岐的话把夏秋说得一愣一愣的，但想了想后却忍不住反驳道："你是不是想太多了？我以前只听说秀才遇到兵，有理说不清，还从没听说过当兵的害怕斯文人的，他们可有枪呢。"

以前她可是听说过，有些军队，白天为兵、夜晚为匪，军饷不够了，那可是要抢的，而且，有钱的地主商人，哪个没被当兵的打过秋风。虽然她夏秋只有十六岁，可见过听过的却不少。这个陆天岐少说也有上千岁了，怎么还这么天真？

夏秋的意思，陆天岐明白了，乐鳌自然也明白，这次他先陆天岐一步开了口，对夏秋笑了笑道："你说得没错，不过，他们可不只有明枪，还有暗箭呢，咱们以不变应万变就是。"

夏秋想了想，点点头道："东家说得没错，你们不是普通人，所以他们这些普通人的法子自然对咱们没用，咱们也不必怕他们。"只是，说到这里，她还有一个疑惑，她记得当初自己去六大药堂应聘药工的时候，这乐善堂是最默默无名的一个，怎么在陆天岐口里却成了临城仅次于种德堂的第二把交椅？而且，他们家东家看起来也就是三十出头的样子，比林鸿升大不了多少，怎么就能同林老爷子平起平坐呢？

林老爷子已经五十多岁了，据说已经接掌种德堂三十年，他们家东家顶多接掌乐善堂十几年，单从这时间上，两家就不在一条起跑线上。而且，陆天岐和落颜都口口声声说这乐善堂的名号已经用了百年，可却从没听他们提起过东家的父母，也不知道他们现在在什么地方，而他们之前，是不是也在经营乐善堂？

夏秋断断续续地听陆天岐说过，说是乐家的大部分产业都在老家，可这个老家究竟在什么地方，又有什么人在，她没听任何人说起过。可既然能将乐善堂做到临城的六大药堂之一，还持续了百年，夏秋绝不相信乐家在临城毫无根基，只有一间药堂。

乐鳌自然不知道夏秋一下子想到了这么多，听到她的话，他瞥了陆天岐一下道："不过这次，天岐应该是猜错了，这位张副官送礼过来，恐怕不仅仅是拉关系这么简单。"

"什么，我猜错了？"陆天岐一脸的不悦，但是却瞪了夏秋一眼，

"我说错了，难道她就说得对？"

"你再念念这砚台盒子上的字。"瞥了眼装着砚台的精美礼盒，乐鳌冷冷地道。

"三不斋，这不是咱们临城最有名的砚台铺子的名字吗……"陆天岐说到一半，突然眉头一皱，一拳砸到了放着砚台的桌面上，"不看、不听、不说……这是警告咱们不要乱说话呢。"

"也没那么严重。"乐鳌的唇角向上翘了翘，转头看向夏秋，"你不是说你没理张家老太太就离开了吗，所以把那个张家老太太惹怒了？"

夏秋翻了翻眼皮说："她那副样子，实在是吓人，我被吓到了，所以忘了说话。"

"这理由你也就对我们说说吧。非礼勿视、非礼勿言、非礼勿听，咱们做的也有失礼的地方，所以才是'不言'呀！"乐鳌摇了摇头，然后又盯着砚台看了一会儿，"看来这位张副官很清楚他母亲的脾气，他对他太太也未必无情，不过可惜，他也是个孝子……"说到这里，他又一次问夏秋，"你说是什么地方？陵水县，老狼牙？"

"对！"夏秋点头，"听丽娘姐姐的意思，她应该是在那里失去记忆的，也是在那里遇到张子文的。"

"说起来，那里，我很多年前还真去过一次……"乐鳌若有所思地说道。

图书在版编目（ＣＩＰ）数据

夜行医手札：全3册 / 雷雷猫著. —— 北京：中国
广播影视出版社，2020.1
ISBN 978-7-5043-8339-6

Ⅰ. ①夜⋯ Ⅱ. ①雷⋯ Ⅲ. ①长篇小说－中国－当代
Ⅳ. ①I247.5

中国版本图书馆CIP数据核字(2019)第206476号

夜行医手札（全3册）

雷雷猫 著

出 版 人	任道远
总 监 制	江 俊 杨阿里
图书策划	林 曦
项目统筹	王 萱 崔 帅
责任编辑	宋蕾佳
特约编辑	雷凌云
封面设计	禾 禾
责任校对	龚 晨

出版发行	中国广播影视出版社
电 话	010－86093580　010－86093583
社 址	北京市西城区真武庙二条9号
邮 编	100045
网 址	www.crtp.com.cn
电子信箱	crtp8@sina.com

经 销	全国各地新华书店
印 刷	河北鑫兆源印刷有限公司

开 本	710毫米×1000毫米　1/16
字 数	762（千）字
印 张	57.75
版 次	2020年1月第1版　2020年1月第1次印刷

书 号	ISBN 978-7-5043-8339-6
定 价	138.00 元（全3册）